LIBRI RIBELLI

CAROLINE O'DONOGHUE

IL GIORNO IN CUI HO SCOPERTO DI AVERE UN DONO

Traduzione di
STEFANO BERETTA

Garzanti

Prima edizione: settembre 2021

Per essere informato sulle novità del Gruppo editoriale Mauri Spagnol visita:
www.illibraio.it

Traduzione dall'inglese di
Stefano Beretta

Titolo originale dell'opera:
All Our Hidden Gifts

ISBN 978-88-11-81853-3

Finito di stampare nel mese di settembre 2021
da Grafica Veneta s.p.a., Trebaseleghe (PD)

Printed in Italy

www.garzanti.it

IL GIORNO IN CUI HO SCOPERTO DI AVERE UN DONO

Alla mia famiglia, perché è interessante.
E a Harry Harris, perché ha risvegliato la Governante
per la prima volta.

CAPITOLO 1

La storia di come ho finito per fare consulenze con i tarocchi del Chokey si può riassumere con quattro punizioni a scuola, tre note a casa, due pagelle piene di brutti voti e un martedì pomeriggio passato rinchiusa in un armadio.

Ve ne do una versione stringata.

La signorina Harris mi ha sospeso dopo che ho tirato una scarpa al professor Bernard. Era stata una rivalsa per quando mi aveva dato della stupida perché non sapevo i verbi italiani. Al che io gli avevo risposto che comunque era ridicolo studiare italiano mentre avremmo dovuto studiare tutti spagnolo perché globalmente c'è più gente che lo parla. Allora il professor Bernard mi aveva detto che se davvero pensavo che avrei imparato più alla svelta lo spagnolo di quanto adesso stia imparando l'italiano ero una povera illusa. Dopodiché si era girato verso la lavagna.

È stato allora che gli ho tirato una scarpa.

Non l'ho centrato, ci tengo a sottolinearlo. Ho beccato la lavagna di fianco a lui, però sembra che non importi a nessuno, a parte me. Forse, se avessi un'amica del cuore – o un'amica tout court –, ci sarebbe qualcuno che garantirebbe per me e direbbe loro che era uno scherzo e che non avrei mai fatto male di proposito a un insegnante. Qualcuno che potrebbe spiegare come sono fatta: a volte mi montano dentro la frustrazione e la collera ed esplodono senza che io riesca a prevederlo o a controllarmi.

Però quest'amica non esiste è non sono sicura che, se esistesse, me la meriterei.

La sospensione dalle lezioni comincia martedì mattina, la signorina Harris mi viene a prendere nel suo ufficio e poi mi porta nel seminterrato.

Sono alla St Bernadette da quattro anni e i tubi di scarico si sono ghiacciati e sono scoppiati due volte, per non parlare dell'allagamento ogni anno. Di conseguenza le due aule minuscole qui sotto sono coperte di muffa verdastra e un odore umido e stantio permea ogni cosa. Gli insegnanti evitano di programmare le lezioni qui sotto, per quanto possibile, così naturalmente vengono usate molto per le punizioni, gli esami e per conservare cianfrusaglie inutili che nessuno ha voglia di buttare via.

Il sacro graal qui dentro è il Chokey, un armadio lungo e profondo che ricorda a tutti la stanza delle torture della signorina Spezzindue di *Matilda*.

La signorina Harris indica l'armadio con un movimento teatrale del braccio: «Ta-da!».

«Vuole che pulisca il Chokey?» annaspo. «È disumano.»

«Più disumano di tirare una scarpa a qualcuno, Maeve? Vedi di separare i rifiuti generici da quelli riciclabili.»

«Non l'ho centrato», protesto. «Non può lasciarmi qui a pulire questa roba, non da sola. Signorina, potrebbe esserci un topo morto lì dentro.»

Mi porge un rotolo di sacchetti neri di plastica. «Be', in quel caso va tra i rifiuti generici.»

E mi lascia lì. Da sola. In un seminterrato che fa venire i brividi.

È impossibile sapere da dove cominciare. Inizio a selezionare le cose, bofonchiando tra me e me che St Bernadette è così. Non è come le scuole normali. Per moltissimo tempo è stata un grande palazzo vittoriano, finché a un certo punto degli anni Sessanta la ereditò Suor Assumpta.

Be', noi la chiamiamo *suora*, ma non lo è in senso stretto: era una novizia, come Julie Andrews in *Tutti insieme appassionatamente*, che dopo aver abbandonato il convento aveva avviato una scuola per «ragazze di buona famiglia». Probabilmente le era sembrata una buona idea quando in città le «ragazze di buona famiglia» non superavano la dozzina. Adesso, però, siamo circa quattrocento, trabocchiamo da questo edificio fatiscente e le lezioni si alternano tra prefabbricati pieni di spifferi e vecchie camere da letto riadattate in soffitta. È un'oscenità quanto costa mandare una figlia qui. Devo stare attenta a lamentarmene davanti a mamma e papà. Le altre quattro non sono dovute venire qui, in fin dei conti. Sono state abbastanza brillanti da farcela nelle scuole pubbliche senza aiutini.

St Bernadette costa circa duemila euro a trimestre e, ovunque finiscano questi soldi, di certo non è nella prevenzione e nella sicurezza. In un primo momento non riesco nemmeno a mettere piede nel Chokey per via di tutte le vecchie scrivanie scassate e le sedie accatastate che bloccano l'ingresso. Una nuova zaffata di marcio e polvere mi colpisce le narici ogni volta che libero un mobile. Cerco di portarli fuori uno per uno e farne un bel mucchio in un angolo dell'aula, ma quando prendo in mano le sedie e le gambe si staccano sbattendo contro le mie e smagliandomi le calze, tutto si fa più disordinato. Mi tolgo il maglione di scuola e comincio a scagliare i rifiuti per tutta la stanza come una campionessa olimpica di lancio del giavellotto. Dopo un po' diventa catartico.

Dopo aver rimosso i mobili, mi stupisco di quanto spazio c'è nel Chokey. Avevo sempre creduto che fosse solo un grosso armadio, ma è evidente che una volta era una specie di dispensa della cucina. Ci potrebbero stare tre o quattro ragazze qui dentro, senza fatica. È un'informazione utile. I posti in cui nascondersi non sono mai abbastanza. Però ci vorrebbe una lampadina o qualcosa del genere. L'anta è così pesante che devo tenerla aperta con una vecchia sedia e, anche così, lavoro quasi al buio.

Tuttavia i mobili sono solo l'inizio. Ci sono mucchi di giornali, riviste e vecchi libri scolastici. Trovo testi d'esame del 1991, copie di *Bunty* degli anni Ottanta e un paio di numeri di una rivista che si chiama *Jackie*. Passo un po' di tempo a sfogliarli, leggendo le pagine dei problemi e gli strani fotoromanzi che vanno avanti per dieci tavole. Sono così datati che fanno ridere. Le storie hanno titoli tipo *La grande conquista di Millie!* e *Appuntamento con Destino!*

Leggo *Appuntamento con Destino*. Salta fuori che Destino è un cavallo.

Quando arrivo verso il fondo le cose cominciano a farsi davvero interessanti. Un paio di scatoloni di cartone sono accatastati addosso al muro, coperti da uno spesso strato di polvere gessosa. Tiro giù quello più in alto, lo apro e trovo tre walkman Sony, un pacchetto di sigarette Superkings, una bottiglia mezzo vuota di grappa granulosa alla pesca e un mazzo di carte da gioco.

Contrabbando. Dev'essere qui che è finita tutta la roba confiscata.

C'è anche un fermacapelli solitario con un angioletto d'argento che sprizza purezza e santità accanto alle sigarette e all'alcol. Me lo provo per un istante ma poi mi viene paura per i pidocchi e lo butto in un sacchetto della spazzatura. Solo uno degli walkman contiene una cassetta, così m'infilo le cuffie e premo play. Sorprendentemente, funziona ancora. La cassetta comincia a girare. *Porca miseria!*

Una linea di basso scherzosa ed elaborata mi risuona nella testa. *Dum-dum-dee-dum-de-dum*. La voce di una donna che sussurra, dolce e infantile. Attacca a cantare di un uomo che conosce, dai denti bianchi come la neve, un verso che sembra un po' stupido. Di quale altro colore se li aspettava?

Continuo ad ascoltare, agganciando il walkman alla gonna. Non riconosco la maggior parte delle canzoni, ma hanno tutte un non so che di sporco e di artistico. Canzoni in cui si sente l'ombretto scadente. Non ricordo l'ultima volta che ho ascoltato qualcosa senza sapere esattamente che cosa fosse. Non sono nemmeno sicura di volerlo scoprire. In un certo senso fa fico non saperlo. L'ascolto a ripetizione. Ci sono circa undici canzoni in tutto, cantate o da uomini con la voce molto acuta o da donne con la voce molto bassa. Apro l'alloggiamento e vedo che è un nastro casalingo. L'unica decorazione è un'etichetta bianca con su scritto: PRIMAVERA 1990.

Cerco di sollevare un altro scatolone pesante, ma il cartone umido si squarcia sul fondo e mi crolla addosso, colpendomi in pieno sulla faccia. Qualcosa dev'essere andato a sbattere contro la porta perché la sedia che usavo per tenerla aperta all'improvviso si rovescia e il Chokey si chiude di schianto.

Sprofondo nel buio puzzolente. Cerco a tentoni la maniglia e mi accorgo che non c'è. Forse non è una dispensa, alla fine della fiera. Forse è solo un armadio.

La musica continua a risuonarmi nelle orecchie. Non mi sembra più briosa e divertente. È inquietante. Morrissey canta *Cemetery Gates.* Il nastro si incastra mentre picchio sulla porta, un piccolo singhiozzo alla fine della parola *gates.*

«EHILÀ?» urlo. «EHI, EHI! Sono CHIUSA qui DENTRO. Sono INTRAPPOLATA NEL CHOKEY!»

«*...cemetery gAtEs, cemetery gAtEs, cemetery gAtEs, cemetery gAtEs...*»

L'armadio, che fino a qualche minuto prima mi sembrava così spazioso, adesso mi pare una scatola di fiammiferi che sta per essere accesa. Non mi pare di avere mai sofferto di claustrofobia, ma più le pareti mi premono addosso, più penso all'aria nella stanza, che ormai sembra così pesante e viziata da soffocarmi viva.

Non voglio piangere, non voglio piangere, non voglio piangere.

Non piango. Non piango mai. Quello che succede in realtà è peggio. Il sangue mi affluisce alla testa e, sebbene io sia immersa nell'oscurità più completa, il mio campo visivo è invaso da macchie viola e ho la sensazione di svenire. Mi tasto attorno in cerca di qualcosa a cui reggermi e la mano si posa su qualcosa di freddo, pesante e rettangolare. Qualcosa che, al tatto, mi sembra carta.

La batteria del walkman sta cominciando a morire. «*...cemetery gAtEs, cemetery gAtEs, cemetry gAaaaaaaa-ayyyyyyyyy...*»

Poi più niente. Silenzio. Silenzio tranne me che grido aiuto e picchio contro la porta.

La porta si spalanca e appare la signorina Harris. Praticamente le cado addosso.

«Maeve», dice, con espressione crucciata.

Nonostante il panico, la sua preoccupazione mi provoca un certo compiacimento. *Beccati questa, stronza.*

«Che cos'è successo? Stai bene?»

«La porta si è chiusa», dico borbottando. «La porta si è chiusa, sono rimasta intrappolata e...»

«Siediti», mi ordina. Fruga nella borsetta e tira fuori una bottiglietta d'acqua, svita il tappo e me la porge.

«Bevi a piccoli sorsi. Non vomitare. Stai ansimando, Maeve.»

«Sto bene», dico infine. «Ho avuto un attacco di panico e basta. È ora di pranzo?»

Adesso sì che ha un'aria preoccupata.

«Maeve, sono le quattro.»

«Che cosa?»

«Vuoi dire che non hai pranzato? Sei rimasta qui tutto questo tempo?»

«Sì! Lei mi ha detto di restare qui!»

Scuote la testa come se io fossi la pentola magica del porridge che sputa fuori porridge senza interruzione finché qualcuno non pronuncia la parola magica per farla smettere.

«Sai», dice entrando nell'armadio (per un attimo pen so di chiuderla dentro), «è sorprendente quello che riesci a fare quando ti ci metti. Non immaginavo che ci fosse tanto spazio qui dentro. Sei una maga. Ben fatto.»

«Grazie», rispondo fiaccamente. «Suppongo che diventerò una donna delle pulizie.»

«Meglio che tu vada a lavarti in bagno e torni a casa», dice, così mi rendo conto dello stato in cui mi trovo. Sono coperta di polvere dalla testa ai piedi, ho le calze strappate e filamenti di ragnatele attaccati alla camicetta dell'uniforme scolastica. «Sei sicura di stare bene?»

«Sì», dico, un po' brusca stavolta.

«Ci vediamo domattina. Cercheremo di capire che cosa farcene di tutti questi mobili.» Si dirige alla porta, rimettendosi la borsetta in spalla. Mi rivolge un'ultima occhiata, poi inclina la testa. «Ehi», dice infine. «Non sapevo che ti interessassero i tarocchi.»

Non ho idea a cosa si riferisca, poi abbasso lo sguardo. Tra le mani stringo un mazzo di carte.

CAPITOLO 2

Guardo le carte mentre torno a casa in autobus. Non riesco a capire che cosa significhino i disegni. Alcune carte hanno dei titoli, come il Sole, l'Eremita e il Matto, mentre altre hanno dei numeri e dei semi. Però non sono cuori, fiori, spade e quadri. Qui i semi sono dei bastoni, lunghi e di colore marrone, il contrario delle canne da pesca; delle coppe che assomigliano più a bicchieri da vino; spade che sono solo spade; e dei denari che sono piccole stelle su dei dischi.

La maggior parte delle carte raffigura delle persone, dipinte di rosso, oro e viola vivaci, e ogni personaggio è profondamente concentrato sull'attività che sta svolgendo. C'è un uomo che incide un piatto, ma nel senso che lo sta incidendo *davvero.* Nessuno vi si è mai applicato come fa questo tizio. È l'otto di denari, mi dice la carta. Mi domando che cosa significhi. *Oggi inciderai un piatto?*

Ovviamente ho già visto dei tarocchi. Qualche volta compaiono nei film. Un'indovina fa le carte e dice qualcosa di vago e lo spettatore è convinto che sia un'imbrogliona. Poi dice qualcosa che ti fa drizzare e prestare attenzione: «E che cosa ne pensa tuo marito *Steve*?» o qualcosa del genere.

Le faccio scorrere velocemente e noto che ogni carta è contrassegnata da un sistema molto simile a quelle solite.

Ogni seme è contraddistinto da un asso, un due, un tre, un quattro, un cinque, e così via fino al dieci. Ci sono anche le famiglie reali: fanti, cavalieri, regine e re. Alla mia amica Lily piacerebbero. Uno dei primi giochi che abbiamo inventato si chiamava le Dame a cavallo, in cui fingevamo di cavalcare nel giardino sul retro di casa sua, dove sconfiggevamo i draghi e salvavamo i principi. Forse nella sua testa continua a giocare alla Dama a cavallo, però non ci parliamo più.

Mentre penso a Lily, un'altra carta cattura la mia attenzione. Una che sembra diversa dalle altre e mi fa venire la nausea quando la tocco. Mi si appannano gli occhi per un istante, come se mi fossi appena svegliata. È il volto di una donna? La estraggo per guardarla, ma dal fondo dell'autobus si sente un rumore che mi costringe a girarmi. È un gruppetto di ragazzi del St Anthony. Perché in autobus i maschi fanno tanto baccano? Si passano qualcosa di mano in mano e poi scoppiano a ridere. Però non è un suono allegro e piacevole. C'è della cattiveria. Colgo un lampo di qualcosa e vedo che anche loro hanno delle carte.

Che cosa bizzarra: proprio il giorno in cui io trovo i tarocchi è lo stesso giorno in cui i ragazzi del St Anthony cominciano a praticarli?

All'improvviso, Rory O'Callaghan si alza dal suo posto e avanza tra i sedili, anche se so che manca ancora un'eternità alla sua fermata, che è la stessa a cui scendo io. «Ehi, Maeve», dice fermandosi accanto a me. «Posso...?»

«Certo», dico. La giornata di oggi si fa sempre più strana. Ero lì che pensavo a Lily ed ecco che arriva il fratello maggiore. Rory e io ci conosciamo da quando eravamo piccoli, ma non siamo mai stati amici. Distante e solenne, si faceva vedere di rado e ha attraversato la mia infanzia come una cometa.

Si siede e vedo che è completamente rosso in viso, i lucciconi agli occhi. Non gli chiedo che cosa è successo. Rory è sempre stato un facile bersaglio. I suoi lineamenti marcati e morbidi e le sue abitudini solitarie fanno di lui un emarginato in una scuola come la St Anthony, dove se non giochi a calcio o a *hurling* sei considerato praticamente morto. E probabilmente non giova il fatto che gli O'Callaghan siano protestanti in una città quasi integralmente cattolica. Non sono religiosi, nessuno lo è veramente, ma il fatto di essere protestanti gli conferisce una certa aria britannica. Una sorta di energia cortese e riservata che gli altri ragazzi sfruttano.

«Rory!» grida uno dei ragazzi. «Ehi! Rory! Roriana! Roriana Grande! Torna indietro!»

Rory socchiude gli occhi nocciola, che effettivamente assomigliano a quelli di Ariana Grande, e si gira verso di me: «Allora, come stai?».

«Sto bene», dico mescolando le carte. Mi piace la sensazione di freschezza che mi procura il cartoncino. È molto gradevole se sei il tipo di persona che non sa cosa fare con le mani.

Rory sbianca quando vede le carte. «Oh, merda. Le hai anche tu.»

Sono perplessa e giro le carte a faccia in su, mostrandogli le illustrazioni vorticose. «I tarocchi?»

In quel momento uno dei ragazzi attraversa di corsa l'autobus. «Ehi, Roriana Grande, la tua amica ha già visto queste?»

Il ragazzo, di cui non conosco il nome, mi mette delle carte sotto il naso e, all'improvviso, capisco lo scherzo. Non sono tarocchi. Sono quelle carte da gioco porno che si comprano durante le vacanze. Ragazze nude con tette enormi e tanga così attillati da farti venire un eczema. E su ogni faccia è stata appiccicata una fotocopia della foto scolastica di Rory. Lui finge di guardare fuori dal finestrino, sapendo che se cerca di afferrarle o reagisce in qualche modo loro avranno ottenuto esattamente ciò che vogliono.

A dirla tutta, questo è il momento più imbarazzante mai vissuto sull'autobus per Kilbeg.

«Aspetta un attimo», dico con voce misurata, come se stessi interrogando qualcuno sulla sua tesina per il trimestre. Guardo il ragazzo. «Quindi hai fotocopiato, ritagliato e incollato la foto di Rory su cinquantadue carte?»

Lui ride e gesticola verso i suoi amici con un'espressione che dice: «Non sono spiritoso?».

«Wow, devi avere una vera e propria *ossessione* per lui», dico ad alta voce, e il ragazzo mi rivolge un'occhiataccia e torna verso il fondo dell'autobus. Rory e io restiamo seduti in silenzio. Con la coda dell'occhio mi accorgo che ha le unghie dipinte di rosa. Non un fucsia chiassoso e vivace, ma un rosa delicato, il colore delle scarpette da ballerina. Così simile al colore vero della pelle che, a prima vista, quasi non lo si nota.

Quando scendiamo alla nostra fermata, lui si avvia nella direzione opposta mormorando a malapena un ciao.

Casa mia è a venti minuti buoni dalla fermata dell'autobus, ma è un bel percorso e in giornate come questa non vedo davvero l'ora di farlo. Devo camminare lungo la riva del fiume, l'enorme specchio d'acqua azzurro-grigio del Beg alla mia sinistra, le mura di pietra della città vecchia alla mia destra. Kilbeg era il centro cittadino cent'anni fa, perché la darsena era qui. Era un porto commerciale, uno dei più importanti d'Irlanda, e di quell'epoca sopravvivono ancora un sacco di vecchie piazze del mercato e pali per il bestiame. C'è persino una fontanella, prosciugata da decenni, dove la gente legava i cavalli. Alle elementari avevo fatto una ricerca sui disordini che ebbero luogo qui durante la Carestia, quando i latifondisti esportavano i cereali anche se gli irlandesi stavano morendo in massa. Mi avevano dato un premio. Il mio primo in assoluto – e probabilmente anche l'ultimo.

Casa nostra sembra grande da fuori, ma non quando si pensa che a un certo punto tutti e noi sette vivevamo lì. Sì, *sette*. Mamma, papà, la mia sorella maggiore Abbie, i due maschi Cillian e Patrick, Joanne e poi io. La gente mi chiede sempre che cosa si provi ad avere così tanti fratelli e sorelle, senza sapere che ci sono quindici anni di differenza con Abbie, tredici con Cillian, dieci con Patrick e con Jo. È più come avere una caterva di genitori.

«Ehi», mi chiama Jo dalla cucina. Sta preparando un dolce, un'attività che ultimamente la appassiona. Ha rotto con la sua fidanzata un paio di mesi fa e vive con noi mentre finisce il master. In realtà non voglio che si rimettano insieme, anche se la mamma pensa che sia destino. È talmente noioso quando siamo solo io, la mamma e il papà.

«Ehi, sei tornata presto», rispondo buttando a terra la borsa in corridoio ed entrando in cucina. «Che cosa fai?»

«Mah, c'era un'assurda protesta di cristiani davanti alle finestre della biblioteca, così sono tornata a casa.» Si lecca via la pastella da un dito. «Blondie al pistacchio e alla mandorla.»

«Dio mio, contro cosa protestavano? E perché devi sempre fare sempre dolci che sanno di sale?»

«Non sanno di sale», dice mentre tritura la frutta secca con il fondo di una bottiglia di vino. Si lamenta sempre che in questa casa non ci sono gli strumenti adatti, ma, con cinque figli e la sua carriera, alla mamma non è mai importato granché. «Sono *saporiti*. Protestavano contro la mostra di Kate O'Brien, dicono che i contribuenti non devono finanziare le iniziative artistiche dei gay. Come se ci fosse ancora della *buona* arte in giro.»

Con le mani a coppa raccoglie la frutta secca e la butta in una tazza. «Com'è andata la punizione a scuola?»

«È andata... bene.»

«Ti sei scusata con il professor Bernard, come ti avevo detto di fare?»

«No.»

«Maeve!»

«Non l'ho *centrato*!»

«Non è questo il punto. Perlomeno dovresti scusarti perché ti comporti sempre male e fai apposta a disturbare durante le sue lezioni.»

Che odio. Comportarmi male. Perché quando sei spiritosa la gente ha sempre fretta di definirti sociopatica? Quando una ragazza è tranquilla, si limitano a dire: «È tranquilla. È la sua personalità».

Se è una gran secchiona, dicono che è ambiziosa e stop. Non contestano niente. Jo era talmente ossessionata dalla scuola che per la maturità le era venuta una psoriasi da stress, ma allora dicevano solo che puntava dritto ai suoi obiettivi.

«E comunque», dice rovesciando la tazza con la frutta secca nell'impasto per i blondie, «non capisco perché le lingue ti risultino così difficili. Sei piuttosto loquace. Ti basta memorizzare i verbi giusti nei tempi principali. Tutto il resto è semplice.»

Ti basta? Ti basta memorizzarli?

Non si rende conto che è impossibile?

E poi lo fanno già gli altri. Tutte le ragazze che frequento hanno azzeccato diciotto o diciannove vocaboli su venti nell'ultimo test, mentre io ho faticato a beccarne dieci.

Prima di iscrivermi alla St Bernadette, la mamma mi ha portato da uno specialista per capire se ero dislessica. Mi sa che tutti speravano che davvero lo fossi.

«Sono sicura che ha dei talenti nascosti», aveva detto la mamma allo specialista, cercando di convincere sé stessa oltre che lui. «Di tutti i miei figli, è stata la più precoce a parlare. A undici mesi diceva già frasi complete.»

Cercavano una spiegazione per i miei scarsi risultati. Soprattutto i ragazzi, tutt'e due così presi dalla scienza. Ogni giorno saltavano fuori con nuove teorie sul perché restavo così indietro. «Abbiamo pensato che potrebbe essere l'udito?» aveva suggerito Cillian una volta che era tornato a casa per il weekend. «Forse non sente bene quello che dice l'insegnante.»

Ironico, dato che sapevo che l'aveva detto solo perché avevo origliato dalla stanza accanto quello che diceva.

Non sono dislessica, cieca o sorda. Sventuratamente per tutti, sono solo tonta.

Mi lecco il dito e comincio a picchiettare il piano di lavoro per raccogliere i granelli di pistacchio e mettermeli in bocca.

«Maeve, che schifo. Smettila. Non voglio il tuo sputacchio nei blondie.»

«Perché? Per chi sono?»

«Per nessuno. Dio santo, serve un'occasione per non volere dei blondie sputazzati?»

«Sono per Sarra, vero?» dico punzecchiandola. «Ti vedi con Sarra.»

«Chiudi il becco», dice raccogliendo altra frutta secca con la mano e aggiungendola alla miscela nella ciotola con un cucchiaio di legno.

«Ho indovinato!» dico trionfante. «Be', non aspettarti che le piacciano. Probabilmente dirà di sì, ma poi li tradirà con dei brownie.»

Joanne smette di mescolare. Avvampa in viso. Oddio, l'ho combinata bella. Qualche volta mi dimentico che, anche se tutti sapevamo da un pezzo del tradimento, Joanne lo rivive ogni giorno. Probabilmente io ho superato il fatto che è stata tradita, ma lei no di sicuro.

«Ehi», dico. Se riesco a farla ridere, allora potremmo divertirci insieme e ci butteremo alle spalle il ricordo di Sarra come del sale portafortuna. «I brownie sono orribili. Probabilmente i dolci più sopravvalutati al mondo. E sono pure delle puttanelle.»

Joanne non fa commenti e si limita a versare l'impasto nella teglia.

«Se ti piacciono i brownie vuol dire che sei uno stronzo», riprovo, osservandola mentre infila la teglia nel forno.

«Cristo, Maeve, vuoi piantarla?»

Tutt'a un tratto si mette a urlare, così arrabbiata da perdere la concentrazione e scottarsi l'avambraccio su un lato del forno. Lancia uno strillo e, istintivamente, si stringe la pelle facendo cadere a terra la teglia con la pastella. Afferro il rotolone di carta e comincio a ripulire i grumi gialli e appiccicosi.

«Smettila!» urla, spingendomi via. «Esci e basta. Esci, esci, esci! Vai in camera tua.»

«Cercavo solo di aiutarti, scema», dico, gli occhi che già mi bruciano. *Dio, non piangere. Non piangere.* Niente di peggio che essere la bambina della famiglia e piangere. «E non dirmi di andare in camera mia. Non sei la mamma, perciò vaffanculo.»

Adesso è Joanne che piange. A volte penso che sia stata per così tanto tempo la piccola della famiglia da essere più sensibile di me. In fin dei conti le ho rubato il suo status di bambina, mentre io cerco disperatamente di lasciarmelo alle spalle.

La porta della cucina si apre di colpo e compare la mamma, col cane al guinzaglio, che sembra già spossata dalla nostra presenza. Il cane si precipita dentro e si avventa sull'impasto, riempiendosi la bocca il più possibile prima che la mamma cominci a strillare per la sua sindrome dell'intestino irritabile di cui soffre.

«ACCHIAPPA TUTU!» sbraita. «Maeve, ALLONTANALO! Tutu, SMETTILA! Tutu, CATTIVO! Joanne, c'è dentro del burro? Non ho intenzione di pulire la sua diarrea rancida da latticini. Hai idea della puzza?»

Chiudiamo fuori Tutu mentre puliamo tutto quel casino e, tra le lacrime, Joanne spiega che razza di stronza sono.

«Non riesco a crederci», la aggredisco. «Hai più di vent'anni e fai ancora la spia.»

Poi dico un sacco di cose orribili su lei e Sarra di cui mi pento subito ma per cui non chiederò mai scusa. Tutu e io andiamo in camera mia, due reprobi.

Sul mio cellulare ci sono cinquanta notifiche di WhatsApp, ma sono tutte di gruppi a cui sono iscritta. Niamh Walsh e Michelle Breen mi hanno mandato qualche messaggio per chiedermi che cosa mi ha fatto fare la signorina Harris per il primo giorno di punizione.

Ho pulito il Chokey, rispondo.

Una marea di faccine.

Che stronza, dice qualcuna.

Ho trovato un sacco di schifezze, digito. Mando un'immagine del walkman con il nastro sporco.

Tutte manifestano la loro sorpresa, ma poi passano subito ad altro. Siamo almeno quattordici in questo gruppo di WhatsApp, così è difficile per tutte noi starci dietro. Mi ritrovo a desiderare, non per la prima volta, di avere un'amica del cuore con cui parlare.

Ne ho avuta una, in passato. Ma con Lily ormai è finita, da quasi un anno e mezzo.

Poi ricordo le carte. I rossi e i viola vivaci, quelle espressioni serie e quegli strani simboli. Le tiro fuori dalla borsa e comincio a spulciarle, disponendole in ordine di numero.

IL MATTO.

Un tizio con un cane e un flauto. È quasi sexy, con quei capelli lunghi da Principe Valiant.

IL MAGO.

Un tizio davanti a un tavolo, che mescola una pozione.

LA PAPESSA.

Una donna con una luna sulla testa. Mi fa pensare alla signorina Harris, bella e severa.

Le scruto una per una, sperando di avere una qualche visione psichica se stabilisco un contatto visivo abbastanza stretto con le persone raffigurate sulle carte. Non succede nulla. Alla fine, stufa della mia ignoranza, accendo il computer portatile e cerco: come imparare i tarocchi.

Dopodiché la sera scompare.

CAPITOLO 3

«Ehi, ragazzi, benvenuti sul mio canale. Sono Raya Silver di Silverskin Magic e oggi impareremo come fare una lettura standard di tarocchi con tre carte.»

La donna del video su YouTube, una bellezza mozzafiato, è seduta a gambe incrociate su una poltrona di vimini in una bottega mistica di New Orleans che è anche casa sua. Raya ha due figli, un cane, un gatto e un terzo occhio.

Sono passate due ore e per lei nutro già una vera ossessione.

Ho imparato un sacco di cose. Ho imparato che le carte con una faccia – come la Morte, il Mago e la Papessa – sono i personaggi principali dei tarocchi e si chiamano Arcani Maggiori. Il resto sono dei semi, proprio come nelle carte normali, e costituiscono gli Arcani Minori. Le Coppe rappresentano le emozioni. Le Spade rappresentano la mente. I Bastoni rappresentano la passione. I Denari rappresentano i soldi.

«Spade, Coppe, Bastoni, Denari», dice l'e-book di Raya. «Testa, cuore, lombi, piedi.»

«Voglio che vi scaldiate con una bella mescolata», ordina facendo scivolare le carte nell'aria e tra le dita come scialli di seta. Imito i suoi movimenti e le carte mi volano via di mano cadendo sul copriletto. Sto cercando ancora di perfezionare la mia tecnica di mescolamento.

«Oppure, se leggete i tarocchi per un'altra persona, fate mescolare a lei. Le carte sono oggetti vivi che respirano. Devono assorbire l'energia della persona per la quale state leggendo. Poi chiedete al cliente di tagliare il mazzo in tre parti con la mano sinistra e di ricomporlo. Aprite le carte a ventaglio di modo che abbiano un'ampia scelta.»

Faccio come dice.

«Ora pescatene tre. Rappresentano il passato, il presente e il futuro.»

Ne pesco cautamente tre e le giro. La Luna, il Carro e la Torre. La Luna è la luna e basta: una grande illustrazione luminosa e perlacea. Il Carro è un uomo su un carro trainato da due cavalli che sembrano imbizzarriti. La Torre è l'unica che mi procura angoscia. Ha un aspetto orribile. Una torre medievale è spezzata a metà e delle fiamme arancioni lambiscono la pietra. Due persone stanno cadendo giù, precipitando nella morte. Mi vengono i brividi, però mi fido di Raya. Dice che non ci sono carte davvero brutte, ma che ogni cosa ha un lato positivo, e io le credo.

Metto il video in pausa e consulto il Kindle per leggere la descrizione che Raya Silver dà delle carte. Tutte le interpretazioni di Raya sono gentili, hanno la lunghezza di un messaggio e sono scritte in un linguaggio normale e non in un qualche gergo magico, astruso e bizzarro. Ecco perché mi piace tanto. Mi sembra un'amica.

La Luna: La Luna governa il nostro ciclo mestruale e questo basterebbe per farci arrabbiare. Questa carta rappresenta l'energia subconscia profonda, forse persino le cose che state reprimendo. Ricordate che alla fine tutto il male deve emergere in superficie!

Il Carro: Wow! Rallentate! Il vostro carro sta per deragliare dal suo percorso… o state andando così veloce che a chiunque altro sembra un caos? Chiedetevi se avete la situazione sotto controllo oppure no.

La Torre: Okay, so che sembra brutta. Davvero brutta. Però qualche volta le vecchie strutture devono essere abbattute per costruire qualcosa di nuovo.

Faccio ripartire il video e Raya mi insegna come combinare queste tre carte. «Usate il vostro intuito», dice sospirando. «Lasciate che le carte parlino tra loro.»

Le osservo e mi chiedo come mi sento. Sicuramente negli ultimi tempi la volubilità della Luna ha avuto un ruolo determinante per me. Una profonda energia solitaria ha dominato quest'anno a scuola. Gli ultimi due anni, se devo essere sincera. Sembra che tutti siano ancora più intruppati nelle loro compagnie mentre io resto indietro, senza un'amica del cuore, senza un gruppo stabile, senza successi scolastici. Poi c'è il Carro, con il tizio che cerca di mantenere la calma mentre i due cavalli impazziscono. Sì, mi assomiglia proprio.

«Raccontate la vostra verità», dice Raya. La voce è gioviale, ma gli occhi color cioccolato sono concentrati e diretti. «Raccontatela ad alta voce.»

«In questo momento non sono molto felice», dico ad alta voce e, con mia grande sorpresa, sento una lacrimuccia calda spuntarmi nell'angolo di un occhio. Sbatto rapidamente le palpebre per scacciarla. «E cerco di far finta di stare bene, ma non è vero.»

«Andate nel luogo dove risiede la vostra paura», dice Raya Silver, come se mi avesse sentito. «Dite di che cosa avete paura.»

«Se non mi do una regolata, le cose andranno davvero, davvero male», dico e, prima che io abbia modo di sentirmi turbata, il papà mi chiama dabbasso per cena.

Quando arrivo al piano di sotto, c'è solo il papà a tavola. Jo è uscita – forse è andata a casa di Sarra – e la mamma sta correggendo degli esami nella vecchia cameretta di Abbie, perciò è lì che mangia.

«Ho saputo che hai fatto patire a Joanne le pene dell'inferno», dice il papà con tono di disapprovazione, porgendomi un piatto di lasagne.

«Se questa è la *sua* versione della storia...»

«Dovresti essere più carina con tua sorella. Sta passando un brutto periodo.»

«Sono carina», dico. «So essere carina.»

«Sei più che carina, Maeve. Sei buona. C'è tanta bontà in te. Devi solo manifestarla.»

«Qual è la differenza?»

«Le persone carine», dice accarezzando Tutu, che gli raspa sulle sue ginocchia per avere qualche avanzo, «sorridono, ascoltano e dicono: "Oh no, che cosa orribile" quando sentono una storia triste. Le persone buone fanno anche qualcosa.»

Anche il papà è il più giovane della sua famiglia, quindi tende a essere più compassionevole di chiunque altro. Però era l'unico genio in una famiglia di idioti, mentre io sono l'unica idiota in una famiglia di geni. Non è esattamente la stessa cosa.

Parliamo per un po' e mi chiede se la scuola va meglio, così io mento e gli dico di sì.

«Come sta Lily?» chiede, spostando il cibo nel piatto. «Vi parlate ancora?»

«Non siamo più amiche, papà», dico rapidamente, poi tiro fuori i tarocchi dalla tasca.

«E *quelle* che cosa sono?»

«Carte da tarocchi», rispondo. «Vuoi che te li legga?»

«Non lo so. Mi dirai delle cose spaventose sul mio futuro?»

«I tarocchi non rivelano il futuro», dico imitando la voce calma da guru di Raya Silver. «Ti aiutano solo ad analizzare il presente.»

«Gesù. Sei in una setta adesso? Ho sentito alla radio che tutti i giovani entrano nelle sette, ma non pensavo che avrebbero irretito anche *te*.»

«No, m'interessano le carte e basta. Fanno parte della storia, sai? Venivano usate in Italia nel quindicesimo secolo.»

«Allora adesso t'interessano la storia *e* l'italiano? Questa setta comincia a piacermi.»

«Ecco», gliele porgo. «Dai una mescolata a questi ragazzacci. Mettici i tuoi succhi.»

«I miei *cosa.*» Papà ha un'espressione inorridita.

«Le tue energie! Mettici le tue energie! Le carte sono fatte, be', di carta, papà. E la carta viene dagli alberi. Hanno una coscienza.»

«Mmh mmh», dice palesemente divertito. «E quando hai avuto queste carte?»

«Oggi», rispondo. Gliele faccio mescolare e gli faccio dividere il mazzo in tre mucchietti. Poi le dispongo a ventaglio come faceva Raya. «Pescane tre.»

Ne pesca tre. Dieci di Bastoni, Due di Coppe, il Matto. Le studio.

«Sembra che tu stia sgobbando davvero sodo», dico indicando l'uomo con un fascio di bastoni sulla schiena. «E, nel frattempo, potrebbe darsi che trascuri la mamma. Le carte vi suggeriscono una vacanza insieme, un po' di avventura, per sentirvi ancora... be', insomma... innamorati.»

Mio papà si rabbuia in volto. «Ma piantala», dice. «Non dicono così.»

«Invece sì!»

«Te l'ha suggerito tua madre?»

«No!» dico tutta allegra. «Perché? Ho ragione?»

«Geeeesùùù!» Comincia a passarsi le mani tra i capelli sottili e rossicci. «Be', allora immagino che andremo a Lisbona.»

«Lisbona?»

«Tua mamma continua a insistere perché andiamo a Lisbona. Al momento i voli costano poco. E poi sto lavorando come un matto.»

«Andateci!» dico, eccitatissima all'idea di averci azzeccato. «Andate a Lisbona!»

«E chi mi assicura che andrai a scuola ogni mattina?»

«Ho sedici anni! Sono capace di svegliarmi da sola per andare a scuola. E poi ci sarà anche Joanne.»

Porta i piatti al lavandino e li sciacqua. «Dio mio», dice, ancora sbalordito. «Meglio che guardi su Ryanair, mi sa.»

Rimescolo le carte, soddisfatta del mio successo. «Mi sembra molto interessante», dice prima di uscire dalla stanza, «che in una sera tu abbia imparato tutte quelle carte mentre ancora non hai memorizzato i tuoi orari.»

«Ma stai zitto! Conosco i miei orari! Ho sedici anni, papà, non otto.»

«Che cosa fa sedici per otto?»

«Un milione e tre.»

«Sbagliato. Fa centoventotto.»

«Oh, guarda», rispondo estraendo le mie carte. «È la carta della Morte. Io mi sbrigherei a prenotare quei voli.»

Se ne va e mi lascia sola con il mazzo di carte del Chokey. A ripensarci, nonostante la sua battuta stupida sulla matematica, è davvero un po' strano che sia riuscita a imparare così bene le carte in una sera. Ma non è come studiare le altre cose. Non mi esce dal cervello nel momento in cui passo a qualcos'altro, come mi succede con le materie scolastiche. Mi resta impresso, come i testi delle canzoni. Come le poesie. Come delle sensazioni che ho già provato ma per cui finalmente ho una mappa.

CAPITOLO 4

Il giorno dopo la signorina Harris mi fa passare buona parte della mia pausa pranzo a finire il Chokey. A me non importa più di tanto. Il papà mi ha dato delle pile di ricambio per il walkman, così adesso il lavoro mi diverte e sono impaziente di vedere il Chokey pulito e in ordine, e ci do dentro cantando musica goth degli anni Novanta. Tengo le carte nella tasca anteriore dello zaino e cerco di resistere alla tentazione di giocarci.

Cinque minuti prima che suoni la campanella la signorina Harris dichiara che il Chokey è un successo e mi dice di andare nella sala comune a mangiare qualcosa. Dopo l'incidente di ieri, quando la porta si è chiusa di colpo, evidentemente ha paura che mi faccia del male e che sia tutta colpa sua.

La maggior parte delle ragazze sono andate in città a prendersi da mangiare, ma qualcuna sta ancora oziando in classe per evitare il freddo di febbraio. Lily O'Callaghan è seduta da sola con un libro, la frangia biondo scuro che le cade sugli occhi. Vedo dei puntini rossi e gonfi attorno alle tempie, eruzioni di acne dove l'unto dei capelli le tocca la pelle. Con che frequenza se li lava in questi giorni? Lily non è sporca di per sé, solo che non le piace molto vivere nel suo corpo. Non le piace accorgersi di averne uno. Se potesse essere solo un cervello in un barattolo, leggere libri e disegnare, sarebbe molto più felice.

Alza lo sguardo e mi rivolge un sorriso teso, giocherellando con l'apparecchio acustico quando le cammino accanto. Scorgo un gruppetto di ragazze che conosco e le raggiungo in fretta, passando svelta davanti a Lily senza rivolgerle la parola.

Perché lo faccio? Perché sono così tremenda con lei, quando ne abbiamo passate tante insieme?

Vado a sedermi con la cricca. Michelle ha una nuova trousse di trucchi di questa marca americana sponsorizzata, a quanto pare, dalle drag queen più famose e ne è entusiasta. Difficile capire perché. I colori sembrano esattamente gli stessi che si trovano a venti euro da Urban Decay: commetto pure l'errore di dirlo, così tutte ridono e Michelle fa una faccia seccata.

«Scusa», dico quando vedo che ha le orecchie rosse. Michelle ha i capelli fulvi, perciò qualsiasi minimo cambiamento d'umore è immediatamente riconoscibile. Resto in silenzio per un po' e le ascolto parlare. Mi annoio alla svelta. Comincio a cincischiare e infilo le mani nella tasca della giacca scolastica e ci trovo le carte dei tarocchi. *Cosa?* Ero sicura di averle lasciate nello zaino.

Devo avere un'espressione confusa, perché le ragazze si fermano e mi guardano.

«Che cosa c'è?» chiede Michelle. «Sembra che hai sentito puzza di scoregge.»

«Niente», dico recuperando la mia espressione normale. «Ehi, vuoi che ti legga i tarocchi?»

«Leggermi cosa?»

Glieli mostro e le altre ragazze mi fanno ressa attorno.

«Non sei capace di leggerli davvero, no?» chiede Michelle.

«Un po'», dico. «Mi sono esercitata ieri sera.»

Michelle mescola e pesca le carte. La Regina di Bastoni, il Tre di Coppe e l'Asso di Denari.

Proprio come ieri sera col papà, tutto s'incastra alla perfezione. Quello che le carte hanno da dire sembra così semplice. Intreccio la storia per Michelle. Sul fatto che la passione creativa per il trucco e l'affetto per le amiche siano le forze gemelle della sua vita e le spianeranno la strada verso il successo.

Michelle è chiaramente impressionata. «Wow, giusto ieri sera ho aperto un canale YouTube dedicato al make-up.»

Le ragazze restano visibilmente a bocca aperta e io intuisco già che i tarocchi faranno furore.

«No!»

«Sì! Guarda! Aspetta che te lo faccio vedere!»

Tira fuori il telefono e lancia l'app di YouTube. Dice la verità: con zero iscritti e un cerchio grigio al posto della foto, c'è un canale YouTube che si chiama *SweetShellFaces*. Michelle avvampa di imbarazzo nel mostrarcelo, ma evidentemente vuole sottolineare l'aspetto misterioso della lettura.

«Non sentirti a disagio. Le carte pensano che sia una buona idea.»

«Davvero?»

«Come no. Guarda qui!» Quindi le spiego che la Regina di Bastoni rappresenta la creatività femminile, il Tre di Coppe l'amicizia e l'Asso di Denari il successo finanziario.

Da quel momento la lettura dei tarocchi prende possesso delle pause pranzo. Tutte sembrano credere che sia una magia e che io sia una sensitiva, ma anche se vorrei credere alla mia pubblicità, so che non è così. Si tratta solo di conoscere le carte e conoscere molto bene queste ragazze. Quando per Becky Lynch appare il Tre di Spade, so che la sofferenza a cui si riferisce la carta è quella per il divorzio dei genitori. Quando per Niamh appare la Morte, tutte lanciano un urlo, ma io so che la carta indica che di recente Niamh ha dovuto rinunciare al suo cavallo perché con la famiglia si è trasferita dalla campagna più rurale nel centro della città.

«Non è che Gypsy muore, vero?» chiede tra le lacrime. Tutta la stanza si stringe attorno a me, esaltata dal dramma.

«No», dico dopo una pausa col fiato sospeso. Non posso fingere di non essere esaltata anch'io. «Devi solo accettare il fatto che la parte della tua vita con Gypsy è finita, così può cominciare qualcosa di nuovo.»

Ben presto, tutti gli studenti del mio anno sa dei miei tarocchi. Una mattina sto aspettando di usare il bagno quando Fiona Buttersfield viene sparata da me e mi chiede una lettura.

«Ehi», dice. «Sei tu la ragazza.»

«Fiona», rispondo nervosa. Fiona Buttersfield m'intimidisce un po'. Seguiamo solo un corso insieme, ma lei è una specie di celebrità del nostro anno. Fiona è una di quelle ragazze che riescono a non rendere imbarazzanti i corsi di teatro e di danza del sabato. Li fa da così tanto tempo che i ragazzi più grandi, che ormai vanno all'università, continuano a frequentarla e la fanno partecipare ai loro spettacoli.

«Anche tu ti chiami Fiona?» sembra confusa.

«No, tu ti chiami Fiona. *Io* mi chiamo Maeve.»

«So come mi chiamo *io.*»

«Hai bisogno di qualcosa o...?»

«Ho sentito che leggi i tarocchi.»

«Eh...» Esito un attimo, chiedendomi se potrei davvero leggerli per qualcuno che non conosco. «Vuoi che lo faccia per te?»

Annuisce. «Voglio un consulto sulla mia carriera.»

«Capisco», replico. «Be', vieni da me all'ora di pranzo.»

«Non se ne parla nemmeno», dice incrociando le braccia come le avessi appena chiesto di togliersi le mutandine. «La lettura non va fatta in pubblico, non lo sai? Va fatta in privato.»

«A quanto pare, sai già un sacco di cose.»

«La mia tita leggeva i tarocchi quand'era a Manila», dice, e poi nota la mia faccia perplessa. «Mia *zia.*»

«Ah, giusto. Allora perché non lo chiedi a lei?»

«Perché mi direbbe qualcosa di noioso, tipo legge o medicina.»

«Giusto. D'accordo.» Suona la campanella per la lezione, mi sento scoppiare e devo ancora andare in bagno. Entro in uno dei gabinetti e mi abbasso i collant. Fiona si trattiene all'esterno.

«Allora lo fai?»

«Sì!» dico, consapevole che può sentirmi fare pipì. «Al Chokey, durante la pausa pranzo!»

«Ti ricopro d'oro!»

Per un attimo sono sicura di averla fraintesa. «Cosa?»

«Ti pago!»

Durante la pausa pranzo Fiona è al Chokey. Ho ancora la chiave che mi ha dato la signorina Harris e ci sediamo per terra con le torce dei telefoni accese, il volto spettrale nell'oscurità.

Mentre mescolo, non posso fare a meno di guardarla con curiosità. È una vera sorpresa vederla lì. Non è una cattiva ragazza, ma di sicuro tiene le distanze. Non posso fargliene una colpa. Sua mamma è filippina e, siccome è una delle poche persone non bianche della scuola, il suo aspetto attira qualche commento. L'anno scorso, al rientro dalle vacanze estive, alcune ragazze le hanno chiesto di mettere il braccio nudo vicino al loro per confrontare le abbronzature. Le fanno continuamente i complimenti per i capelli neri e lucidi, ma quasi sempre aggiungendo delle precisazioni strambe, del tipo: «Be', immagino che sia perché mangi un sacco di pesce».

Restituisco il mazzo a Fiona chiedendole di rimescolarlo e tagliarlo. Lei pesca le carte e io le guardo. Per un istante non dico nulla.

«Stai… bene al momento?» chiedo, esitante.

«Che cosa intendi?»

«Le tue carte mi sembrano un po'… tristi.»

«Ti ho chiesto della mia carriera.»

«Sì, però…»

Faccio un gesto con le mani sopra le carte. Cinque di

Coppe. Tristezza, ansia, perdita. Tre di Spade. Cuore infranto. Nove di Spade. Preoccupazione.

Le fremono le labbra. Fiona Buttersfield l'ho sempre vista abbastanza piena di sé. Troppo raffinata per confondersi con la banalità della massa.

«Sembra che tu abbia in mente altre cose che non sono… ehm… la tua carriera.»

Fissa le carte per un lungo istante e immagino che stia per sospendere la lettura.

«Ho questo fidanzato», dice infine. «È più grande di me.»

«Ah», dico, cercando di restare calma. Del tipo: "Oh sì, come no, anch'io ho parecchi fidanzati più grandi".

«Ha vent'anni.»

«Wow.»

«Ci siamo conosciuti in teatro», dice sospirando lievemente con la voce. C'è qualcosa di particolarmente fastidioso nel modo in cui pronuncia «teatro». Come se non ci fosse la «r». Teato.

«Vuole…»

«Fare sesso?» azzardo.

«Sì», replica, grata che l'abbia detto io.

«E tu…»

«Non lo so!» sbotta all'improvviso, passandosi le dita fra i capelli. «Però, sai, usciamo da tre mesi. Non sarebbe poi così scandaloso.»

«Mmh mmh», dico ancora e intanto penso: "Questo supera di gran lunga il mio tariffario". Sono una lettrice amatoriale di tarocchi, non una terapeuta. Faccio del mio meglio. «Be', qui ovviamente le carte cercano di dirti qualcosa.»

«Che cosa?»

Prendo il Nove di Spade. «Questa è l'immagine di una donna che sta letteralmente piangendo a letto al pensiero di un uomo che ci entri dentro.»

Lei ride. Non un risolino finto, ma una vera risata, a pieni polmoni.

«Ma piantala, non significa *questo.*»

«Digli che non sei pronta e basta.»

Torce la bocca e guarda di nuovo la carta. «A dirti il vero, non credo che sarò mai pronta. Non so nemmeno se mi piace così tanto. Però è nel gruppo teatro e sono tutti più grandi...»

Ci penso su un attimo. «Be', potresti sempre dire che la storia d'amore ti distrae dalla tua... arte.»

Lei annuisce, riflettendoci sopra. «Non è una cattiva trovata.»

«Oppure potresti rompere con lui.»

Lei sorride e guarda per terra. «Neanche questa è una cattiva trovata.»

In quel momento qualcuno bussa alla porta dell'armadio e fuori ci sono due ragazze del primo anno.

«Abbiamo saputo che predici il futuro», dice quella più coraggiosa.

Fiona mi precede: «Sì», dice. «Due euro, dieci minuti.»

Gira la testa di scatto verso di me, con un sorriso pieno di malizia. «Ti prendo io gli appuntamenti se tu mi leggi le carte gratis. Affare fatto?»

«Affare fatto», rispondo incerta.

«Ogni stella ha bisogno del suo sensitivo.»

Cerca di assumere un tono disinvolto, ma sotto la spavalderia comincio a intravedere qualcosa che solo io so riconoscere perché la possiedo anch'io. Fiona è sola. Ogni stella ha bisogno del suo sensitivo e ogni ragazza ha bisogno di qualcuno con cui parlare.

Ed è così che ha inizio la Consulenza Tarocchi Chokey.

Quella sera stendo ogni carta sul pavimento della mia camera da letto. Decido di mettere alla prova le mie conoscenze, per assicurarmi di ricordarmi tutto. Se devo buttarmi in questa attività, ho bisogno di non farmi cogliere alla sprovvista, indipendentemente dalla carta che esce. Le indico e ripeto ogni significato ad alta voce, come se stessi pronunciando un incantesimo magico.

«Asso di Coppe, compassione! Due di Coppe, storia d'amore! Tre di Coppe, amicizia!»

Come mai è tutto così facile?

Una volta che ho ripassato almeno tre volte ogni carta succede qualcosa di strano. C'è una carta avanzata, appiccicata al Mondo, l'ultima carta degli Arcani Maggiori. Non ha né numero né semi come tutte le altre. Mostra una donna con i capelli lunghi e neri e un coltello in bocca. Indossa un lungo abito bianco. L'ho già vista, mi sembra. Il mio sguardo si è posato fugacemente su di lei quel giorno con Rory in autobus, ma da allora non era più apparsa.

Digrigna i denti con un'espressione di giocosa crudeltà. Una sorta di cane dalle lunghe zampe, un levriero o uno whippet, è in piedi accanto a lei con aria derelitta e appoggia la testa alla sua gamba come per mantenere l'equilibrio. Sotto l'illustrazione c'è solo una parola: GOVERNANTE.

Cerco il termine *governante* nell'e-book, ma non viene fuori niente. Cerco la carta della Governante su Google, ma non ci sono risultati che le corrispondono.

Più la osservo, più mi sento inquieta. Non è affatto la carta più tetra del mazzo – il Dieci di Spade, per esempio, è un morto con dieci spade che gli spuntano dalla schiena –, ma la Governante è diversa.

Comincio a provare un rimescolio nello stomaco, dovuto a un senso di colpa fuori luogo, tipo quello che si avverte quando si è sicuri di aver fatto arrabbiare qualcuno ma non si sa come. Avverto un fremito elettrico nel sangue e, tutt'a un tratto, ho una coscienza acuita della mia pelle. Ogni cuticola che si stacca, gli angoli della bocca secchi. Sono intrappolata in una gara di sguardi con questa carta e posso solo perdere.

In fin dei conti è un disegno, il che le conferisce un vantaggio nelle gare di sguardi.

«Maeve!» Joanne mi chiama dal fondo delle scale.

«Cosa c'è?»

«Scendi a mangiare o no?»

«Arrivo!» Mi alzo, raccolgo tutte le carte disseminate a terra e le rimetto in un mazzo ordinato.

Tranne lei. La Governante, che dev'essere una specie di strano Jolly che non ha posto in una lettura reale.

La tiro fuori. Apro il cassetto della scrivania e la infilo con cura tra le pagine dei vecchi manuali di conversazione francese che Abbie mi ha mandato.

Vado dabbasso, mangio il pad thai e non litigo con Jo per il resto della serata.

CAPITOLO 5

Dopo qualche giorno sono così esausta a forza di leggere i tarocchi alla gente che passo ogni momento libero sdraiata sul pavimento del Chokey mentre Fiona conta i nostri incassi.

«Sedici euro!» dice con soddisfazione. «Ed è solo oggi e ieri.»

Di solito farei i salti di gioia al pensiero di avere più soldi, soprattutto perché da quando Abbie era adolescente la mamma e il papà non hanno più adeguato le nostre paghette al tasso d'inflazione. Però sono troppo stanca per festeggiare e tengo gli occhi chiusi.

«Fico.»

«Dovresti reinvestirli nell'attività», dice Fiona. «C'è una bottega in città che vende articoli di stregoneria.»

«Articoli di stregoneria?»

«Sì», risponde. «La mia tita dice che la tipa che ci lavora ti butta fuori se hai una brutta aura.»

La bottega si chiama Divinazione e ci vado subito dopo la scuola. È angusta, con un pungente aroma d'incenso che riempie lo spazio. Cristalli, acchiappasogni e boccette di profumo occupano ogni superficie. Mentre aspetto che la proprietaria finisca di vendere una pietra deodorante, comincio a prendere in mano degli oggetti e a esaminarli, cercando di essere il più rispettosa possibile, pur con la certezza che per la maggior parte sono cazzate.

«Ehilà, salve», dice allegramente la negoziante. Ha una cinquantina di anni, porta pantaloni alla turca e un pezzo d'ambra attorno al collo. Ha i capelli biondo chiaro legati in una coda di cavallo e il nastro di seta rossa dà alla sua testa una strana aria da ragazza.

«Posso esserti d'aiuto?»

«Mi servono dei cristalli», dico tirando fuori i quattordici euro che ho guadagnato oggi con le letture. «Quanti posso averne con questi?»

«Dipende. Per che cosa ti servono?»

«Che cosa intende?»

«Servono cristalli diversi per lavori diversi, tesoro.»

Prendo una pietra sfavillante, grigia e viola, delle dimensioni di una patata. «Questa quanto costa?»

«Trentacinque euro.»

«Urca», dico, lasciandola scivolare in fretta dalle mani. Atterra sulla vetrina con un tonfo.

«Le ametiste sono pietre protettrici potenti. Inoltre devono avere un certo prezzo se vogliamo estrarle in maniera etica», dice. Non sembra molto offesa dalla mia ignoranza, grazie a Dio.

«Mi spiace», dico. «Solo che ultimamente ho cominciato a leggere i tarocchi e pensavo che sarebbe stato carino avere delle pietre per aiutare i miei... ehm... clienti a... rilassarsi.»

«Congratulazioni», dice con un sorriso. «I tarocchi sono una bella sfida. Io non li faccio più. Più invecchi, più ti impregni dell'energia altrui. Dopo i quarant'anni, ogni volta che facevo una lettura mi svegliavo con il collo incriccato. Sai, il fluido negativo degli altri. È davvero un mestiere per giovani.»

«Ah», dico, turbata dall'idea di assorbire l'energia delle persone. «È *qualcosa* che... succede?»

«Dipende.»

«Da cosa?»

«Dalla sensibilità. Dall'empatia. Dal tipo di persone per

cui leggi. Mettono a nudo il cuore per te, tirano fuori tutte le schifezze che si tengono dentro e su cui lavorano da anni, e poi le danno a te. E ti restano appiccicate. Ecco perché qui dentro brucio la salvia: non è tanto per purificare i clienti, è più per proteggere me *dai* clienti», ride.

«Credo di aver capito che cosa intende», dico. Decido che mi piace. Le tendo la mano. «Io sono Maeve Chambers.»

Mi porge la mano anche lei e, per qualche motivo, invece di dirmi il suo nome ride per il mio. «Ci sono tre «e» nel tuo nome», dice con moderato interesse.

«E allora?»

«I nomi sono potenti. Tre «e» significa che quando t'innamori è per davvero. Mia sorella Heaven era uguale.»

Heaven. Ovviamente una tizia che possiede una bottega di magia ha una sorella che si chiama Heaven, *paradiso.*

Venti minuti dopo esco per andare a prendere l'autobus e ho la tasca piena di quarzo rosa, calcite con la punta arancione e occhi di tigre. Inoltre mi ha regalato degli incensi.

«Ricordati di purificare regolarmente lo spazio in cui leggi i tarocchi», mi dice con tono di rimprovero. «E prenditi cura di te! Non invischiarti con le porcherie degli altri!»

«Grazie», dico esitante.

«*Go raibh maith agat.*» Grazie.

L'autobus delle 17.15 è tranquillo. Troppo tardi per gli studenti, troppo presto per l'ora di punta. Nelle orecchie ho i sottili auricolari di plastica del walkman che, sulle ginocchia, fa girare la cassetta della primavera 1990. Lo trovo curiosamente confortante, come un rumore bianco con il quale spegnere il cervello. Vedo Rory O'Callaghan seduto da solo e mi sembra maleducato non sedermi vicino a lui dopo ieri. Tutt'e due diciamo «ehi» allo stesso tempo, dopodiché piombiamo nel silenzio. È ancora evidentemente a disagio per l'episodio di ieri, quindi non vi faccio cenno.

Gli guardo le unghie. Sono ancora dipinte con quel rosa scarpetta da ballo.

«Che figata», dico infilando la mano nel sacchetto di carta che ho nella tasca del cappotto. «Ho una pietra dello stesso colore.»

Gli mostro il quarzo rosa. Se lo palleggia da una mano all'altra come se fosse appena uscito dal fuoco di una fucina.

«Ehi! Fai attenzione! Queste cose non costano poco.»

«Hai speso dei soldi per comprarlo?» dice, evidentemente divertito. «Non c'è un laccio o un fermaglio. Non lo puoi nemmeno indossare.»

«È un quarzo rosa. È per...» però poi ricordo a che cosa serve. «È per una cosa importante.»

«È a questo che ti dedichi adesso? I cristalli, l'incenso e tutto il resto?»

Tiro fuori di tasca un bastoncino d'incenso e lo brandisco come una bacchetta. «Eh, si può dire così.»

«Wow», si passa la mano nella frangia lunga e riccia che quasi sempre gli copre gli occhi, riportandola verso la cima della testa. «Maeve, sei l'ultima persona che credevo potesse appassionarsi di roba new age.»

Ha gli occhi di un nocciola luminoso, quel raro colore in cui il verde e l'oro brillano con la stessa lucentezza. Rory possiede una grazia intensa che quand'eravamo piccoli gli conferiva un aspetto da bambino fantasma vittoriano ma che ora ti avvince in modo bizzarro quando lo guardi.

«Io? Perché sarei l'ultima persona che ti immagineresti?» chiedo incredula. «Non... Vladimir Putin?»

«Putin, be', vediamo... Putin è quel genere di malvagio che t'immagini sacrificare una vergine su un altare per vincere un'altra elezione, capisci?» dice Rory scherzando. «Putin è decisamente più stregonesco di te.»

«Okay, allora Putin è più stregonesco di me», concedo, cercando di farmi venire in mente celebrità ancora meno stregonesche. «Che ne dici di… The Rock? No, no, scusa, ritiro. The Rock è decisamente più stregonesco di me.»

«Ah sì.» Rory sorride. «Voglio dire, il suo nome deriva da qualcosa che viene dal suolo. Come stregoneria è al livello di una dea della terra.»

Andiamo avanti così per un po', cercando di pensare alle celebrità meno stregonesche. Alla fine, quando ho esaurito i personaggi famosi e Rory i motivi per cui sono più magici di me, gli racconto delle carte del Chokey.

«Ah, giusto, quelle. Le avevi qualche giorno fa, non è vero?»

«Sì», dico, badando a non fare cenno alle altre carte che abbiamo visto lo stesso giorno.

«Be', dai, fammi vedere allora.»

Pesca tre carte. Il Fante di Coppe, l'Impiccato, l'Asso di Bastoni.

«Be'…» esordisco, flettendo le dita. «Questo Fante di Coppe qui? Rappresenta i sogni e il materiale del subconscio che sta per emergere in superficie.»

Indico il fante, che ha un pesce in una coppa. «Ecco che cosa rappresenta questo pesce.»

«Devo procurarmi un pesce adesso?»

«No, devi solo elaborare delle… idee che non si sono ancora del tutto formate. L'Impiccato è appeso per un piede, vedi?»

Alzo la carta. Rory ammicca all'uomo a testa in giù, legato a un albero per una caviglia.

«È incastrato tra le cose. Non è capace di impegnarsi con una cosa o con l'altra. O forse è solo incastrato in una posizione scomoda e non riesce a immaginarsi una via d'uscita.»

All'improvviso l'espressione di Rory cambia. Il suo viso, già pallido, assume ora una sfumatura grigiastra. «Che cosa intendi con questo?»

«Ehm… non lo so. Tu che cosa ne pensi?»

Rory non dice niente.

«Queste letture dovrebbero essere una strada a doppio senso. Tu parli con me e noi interpretiamo le carte insieme.»

«Che cosa significa l'ultima carta?» chiede con voce severa.

«Non vuoi parlare dell'Impiccato prima?»

«No. Che cosa significa l'ultima carta?»

«L'Asso di Bastoni? È come il potenziale puro, il puro fuoco. Sei tu che trovi la grinta per fare quello che vuoi fare. Qualunque cosa il Fante e l'Impiccato stiano architettando, l'Asso di Bastoni ti aiuterà a conseguirlo.»

Silenzio. Il volto di Rory assume un'espressione visibilmente annoiata.

«Tutte scemenze», dice infine.

«No, non è vero.»

«Invece sì. Come faccio a sapere che non t'inventi queste fesserie man mano che procedi?»

«Perché non lo faccio. Che cosa ti scoccia tanto? È una lettura molto moderata. L'Impiccato non è una brutta carta, Rory. Non è impiccato in senso letterale.»

«Non importa», dice. Rivolge lo sguardo al finestrino. Quando l'autobus arriva a Kilbeg, ognuno prende la sua strada e ci salutiamo con un borbottio. Sono a metà percorso quando mi accorgo che Rory ha ancora il mio quarzo rosa.

CAPITOLO 6

Avevo sperato che la mia capacità di memorizzare i tarocchi avrebbe prodotto come per incanto un miglioramento generale della mia memoria e che la scuola sarebbe diventata più facile. Non è successo. Però all'improvviso la scuola diventa molto più tollerabile se organizzo tutta la giornata attorno alla lettura dei tarocchi. La gente ne va pazza. Ora passo la mattina e il pranzo nel Chokey e Fiona e io riceviamo in continuazione bigliettini con gli appuntamenti da fissare.

Dispongo i miei nuovi cristalli sugli scaffali del Chokey e, anche se sono abbastanza sicura che la signora del Divinazione eccedesse con la cautela riguardo a tutta questa faccenda dell'*energia*, continuo ad accendere l'incenso dopo ogni lettura. Però ci vado un po' pesante, perché alle tre del pomeriggio tutti gli insegnanti si lamentano dell'odore che si diffonde nell'edificio, ma nessuno fa la spia sulla Consulenza Tarocchi del Chokey. Persino chi non si interessa ai tarocchi è innamorato del fatto che il nostro anno ha un segreto. Qualcosa che ci distingue.

Fiona gestisce l'agenda degli appuntamenti con il pugno di ferro e non permette a nessuno di saltare la coda o di contrattare un orario migliore. Tiene sempre dieci minuti per sé stessa alla fine della giornata. Io non le racconto granché. Peschiamo le carte, ma per lo più lei se ne sta sdraiata sul pavimento e mi racconta che vuole studiare teatro al Trinity College, ma che ci sono solo diciassette posti all'anno e lei *deve* entrarci.

Nonostante tutto questo, Fiona mi piace. Supera sempre gli esami in maniera brillante, ma non fa mai tante storie e non è nemmeno una leccaculo con gli insegnanti. E non s'interessa ai pettegolezzi, come fanno tutte le altre. La maggior parte delle ragazze che vengono a farsi leggere i tarocchi fanno le stesse domande: che cosa pensa la loro migliore amica e che cosa dice la loro migliore amica. Moira Finch e Grace Adlett sono venute tre volte solo per mettere le cose in chiaro sul perché, di preciso, non si rivolgono più la parola.

Alcune ragazze ricevono interpretazioni estremamente benevole, ma se ne vanno dal Chokey piangendo e tremando. È tutta scena, naturalmente. Ognuna di loro vuole essere quella con la lettura da-non-crederci che le cambia la vita e le predice il futuro.

Fiona è di nuovo sul pavimento e si strofina tra le dita un pezzo di calcite dalla punta arancione.

«Mio fratello maggiore fa il medico. Vive a Boston», geme. «Mia mamma pensa che recitare sia da egocentrici.»

«I miei due fratelli sono ingegneri», solidarizzo con lei. «E mia sorella Abbie lavora per l'UE, in Belgio. Non ci credono che non riesco a passare l'esame di italiano.»

«Puah, che schifo. Chi se ne frega dell'italiano?»

«Eh, non parlarmene» rispondo, sollevata di sentirglielo dire. «Dovremmo studiare tutti spagnolo.»

«In molti quartieri di Los Angeles parlano spagnolo, sai? E ci sono un sacco di parole spagnole nel tagalog.»

«Davvero? Vedi, è proprio quello che penso io.»

Siamo amiche, in un certo senso. Almeno credo. È difficile dirlo.

Però le cose si complicano quando l'ora dei tarocchi tracima nelle ore di lezione. Le ragazze che non riesco a infilare nelle sessioni in pausa pranzo cominciano a presentarsi al mio banco tra una lezione e l'altra. Il professor Bernard è quasi sempre in ritardo di cinque o dieci minuti e loro se ne approfittano. Mi fanno ressa attorno e m'implorano di leggergli le carte.

«È meglio se lo facciamo in privato», dico esitando davanti a un pubblico di ragazze troppo squattrinate per pagarsi una lettura o troppo impaurite per entrare da sole nel Chokey. «In teoria dovrebbe essere una cosa privata.»

«Non m'importa!» dice Rebecca Hynes coraggiosamente. «Possono guardare anche le altre!»

«Ma io devo… sai… conservare la mia energia.»

È vero. Comincio a sentire quello che diceva la tipa del Divinazione. Mi mancano le pause pranzo oziose, quando ascoltavo Michelle che parlava del contorno naso. Adesso, alla fine di ogni giornata, comincio a sentirmi un peso addosso. Torno a casa e non guardo più i video di Raya Silver. Per due giorni di fila mi sono addormentata sul letto con l'uniforme scolastica finché la mamma non mi ha chiamato per cena.

Però continuo a fare le letture. È arduo dire no. Non voglio che pensino che mi sia montata la testa solo perché ora ho un mazzo di carte. Devo rimanere carina, simpatica, divertente. Con i voti che mi ritrovo, essere divertente è l'unica cosa che continua a rendermi interessante.

Perciò quando leggo le carte in classe gigioneggio sempre un po'. Accontento la folla.

«Gli Amanti!» dico, come se le parole fossero fragole fresche. «Ora *questa* sì che è una carta interessante.»

«Riguarda l'amore?» dice Rebecca Hynes eccitatissima. Le ragazze che si affollano attorno a me si scambiano risatine e piccole gomitate. L'unica che non sbircia è Lily. Le lancio un'occhiata attraverso la ridda di teste e spalle e vedo che con la mano va all'apparecchio acustico.

Lo sta *spegnendo*?

«Riguarda l'amore», dico a Rebecca, benché in senso stretto non sia vero. Gli Amanti riguarda più la ricerca dell'armonia tra due forze opposte che l'amore romantico vero e proprio. Ma chi vuole sentire una cosa simile?

«Incontrerai la tua anima gemella», dico.

«Quando? Dove? Come?»

Le allungo il mazzo sotto il naso. «Chiedilo alle carte. Chiediglielo. Chiedi loro chi è la tua anima gemella.»

Vedo la faccia di Fiona dall'altra parte dell'aula. La gente che fa cattivo uso dei tarocchi infastidisce più lei che me. Alza gli occhi al soffitto e tira fuori il telefono. Mi arriva una notifica di WhatsApp. La guardo di sfuggita, lo schermo semiprotetto dalla tasca.

Esageriamo un po', eh?

Sorrido e decido di esagerare ancora di più. «Rebecca, devi interrogare le carte a cuore aperto. Chiedi loro chi è la tua anima gemella.»

«Chi è la mia anima gemella?» chiede alle carte la povera, stupida Rebecca Hynes.

«PIÙ FORTE!»

«CHI È LA MIA ANIMA GEMELLA?»

«Le forze della magia non ti sentono, Rebecca!»

«CHI CAZZO È LA MIA ANIMA GEMELLA?» urla.

Estrae una carta dal mazzo. È la carta del Diavolo.

«Satana!» esclamo, cercando di assumere un'espressione spaventata. «La tua anima gemella è Satana!»

In quell'istante il professor Bernard entra in aula e tutta la cerchia di persone radunate attorno a me strilla in preda a un panico improvviso.

«Cosa c'è? Cos'è questa storia? Che cosa succede qui? Maeve?»

Nascondo alla svelta le carte. «Niente, prof.», dico melensa.

«*Andiamo! Andiamo!*»[1] E con un gesto ordina a tutte di tornare ai propri posti.

[1] In italiano nel testo. [*N.d.T.*]

CAPITOLO 7

Non vedo Rory per qualche giorno, ma giovedì sono ancora seduta accanto a lui sull'autobus. «Ehilà», mi dice. «Ho il tuo coso.»

Armeggia attorno al colletto della camicia e tira fuori un lungo laccio marrone che ha fissato al mio quarzo rosa.

«Grazie», dico mentre me lo fa cadere in mano. Mi sento in imbarazzo da quanto ha assorbito il calore della sua pelle. «Mi pare che i gioielli ti interessino, non è vero?»

È una domanda abbastanza innocente, ma da come mi esce di bocca suona goffa e pesante.

«Sì, è vero» risponde disinvoltamente. «Mi piace...»

Stende le mani e mi mostra le unghie fresche di smalto. Ora sono color acquamarina.

«...il piumaggio», conclude con un sorriso schivo.

«Non te ne faccio una colpa», dico guardandogli le dita azzurro-verdi. «Voglio dire. Io non sono granché interessata al trucco o ai gioielli o cose così, però ho la sensazione... di non esserlo solo perché tutti se lo aspettano, dato che sono una ragazza, sai? Tipo che quando me li metto sono molto consapevole di come dovrei indossarli e questo rovina tutta l'esperienza.»

Lui annuisce e mi guarda come se avessi cominciato a parlare una lingua che non sente dai tempi dell'infanzia.

«Scusa, sto parlando a vanvera. Probabilmente dico cose che non hanno senso.»

«No, invece», dice lui con voce assolutamente ferma. «Certo che ne hanno. Suppongo che né io né tu vogliamo fare quello che gli altri si aspettano da noi.»

Restiamo un momento in silenzio, osservandoci a vicenda in una luce completamente nuova.

«Ehi», dico e intanto sento ancora il calore della pietra rosa stretta tra i palmi. «Perché non la tieni tu?»

«Cosa? No, è tua.»

«No, davvero. Come ho detto, non indosso gioielli.»

Gliela infilo da sopra la testa e gli penzola fuori dal maglione. Lui la ripone velocemente sotto i vestiti.

«Grazie, Maeve.»

Restiamo in silenzio per qualche minuto mentre l'autobus continua a viaggiare e, quando scendiamo, lui esita.

«Devi andare direttamente a casa?» mi chiede.

«No», rispondo. «Perché?»

«È che... proprio non mi gira di andare subito a casa.»

«Ah. Okay», dico con lo stomaco sottosopra. «Be', dove vuoi andare?»

Camminiamo un po' lungo il Beg, prendendo a calci i sassi e i rami, senza parlare molto. Sembra che non abbia in mente un posto particolare. Questa passeggiata l'ho già fatta prima, con altri ragazzi. Nessuno d'importante. Sono sempre lì a cercare un angolino privato, appartato, un luogo dove palparmi, sperando che io li lasci fare. È già successo due volte. Mai sesso completo, però. Quel tanto che basta a darmi l'impressione che sto al passo con le altre.

Mi domando se Rory abbia mai fatto sesso. Ha diciassette anni, per quel che vale. Comincio ad arrossire pensandoci, dopodiché riavvolgo la metà inferiore del viso nella sciarpa.

Arriviamo a un sottopassaggio lungo e stretto dove qualcuno ha abbandonato bottiglie di birra e pacchetti di sigarette. Sono anni che gli adolescenti si rifugiano qui. Sui muri del tunnel ci sono graffiti che piangono la tragedia di ogni generazione: Kurt Cobain, Amy Winehouse, Mac Miller. Ci sediamo a guardarlo per un po' e ci diciamo che le popstar, le divinità e le icone del rock sono solo persone, persone che muoiono.

«Dio, come siamo goth», ride Rory abbracciandosi le ginocchia.

«Sai che cosa sarebbe ancora PIÙ goth?» dico infilando la mano nello zainetto. «Una cassetta fatta in casa.»

«Porca miseria», dice, come se avessi appena tirato fuori un piede mozzato. «Primavera 1990», legge. «Funziona?»

«Puoi scommetterci.»

Metto su la cassetta. Prendiamo un auricolare a testa e resto sbalordita da quante canzoni conosce Rory.

«I Cure!» dice quando attacca *The Lovecats*. «Oh, wow! E i Pixies!»

«Non sapevo che fossi così esperto di musica.»

«Per forza, Maeve: suono la chitarra, sono in una band. Lo sapevi.»

«Come diavolo facevo a saperlo?»

«Pensavo che Lily ti avesse...»

Lo interrompo. Non ho voglia di parlare di sua sorella. «Non lo sapevo, d'accordo? Adesso dimmi i titoli delle canzoni.»

Mi dice tutti i titoli e io li trascrivo sul cellulare.

Dalla terra fredda un gelo strisciante comincia ad arrampicarsi lungo la mia schiena. Mi alzo in piedi.

«Meglio che vada a casa», dico.

«Sì, anch'io.»

Cala un attimo di silenzio. Sono così confusa da questo breve pomeriggio surreale con lui. Non abbiamo mai passato così tanto tempo insieme da soli in vita nostra, anche se è da quando avevo sei anni che dormo a casa sua. C'è questo strano nervosismo che avverto in sua presenza e che scaturisce da una sensazione di familiarità eccessiva. Tipo che potrei dire qualsiasi cosa e lui si limiterebbe a sorridere e sorridere ancora, dicendo qualcosa di buffo.

Rory mi piace?

È una domanda troppo grande, in un certo senso. Di solito, quando qualcuno mi piace ne sono assolutamente sicura. È una sensazione di pancia, non questo strambo guazzabuglio di adrenalina e amicizia.

«Be', a presto», dico infine. Lo abbraccio di getto e i nostri corpi si scontrano goffamente, formando un bizzarro groviglio.

«Okay, sì. Ci vediamo domani, probabilmente.»

E poi succede qualcosa d'incredibile.

Lui piega la testa da un lato e mi rivolge un sorriso stranissimo. Un sorriso obliquo che non esiste nel regno dell'amicizia normale. Un sorriso che mi brucia le gambe e mi solletica la gola.

«Maeve», dice, e la sua voce è bassa, più bassa di quanto l'abbia mai sentita. È molto vicino a me adesso. Vedo il punto in cui le radici delle sue ciglia affondano nella pelle. «Vieni qui.»

Vuole baciarmi?

Sto per essere baciata da Rory O'Callaghan?

Be', Gesù, perché no?

Chiudo gli occhi e aspetto.

E poi, niente. Non mi tocca. Solo un suono.

«Il mio nome è Roe», dice.

Riapro gli occhi.

«Eh?»

«Voglio che tu sappia qual è il mio nome», dice semplicemente, e tutta la magia e l'intimità del momento precedente è evaporata o, peggio ancora, è esistita solo nella mia immaginazione. «Puoi chiamarmi così.»

«Roe. Roe», ripeto. «Vuoi essere chiamato Roe?»

Annuisce. «È il mio nome. L'ho scelto io.»

«Wow. Okay, Roe», la parola mi si posa sulla bocca. «Mi piace», dico sinceramente. «È misterioso, in un certo senso.»

Roe si gira e mi rivolge un ultimo sorriso malinconico. «Nelle storie tutte le streghe conoscono il vero nome delle cose, no?»

Dopodiché mi lascia lì a guardare il fiume a bocca aperta.

CAPITOLO 8

«Il tuo ragazzo mi sembra fico», dice Fiona. «Sono gelosa.»

Fiona è sdraiata sulla schiena nel Chokey, cinque minuti prima dell'inizio delle lezioni. Non vedo quasi mai le ragazze che erano con lei il primo giorno. Ho la sensazione che, come me, Fiona conosca un sacco di gente ma non abbia amicizie speciali. Durante la prima settimana con i tarocchi la mattina venivano qui cinque o sei ragazze, ma ora che la maggior parte se li è fatta fare almeno una volta le sessioni si sono ridotte. Però Fiona continua a presentarsi ogni mattina.

«Non è il mio ragazzo», dico sulla difensiva. «Non ci siamo nemmeno baciati.»

«Mi piace la faccenda del nome. Ti ha chiesto di usare pronomi diversi?»

«No.»

«Ti ha mandato qualche messaggio?»

«Non credo abbia il mio numero.»

«Mmh. Che ne dici se lo chiediamo alle carte? Possiamo farlo?»

«Certo», dico mescolandole. Quando non sono in classe, mescolo le carte. È rilassante. Mi aiuta a svuotare la mente, quando di notte sento solo le voci delle ragazze in classe con me e i loro problemi mi rimbombano nelle orecchie, come dei clown che cercano di sfondare lo sportello di un'auto.

«Carte, carte, carte, che cosa deve fare Maeve con il suo spasimante?» Fiona ne sceglie una a caso dalla posizione a faccia in giù sul pavimento.

«Ecco qui», e me la sventola davanti. «L'uomo a testa in giù.»

«È l'Impiccato!» replico afferrandola. «È la carta che ha pescato Roe l'altro giorno sull'autobus!»

«Wow.»

«Ha reagito in modo superstrano. Non ha voluto parlarmene o chissà che. Gli ho detto solo che l'Impiccato significa essere in sospeso tra due condizioni.»

«O tra due identità di genere», dice Fiona pensosamente. «Forse è non-binario. Roe è una specie di nome neutrale.»

«Suppongo di sì», commento. «Però non so di preciso che cosa significa.»

«Penso che significhi cose diverse a seconda delle persone. Ho un amico attore che è non-binario.»

«L'ho capito, Fiona, che hai amici attori.»

«Non fare la stronza.» Mi picchia con un vecchio manuale scolastico, ma poi suona la campanella.

«È ora di andare in classe», dice, però né io né lei ci muoviamo.

«Che cos'hai adesso?» le chiedo.

«Inglese, e tu?»

«Biologia.»

C'è un breve silenzio imbarazzato mentre entrambe riflettiamo se farci la stessa domanda.

«Sì», dico e mi corico sul pavimento con lei, usando il maglione come cuscino. Il Chokey è proprio confortevole una volta che ci si abitua all'odore. «Saltiamo.»

Quel pomeriggio non viene nessuno a farci lezione di storia. Capita spesso alla St Bernadette. Qualche volta gli insegnanti non si presentano per colpa degli orari che si sovrappongono o di un'emergenza improvvisa. Di solito per i primi anni mandano un supplente al volo, ma tendono a essere più laschi con il quarto, il quinto e il sesto anno. Venti minuti dopo il suono della campanella siamo ancora soli, senza la supervisione di un adulto.

«Maeve», dice Michelle. «Fammi i tarocchi.»

«Te li ho già fatti, Mich. Tre volte.»

A essere sincera, comincio a essere un po' stufa. Questa fama mi piace, ma detesto che tutti si aspettino che io mi comporti come una scimmia ammaestrata. È sempre stato così, con me. Se sono convinta di strappare una risata facendo qualcosa, allora lo faccio. Ecco perché ho finito per tirare una scarpa al professor Bernard. I tarocchi non hanno migliorato la mia reputazione, ma l'hanno scolpita nella pietra.

«Falli a me», dice Niamh. «È da mercoledì che non me li fai.»

«I tuoi tarocchi non sono cambiati molto in due giorni, Niamh. E comunque li ho lasciati nel Chokey.»

«Maeve, bugiarda. Non li hai lasciati nel Chokey. Sono qui.» Michelle li pesca dalla mia giacca sullo schienale della sedia.

Cosa?

«Ce li hai messi tu?» le chiedo inviperita. «Stavi frugando tra le mie cose?»

«Gesù, no. Dio, come sei bisbetica», sbuffa. «Solo che ci stiamo *annoiando.*»

«Non posso continuare a leggerli per le stesse persone», ribatto stizzita, considerando chiusa la faccenda.

«Lily non se li è ancora fatti leggere», dice.

«Non me lo ha chiesto», sbotto.

Lily è seduta al posto di sempre, all'estrema sinistra della prima fila. Ha la testa immersa in uno di quegli strani libri che il primo anno ho cercato di farle smettere di leggere. Non ha dimostrato il benché minimo interesse per questa faccenda dei tarocchi: in parte, ne sono sicura, perché la spaventa, e in parte perché non mi rivolge più la parola.

«Lily non vuole farsi leggere i tarocchi.»

«Ma certo che vuole», dice Niamh prima di sfidare Lily. «Ehi, Lil! Vuoi che Maeve ti faccia i tarocchi?»

«Lil!» grida ancora Niamh e Lily, non sentendo ancora bene che cosa le sta dicendo, si alza dalla sua sedia e attraversa la stanza per venire da noi.

«Ciao», dice laconica. «Che cosa c'è?»

«Ci chiedevamo se non vuoi farti fare i tarocchi.»

«Perché ve lo chiedevate?»

«Be', perché sei l'unica ragazza del nostro anno che non se li è ancora fatti fare. Pensavamo che fossi curiosa.»

Niamh non è sempre stronza. In realtà è abbastanza carina, però come un sacco di ragazze ha un grande potenziale da stronza che viene fuori in presenza di bersagli facili come Lily O'Callaghan.

Lily si sposta una ciocca di capelli dietro l'orecchio malato, come fa sempre quando è nervosa. È come se tutt'a un tratto si ricordasse della sua debolezza e sentisse il bisogno di metterla in evidenza, come un cane che vi mostra la pelle morbida e rosa della pancia.

«Non sono curiosa», dice. Non mi ha ancora guardato. Non lo fa, se può evitarlo.

«Vedi?» dico a Niamh. «Non vuole, quindi lascia perdere.»

«Hai paura?» la punzecchia Niamh. È un cliché, ma lo è a ragion veduta e funziona.

A Lily freme il labbro.

«No», dice.

«Allora pesca tre carte. Tre qualsiasi», dice Niahm prendendo le carte del Chokey dal tavolo.

Lily sceglie delicatamente tre carte con il pollice e l'indice, tenendole vicino all'unghia come per minimizzare il contatto, poi le posa a faccia in giù sul tavolo.

«Vuoi girarle, Maeve?» chiede Lily e all'improvviso c'è

del fuoco nella sua voce. Poi mi guarda dritto negli occhi. «Sei abituata ai voltafaccia, no?»

Si sente forte un sussulto. *Lily mi ha appena sfidato.*

Sembra che nell'aula ci stiano guardando tutte. Persino Fiona ha posato il cellulare e ha abbandonato lo sguardo di superiorità che adotta solitamente durante le ore di lezione.

È impossibile sapere che cosa aspettarsi da Lily. Arrossisco per la vergogna al pensiero di ieri sera, quando ho chiuso gli occhi aspettando che il suo fratello maggiore mi baciasse. Gliel'ha detto? Sono in confidenza? Un anno fa non lo erano, ma potrebbero esserlo ora. In ogni caso tutt'e due sono abbastanza strambi.

Volto la prima carta di Lily. È il Cinque di Coppe, ovvero l'immagine di una donna che piange con delle coppe rovesciate tutt'attorno.

Lily mi guarda dritto in faccia. «Allora, che cosa vuol dire?»

All'improvviso mi fa paura. Dov'è la Lily pudica e infantile che conoscevo? Quella che mi supplicava di raccontarle storie di fantasmi ma poi piangeva se erano troppo spaventose?

«Tristezza», dico gemendo.

Alle elementari avevano messo sia Lily che me nella classe di quelli lenti a imparare a leggere. Avevamo sei anni e «G-A-T-T-O» e «C-A-N-E» ci davano ancora filo da torcere. Quando le nostre mamme si accorsero che abitavamo vicino diventarono amiche. Questa soluzione si rivelò magica per Lily e me. Ogni settimana dormivamo l'una a casa dell'altra, andavamo insieme in vacanza con le nostre famiglie, scorrazzavamo nel parco naturale mentre le nostre madri chiacchieravano al bar per ore e ore. Dopo essere uscite entrambe dalla classe dei lettori lenti siamo rimaste amiche per la pelle.

Poi sono arrivate le scuole medie e la scelta delle amicizie è diventata molto, molto più importante.

O almeno così credevo.

«Tristezza», ripete Lily con tono scettico. «Mi sembra un po' *generico.*»

«Che cosa intendi?»

«Le persone sono sempre tristi. Possono essere tristi per un sacco di motivi», dice con freddezza. «Perché sarei triste?»

Perché ti ho abbandonata.

Sento che Niamh e Michelle si annoiano, seccate dalla lentezza con cui vanno le cose. Se lo ricorderanno che Lily e io eravamo amiche?

«Sei triste perché...» Giro la carta successiva. Il Tre di Spade. Cuore spezzato. «Perché qualcuno ti ha mollato.»

C'è uno scoppio di risate. «O mio Diooooo», dice Michelle. «Tu avevi un ragazzo?»

«È un risultato piuttosto sbalorditivo, Lily. Niente male», dichiara Niamh con paternalistica sincerità.

Lily si fa rossa in viso. Per un attimo sono sicura che dirà un sacco di cose che sa di me e che la pur tenue popolarità conquistata nelle ultime settimane svanirà nel nulla. Anche se non siamo vere e proprie amiche da più di un anno, le nostre mamme continuano a parlarsi molto.

Nessuno mi ha mai guardata con lo stesso odio con cui mi guarda Lily O'Callaghan in questo momento. Lo sento bruciarmi le ossa come acido.

«Gira l'ultima carta, Maeve», dice con tono teso.

La giro. Lì per lì non riesco nemmeno a decifrare le lettere. Ci mettono qualche secondo a formarsi nella mia testa e, per un istante, torno a quando avevo sei anni e compitavo la parola barca lettera per lettera.

G O V E R N A N T E.

La mia bocca si apre e si chiude in preda allo shock. Com'è possibile che la carta della Governante sia qui quando so per certo di averla chiusa a chiave in un cassetto? Devo averla tirata fuori.

«Che cosa significa?» chiede Lily, tutto il suo fuoco trasformato in fumo. Ha sempre creduto con fermezza nella magia, ugualmente affascinata e terrorizzata dai fortini delle fate, dal changeling, dalle streghe e dalle banshee. Sono cose che andava a cercare, salvo poi farsi terrorizzare dalle sue stesse convinzioni. Anche se Lily e io fossimo ancora amiche, non mi chiederebbe mai spontaneamente di leggerle i tarocchi. Il suo rispetto per l'occulto è troppo grande perché vi si dedichi davvero.

«Non lo so», dico, e lei intuisce subito che il tremore nella mia voce è reale. «È una carta extra.»

«Dimmi che cosa significa», dice Lily. Ha gli occhi fissi sull'immagine della donna con il coltello tra i denti e il levriero rognoso al suo fianco. «È brutta, non è vero? Dimmi che cosa significa, Maeve.»

«Non esistono carte brutte!» interviene Fiona che, a quanto pare, ha assistito a tutta la conversazione. «Non è quello che dici sempre, Maeve? Niente carte brutte?»

«Sì», dico con voce roca. «Niente carte brutte.»

Sembra che Lily stia per scoppiare in lacrime. «Dimmelo, Maeve. Non sono più una bambina per non saperlo.»

«Non so che cosa significa», ripeto.

Lily avvampa in viso, le narici che fremono. Una collera pura e incandescente sovrasta l'ansia che ha nella voce. Mi odia per quello che le sto facendo. Per averla messa così sotto i riflettori, per farle temere qualcosa che *sapevo* l'avrebbe impaurita.

«È proprio da te», ringhia, e le ragazze che nemmeno prestavano attenzione alla lettura alzano lo sguardo.

«È proprio da *Maeve*», conclude digrignando i denti.

«Lily», dico, mantenendo la voce bassa nel tentativo di calmarla. Il panico e il senso di colpa che provo per aver coinvolto Lily sono accresciuti dal terrore di vedere una carta che sapevo di aver rimosso. «Basta. Non so davvero che cosa significa, okay?»

Ma Lily non vuole smetterla. È lenta ad arrabbiarsi, ma quando succede non vuole che le si dica di stare zitta.

«Faresti qualsiasi cosa per ottenere un po' d'attenzione, non è vero, Maeve? Però, poi, quando hai tutti gli occhi puntati addosso, non sei capace di reggerla.»

Le ragazze attorno a noi fanno: «Ooooooooooh» e, vicino alla porta, sento un miagolio.

«Non riesco a credere che siamo state amiche», dice Lily fissando la Governante. «Non sei una buona amica, Maeve.»

Fiona geme per la brutalità di quest'affermazione, il viso pieno di compassione nei miei confronti. Dietro le sue spalle vedo Michelle e Niamh che si scambiano uno sguardo. Uno sguardo che dice: "Accidenti, se persino quella *sfigata* non la vuole per amica, perché noi la frequentiamo?".

Non posso lasciare che Lily mi dica una cosa del genere, non davanti a tutte. Devo ribattere qualcosa.

«Vorrei non essere mai stata tua amica», sbotto. «Lily, vorrei che tu sparissi e basta.»

Lily mi guarda come se le avessi chiuso le dita nello sportello di un'auto. Fa un passo indietro, le lacrime agli occhi, e si morde il labbro.

La campanella suona e tutte sciamano verso l'ultima lezione della settimana. Io ho educazione civica, adesso. Lily geografia. Dopo la lezione la cerco, rosicchiandomi le unghie. Posso disfare quel che ho fatto, no?

Come ho potuto dire a Lily che non ho mai voluto essere sua amica? La verità è che, da quando Lily e io abbiamo smesso di essere amiche, non rido più – quelle risate *vere* in cui ti devi tenere la pancia. È un sacco di tempo che mi manca. Ancora prima di amputarla come un arto malato avevo cominciato a mettere le distanze tra noi, già all'inizio delle superiori. Pensavo che fosse normale. Normale separarsi, normale soffrire per la distanza. Era un dolore salutare, il dolore che si prova per le Barbie e i Mini pony quando si è troppo grandi per continuare a giocarci ed essere socialmente accettati. Però Lily non è un oggetto che si può buttare in fondo a un armadio di giocattoli. È una persona. Fantastica, per di più.

Non riesco più a trovarla dopo la scuola e sull'autobus non vedo nemmeno Roe.

Passo tutto il weekend a preoccuparmi per lei e, simulando indifferenza, domando alla mamma della signora O'Callaghan e le chiedo se si siano parlate di recente. Non lo hanno fatto. Domenica sera la mamma e il papà partono per Lisbona e Joanne e io prendiamo un takeaway, mangiando davanti a una puntata del *Cantante mascherato.*

Verso le dieci la luce va via all'improvviso e la stanza piomba nel buio. Mi alzo di scatto, uggiolando come un cane durante un temporale.

«Gesù, Maeve. Rilassati. È solo saltato un fusibile.»

«Lo so. Scusami, mi sono presa uno spavento.»

La nostra casa è vecchia e ha un impianto elettrico malandato, così questo genere di cose è relativamente comune. Jo sale su una sedia nello sgabuzzino e fa scattare un interruttore del quadro elettrico. La luce torna all'istante, ma la televisione non si riaccende. Jo si alza e vi armeggia attorno, ma si rende conto subito che non sa che cosa sta facendo e ci rinuncia.

Restiamo sedute lì davanti, completamente a secco di idee.

«Suppongo che la televisione sia rotta», dice fiaccamente. «Il papà ci andrà a nozze. "Vi lascio sole per due minuti", eccetera eccetera.»

Guardo le nostre immagini riflesse nello schermo nero e lucente. Due sorelle che non si assomigliano affatto. Joanne ha l'aspetto e le movenze di una tennista professionista. È snella e muscolosa, con zigomi pronunciati e un'aria vagamente nordica. I capelli con le ciocche bionde sono sempre raccolti in una coda di cavallo. Ha un aspetto florido, il tipo di persona abituata a mangiare carote. La mia estetica è quella di una «appena sbarcata dall'Armada», come la definisce la mamma, cioè ho una massa di capelli scuri e ispidi e un monociglio che devo spinzettare una mattina sì e una no se voglio che resti invisibile. Anche mio fratello Cillian ha lo stesso aspetto. «Maeve e Cill sono più mediterranei», dice sempre, il che è notevole considerando che nella nostra famiglia sono tutti originari dell'Irlanda, da entrambi i rami.

«Va tutto bene?» mi dice Jo, dandomi un colpetto con una bacchetta, tutt'a un tratto mossa a parlare dopo ore di silenzio complice. «È tutto il weekend che non spiccichi una parola.»

«Sto bene», dico con voce monocorde.

«Vuoi esercitarti con me a fare i tarocchi?»

«No, grazie. Per ora ho lasciato perdere.»

«Lasciato perdere? Di già?»

Forse è una reazione esagerata, la mia. In fin dei conti Lily ha sedici anni, la mia stessa età. Probabilmente è cresciuta molto nell'ultimo anno. La sua immaginazione iperattiva e la facilità con cui si spaventa devono essere cose che si è lasciata alle spalle, però io continuo a pensare a com'era furibonda durante la lettura. Mi ha reso colpo su colpo, costringendomi a considerarla mia pari e non una vecchia amica d'infanzia. Sembrava che dall'ultima volta che le avevo parlato si fosse smosso un oceano dentro di lei, un oceano che ci aveva portate ancor più alla deriva.

Sto male ogni volta che guardo le carte. Le ho spulciate un paio di volte, cercando di eliminare quella della Governante, ma è scomparsa. Ce l'ha Lily? Se l'è imboscata durante tutto quel trambusto?

Lunedì le chiederò scusa. Mollerò anche la consulenza coi tarocchi, sarò gentile con Lily e magari vedremo se tornare amiche. Adesso che Roe e io siamo amici, potremmo esserlo tutti e tre insieme.

Solo che lunedì Lily non viene a scuola. Non viene neanche martedì.

È solo mercoledì che si fa viva la polizia.

CAPITOLO 9

La prima da cui vengo a sapere della polizia è Niamh, che quella mattina ha visto gli agenti in attesa fuori dall'ufficio di Suor Assumpta.

POLIZIOTTO FICO, scrive sulla chat di gruppo in WhatsApp. NON È UN'ESERCITAZIONE. C'è un POLIZIOTTO FICO nell'edificio.

Come ci si può aspettare da una scuola femminile cattolica con un unico insegnante maschio – se si può davvero definire il professor Bernard uomo o insegnante –, impazziscono tutte. Arrivano tre messaggi – FOTO! – in contemporanea.

Niamh inoltra la fotografia di due Gardaí con addosso dei giubbotti fluorescenti. Una è una donna bionda, tarchiata e di carnagione chiara, con una piccola coda di cavallo alla nuca. L'altro è, a quanto pare, il Poliziotto Fico in questione: un uomo sui trentacinque anni, molto alto, molto magro e con i capelli fulvi.

Niamh, messaggia Michelle. QUESTO lo chiami poliziotto fico? Dobbiamo discutere dei tuoi gusti.

Perché ci sono dei Gardaí a scuola? scrivo io, ma nessuno risponde. Ora ci sono solo Michelle e Niamh che dibattono sempre più animatamente su come dev'essere un uomo attraente.

Vuoi attaccare bottone, Niahm? le chiede qualcuno.

Sì, appena ho un BUCO libero.

Seguono parecchie faccine che ridono.

Mando un messaggio a Fiona con la stessa domanda. Nessuna risposta. Questa settimana è impegnata con una nuova troupe teatrale che ha formato con i suoi vecchi amici attori. Ieri sera le storie di Instagram erano piene di sue fotografie con le calze a rete del tempo di guerra.

Continuo a digitare messaggi al gruppo senza però mandarli. Ho troppa paura di dire quello che penso stia succedendo davvero: che si tratta di Lily e della sua assenza negli ultimi giorni.

Le lezioni del mattino sgocciolano via. Matematica, poi geografia. Stiamo studiando la reptazione del suolo. «La discesa lenta di pietra e terreno lungo un declivio.» È quello che dice il libro. Cerco di stare dietro all'insegnante, ma i miei occhi continuano a saltellare su quell'unica frase. «La discesa lenta di pietra e terreno lungo un declivio.» Le parole sulla pagina si fondono con un istinto di pancia e io ho la sensazione che una massa pesante e sconfinata stia per schiacciarmi col suo peso.

Poi ecco che succede. Dieci minuti prima della fine della lezione qualcuno bussa alla porta dell'aula. Entra la signorina Harris, affiancata da Poliziotto Fico e Poliziotta Bionda.

«Salve, ragazze», dice cercando di mantenere un tono di voce allegro. «Questi sono il detective Sarah Griffin e l'ispettore Matthew Ward. So che aspettate tutte con impazienza l'intervallo, ma prima devono farvi qualche domanda. Si tratta di Lily.»

Avverto lo sguardo di ventun paia di occhi tutti su di me. Non credo che nessuno avesse notato davvero l'assenza di Lily fino a ora e immagino che la maggior parte di loro avesse dimenticato la carta della Governante prima di venerdì sera. Ora che sentono il suo nome, però, cominciano a mettere insieme i pezzi.

«Buongiorno a tutte», dice Griffin. «Purtroppo la vostra compagna Lily O'Callaghan è scomparsa da domenica sera. Ora non entriamo nei dettagli, però i suoi famigliari sono molto preoccupati e vorremmo molto che chiunque conosca bene Lily o le abbia parlato a scuola la settimana scorsa si facesse avanti e fornisse qualsiasi informazione in suo possesso. Inutile specificare quanto potrebbe esserci utile anche la conversazione più insignificante.»

Si sente letteralmente il rumore di un'aula piena di ragazze che trattengono il respiro insieme. Il risucchio della tensione verso l'interno, l'aria che soffia tra i denti.

Gli occhi di Griffin scandagliano la stanza. La vedo registrare mentalmente la scena. Qualcosa da annotare più tardi nel suo taccuino. Il suo sguardo rimbalza da una ragazza all'altra. Sta riflettendo chi far parlare se nessuna alza la mano.

Il Garda che piace a Niamh comincia a parlare. «Ora non voglio che vi facciate prendere dal panico», dice con voce gentile. «Nella stragrande maggioranza dei casi, le ragazze con le caratteristiche e l'età di Lily tendono a scappare di casa. Di solito ritornano da sole, però vogliamo assicurarci che Lily stia bene, perciò se qualcuno sa di un ragazzo, un amico o una... *organizzazione* di cui Lily possa aver fatto parte...»

La detective Griffin lancia subito un'occhiata severa al suo subordinato, come se la parola *organizzazione* non fosse prevista nel copione concordato.

Altre ragazze sbirciano alle loro spalle. Alcune si danno di gomito e mi guardano. Se non dico qualcosa adesso, verrò smascherata. Griffin farà una triangolazione di tutti questi sguardi rubati e si accorgerà che al centro ci sono io. Alzo la mano.

La signorina Harris sgrana gli occhi. È qui solo da un paio di anni. Non credo che sappia che una volta Lily e io eravamo amiche per la pelle.

«Maeve?»

«Salve», dico piano. «Credo di sapere qualcosa su Lily.»

I tre adulti mi guardano increduli e poi si scambiano

un'occhiata come a dire: "Toh, non pensavamo che sarebbe stato così facile".

«Penso che potrebbe essere colpa mia», dico.

Allora mi portano via dall'aula, gli sguardi arroventati come l'alito di un drago. Per fortuna mi trovo già in corridoio quando le lacrime arrivano.

Mi scortano nell'ufficio di Suor Assumpta, una stanza piena di aria e di luce dove portano i genitori ricchi e gli ex alunni quando hanno bisogno di donazioni per riparare il tetto. Non sono mai stata lì dentro, anche se naturalmente vedo scorci di muri color limone e il divano iperimbottito ogni volta che ci passo davanti, solitamente per farmi sgridare nell'ufficio più angusto della signorina Harris.

Adesso sono qui dentro e non so che cosa fare. Nemmeno gli altri hanno delle istruzioni. Stare in piedi? Sedermi? Se fossi in punizione, il mio istinto naturale sarebbe di restare in piedi, ma l'aria attorno a me è così fitta di preoccupazione e gratitudine che mi sento le ginocchia deboli. Le mie ossa sono state sostituite da un mucchio di flaconi di shampoo quasi vuoti, pronti a essere rovesciati nella doccia.

«Allora, Maeve», dice la signorina Harris toccandomi un braccio mentre si siede sul divano. «Perché non ti siedi accanto a me, prendi un fazzoletto e respiri un attimo?»

Mi accascio, con le lacrime che ancora scorrono. Gesù Cristo. Che cosa penserà di me? Attraverso le lacrime vedo una lieve increspatura formarsi sulla sua fronte. È confusa. Probabilmente nel suo ufficio ha una lista di ragazze sensibili e dubito moltissimo che ci sia anche il mio nome.

Prendo lo stesso un fazzoletto soffiandoci dentro il contenuto del naso. E un altro ancora. Con la coda dell'occhio vedo Suor Assumpta che appare claudicante in tutta la sua antica gloria.

Gira la battuta che tengano Suor Assumpta in quest'ufficio col telefono scollegato perché costa meno che mandarla in una casa di riposo. Non è esattamente una battuta carina, ma ha cominciato a circolare molto prima che io arrivassi alla St Bernadette e continuerà fino alla sua morte. Cosa che, a quanto pare, lei non ha intenzione di affrettare. Proprio come ogni civiltà umana pensa di essere quella che assisterà all'Apocalisse, ogni ondata di ragazze che passa per questa scuola è convinta di essere quella che assisterà al decesso di Assumpta.

Suor Assumpta è una donna minuta. Ha un'età indefinita tra i sessantacinque e i centotré anni, a seconda del tempo che fa. In inverno sembra la persona più vecchia mai vissuta, coperta di strati e strati di maglie e calzerotti termici con cui s'infagotta le mani.

Durante il nostro primo mese di scuola superiore, Lily e io stavamo oziando in un'aula vuota durante l'ora di pranzo.

All'improvviso Suor Assumpta spalancò la porta con un vigore che non avevo visto né prima né dopo e puntò un dito ricurvo verso noi due.

«Voi due», disse. «Venite con me.»

Eravamo così nuove alla St Bernadette da non sapere se avessimo infranto qualche regola senza essercene accorte. Credevamo ancora che Suor Assumpta avesse potere, cosa assolutamente non vera.

La seguimmo fuori, dove il suo Maggiolino Volkswagen azzurro cielo del 1963 era parcheggiato sotto un albero.

«*Guida* ancora?» mi chiese Lily in un sussurro.

Soffocai una risatina. «Com'è possibile che sia *legale?*»

Mentre apriva la portiera dell'auto, riuscimmo a sbirciare all'interno rendendoci subito conto che da tempo nessuno guidava quel bel Maggiolino. Il finestrino era rimasto leggermente abbassato e l'abitacolo si era riempito di mucchi di foglie cadute, alcune arancione scuro come vecchie zucche, altre verdi come un semaforo. Era evidente che quell'auto non usciva da anni dal parcheggio della scuola.

Suor Assumpta aprì il bagagliaio e indicò tre scatoloni di cartone che stavano marcendo. «Portateli dentro», disse seccamente. «Sollevateli flettendovi sulle gambe. Su, che siete due belle ragazze forti. Da brave.»

Tornammo a scuola seguendola e depositammo gli scatoloni in quello che sarebbe diventato l'ufficio della signorina Harris, ma che a quei tempi era solo un grande sgabuzzino. Non appena la suora ci ebbe dato le spalle, aprii uno scatolone e ne trassi un portagioielli di velluto. C'erano dodici astucci, forse di più. Ne aprii uno e trovai una quantità interminabile di bigiotteria. Perle di plastica, diamanti di vetro. Roba che forse, presa singolarmente, non valeva granché, ma che nel suo insieme raggiungeva qualche centinaio di euro.

Ne parlammo per mesi. Il Maggiolino pieno di foglie, i mucchi di gioielli dozzinali, il dito storto.

La sensazione che fossimo solo una piccola parte di un piano più vasto che la nostra preside aveva e forse stava ancora completando. Scrivemmo delle storie sull'argomento. Lily cominciava con due frasi, poi piegava il foglio verso il basso, dopodiché toccava a me scriverne altre due. Di lì a breve avevamo una saga in corso, un'epica storia d'amore su una ex monaca e un conte brasiliano. Da allora, ogni volta che vedevamo Suor Assumpta, scoppiavamo a ridacchiare, senza mai dire a nessuno perché.

A vedere Suor Assumpta adesso, questa minuta ex monaca squinternata con le mani infilate nelle calze e la gonna blu marino che le scende alle caviglie, mi appare chiaro tutto.

Lily è scomparsa. Una vita intera di ricordi, battute private e nomignoli sono andati in fumo, ed è tutta colpa mia.

È rimasta davvero così sconvolta dalla lettura dei tarocchi di venerdì da non trovare il coraggio di venire a scuola lunedì? È scappata?

Riprendo a singhiozzare. A quanto sembra, è molto difficile smettere di piangere una volta che si è cominciato.

Suor Assumpta mi scruta attraverso i suoi enormi occhiali da gufo, del tutto perplessa.

«Questo è un ufficio privato», dice Suor A, visibilmente seccata. «Non le ho detto che poteva far entrare la polizia.»

«Lo so, sorella», dice la signorina Harris. «Ma queste sono circostanze speciali, quindi ho pensato che non le spiacesse.»

«Qui c'è una ragazza che piange», dice Suor A. «Perché c'è una ragazza che piange?»

«Si tratta di Lily O'Callaghan, sorella», risponde la signorina Harris cercando di mantenere la calma. «La ragazza scomparsa.»

«*Chi?*»

«Senta», dice infine la detective Griffin. «Non possiamo raccogliere la deposizione di Maeve senza la presenza di un genitore o di un tutore, e lei è evidentemente molto turbata. Che ne dite se l'accompagniamo a casa, ne discutiamo coi suoi genitori e può parlare con noi lì? Dove si sente più a suo agio?»

«Non è la sorellina di Harriet Evans? La più piccola?» cinguetta ancora Suor Assumpta.

«No, sorella», risponde la signorina Harris esasperata. Si gira verso Griffin. «Credo che sia una buona idea.»

Ed è quello che facciamo. Quando attraversiamo il cortile per raggiungere il parcheggio sul retro dell'edificio c'è l'intervallo della mattina.

Ci sono ragazze del mio anno appoggiate al muro in posa artistica o sdraiate su panchine coperte di muschio e muffa. Si raddrizzano quando mi vedono scortata da due Gardaí e si alzano in punta di piedi per guardarmi andare via.

Un silenzio mozzafiato cala sul cortile. Sembra che tutto rallenti e ammutolisca. Persino la corda con cui alcune delle ragazze più giovani stanno saltando smette di fare rumore.

È allora che la sento. Una voce solitaria che urla come un fucile in una pianura deserta.

«Strega!»

Griffin piega la testa.

«STREGA!»

Griffin si guarda attorno per tutto il cortile cercando di localizzare l'origine del suono. Però è troppo tardi. Ormai sono in troppe.

«STREGA! STREGA! STREGA! STREGA! STREGA!»

E va avanti così finché saliamo sulla volante e partiamo dalla St Bernadette.

CAPITOLO 10

Siamo a un chilometro e mezzo da casa quando mi ricordo che la mamma e il papà sono in Portogallo e non ho idea se oggi Jo abbia lezione. Apro la porta e Tutu salta addosso a tutti. Di solito non sentirei il bisogno di scusarmi per il cane, ma ora, con la rigida formalità dovuta alla presenza di due Gardaí, tutto mi sembra una prova evidente della mia colpa. Il cane che salta, i piatti sporchi in cucina, il panetto di burro sformato e rimasto in tavola dalla colazione. Attorno a me tutto sembra dimostrare che sono una monella sciatta e trasandata. Una cattiva domestica e una pessima amica.

«Jo!» urlo su per le scale, sperando che sia a casa. Nessuna risposta. Sorrido a Griffin e Ward per scusarmi. «Joannnnnnne!» urlo di nuovo, salendo di corsa le scale.

«Cosa c'è?» Apre scocciata la porta della sua camera da letto, con addosso i pantaloni di una tuta e un asciugamano attorno ai capelli bagnati. Ah, grazie a Dio è a casa.

«C'è... ehm... c'è la polizia sotto.»

«Come, prego?»

«Dabbasso. Devo fare una deposizione. Lily è scomparsa.»

«Lily *O'Callaghan*?» Joanne si copre la bocca con la mano, gli occhi già umidi. «Da quando?»

«Da domenica sera. Senti, vieni giù, per favore.»

Joanne scende e io, tremante, faccio le presentazioni.

La detective Griffin fornisce una versione leggermente modificata di quello che ha già raccontato in classe. A Jo fornisce maggiori dettagli, però, più rilassata senza gli occhi di venti adolescenti puntati addosso.

«L'ultima volta che i genitori di Lily l'hanno vista è stata domenica sera.»

Era andata a letto verso le dieci, ma secondo suo fratello non era insolito che restasse alzata a disegnare o a leggere fino all'una o alle due di notte.

Suo *fratello.*

«Gli O'Callaghan dicono di non aver notato cambiamenti particolari nel suo comportamento quel fine settimana, anche se forse era un po' più tranquilla del solito, a pensarci bene.»

«Lily era sempre tranquilla», dice Jo. «È fatta così.»

«È anche la nostra impressione. In ogni caso, sua madre non si è accorta che Lily era scomparsa fino alle otto circa di lunedì mattina, quando non rispondeva dopo che l'aveva chiamata parecchie volte. Alla fine la signora O'Callaghan ha aperto la porta della sua camera e lei non c'era più. Non si è portata dietro niente. Niente vestiti, niente borsa. Non si è nemmeno tolta il pigiama, a giudicare dall'aspetto delle cose.»

Jo e io restiamo in silenzio, immaginandoci entrambe Lily che incede in pigiama lungo la strada di periferia dove abita. Stranamente mi ritrovo a chiedermi che genere di pigiama indossi ora.

«Cerchiamo chiunque possa darci informazioni su Lily», conclude Griffin. «E Maeve si è offerta volontaria.»

«Ma, Maeve, sono secoli che Lily non viene qui. Voi due avete rotto l'anno scorso, no?»

Griffin mi rivolge nuovamente quell'occhiata. Quell'occhiata penetrante e inquisitrice che dice: "Ah, questo sì che è interessante".

«Sì, però... abbiamo parlato ancora venerdì. Le ho letto i tarocchi, Non volevo, e non voleva nemmeno lei, ma le ragazze a scuola hanno fatto... in modo che succedesse.»

«Scusami... lettura dei tarocchi? Cioè, le carte?» chiede Ward.

«Sì», rispondo. «Ho letto i tarocchi a tutte le ragazze del nostro anno. Ne ho trovato un mazzo a scuola e ho imparato il significato delle carte. Non è stato chissà che. O, almeno così pensavo. In ogni caso ho letto le carte anche a lei, che si è arrabbiata. Poi non è più tornata a scuola.»

«Che cosa le hai detto quando gliele hai fatte? Le hai detto che sarebbe morta o qualcosa del genere?»

«No, figuriamoci, non lo farei mai. Le carte non prevedono il futuro, ma mostrano il presente.» Non so perché recito a una detective il mio discorsetto preparato sulla lettura dei tarocchi. Come se gliene importasse qualcosa.

«Che cosa dicevano i tarocchi di Lily?»

«Dicevano che era molto sola e che aveva il cuore a pezzi.»

«Sola? Per un ragazzo? Aveva un ex con cui era in contatto?»

«No», scrollo la testa con fermezza. «Lily non era il tipo. I tarocchi riguardavano me. Io...»

Balbetto ancora. Jo mi chiede se voglio un po' d'acqua e io scrollo la testa con decisione. Tento di riformulare la frase.

«Ero la migliore amica di Lily. Poi abbiamo smesso – io ho smesso – di essere amiche.»

«Avete litigato?»

Seppellisco la faccia tra le mani. No, non abbiamo propriamente litigato. Avrei voluto che fosse andata così. Una lite presuppone che entrambe le parti abbiano le loro colpe.

La verità della storia è che io ho tagliato i ponti con Lily, tutto qui. Ho cominciato a diventare più amica di alcune ragazze che, tecnicamente, erano più in alto nella scala sociale e per un po' ho pensato che Lily potesse arrampicarcisi con me. Io, Michelle, Niamh e Lily ci sedevamo assieme durante la pausa pranzo. Sapevo che alle ragazze Lily non piaceva quanto a me, ma pensavo che questo sarebbe cambiato una volta che l'avessero conosciuta. Avrebbero visto com'era divertente, com'era assolutamente originale.

Ma non andò così.

«Che cos'hai da guardare, Lily?» chiese Niamh un giorno quando beccò Lily che le fissava mentre si facevano dei selfie insieme.

«Ci fissi sempre.»

«Pensavo che sarebbe fico se faceste questi selfie e loro invecchiassero diventando disgustosi mentre voi restate uguali. E se ogni volta che aprite il cellulare vedeste queste facce da tronco d'albero bitorzoluto. Come nel *Ritratto di Dorian Gray*, ma con i cellulari.»

Io scoppiai a ridere. Non avevo letto *Il ritratto di Dorian Gray*, ma Lily sì e mi aveva raccontato la trama. L'avevamo recitata. Ci piaceva ancora «recitare le cose», anche se eravamo certamente troppo grandi per giochi del genere.

«Sei strana», ribatté Niamh. In un primo momento lo disse affettuosamente, come per concederle il beneficio del dubbio. Però poi continuò a dirlo. La goccia che fece traboccare il vaso fu quando dopo le lezioni cominciammo a frequentare alcuni ragazzi del St Anthony ai vecchi campi da tennis e Lily leccò Keith Delaney.

«Maeve», Niamh mi telefonò quella sera stessa. «Dobbiamo parlare. Si tratta di Lily.»

«Della leccata», risposi, sapendo già dove sarebbe andata a parare. «È un gioco che facciamo qualche volta.»

Il gioco della leccata era una cosa che avevamo inventato anni prima. Era cominciato quando Roe ci aveva detto che era impossibile leccarsi il gomito e noi avevamo passato due giorni a provarci. Questo si era poi evoluto in un gioco, durato anni, con cui cercavamo di leccare delle cose in posti difficili o rischiosi, anche se bastava appoggiarci la lingua per un secondo. Andavamo da Waterstones il sabato e fingevamo di guardarci attorno in libreria, tenendoci d'occhio a vicenda, e poi pian piano – il più piano possibile – appoggiavamo la lingua sul primo libro che fingevamo di leggere. Poi uscivamo dal negozio abbracciate e strillando dalle risate.

Suppongo sia una di quelle cose di cui si dice: "Avresti dovuto esserci".

Così quando Lily, dopo aver aspettato pazientemente per ore che succedesse qualcosa di divertente al campo da tennis, aveva posato delicatamente la lingua sulla nuca di Keith, era stato il suo modo di dire: "Ehi, ce la spassiamo un po', finalmente?".

Quando cercai svogliatamente di spiegare a Niamh il gioco delle leccate, lei rimase in silenzio per un po'. «Senti, Maeve», disse. «Non abbiamo mai chiesto che fosse nostra amica e adesso non vogliamo più che venga con noi.»

E la cosa finì lì. Cominciai a snobbare Lily a scuola, dandole le spalle e rifiutandomi di guardarla negli occhi quando mi parlava. Chiedevo a Joanne di dirle che ero fuori quando telefonava a casa e mi cercava. Alla fine Lily mangiò la foglia. Leccare Keith Delaney aveva messo la parola fine alla nostra amicizia.

Mi voltai di nuovo verso Griffin: «No, non abbiamo litigato. Ci siamo allontanate e basta».

«Puoi indicare una data precisa, Maeve? Di quando avete smesso di essere amiche?»

«Appena… appena prima delle vacanze di Natale. Il Natale scorso. Quindi… circa quattordici mesi fa, suppongo.»

Ward ha un'espressione irritata e prende appunti.

«Quindi, Maeve, stai dicendo che non hai informazioni rilevanti su Lily dall'anno scorso? Non c'erano delle chat… che frequentava? Degli amici *speciali*?»

Griffin lo guarda inarcando un sopracciglio. «Non credo che le *chat* vadano più di moda, Ward. E comunque *questo* è rilevante. Raccontami qualcosa di più su questa lettura dei tarocchi, Maeve. È successo qualcos'altro?»

Mi mordo un labbro. «Sì. È venuta fuori una carta. Una carta che non fa parte del mazzo.»

«Puoi mostrarmela? Hai le carte con te adesso?»

Le tiro fuori dallo zainetto che è sul pavimento di fianco a me. Le giro a faccia in su.

«Vede, tutte queste carte hanno una posizione. Fanno parte di un seme o di un disegno. Ma questa carta l'ha pescata solo Lily. Era una donna spaventosa: si chiama la Governante. Era completamente sola.»

«Che cosa rappresenta la Governante?»

«Non lo *so*. È per questo che Lily è andata fuori di testa. Lei crede in queste cose, più della maggior parte della gente. Più di me. Quando le ho detto che quella carta non la conoscevo, si è spaventata. Anch'io ero spaventata perché pensavo di aver tolto la Governante dal mazzo.»

«Potresti farmela vedere adesso?»

«È questo il punto», dico mordendomi il labbro. «Non so dove sia finita.»

C'è un fremito nella mia voce, come se avessi paura che la carta possa entrare dalla porta.

«Quindi eri terrorizzata e così hai terrorizzato anche Lily», dice Griffin. «Suo fratello ha dichiarato che era molto suscettibile a questo genere di cose.»

Il mio cuore sobbalza quando sento le parole «suo fratello». Roe. Il pensiero di Lily in pericolo mi ha talmente turbata da farmi dimenticare del tutto Roe e come si senta in tutta questa faccenda.

«Sì. Sono sempre stata... la leader, in un certo senso, suppongo», dico debolmente. «Lily prova sempre quello che provo io.»

«È per questo che eri nervosa nel weekend», dice Jo. «Ti sentivi in colpa per Lily.»

Annuisco.

«Ed è per questo che tutte quelle ragazze scandivano "strega"», riflette Griffin.

Annuisco ancora.

«C'è un'altra cosa», dico e avverto i tre adulti che letteralmente si chinano verso di me per catturare le mie parole come fossero biglietti sputati dal distributore di una sala giochi.

Il mio sguardo guizza verso Jo, nella speranza che lei mi protegga quando fornisco il tassello finale dell'informazione, la cosa che rivelerà che amica crudele e terribile io sia in realtà.

«Lily e io abbiamo avuto una specie di... discussione venerdì. Mi ha detto una cattiveria e io le ho detto delle cose.»

«Che genere di cose?»

«Ha detto... ha detto che non capiva come avevamo potuto essere amiche e io le ho risposto che avrei voluto che non lo fossimo mai state.» In gola mi si forma un groppo denso come porridge. «E poi ho detto che avrei voluto vederla scomparire.»

Griffin, Ward e Joanne si scambiano uno sguardo, sgranando gli occhi.

«E adesso è *scomparsa* davvero», dico, con gli occhi che tornano a riempirsi di lacrime. «Lily è scomparsa ed è tutta colpa mia.»

Jo mi abbraccia.

«Mae», dice con affetto. «Sembra che questa sciocchezza del soprannaturale abbia mandato fuori di testa anche te. Non è colpa tua. Qualunque cosa sia successa a Lily, non la stavi bullizzando o tormentando in qualche modo strano. Eri spaventata quanto lei. Ricordo una volta in cui Maeve era rimasta a dormire da lei e, dopo che avevano giocato con una tavola Ouija, aveva telefonato alla mamma per farsi venire a prendere.»

Dopo queste parole sorride a Griffin e Ward, come per dire: "Le ragazze sono fatte così".

«Da' retta a tua sorella, Maeve. Non ha senso torturarsi per questo. L'unico modo per aiutare Lily è dirci tutto quello che sai della tua migliore amica. Qualsiasi cosa che possa tornare utile.»

La mia migliore amica. Al presente. Chi tratta il proprio migliore amico in questo modo?

Io parlo e loro scrivono. Non smettono di farmi domande su Lily, nessuna di esse specifica. Sembrano uscite dal *Grande libro dei problemi dell'adolescenza.*

«Lily ha mai avuto problemi di bullismo? Comportamenti dispettosi da parte delle altre ragazze?» chiede Griffin. «Era preoccupata per il suo aspetto fisico? Alcol o droghe?»

Alcol e droghe: questa è facile. Da escludere. Una volta avevamo deciso di scolarci una bottiglia di vodka, liscia, mentre eravamo sul suo trampolino.

Così, per vedere che cosa succedeva. Eravamo arrivate a un terzo della bottiglia quando Lily aveva vomitato giù da un lato giurando di non bere mai più.

Aspetto fisico: forse, però non mi sembra probabile. L'estate dei nostri dodici anni Lily era cresciuta di dodici centimetri ed era passata dall'essere una specie di bambina con la faccia da scimmia a un'adolescente piuttosto sgraziata, la ragazza più alta del nostro anno almeno di un paio di centimetri. Non sembrava che la cosa l'avesse mai disturbata. Aveva quell'aspetto vagamente alieno che hanno certe modelle russe, quelle che, benché non necessariamente carine, vengono scelte per gli shooting fotografici che richiedono posizioni disarticolate con indosso vestiti a sacco.

Bullismo: be', qui la faccenda si complica. Le ragazze della St Bernadette sapevano comportarsi da stronze, è vero, e persino le ragazzine delle elementari erano crudeli. Nei giorni buoni volavano domande strampalate e indiscrete sul suo apparecchio acustico e in quelli cattivi direttamente insulti. Però, ecco, per quanto riguardava Lily, lei se ne fregava proprio. È una cosa che si dice sempre, ma nel suo caso era vero. Ogni volta che qualcuno si dimostrava perfido nei nostri confronti perché eravamo nella classe di quelle lente a imparare, lei si limitava ad alzare gli occhi al cielo. «Non dargli retta, Maeve. È solo *rumore.*»

Perché per lei lo era davvero. Lily è esperta a leggere le labbra, l'ha imparato da sola da quando è nata, perciò nessuno si è accorto delle sue difficoltà d'udito se non relativamente tardi. E lei ha imparato ad ascoltare i suoni giusti escludendo quelli sbagliati, il che ha avuto un effetto permanente sulla sua personalità. Se qualcuno dice qualcosa che lei non vuole sentire, decide semplicemente di non sentirlo.

Vorrei essere anch'io così. Vorrei fregarmene di quello che gente come Michelle o Niamh pensa di me.

«Credo che basti così», dice Joanne, dopo un interrogatorio che mi è sembrato durare ore. «Maeve deve fare i compiti e cenare. Potete telefonarmi se avete altre domande.»

I Gardaí lanciano un'occhiata di soppiatto al mio cellulare sul tavolino.

«Dovete contattare *me*», ripete lei con fare protettivo.

Ward chiude il suo taccuino ed entrambi si alzano per andarsene.

«Sei stata strepitosa, Maeve», dice Ward con un sorriso. E allora capisco perché Niamh ha pensato che fosse bello.

«Sicuramente hai escluso un sacco di cose.»

Mentre Joanne li accompagna alla porta, sento Griffin che parla ad alta voce, rivolgendosi soprattutto a sé stessa. «Francamente, ha escluso così tante cose che non so più nemmeno che cosa rimanga.»

CAPITOLO 11

La mattina dopo cerco di convincere Jo a lasciarmi a casa da scuola. Neanche per sogno.

«Se la mamma fosse qui, mi lascerebbe a casa», imploro. Nelle orecchie mi riecheggiano ancora le mie compagne di classe che urlano «strega» nel cortile, vibrando come una lattina presa a calci in un vicolo.

«No», dice risoluta. «Sono fuori tutto il giorno e non voglio che resti in casa a guardare le Kardashian e a deprimerti. Comincerai a darti la colpa e io non sarò qui a dissuaderti. Ti ci porto in macchina, però. Ti va bene come compromesso?»

«D'accordo», dico di malumore, anche se so che non ha tutti i torti. Se devo essere onesta, ieri sera Jo è stata brava a impersonare la sorella ideale. Ho parlato tutta la sera di Lily, della consulenza coi tarocchi e di come la nostra amicizia è andata in pezzi quando ho cominciato a frequentare Niamh e Michelle.

È qualcosa di cui finora non ho parlato con nessuno. La mamma e il papà mi hanno chiesto perché Lily avesse smesso all'improvviso di venire da noi, ma io ho sempre risposto in tono suscettibile, alludendo a una presunta lite che riguardava entrambe e non solo me. La mamma di Lily ha cercato di sollevare l'argomento con la mia qualche volta. Ho sentito che ne parlavano.

«È davvero un peccato, no?» tagliava corto la signora O'Callaghan.

«Torneranno sui loro passi. Le ragazze litigano sempre, poi si rappacificano», rispondeva la mamma.

A questo la signora O'Callaghan non replicava nulla. Era troppo intelligente e gentile per dire: «Be', Lily no. Il problema dev'essere quell'oca malefica di tua figlia», ma intuivo che lo pensava ogni volta che mi passava accanto nell'atrio o davanti al cancello della scuola.

«Senti, Maeve», dice Jo, cingendomi con un braccio. «Non avresti dovuto escludere Lily in quel modo. Però è ovvio che tu ci stia male – e da un pezzo. Quando Lily torna, ti scuserai con lei e le chiederai se vuol essere ancora tua amica. Nel frattempo non puoi ritenerti responsabile della sua scomparsa.»

«Ma sono io che le ho letto i tarocchi, Jo. L'ho sconvolta. *Ho detto che sarebbe dovuta scomparire.* Poi è scomparsa davvero.»

«Ma non hai fatto i tarocchi ad altre venti ragazze? E non erano sempre rosei, non è vero? Scommetto che anche in quei casi è uscita qualche carta spaventosa.»

«Suppongo di sì», dico posando la testa sul suo petto.

«Il punto, Mae, è che Lily è sempre stata una che faceva di testa sua. Anche quand'era molto piccola. È sempre stata il genere di ragazza che vedevi tra la folla e pensavi: "Ah sì, questa farà qualcosa di diverso". Ora, se sarebbe scappata unendosi a una setta, o se avrebbe risolto il problema della fame nel mondo usando tre stuzzicadenti, non l'ho mai saputo di preciso.»

Resto in silenzio mentre andiamo a scuola e continuo a rigirarmi queste parole nella testa. Jo ha ragione su Lily. Intorno a lei l'aria era sempre carica di qualcos'altro. È come un campo elettromagnetico ambulante. E io ero lì, la sua amica sgraziata, giusto capace di aggrapparsi all'ultimo anello della popolarità e, nel farlo, abbandonare qualcuno di davvero grande. Perché non ero unica e strana? Perché non potevo risolvere il problema della fame nel mondo con tre stuzzicadenti?

Il punto della faccenda è questo: io ho mollato Lily, ma probabilmente lei sarebbe stata meglio se avesse mollato me.

«Entro con te», annuncia Jo quando arriviamo al cancello di scuola.

«*Che cosa?*»

«Voglio parlare con la signorina Harris. Non voglio che la polizia ti trascini fuori dalla classe e cerchi di estorcerti altre informazioni su Lily. Ho capito che la detective Griffin non ha ancora finito con noi, neanche per idea.»

Ogni mattina la signorina Harris sta fuori dall'ingresso principale della scuola finché non suona la campanella, però nel momento in cui ci vede attraversa il parcheggio.

«Buongiorno, Maeve. E tu devi essere Joanne», dice tutta allegra tendendo la mano per stringere quella di Jo.

«Sì», dice Jo nervosa e, per un attimo, ricordo che ha solo ventiquattro anni. Per me è un'adulta, ma per una persona come la signorina Harris è una bambina come me. «In questo momento i genitori di Maeve – ehm, i nostri genitori – sono via in vacanza. Vorrei fare due chiacchiere a proposito di Lily O'Callaghan e del ruolo di Maeve in questa vicenda.»

La signorina Harris annuisce. «Sì, penso che sia una buona idea. In ogni caso, Maeve, speravo di parlarti prima della lezione. Volete venire da questa parte?»

Jo è stupefacente nell'ufficio della signorina Harris. È secca e risoluta, le dice che io non ho nulla a che fare con la scomparsa di Lily e che una ragazza di sedici anni non dovrebbe essere coinvolta in una faccenda così seria. Poi dice un mucchio di cose imbarazzanti sul fatto che non sono «dura come sembro», una frase assolutamente irritante perché non c'è un buon modo per controbattere. Non posso dire: «E invece sì!», perché mi fa sembrare petulante, ma non posso neanche dire: «Hai ragione, è vero, sono un verme liscio, continua pure così...».

«Sono assolutamente d'accordo», dice la signorina Harris con voce tesa. «Credo che sia meglio, per il bene di Maeve e di tutte le ragazze, se minimizziamo il suo coinvolgimento. È un sacco di tempo che insegno nelle scuole femminili e una volta che qualcosa si mette in moto è molto difficile controllarlo. Cominciano le fisime, seguite subito da una specie di mania che tira fuori il peggio della gente. Mi sembra che circoli una voce secondo cui Maeve sarebbe... una strega?»

Arrossisco. «Sì», dico. «Cioè no, non è vero, ma è quello che hanno detto ieri.»

«E che fai i tarocchi alle altre ragazze durante la pausa pranzo?»

«Ehm... sì. Però era una cosa innocua. Lo chieda a chiunque. Era solo per divertirsi un po'.»

Per loro. Perché *loro* si divertissero un po'.

«Comunque sia, ho deciso che d'ora in poi i tarocchi sono ufficialmente vietati, così come l'occulto e... il paraocculto in senso lato. Perciò, niente carte, niente incantesimi, niente tavole Ouija, niente incenso. Niente salvia.»

Nel dire questo, la signorina Harris tira fuori una scatola di scarpe piena di cose che conservavo nel Chokey. Tutto quello che avevo comprato al Divinazione e avevo accuratamente sistemato per trasformare l'armadio nella mia piccola bottega magica si è ridotto a un paio di carabattole che rotolano in una scatola di cartone.

Non mi sono mai sentita una bambina come adesso.

«Hai con te le carte dei tarocchi oggi, Maeve?»

«Ehm, sì. Sono nello zainetto.»

«Puoi prenderle, per favore?»

Apro la cerniera dello zainetto e le tiro fuori; il loro peso freddo è solido e confortante nonostante i guai che mi hanno procurato.

«Dammi quei tarocchi, Maeve.»

«Cosa? Perché?»

«A scuola sono vietati. E temo che qualche ragazza cominci a chiederti di leggerglieli fuori dalla scuola.»

«Dirò di no», protesto.

«Non dirai di no», dice la signorina Harris, con un tono di voce freddo, come se sapesse con che facilità mi lascio persuadere a fare delle cose se il risultato è di piacere agli altri. «In questo modo non ti do l'opportunità di dire sì.»

Vedo che Jo vorrebbe accorrere in mia difesa, ma in silenzio concorda con la signorina Harris.

Mi sento tradita.

«La prego, signorina», la supplico. «Sono mie.»

«A dire il vero, non sono tue. Le hai trovate nell'armadio del seminterrato. Sono proprietà della scuola e, francamente, Maeve, dovrei metterti in punizione per avere usato l'armadio senza permesso. Hai fatto apposta a non restituirmi la chiave. Ridammela adesso, per favore.»

La signorina Harris e io non siamo mai state grandi amiche, ma ho sempre pensato di piacerle, sotto sotto. O, almeno, che confidasse nel fatto che tutto sommato fossi una persona decente. Invece il modo in cui mi parla ora va al di là del rimprovero bonario a una studentessa indisciplinata. Sembra che pensi che sono una criminale.

Pesco la chiave dall'astuccio e gliela do senza dire una parola. La signorina Harris apre il cassetto in basso e ci deposita le carte, chiudendolo con una piccola chiave.

«Mi pare che tu abbia geografia alla prima ora, giusto? Puoi andare adesso, a meno che tu non abbia altro da dire.»

Jo mi rivolge un sorriso che dice: "Ho fatto tutto quello che potevo" e si alza dalla sedia. «Più tardi sarò a casa. Mandami un messaggio se hai bisogno di uno strappo dalla fermata dell'autobus.»

Non voglio far sapere alla signorina Harris che ha vinto, così mi fiondo fuori dalla stanza come se non me ne importasse nulla, lo zainetto buttato su una spalla. Avverto immediatamente la mancanza dei tarocchi e all'improvviso mi sembra che il mio ancoraggio alla terra sia diventato molto fragile, come se dovessi fluttuare via e scomparire, proprio come Lily.

Prima di uscire dalla stanza, mi giro di nuovo verso la signorina Harris. «Signorina», dico, tutt'a un tratto timida. «I genitori di Lily hanno chiesto di me? Perché, sa, mi farebbe piacere parlare con loro, come ho fatto con i Gardaí.»

«Ah sì», risponde la signorina Harris. «Avevano... un sacco di cose da dire. Fossi in te non mi preoccuperei, Maeve. I Gardaí hanno fornito loro tutte le informazioni necessarie. Credo che adesso sia meglio se lasci gli O'Callaghan da soli.»

Il volto di Roe mi si affaccia alla mente e il mio polso accelera. Indosserà ancora il mio pezzo di quarzo rosa sotto i vestiti? Me lo immagino che sbatte contro la pelle nuda del suo petto e sento un rossore salirmi su per il collo.

Povero Roe. Poveri signore e signora O'Callaghan. Continuo a immaginarmi la faccia della signora O'Callaghan quando trova il letto di Lily vuoto. I pugni sulla porta del bagno, la sua confusione che si trasforma in panico. La paura nuda e cruda quando capisce che la sua unica figlia è scomparsa.

Le lezioni sono un incubo. Avevo paura che, dopo i cori di «strega» di ieri, le altre si sarebbero tenute alla larga da me, terrorizzate all'idea di sparire a loro volta in piena notte. La realtà è molto peggiore. Le ragazze insistono per parlare con me, ma vogliono sapere solo di Lily, della magia e dei tarocchi. Gira voce di una maledizione. Si raccontano storie fantastiche sulla signorina Harris che avrebbe trovato delle bamboline voodoo raffiguranti Lily O'Callaghan nell'armadio del Chokey. Ce n'è un'altra secondo la quale Lily non sarebbe affatto scomparsa, bensì morta. Si sarebbe uccisa dopo che venerdì io l'ho derisa.

Si radunano attorno a me durante il pranzo, bramose di cavarmi più informazioni. Per quanto mi faccia arrabbiare che la signorina Harris mi abbia confiscato i tarocchi, in un certo senso capisco perché l'ha dovuto fare.

«Maeve, ero così preoccupata per te», dice Niamh, strattonando la manica sbrindellata del mio maglione scolastico. «Qualcuno diceva che bullizzavi Lily, ma io gli ho risposto che erano stronzate. Eri sua amica, no? Alle elementari, intendo.»

Perché Niamh mi sta dicendo questo, come se non c'entrasse niente col fatto che Lily e io non siamo più amiche? Con che coraggio mi guarda, gli occhi pieni di lacrime angosciate, come se in tutto questo fosse completamente innocente?

«È davvero triste», prosegue. «Ieri notte non sono riuscita a dormire da quanto ero in ansia per Lily.»

All'improvviso non ce la faccio più. Non posso restarmene seduta a guardare Niamh che finge di piangere perché è sconvolta per una ragazza che ha disprezzato sin dal primo giorno.

«Niamh, di che roba *ti sei fatta?*»

Oh Dio, adesso sto urlando. Perché tutt'a un tratto sto urlando?

«Non te ne è mai fregato un cazzo di Lily. Anzi, è per colpa tua se anch'io ho finto che non me ne fregasse un cazzo di lei, quando invece era la migliore amica che avessi. E adesso fingi di essere così preoccupata?»

Niamh mi guarda attonita, con dei lacrimoni che le scendono sul visino grazioso come pacifici ruscelli.

«Perché sbraiti così contro di me? Sono dalla *tua* parte.»

«Non ci sono parti! Io non ho fatto niente.»

Silenzio. Le mie compagne di classe mi stanno fissando tutte.

«Giusto», ribatte Niamh con freddezza. «Non hai fatto *niente,* Maeve.»

Alla fine della giornata prendo il mio zainetto e vedo che qualcuno ci ha scritto sopra STREGA con l'inchiostro indelebile. Faccio finta di non notarlo per non dare a nessuno la soddisfazione di vedermi a disagio.

Solo quando sono sull'autobus mi accorgo che chi voleva darmi della strega ha poi cambiato idea. Una riga cancella «ega», sostituita con mano ferma da «onza».

CAPITOLO 12

La mattina seguente ho matematica alla prima ora. Matematica è sempre stata la mia materia peggiore, resa ancor più difficile dal fatto che Lily e io siamo nella stessa classe.

O eravamo.

Non appena varco la soglia, l'aria è venata di un'elettricità statica che provoca un fremito generalizzato. Cala immediatamente il silenzio. Di solito, quando stai parlando di qualcuno e questo entra nella stanza, cambi rapidamente argomento e ti metti a parlare in tono falso e zoppicante di quello che ha fatto il tuo cane la sera prima. Stavolta è diverso. C'è un silenzio che vuole rendersi evidente. Un silenzio di tomba che ti fa sapere che si parlava di te e tutti vogliono che tu lo sappia.

Attraverso l'aula guardando dritto davanti a me. Non mi permetto di battere ciglio, terrorizzata all'idea che le palpebre mi spremano dagli occhi una lacrima solitaria e la facciano scivolare lungo la guancia. Dimostrando il mio terrore, dimostrando la mia colpevolezza.

Vai al tuo posto e basta, Maeve. Vai al tuo posto.

Però non posso andare al mio banco. La mia sedia nell'ultima fila, incuneata tra Michelle e Niamh, è attualmente occupata da Aoife O'Connor. Nessuna delle ragazze mi guarda.

Non dirò nulla. Non le affronterò. Non *implorerò* la loro amicizia.

Il mio sguardo perlustra tutta la stanza, in cerca di un altro banco a cui sedermi. Penso: "Okay, prenderò il vecchio posto di Aoife". Ma al vecchio posto di Aoife c'è qualcun altro. Nella testa mi pulsa un terrore rovente, così forte che, ne sono certa, gli occhi mi schizzano fuori dal cranio. Continuo a perlustrare l'aula. Ci dovrebbero essere almeno due banchi vuoti, con Lily assente e me in piedi, ma ce n'è uno solo. Forse hanno trascinato l'altro in corridoio per dimostrare qualcosa. Quel genere di dimostrazione silenziosa e dispettosa che si può verificare solo in una scuola femminile di queste dimensioni e di questo calibro. Occupo il banco vuoto.

Il banco che la settimana scorsa apparteneva a Lily O'Callaghan.

Non c'è nient'altro da fare se non incamminarmi verso il vecchio posto di Lily in prima fila sentendomi tutti gli occhi puntati addosso, il calore bianco di una lampadina appena svitata dal suo alloggiamento.

E lì, inciso nel legno vecchio, tra i cuori, i teschi con le ossa incrociate e l'elegante «S» di Superman lasciati dalle studentesse degli anni passati, c'è una nuova creazione: B E L L'A M I C A.

Nei giorni successivi scopro che questa è la parte della storia che ipnotizza e disgusta di più le mie compagne. Non solo il fatto che Lily sia scomparsa. Non solo i tarocchi. Ma il fatto che Lily sia stata la mia migliore amica, che io l'abbia abbandonata e poi bullizzata, augurandole davanti a tutti di scomparire, e che ora – per quanto chiunque ne sappia – si sia uccisa o sia fuggita così lontano dalla città che potrebbe anche essere morta.

Naturalmente nessuno me lo dice chiaro e tondo, però colgo frammenti di conversazione passando davanti alle ragazze in corridoio.

«...la sua migliore amica!»

«...be', non le ho mai viste insieme, ma Becca andava alla stessa scuola elementare e...»

«Le loro madri! Le loro madri sono ancora amiche!»

«Hai sentito che cos'ha detto? Alla sua amica? ALLA SUA MIGLIORE AMICA?»

«...è sempre stata un po' stronza, naturalmente, ma quando ha cominciato a ricevere qualche attenzione per le sue stregonerie è diventata davvero perfida...»

«La sua MIGLIORE amica!!!»

Un giorno, tornando dopo pranzo, ho notato un gruppetto di ragazze del primo anno attorno al mio zainetto e mi ci sono avventata sopra, digrignando i denti.

«Che cosa stavate facendo?» ho sbottato, pensando che stessero riempiendo le tasche con qualcosa di puzzolente, tipo frutta marcia o tonno.

«Niente», ha detto una dodicenne con gli occhi arrossati che ha balbettato per tutto il tempo. «C-ci stavamo s-s-sfidando a v-vicenda.»

«Sfidandovi? A fare cosa?»

«A... a t-toccare il tuo z-zaino.»

Era la prima volta che mi accorgevo di non essere solo l'argomento di conversazione della mia classe. Vi partecipava *tutta la scuola.* Ero diventata una leggenda. La signorina Harris mi aveva chiesto di essere particolarmente carina con le ragazze più giovani. A quanto pareva, ce n'era una che aveva paura di venire a scuola.

Ma le ragazze più giovani riesco ad affrontarle. Sono quelle della mia età e quelle più grandi che mi preoccupano di più. Da quando Lily è scomparsa, tutti i genitori hanno il terrore di lasciarle andare in città dopo la scuola e, di colpo, si formano degli ingorghi al cancello perché nessuno vuole che la figlia prenda l'autobus per tornare a casa. Una ragazza dell'anno successivo mi spinge contro il muro mentre sto andando all'assemblea scolastica.

«Mia mamma mi ha tolto il telefono», dice. «Grazie mille, Chambers.»

Venerdì la mamma e il papà tornano dalla loro vacanza. Jo li ha aggiornati su Lily e, sospetto, su come va la mia vita a scuola. Hanno le borse piene di ninnoli per me: orecchini che sembrano minuscole piastrelle azzurre, crostatine portoghesi alla crema che si sono un po' schiacciate durante il volo.

«So che l'abbiamo presa alla leggera... questa faccenda della new age», dice il papà timidamente. «Però mi sono ritrovato in uno di questi negozi che vendono cristalli e alla fine sono uscito con questo.»

Tira fuori un lungo filo d'oro con appeso un ciondolo duro e nero, accompagnato da un'unica perla rossa. «Mi ha spiegato che era un amuleto protettivo», dice. «Azabache, o giaietto. Ma a me piace azabache. Lo danno ai bambini in Sudamerica quando nascono. Aiuta a tenere lontano il malocchio.»

«Grazie, papà», dico sorridendo fiaccamente. Immaginarlo che cerca di intavolare una conversazione con un venditore di cristalli basta a scaldarmi il cuore di speranza. I miei genitori sono a casa. Le cose si metteranno per il meglio, no?

M'infila la collana da sopra la testa e la pietra mi atterra al centro del petto, fermandosi sullo sterno. Accarezzo con un dito la pietra nera e liscia che ha la forma e la dimensione di un pollice e penso immediatamente a Roe.

Alla fine il discorso vira sugli O'Callaghan. La mamma ha già mandato un messaggio alla mamma di Lily dal Portogallo.

«Le hai parlato?» le chiedo speranzosa.

«No», dice saggiamente. «Non è il caso di telefonare in un momento come questo. Soprattutto se non fai parte della famiglia. Devi lasciare spazio alle persone ma fargli sapere che ci sei.»

«Quella famiglia ha bisogno della grazia di Dio», dice il papà scuotendo la testa.

«Quella famiglia», dice la mamma alzandosi per tirare

fuori la teglia più grande che abbiamo, «ha bisogno di lasagne.»

Aiuto la mamma tutta la sera a preparare le lasagne. Grattugio il formaggio, sminuzzo l'aglio, corro dal droghiere a comprare grandi sfoglie di pasta. La mattina mi accompagna a scuola in macchina e quando siamo per strada ci fermiamo a casa degli O'Callaghan. Il viaggio dura così poco – solo tre vie, due svolte a sinistra e ci si arriva – che mi viene la nausea al ricordo di quanto spesso lo facevo in passato. Ho percorso questa strada con i pattini di Barbie, con le scarpe da tennis che si illuminano, con la bicicletta giallo sole che mi aveva fatto tanto sospirare e che mi era stata rubata due mesi dopo.

Parcheggiamo fuori dal loro villino bifamiliare, uguale a ogni altra casa nella via, tranne che per il fatto che ci ho trascorso metà della mia infanzia. Sulle ginocchia ho le due teglie di lasagne coperte dalla carta stagnola: una con la carne, l'altra vegetariana.

«Giusto», dice. «Una biro e un foglio.»

Strappo una pagina dal mio quaderno a spirale e le do la mia biro migliore. Scribacchia che vanno riscaldate a centottanta gradi e aggiunge di essere «a disposizione» se hanno bisogno di qualsiasi cosa.

Firma «Sempre con affetto, Nora Chambers» e poi rivolge una lunga occhiata a me, sprofondata nel sedile del passeggero.

«...e Maeve» scrive.

CAPITOLO 13

Si organizzano delle spedizioni di ricerca per Lily. Gente che si aggira sulla riva del fiume e tra le paludi con torce e cani. Indumenti che vengono annusati. La mamma non mi lascia andare. La sento che ne discute con papà in camera da letto. Lui pensa che mi farebbe sentire coinvolta; lei pensa che ne resterei traumatizzata. Quello che penso io sembra non importare.

Il papà ci va tutt'e due le sere e torna a casa solo dopo che io sono già andata a letto. Sento lo scricchiolio dei suoi passi sulla vecchia scala e poi un lungo respiro esausto quando entra in camera da letto.

Mio fratello Pat rincasa per il weekend, di ritorno dal matrimonio di due compagni di scuola, e per un po' la sua grande stupidità distrae tutta la casa. Passo parecchio tempo seduta sul pouf in camera sua, mostrandogli la lista di canzoni che ho scopiazzato dal walkman.

«Accidenti, è successo», dice scorrendo la lista e increspando la fronte. «Finalmente.»

«Che cosa?»

«Stai sviluppando il *gusto.*»

Fruga nella sua collezione di vinili ed estrae un grande disco quadrato con una donna dai capelli rossi sulla copertina.

«Maeve, credo che sia ora che tu conosca Jenny Lewis.»

All'improvviso vengo scaraventata in un mondo di donne rumorose con la chitarra, un infinito albero genealogico di persone delle quali Pat parla come se fossero ex fidanzate che adora. Courtney, PJ, Carrie e Jenny. Kim e Joni e, per qualche ragione, Prince.

«Prince non era una donna», dico.

«Prince non era niente. Prince era Prince e basta.»

Ogni album e ogni canzone che Pat mi passa mi fa pensare a Roe. Vorrei dirglielo, ma non trovo le parole giuste.

Non dico nulla e mi limito ad assorbire la musica che Pat mi offre, ansiosa di memorizzare le sue opinioni così da ripeterle poi a Roe, in un qualche punto lontano dell'orizzonte quando Lily sarà tornata e noi potremo riprendere le nostre conversazioni in autobus. Naturalmente Pat pensa che sia perché i suoi gusti sono eccezionali.

«Vieni ad ascoltare tutte le volte che vuoi», dice strimpellando le corde del suo vecchio basso. «Ma *lascia* tutto qui dentro, d'accordo?»

Però poi Pat se ne va e la vita reale è lo spettacolo tetro che lo segue. I giorni passano con fiacca malinconia e il gelo di tutta la scuola nei miei confronti non accenna nemmeno a sciogliersi. Le persone evitano di parlarmi quando siamo in fila davanti ai gabinetti. Si limitano a inarcare il sopracciglio e poi mi attraversano con lo sguardo.

Il ritmo dei miei programmi è sempre lo stesso: prendo l'autobus per andare a scuola, vado a lezione, prendo l'autobus per rincasare. Eppure tutto sembra colorato da un'ombra inquietante, come la traccia bluastra su un uovo d'anatra. Vengono appesi volantini di ricerca persone scomparse e ogni volta che vedo la faccia di Lily su un palo del telefono ho la sensazione di addentare un gelato. Non vedo Roe. A scuola le ragazze smettono di farmi domande e non parlano più quando mi vedono avvicinare. Sarebbe tutto assolutamente insopportabile se non fosse per Fiona.

Comincio a pranzare nell'aula di arte nella soffitta dell'edificio, una stanza che tutti tendono a evitare perché è perennemente gelida. Mercoledì Fiona entra in silenzio, si siede e apre un tupperware. Non diciamo niente per qualche minuto.

Alla fine cedo.

«Il tuo pranzo ha un buon profumino.»

«Grazie», dice arrossendo un po'. «Mia mamma ha la settimana libera, così mi prepara da mangiare.»

«Gentile da parte sua.»

«Sì...» risponde incerta. «Solo che ieri ho portato uno stufato di capra e si sarebbe detto che avessi portato un Mini Pony morto o qualcosa del genere. Tutti hanno fatto un sacco di storie.»

Sembra sfinita. Non gliene faccio una colpa.

«Si può comprare carne di *capra* da queste parti?»

«Oh sì. Mia mamma la prende in un negozio giamaicano in città.»

«C'è un negozio giamaicano in città?»

Fiona mi rivolge un sorriso sardonico. «Ci sono *un sacco* di negozi che i bianchi non conoscono.»

Il nome di Fiona è irlandese, il cognome è inglese; ha la pelle scura e poca pazienza per le cazzate degli altri. Ho sempre ammirato la cortesia con cui sistema gli altri per la loro ignoranza, ma allo stesso tempo m'intimidisce da morire.

«Be', ha un profumo fantastico», dico. «Mi piacerebbe che anche mia mamma cucinasse per me.»

Me lo fa assaggiare. È delizioso.

Abbiamo lezioni a orari diversi, ma prendiamo l'abitudine di pranzare insieme nell'aula di arte. Modello delle palline di creta con le dita mentre lei usa diversi evidenziatori per colorarsi i lacci delle scarpe, realizzando un tricolore a strisce rosa, gialle e blu.

Le sono grata per non avermi abbandonato come chiunque altro, anche se non capisco bene che cosa ne ricavi. È graziosa, divertente e piena di talento.

E io? Sono la ragazza che aveva i tarocchi e che ha ucciso la sua migliore amica.

«Ehi», dice, infilandosi i nuovi lacci arcobaleno nelle Converse bianche. «Domani ci sono i corsi di aggiornamento per insegnanti. Finiamo all'una.»

«Ah sì, fico.»

«Vuoi andare in città?» chiede Fiona, con tono disinvolto.

La sua domanda fende la nebbia grigia come un raggio di luce. Fiona vuole che diventiamo davvero amiche. Amiche che si vedono dopo la scuola. Amiche *da città*. La guardo vagamente incredula.

Insomma, non sono una cretina integrale. Non che non mi abbiano mai invitato a qualche festa o a un'uscita in città, però vengo quasi sempre invitata come parte di un gruppo più vasto e la mia presenza è il prodotto finale di qualcuno che dice: «Ah, invitate le ragazze della Bernadette», oppure: «Invitate Michelle e le sue amiche». Non so quand'è stata l'ultima volta che qualcuno ha voluto stare solo con me.

Sì, lo sai, Maeve. È stata Lily, più di un anno fa.

Evidentemente ci sto impiegando troppo a rispondere, così Fiona mette le mani avanti e, in preda all'ansia, si prodiga in precisazioni.

«È solo che ci sono le audizioni per l'*Otello* tra un paio di settimane e credo che potrei fare Desdemona, ma ho bisogno di qualcuno con cui provare la parte. Qualcuno che faccia Otello. Perciò... non preoccuparti se sei impegnata e così via. Posso chiedere a qualcun altro...»

Non posso fare a meno di abbozzare un sorriso. «È davvero un modo contorto per dire che vuoi fartela con me.»

«Oh mio Dio, non essere una zoticona.»

«È splendido. Facciamolo. Aspetta, ma alla fine Otello non uccide Desdemona?»

«Certo. Forse dovrei chiedere a qualcun altro. Forse con i tuoi *precedenti*...»

Fiona si porta la mano alla bocca quasi nel momento stesso in cui lo dice. Io la guardo sbalordita.

«Scusa, non è divertente. A volte ho un senso dell'umorismo stupidamente fuori luogo.» Avvampa e si stringe l'attaccatura del naso tra le dita. «Sono un tale peso. Mi spiace, Maeve.»

Mi ci vuole un attimo per riprendermi. «Quindi continuano a dirlo.»

«No.»

«*Fiona.*»

«Okay. Sì. Ma sono un mucchio di oche in cerca di una storia. Si annoiano. Cristo, sono *noiose.*»

Mi mordo la pelle secca sotto l'unghia del pollice, incerta su cosa dire. Fiona comincia di nuovo a scusarsi, evidentemente turbata. «È quello che mi rimprovera sempre mia mamma. Non ho filtri. Gesù. Senti, va bene, lasciamo perdere domani.»

«Fiona, calmati. Va tutto bene», dico infine, sorridendo. Finalmente comincio a capire, credo, perché vuole essermi amica. Anch'io ero troppo intimorita dal suo aspetto grazioso e dal suo contegno per accorgermi delle nostre somiglianze. Cioè che entrambe abbiamo la capacità di dire la cosa sbagliata al momento sbagliato. «Andiamo in città domani.»

Il giorno dopo ci incontriamo nel parcheggio e sono felice, molto felice, di essermi ricordata di portarmi dietro un cambio di vestiti. Lei ha abbandonato l'uniforme in favore di un paio di jeans grigi, una calzamaglia verde smeraldo pensata per assomigliare alla coda di una sirena e un giubbotto da motociclista troppo largo, con maniche ampie e tasche profonde con la cerniera. Adesso mi risulta chiaro come ha fatto ad accalappiare un fidanzato più grande di lei. Dimostra all'incirca vent'anni.

Io, nel frattempo, mi sono messa un maglione a strisce di Next e un paio di fuseaux da cui devo continuamente togliere peli di cane. È già abbastanza mortificante stare accanto a lei vestita casual, ma non credo che resisterei se indossassi l'uniforme.

Scendiamo giù per la collina ed entriamo in città, mentre sciami di ragazze scendono con noi, a gruppetti di due o tre. Per la prima volta da quando ho letto i tarocchi a Lily sento una bolla rosa di gioia che mi si espande nella gola.

«Facciamo qualcosa di stupido», dico dondolandomi elettrizzata attorno a un lampione. «Tipo provare un abito da sposa.»

«Un abito da sposa?» Ride. «E chi ci lascerebbe entrare in un negozio di abiti da sposa? Ricevono tutti su appuntamento.»

«Non se andiamo dove vendono gli abiti da sposa da quattro soldi.»

Questa possibilità fa luccicare gli occhi a Fiona. «Continua.»

«Andiamo al Basement.»

Forse in un certo momento della sua lunga storia il Basement era davvero un *basement,* cioè un seminterrato. Attualmente è un edificio di quattro piani e ospita un assortimento di abiti tra i più discutibili che ci si possa immaginare. Abiti da sera in poliestere, tacchi trasparenti da venti centimetri, vestiti fluorescenti per i rave, costumi da Halloween che cercano di aggirare le leggi sul copyright chiamandosi *Bat Gentleman* e *Wonderful Woman.* Nessuno sa esattamente come facciano a pagare l'affitto, però una volta stavo rovistando tra le giacche militari di seconda mano sull'appendino e dal soffitto si è staccata una piastrella.

«*Adoro* quel negozio», dice Fiona entusiasta. «Una volta ho convinto la mamma a portarmici e lei mi ha trascinato fuori per un orecchio quando ha visto tutte quelle pipe ad acqua in vendita.»

«Hanno un reparto con abiti da sera folli e vestiti di nozze pacchiani. Andiamo a provarli. Dopo possiamo ripassare le tue battute per Otello.»

In realtà sono stata solo una volta al Basement, quando Abbie stava per sposarsi e qualcuno le aveva detto di averci trovato un capo originale di Vera Wang. Poi è saltato fuori che la stavano prendendo in giro.

Ci fermiamo ad ammirare la vetrina prima di entrare. C'è un manichino donna con una maschera a gas che indossa un tutù fluorescente e tiene al guinzaglio un manichino uomo. Quest'ultimo indossa un'imbracatura in pelle.

«Oh mio Dio», dice Fiona cercando di non ridere. «È un sex shop?»

«Credo che vogliano solo spingersi oltre i limiti.»

«Ci riescono molto bene», dice prendendomi sottobraccio e tirandomi verso la porta. «Lei è *spinta.*»

Un tizio coi capelli verdi e dei fori enormi nei lobi delle orecchie ci fa un cenno con la testa mentre ci dirigiamo in fondo al negozio. Troviamo un vecchio baule teatrale pieno di merletti ingialliti e un cartello che dice: *SOGNI INFRANTI – SCONTO DEL 50%*. C'è la tenda di una doccia buttata su un angolo in modo da creare un finto camerino di prova.

Fiona s'infila una mostruosità degli anni Ottanta, con le maniche a sbuffo e una spaccatura nel tessuto in raso di seta che le scopre tutta la coscia. Io mi calo in una meringa gigantesca, con gli strati di taffetà che mi prudono la gamba. Non riusciamo a smettere di urlarci addosso a vicenda, scoppiando a ridacchiare ogni volta che troviamo una nuova caratteristica orripilante.

«Ti manca solo un telefono grosso come un mattone», dico. «Poi saresti la perfetta sposa in carriera degli anni Ottanta.»

«A te invece manca...» mi esamina «...un cappello. Ti serve uno di quegli stupidi cappelli calcati sulla fronte. Vado a chiedere.»

Mi oltrepassa e corre a piedi nudi al bancone. Sento la sua voce, entusiasta e stridula. «Salve, scusi, scusi... ha un cappello...? Oh.»

Il suo «oh» suona preoccupato, sulla difensiva. Spunto con la testa fuori dalla tenda da doccia, ansiosa all'idea di tornare nel negozio indossando quell'abito assurdo. Un gruppo di uomini sta parlando con il ragazzo dai capelli verdi. Hanno più o meno la sua stessa età, ma da come sono vestiti sembrano più vecchi di decenni. O, se non più vecchi, di un'altra epoca. Indossano completi blu marino e hanno una virilità da anni Sessanta che mi fa pensare che stiano per uscirsene con qualche frase alla *Mad Men,* una serie che non ho visto ma di cui mi sembra di cogliere le vibrazioni.

Due di loro s'interrompono per lanciare a Fiona una breve occhiata vogliosa. Uno di loro, un tizio dall'aspetto giovane e dai capelli biondi corti, sta parlando con il ragazzo dai capelli verdi.

«Perciò, come vede, signore, scoprirà che in base all'articolo 18 del codice penale irlandese chiunque commetta, in pubblico, qualsiasi azione che possa offendere la decenza o ledere i principi morali della comunità può ricevere fino a seicento euro di multa. O, se così stabilisce il tribunale, può finire in carcere fino a sei mesi. È davvero nel suo interesse attenersi alle norme.»

L'uomo è americano. La mia conoscenza degli accenti americani non è così approfondita da permettermi di capire da dove viene di preciso. È quel tipo di accento cristallino che ci si aspetta dagli americani solo nella pubblicità, contrariamente a quello degli americani nei film. Il genere di pubblicità che finisce sempre dicendo: «Gli effetti collaterali possono comprendere nausea, depressione e diarrea...»

«Vaffanculo», replica il Ragazzo Verde.

«Signore, devo proprio farle notare che questa è la *legge,* d'accordo? E il suo negozio – e la sua vetrina – è in diretto contrasto con i principi morali di questo paese.»

«I principi morali di questo paese?» sogghigna il Ragazzo Verde. «E tu che ne sai dei principi morali del mio paese?»

«Con rispetto parlando, questo è ancora un paese cattolico.»

«Ma cos'è questa, una provocazione? Cristo santo, amico. Hai vissuto in una grotta o cosa? Non so per quale Irlanda tu sia venuto qui, ma noi abbiamo più o meno chiuso con queste stronzate da predicatori. Matrimonio egualitario? Diritto all'aborto? Ti suonano nuovi, amico?»

Il Ragazzo Verde alza sempre di più la voce, ma gli americani restano gelidi e cortesi. Mi aspetto che Fiona torni indietro di corsa e invece no. Resta lì, il linguaggio del corpo cauto e curioso. All'improvviso ho paura per lei. Comincio a infilarmi silenziosamente i jeans sotto l'enorme gonna e il taffetà produce un fruscio rumoroso.

Uno degli uomini più vecchi lo sente, si gira e vede Fiona e me per la prima volta.

«Signore, pensa davvero che sia appropriato che delle ragazze in età scolare frequentino il suo negozio?» Si rivolge a Fiona. «Non dovresti essere a scuola?»

«Oggi… ehm, abbiamo tempo ridotto.»

«E non credi di doverlo impiegare per fare qualcosa di più produttivo e di più… *sano*?» Con gli occhi le perlustra il corpo. Quell'abito, che fino a qualche minuto era così buffo, adesso sembra la prova di un crimine orribile. «A che scuola vai?»

«Alla St Bernadette.»

«Ed è una scuola cattolica, tesoro?»

«Mmh, in un certo senso.»

«Che cosa vuol dire *in un certo senso*?»

«Nel senso che la preside è una suora, ma io non credo in Dio.» Nel pronunciare la parola «Dio» Fiona sembra riacquistare un po' di coraggio. «E questo negozio è fantastico. Non c'è niente di sbagliato qui. Moralmente o da qualsiasi altro punto di vista.»

Il Ragazzo Verde concede a Fiona un breve sorriso che la spinge a osare di più.

«E non mi chiami tesoro, non se chiama lui *signore*.»

Lui le sorride, piegando le labbra tese verso l'interno.

«Certamente», dice, dopodiché rivolge l'attenzione al Ragazzo Verde. «Se non mi dà retta, temo che non avrò altra scelta.»

«*Altra scelta?*» sbotta lui. «Che cosa *intendi* fare?»

Si fissano per un istante senza dire una parola e, tutt'a un tratto, mi tornano in mente i documentari naturalistici sui predatori alfa.

«Be', ora devo andare. Vi auguro una buona giornata, ragazze. Perché non prendete un opuscolo dai nostri ragazzi qui?»

Mi allungano un opuscolo azzurro pallido e se ne vanno. FIGLI DI BRIGIDA, dice a caratteri grandi e fieri. Ci sono fotografie di adolescenti che vengono battezzati in pittoreschi laghi all'aperto.

«Che vomito», dico, rompendo il silenzio che è calato tra me e Fiona. Glielo porgo.

«Che schifo», risponde con voce ancora lievemente scossa. «Se non altro, quello biondo era carino.»

«Mi sembravano più o meno tutti uguali.»

«Andiamo a ripassare le battute», dice. «Questo abito da sposa mi fa venire il prurito.»

«Sì», concordo, ora che il piacere del travestimento si è stranamente sgonfiato.

CAPITOLO 14

Finiamo da Bridey's, un vecchio caffè ingrommato dove una teiera per due persone costa solo un euro e una fetta di torta alle mele due. Ha solo due tipi di clienti: anziani e tipi artistici che vivono di sussidi. Ci sediamo su un divano verde ammuffito e le mele in scatola mi scivolano sulla lingua. Io leggo Otello e Fiona fa Desdemona. Non mi sembra una gran parte, a essere sincera: si dimena un sacco e dice che non sarebbe mai infedele. Non si può negarlo, però: Fiona è brava. Sa usare la voce, la fa vibrare in certi punti, la rende stridula in altri. Sento che dà le vertigini.

«Ma ho paura di te. Sei tremendo...» dice afferrandomi la mano. «Quando giri lo sguardo così. Non so perché io abbia tanta paura, in quanto...» Si stringe ancora l'attaccatura del naso. «Dammi la battuta.»

«In quanto non conosco...»

«In quanto non conosco la mia colpa. Eppure...»

Di nuovo il naso.

«Eppure, lo sento...» le suggerisco. «Dai, lo sai.»

«Eppure, lo sento che ti amo?»

«No.»

«Dai, dimmi tutta la battuta.»

«Va bene», dico alzandomi e gesticolando con i fogli di carta. Assumo un tono da teatrante invasata, una specie di

Ian McKellen ubriaco. «In quanto non conosco la mia colpa. Eppure, lo sento, ho paura.»

«Maeve», dice una voce alle mie spalle. Una voce fin troppo riconoscibile. Mi giro.

«Roe.»

Ci fissiamo a vicenda per un istante, senza proferire verbo. Neanche lui indossa l'uniforme scolastica. Porta un bomber scarlatto che sembrerebbe quasi sportivo se il colletto non fosse leopardato.

«Ehi», dico. «Come stai?»

Roe non risponde, si limita a socchiudere gli occhi e a guardarmi. Comincia a muoversi solo quando Fiona balza in piedi per stringergli la mano.

«Ciao, tu sei Roe, giusto? Io sono Fiona. Mi spiace molto per quello che sta succedendo a tua sorella. Sono sicura che stai passando un momento terribile.»

Tutto ciò che dice è tecnicamente corretto e assolutamente cortese, ma il modo in cui lo dice è così frettoloso e frenetico che non fa che aggravare la pressione crescente tra di noi.

Però fa il suo dovere e risveglia Roe dallo shock di avermi visto. Roe prende la mano di Fiona e la stringe brevemente, poi la lascia andare e si gira verso di me.

«Ehi, non bene, a dire il vero», dice. «Non faccio esattamente sonni tranquilli, come forse puoi immaginare, e la mamma passa tutte le sere a piangere così forte che ho cominciato a fare i compiti qui. Ma vedo che ora sei arrivata anche tu. Me lo sarei dovuto aspettare.»

«Roe, mi spiace molto per Lily, però devi credermi, quella lettura di tarocchi che le ho fatto...»

«Gesù, Maeve...» Si passa la mano tra i ricci scuri e se li stritola forte nel pugno in cima alla testa. «Tu pensi che sia per i tuoi cazzo di tarocchi? L'hai abbandonata. Eri la sua unica amica, sapevi che era vulnerabile e l'hai lasciata lì esposta a tutti. Adesso c'è qualche sciroccato...»

La voce gli si incrina. Sotto gli occhi ha delle linee violacee, una ragnatela d'ansia sulla pelle pallida.

«Adesso c'è qualche sciroccato che probabilmente ha caricato mia sorella in un furgone da qualche parte e le sta facendo dio sa che cosa. Sai le cose che mi è toccato sentire in quest'ultima settimana? Ti è mai capitato di avere un estraneo completo in casa tua che parla ai tuoi genitori di traffico sessuale? Hanno frugato tra le sue *cose,* Maeve. I suoi taccuini. I suoi romanzi fantasy. Hanno fatto sembrare che... fosse *lei* quella stramba, solo perché le piace disegnare. Perché le piace inventare delle storie.»

All'improvviso ricordo i taccuini di Lily. Uccelli meccanici giganteschi. Porcellini punk a vapore con rotelle al posto del naso. Le cose più sorprendenti e creative a cui uno possa pensare – ed è un anno che non le vedo. Non riesco nemmeno a immaginare quali cose strabilianti faccia adesso.

«Mi spiace, Roe. Non so che cosa dire, se non che mi spiace.»

«Sono il suo unico fratello. Che cosa diavolo dovevo fare? Di solito, a quest'età, non si è così affiatati con una sorella. Ho sempre pensato che ci saremmo riavvicinati quando saremmo stati più vecchi. È così che funziona, in genere. Adesso, invece, non la rivedrò più. Perché tu... perché tu volevi essere amica di persone *migliori.*»

«La *rivedrai,* Roe. Di sicuro», protesto, con gli occhi che mi si riempiono di lacrime. A che cosa diavolo sto giocando? Vado a zonzo per la città con Fiona Buttersfield mentre la vita di Lily è in pericolo?

«Ma quel che è peggio», dice, con voce nuovamente severa, «è che pensavo che *noi* fossimo amici, Maeve. Avrei voluto davvero un'amica, ma non ti ho sentita nemmeno fiatare.»

«La scuola *mi ha detto* di non farmi viva», protesto. «Anche i miei genitori. Mi hanno detto di non parlarti, che ne stavi passando già troppe. Volevo chiamarti, Roe, sul serio. Stavo impazzendo.»

«Non importa, Maeve. Devo trovare un altro posto dove studiare», dice. «Che tu ci creda o no, ho comunque la maturità quest'anno. È stato un piacere conoscerti, Fiona.»

Detto questo, se ne va.

Torno a sedermi fissando dritto davanti a me.

«Maeve», dice Fiona esitante. «È pazzo e basta. Non diceva sul serio.»

«E invece sì», dico. «Dice proprio sul serio.» Affondo la faccia tra le mani e comincio a piangere.

Fiona mi mette un braccio attorno alle spalle e mi massaggia la schiena con la mano. Non dice molto e io gliene sono grata. Una nuova cascata di lacrime dense e piene di muco si riversa fuori ogni volta che mi impongo di smettere.

«Scusa», dico soffocando i singulti. «Mi spiace. Puoi andare. Vai pure.»

«Tesoro, non ti *lascio* qui così. Non dopo quello che è successo.»

«Ma me lo sono meritata.»

«Forse. Comunque non doveva aggredirti così, Cristo.»

Porto dei tovagliolini ruvidi agli occhi, la carta dozzinale mi graffia la pelle.

«Che cos'è successo tra te e Lily?» chiede tranquillamente Fiona.

Mi mordo il labbro, tentando di trovare le parole. Come faccio a spiegare che pessima amica sono stata alla prima vera amica che mi capita da anni?

«Eravamo grandi amiche. Siamo cresciute insieme. Però era una di quelle amicizie strane e intense in cui le cose che per noi erano divertenti o interessanti risultavano strambe e disgustose agli altri. E quando eravamo in terza ho deciso di preferire la popolarità all'amicizia con Lily. E ho cominciato... per così dire... a tagliarla fuori.»

Fiona non dice nulla e si limita a inarcare le sopracciglia in silenzio.

«Sai, non invitarla alle cose. Sperare che, se mi dimostravo sgarbata senza un motivo, avrebbe colto il segnale e cercato qualcun altro con cui fare amicizia. Ma non l'ha mai fatto, così l'anno scorso ho...»

La voce mi muore in gola. Fiona è davvero pronta a sentire che persona orribile sono?

«Senti», dice Fiona, con il braccio ancora attorno a me. «Non so perché Lily sia scomparsa. Non so se tornerà. Che lo faccia o no, non puoi continuare a tormentarti per come ti sei comportata a tredici anni. Sì, è stato stupido e superficiale. Però, te lo ripeto: avevi *tredici anni*. Io avevo i *pidocchi* a tredici anni.»

«I pidocchi? A tredici anni?» dico, fingendo orrore, ma tirando su ancora le lacrime col naso. Sopprimo l'impulso di correggerla. Forse ho cominciato ad allontanarmi da Lily a tredici anni, ma il colpo definitivo l'ho assestato solo un anno fa, quando ne avevo quindici. In alcuni paesi ci sono ragazze che a quindici anni sono già *sposate*.

«Ehi, non ti sto giudicando, scaricatrice di amiche», mi dice dandomi di gomito. «O vuoi scaricare anche me adesso?»

«No», rispondo dandole anch'io una gomitata. «Tu puoi restare.»

Poco dopo usciamo da Bridey's. La sera buia di febbraio sta già scendendo, blu marino come le uniformi scolastiche appallottolate nei nostri zainetti. Fiona mi prende a braccetto, protettiva e forte.

«Sono solo le quattro e mezzo», dice. «Vuoi fare un altro salto al Basement? Ho visto una cesta di orecchini strani che non mi spiacerebbe guardare.»

«Certo», dico, quindi giriamo nella laterale acciottolata finché non arriviamo a quel molosso decrepito di un negozio.

Solo che stavolta non siamo sole.

Fuori dal negozio c'è ressa, quaranta persone almeno, tutte che gridano e brandiscono dei cartelli.

«Stanno cantando?» chiede Fiona drizzando le orecchie.

«Stanno scandendo qualcosa», rispondo, completamente interdetta.

Ogni sillaba fende l'aria acquistando un ritmo sostenuto e allenato. Ci avviciniamo, sempre a braccetto, stringendoci più forte a vicenda. Non parliamo, le orecchie sintonizzate sulla folla.

«LA NOSTRA! MORALITÀ! NON È! IN VENDITA! LA NOSTRA! MORALITÀ! NON È! IN VENDITA!»

«Ma che *diamine*? Da dove vengono? È...?»

«Sì», confermo, ancor prima che termini la frase. «Penso di sì.»

«Quei tizi? Quegli americani? Sono qui?»

Mi alzo in punta di piedi. Sono un bel po' più alta di Fiona, perciò riesco a vedere meglio sopra le teste. Non vedo gli americani, ma quello che scorgo è ancora più inquietante.

«Qui hanno tutti la nostra *età*.»

«Sì», annuisce. «E guarda i cartelli.»

Li osservo più da vicino. Su tutti c'è scritto «DE-BASEMENT», con una grande X rossa sopra. Astuti.

Davanti alla folla il Ragazzo Verde cerca di affrontarli mentre una donna più anziana – probabilmente la proprietaria – parla freneticamente al telefono, tenendo d'occhio preoccupata la ressa.

Fiona e io ci spingiamo in avanti, mentre gli slogan continuano a essere scanditi con diligenza.

«LA NOSTRA! MORALITÀ! NON È! IN VENDITA!»

In questa città ci si abitua in fretta alle manifestazioni di protesta, in qualsiasi forma avvengano. Qui e in tutto il resto dell'Irlanda, suppongo. Durante il referendum sull'aborto di qualche anno fa le strade erano disseminate di foto di mani, piedi, teste di neonati. L'anatomia infantile correva tra i lampioni. Gente con gli altoparlanti sbraitava di diritti dei bambini. Prima ancora c'era stato il referendum sul matrimonio egualitario. Joanne mi aveva portato a una manifestazione in cui un uomo, su un palco, parlava dei diritti della famiglia, dell'importanza del matrimonio, dello sguardo di Dio. Io avevo tenuto Joanne per mano e gli avevamo urlato addosso fino a farci venire la raucedine.

Ma stavolta è diverso. Questo non è un referendum. È un negozio.

Perché questi sono così giovani? Perché protestano per un negozio di abbigliamento che ogni tanto vende un'imbracatura in latex e l'ultima pipa ad acqua? Questa roba fa parte della città da che io mi ricordi. Negozi di abbigliamento che vendono fanzine fotocopiate e cd di scarsa qualità alla cassa. Negozi di musica che vendono magliette verdi con la scritta LEGALIZZATELA! La città è abbastanza grande da avere diverse «scene» alternative e abbastanza piccola perché alla fine le persone che hanno più talento in una certa scena se ne vadano. Uno dei miei primi ricordi è Pat che rincasa furibondo perché il cantante della sua band partiva per intraprendere una carriera a Dublino. O a Londra. Era sempre o Dublino o Londra.

Poi se n'era andato Pat. E Cillian. E Abbie. Adesso siamo rimaste solo io e Jo e sono sicura che presto anche lei leverà le tende.

«Vuoi reggere uno striscione?»

Una ragazza bassa tutta denti, di circa diciott'anni, cerca di ficcarmi un cartellone in mano.

«Solo che… mi scappa la pipì», continua.

«Vaffanculo», le dico, rifilandoglielo indietro. Barcolla e Fiona allunga la mano per impedirle di cadere e intanto mi pianta una gomitata nelle costole.

«Scusami, perché protestate contro questo negozio?»

«Non state protestando anche voi?»

«No, a noi piace.»

«Be', sapete che qui vendono droga ai ragazzini?»

Fiona e io ci guardiamo sbalordite.

«Che cosa?» diciamo all'unisono.

«Sì, il negozio è solo una copertura.»

«Chi ve lo ha detto?»

«È tutto online. Era nel gruppo di Facebook. Il gruppo Effedibì», aggiunge subito nel vedere i nostri sguardi assenti. «Allora, me lo tenete o no? Devo proprio andare a fare la pipì.»

«No.»

La ragazza ci guarda in cagnesco, s'infila il cartellone sotto il braccio ed entra da McDonald's sull'altro lato della strada. Mentre i miei occhi la seguono, colgo un lampo scarlatto ai margini del campo visivo e mi sento attraversare da una scintilla.

Roe è in piedi fuori dal McDonald's che fissa la folla a bocca aperta. I nostri sguardi s'incrociano. Alzo la mano, i palmi piatti e le dita dritte. Un gesto che significa sia "ti vedo" sia "non c'entro niente con tutto questo". Lui mi osserva un secondo, poi si gira dall'altra parte.

Qualche istante dopo la ragazza col cartellone sbuca fuori da McDonald's e ha un'aria furibonda. Scommetto che non le hanno fatto usare il bagno senza che ordinasse qualcosa. Guarda Roe col bomber rosso e il colletto leopardato, lo zainetto coperto di spille, i capelli lunghi e ricci. Il linguaggio del suo corpo lo disapprova con fervore e veemenza.

"Lascialo in pace", le ordino silenziosamente, con una voce interiore tagliente e protettiva. "Non dirgli nemmeno una parola."

La ragazza lo guarda un attimo, sputa per terra davanti a lui, e poi attraversa la strada per ricongiungersi alla protesta.

«Dai», dice Fiona. «Andiamocene da qui prima che qualcuno ci veda con questi svitati.»

«Certo», dico. Quando mi giro per cercarlo, Roe è sparito.

CAPITOLO 15

È impossibile non pensare a Lily. Però, quando c'è Fiona, diventa possibile non pensare alla magia, ai tarocchi e alla carta della Governante. Ricevo e-mail di aggiornamento dall'account Patreon di Raya Silver che cancello all'istante.

«Perché non compri altre carte?» mi chiede Fiona.

Perché no? Non costano molto, in fin dei conti, e sono sicura che la tizia del Divinazione sarebbe felice di aiutarmi a scegliere un nuovo mazzo. Però questo aspetto di me mi spaventa, adesso. Così come la scritta STREGA impressa sul mio zaino. Mi spaventa che le primine, timorose di avvicinarsi a me, abbiano ottime ragioni.

Il fatto è che non solo ero brava a memorizzare le carte o a dire alla gente quello che voleva sentire. Quando avevo le carte in mano, avevo la sensazione di aver scoperto una parte di me che sarebbe stato meglio tener nascosta. Qualcosa di fastidioso, strano e spinoso su cui non esercitavo un totale controllo.

«...è sempre stata un po' una strega, naturalmente, ma da quando ha ricevuto tanta attenzione per le sue cazzate magiche è diventata davvero perfida...»

C'era una parte di verità, credo. Quando avevo le carte, le ragazze del mio anno mi sembravano sciocche e insignificanti. I loro problemi noiosi, le loro liti stupide. Mi sfiancavano. Nella piccola scintilla di potere che le carte mi avevano dato c'era qualcosa che mi faceva sentire diversa dalle altre.

Non potrei sentirmi più distante dalle ragazze del mio anno di quanto non succeda ora. Tutti sono ancora profondamente coinvolti dalla scomparsa di Lily. I volantini con la sua faccia sono dappertutto: una fotografia dei nostri esami di scuola media. Mi chiedo se mi abbiano tagliato via o se l'avesse già fatto Lily tempo fa.

Le ragazze cominciano a venire a scuola raccontando storie assurde ed elettrizzanti in cui vengono seguite da un gran numero di uomini disparati. All'inizio le guardie si interessavano a queste storie, ma ben presto è risultato chiaro che curiosamente le ragazze più giovani si erano lasciate trasportare dallo strano idillio di un rapimento. Nessuno ha mai voluto essere come Lily, ma all'improvviso adesso tutte vogliono essere come lei. C'è una specie di fascino nell'essere delle «elette», suppongo. Lo capisco, ma mi fa star male lo stesso.

Sabato mattina Fiona mi manda un messaggio chiedendomi se voglio andare a una festa a casa sua.

Che genere di festa? chiedo.

Si mangia e facciamo un po' di musica con le mie zie e i miei cugini.

Non so quanto la festa sia formale, ma immagino che sia buona educazione indossare qualcosa di carino, così mi metto un vestito azzurro a maglia che ho usato l'ultima volta a un battesimo l'anno scorso. Fiona mi apre la porta e io sento l'odore di carne, aglio e cipolle. Mi viene subito l'acquolina in bocca.

«Sei arrivata!» dice, tutta contenta. «Wow, che bel vestito. Ti servirà un grembiule.»

«Perché?»

«Mia mamma ha cucinato praticamente solo al barbecue e ti macchierai senz'altro.»

«E perché tu non hai il grembiule?»

«Perché io sono una *professionista.*»

Mi tolgo le scarpe e Fiona mi porta in cucina, dove un gruppo di donne traffica con dei vassoi roventi e cerca tra le urla un certo tipo di ciotola.

«Mamma!» dice Fiona abbracciando una signora graziosa che deduco essere sua madre. «Questa è Maeve. Abbiamo qualcosa da farle mettere sopra il vestito?»

«Maeve!» esclama sua mamma, posando entrambe le braccia sulle mie spalle. «Abbiamo sentito tanto parlare di te! Io sono Marie. È sempre emozionante quando Fifi ci porta a casa qualcuno che non va a quella scuola di teatro.»

Fiona fa una smorfia e io non capisco se è più infastidita da quel «Fifi» o dalla mancanza di rispetto per la sua scuola. Sua madre se ne accorge.

«*Ni,* è vero. Sono tutti così presuntuosi, così seri. Maeve, ho sentito che sei divertente.»

«Ci *provo*», rispondo.

«Canti?»

«No.»

«Eccone un'altra. Ho sposato un irlandese pensando che gli irlandesi avessero la musica nel sangue e nemmeno lui ce l'ha. Be', adesso sì. Fifi, dov'è tuo papà?»

«Di sopra.»

«Fallo scendere! Maeve, hai conosciuto tutti? Fiona, presenta Maeve alle tue *tita.*»

Vengo presentata a tutti. Fiona ha due *tita,* Sylvia e Rita. Hanno due fratelli che vivono ancora a Manila, di cui parlano come se fossero usciti un attimo e dovessero rientrare da un momento all'altro. Gruppetti di cugini e amici di famiglia entrano ed escono dalla cucina, prendono piatti di carne e riso e poi tornano in soggiorno a giocare a Mario Kart. Il papà di Fiona arriva, sorprendentemente introverso rispetto a sua madre, così espansiva, e si unisce agli altri mariti che bevono birra ai margini della cucina.

Sto finendo il mio secondo piatto e la quarta partita di

Mario Kart quando Fiona mi tocca il braccio. «Vieni», dice. «Seguimi attraverso la cucina.»

Torniamo indietro passando per la cucina, dove è stato montato un impianto da karaoke e due zie di Fiona stanno cantando *Vogue*. Fiona entra nella stanza, batte le mani e si unisce a loro, poi – senza interrompersi – agguanta una bottiglia di vino rosso e la nasconde sotto una tovaglia. Mi fa l'occhiolino e io la seguo su per le scale fino in camera sua.

«Astuta», commento impressionata.

«Come cacca di gatto su un pavimento di linoleum», risponde con un sorrisetto.

Versa il vino in due bicchieri di plastica.

«Grazie, Fifi.»

«Chiudi quella boccaccia.»

«I tuoi famigliari sono molto fighi.»

«Oddio, ti prego. Se lo dici davanti a mia madre, lei tira fuori il suo sax.»

«Il suo *sassofono*?»

«Bevi quello stupido vino.»

Il vino sa di terra e more, è amaro e mi punge il palato. Tossisco.

«Non bevi vino?»

«Sì sì, però di solito... vino bianco.»

Una bugia. Le rare occasioni in cui bevo è solitamente un mix di vodka dozzinale sorseggiata da una bottiglia di Coca-Cola. Bevo un altro sorso e stavolta scende con più facilità.

«Mmh. Terrigno.»

Sbircio da sopra il bicchiere e vedo che anche Fiona fa delle piccole smorfie perché neanche lei è una che beve vino sul serio. Colgo una sua occhiata ed entrambe scoppiamo a ridere, divertite dal fatto che tutt'e due volevamo darci delle arie.

Fiona apre il computer portatile. «Allora, ho cercato i *Figli di Brigida* e non c'è granché, tranne il gruppo privato di Facebook a cui ha accennato quella ragazza. Voglio dire: chi è che *usa* ancora Facebook?»

«Effedibì, F – D – B! *Figli di Brigida.* Okay, scusa, adesso ho capito.»

«Grazie, signorina Chambers, per essersi unita al resto della classe.»

«Chiudi il becco: alla fine ci sono arrivata. Hai mandato una richiesta d'iscrizione?»

«Stai scherzando? Immaginati se qualcuno lo vedesse... sono un gruppo di protesta fondamentalista.»

All'improvviso penso a Jo e al giorno in cui è tornata presto dall'università perché c'era una manifestazione di protesta contro una mostra queer. È probabile che siano le stesse persone e che mirino a qualcos'altro, oltre ai negozi alternativi.

«Be', potremmo creare dei profili falsi e usare quelli per iscriverci.»

Allora beviamo il vino e creiamo dei profili falsi. Rubiamo delle fotografie da alcune pagine poco note di Tumblr e ci chiamiamo Mary-Ellen Jones e Amy Gold. Passiamo un sacco di tempo a dare un aspetto ordinario ai nostri profili da ragazze vere e alla fine diventa una specie di gioco. Facciamo a gara a chi è più normale, trasformando i caratteri altrui in battute sul tipo di ragazza che non saremo mai. Siamo un po' crudeli, ma mi accorgo che queste battute sono un balsamo per lei quanto lo sono per me.

«Okay, okay», dice Fiona ridacchiando mentre scrive. «Adesso metto: "Amici miei, vi amerò sempre".»

«Che ne dici di quella frase di Marilyn Monroe che la gente usa sempre? Che cos'è? "Se non riesci ad avere a che fare con la mia parte peggiore"... o una stronzata del genere?»

«Se non riesci ad avere a che fare con la mia parte peggiore, non vedrai mai la mia parte migliore», dice. «Ah sì, questa è fantastica, la scrivo subito.»

All'improvviso sentiamo un suono profondo di ottoni che sale su per le scale e mi fa sobbalzare.

La mamma di Fiona ha tirato fuori il sassofono.

Chiamo mia mamma, che mi dice che verrà a prendermi alle undici.

Prima che arrivi mi lavo i denti con un dito nel bagno di Fiona, nel tentativo di mascherare l'odore di alcol, e saluto la sua famiglia.

Marie mi abbraccia forte. «Sai che puoi restare a dormire, se vuoi? Puoi telefonare a tua madre, se non è già uscita.»

«Va bene così», le rispondo con un sorriso raggiante. «Tornerò presto, se mi vuole ancora!»

«Chiunque voglia mangiare è il benvenuto. Ecco perché queste attrici non ricevono mai un secondo invito.»

«Mamma!» la rimprovera Fiona.

«Fifi, è *vero*.»

Per fortuna la mamma non sembra accorgersi che ho bevuto mezza bottiglia di vino rosso, o se se ne accorge, ha deciso di perdonarmi. Durante il tragitto verso casa mi guarda un po' sospettosa, aggrottando la fronte mentre parlo animatamente della famiglia di Fiona e le dico che anche noi dovremmo fare più feste. Continuo a ripetermi di parlare più piano, non biascicare, nascondere meglio che posso di essere un po' troppo brilla. Lei se ne sta zitta.

«Sai», dico leggermente stizzita, «pensavo che ti avrebbe fatto piacere che uscissi un sabato sera. Con la supervisione di un gruppo di adulti.»

La mamma continua a non dire niente. Stiamo entrando nel vialetto di casa.

«È una famiglia così carina», proseguo. «E la mamma di Fiona suona il sassofono!»

«Maeve», dice infine la mamma spegnendo il motore. «Ci sono delle novità.»

Nel giro di un attimo la vaga euforia provocata dal vino si trasforma in pura nausea.

«Belle? Brutte?»

«Né belle, né brutte, a dire il vero. Novità e basta. Sembra che qualcuno abbia visto Lily la notte che è scomparsa.»

Restiamo sedute in macchina e la mamma mi racconta tutto quello che le ha detto la madre di Lily. Intorno alle cinque della mattina in cui Lily è scomparsa il lattaio stava facendo il suo giro vicino al Beg e ha visto una ragazza molto alta dai capelli biondo scuro che indossava un giubbotto sopra il pigiama. Non era sola. Con lei camminava una donna dai capelli neri. Il lattaio, abituato a imbattersi in personaggi strambi di ogni tipo a quell'ora del mattino, le aveva salutate con un cenno. La donna si era girata per nascondere la faccia, mentre la ragazza lo aveva guardato fisso. Sembrava che avesse pianto.

«Lì per lì il lattaio ha supposto che fossero madre e figlia, in fuga da una qualche violenza domestica», mi spiega la mamma. «Ecco perché se le è ricordate. Gli sono rimaste in testa e, a quanto pare, ha continuato a preoccuparsi per loro nei giorni successivi. Si sentiva molto in colpa per non aver offerto il suo aiuto, per non averle accompagnate a un centro d'accoglienza o qualcosa del genere, così quando ha sentito la descrizione di Lily alla radio si è fatto avanti.»

«Oh, mio Dio», dico, la nausea che mi sale dallo stomaco come un'onda.

«Ovviamente la domanda che si sono fatti tutti subito dopo è chi sia questa donna. Secondo il lattaio, Lily – o quella che noi *pensiamo* sia Lily – sembrava turbata, ma la seguiva di sua spontanea volontà. Inoltre non aveva una borsa con sé. Se fosse stata una fuga pianificata, non avrebbe voluto portarsi dietro qualcosa… uno spazzolino da denti, almeno?»

Immagino che la domanda di mia mamma sia retorica, ma quando la guardo mi rendo conto che vuole delle risposte. Da *me*.

«Cristo, mamma, come faccio a saperlo? Sai che non sono più amica di Lily da un sacco di tempo.»

«Lo so, tesoro, lo so. E voglio tenere il tuo nome fuori da questa faccenda il più a lungo possibile, però purtroppo sei l'unica persona che conosceva Lily molto bene. È una ragazza che se ne sta molto sulle sue. Persino Rory sembra all'oscuro di quello che le passava per la testa.»

Sto quasi per chiederle: "Chi è Rory?", dimenticando che «Roe» è un nomignolo condiviso solo con pochi amici fidati.

«Non lo so, mamma. Che cosa vuoi che ti dica? Tipo che sì, Lily è strana, ma non so perché dovrebbe seguire una perfetta sconosciuta per strada.»

«E la donna? Hai idea di chi potrebbe essere? C'era qualcuno con cui parlava, magari online o cose così?»

«Mamma, te l'ho già detto, *non lo so.*»

«Mi spiace. È solo che...» Stringe più forte il volante anche se il motore è spento. «Quando un uomo strappa una ragazza adolescente dal letto, te lo aspetti... sai... sai di che cosa si tratta. Ma quando è una *donna...*»

Guarda in silenzio attraverso il parabrezza, sbattendo ripetutamente le palpebre. Chiedendosi, credo, come abbia fatto a crescere cinque figli e non aver mai pensato a un'eventualità simile. Per un attimo penso a come ci si senta a essere lei. Pensare di aver visto tutto quello che può far del male ai tuoi figli e poi dover lottare con qualcosa di nuovo.

«Mamma», dico posandole la mano sulla schiena. «Andrà tutto bene, non è vero?»

Lei annuisce e mi avvolge in un abbraccio, stringendomi forte.

«Entriamo», dice. «*Puzzi* di vino.»

Merda.

«E no, la cosa non mi entusiasma, ma almeno sono felice che non sei finita ubriaca fradicia in mezzo ai campi. Se vuoi bere, ti prego di farlo solo nelle case dove ci sono almeno due genitori e almeno un sassofono.»

Salgo le scale per andare a letto con una pinta di acqua

fredda in mano. Mi dico che non riuscirò a dormire, ma non appena mi spoglio e appoggio la testa sul cuscino sono KO.

Il vino mi fa precipitare in un pesante sonno alcolico che dà naturalmente il via a pesanti sogni ingarbugliati. Sogni in cui una donna dai capelli neri resta continuamente nel mio campo visivo, ma sempre al di fuori della mia portata. Non riesco mai a guardarla in faccia. Ne colgo solo dei lampi. Una ciocca di capelli neri scarmigliati che non si arricciano e non si ondulano, sebbene siano bagnati fradici. Una bocca carnosa, ma del tutto liscia, priva di una ragnatela di rughe o di pelle screpolata.

La seguo per il sentiero che ho percorso con Roe, il sentiero che costeggia il Beg, inciampando dietro di lei e gridandole di voltarsi. Tento in continuazione di chiamarla, di ordinarle qualcosa, ma la mia bocca non trova le parole. Chi è? Che cos'è? È una lotta corpo a corpo, come se la mia mente si stesse aggrappando all'orlo di un burrone che continua a sfuggirmi. È qualcosa. Qualcosa in una casa. Una cameriera?

Una cuoca? Qualcosa in un asilo nido?

Finalmente arriviamo al sottopassaggio stretto dove Roe e io ci siamo quasi baciati e lui mi ha detto che le streghe conoscono le cose con il loro vero nome. A questo ricordo, la parola «governante» mi solca il cervello come una cometa in fiamme.

Lei comincia a girarsi e io vedo la curva di un naso all'insù, leggermente porcino, e l'abbozzo di un sorriso. La mia bocca comincia a riempirsi di acqua, acqua sporca del fiume che sa di fango, metallo ed erbacce.

Mi sveglio con un dolore allo stomaco così intenso che devo incespicare fino in bagno tenendomi la pancia come se mi stessero per esplodere le budella.

Il vomito è rosa fluorescente e sa di acido e, a ogni nuovo conato, giuro di non bere mai più vino rosso. Afferro il bordo della tazza e rabbrividisco, buttando fuori pezzi di carne mal digerita. I capelli folti e mossi continuano a cadermi in avanti e chiazze di vomito ci restano appiccicate come macchie di vernice.

Quando ho lo stomaco completamente vuoto, passo la punta dei capelli sotto il rubinetto, mi lavo i denti e la faccia con il detergente costoso della mamma. Mi sento di nuovo quasi bene, tranne che per un mal di testa pulsante e martellante che mi rimbomba nel cranio. Sto tentando ancora di analizzare i sogni, ma è come cercare di trasferire l'acqua da una mano all'altra. A ogni passaggio c'è un dettaglio in più che svanisce. Tuttavia la sensazione rimane forte. La donna delle carte ha rapito Lily.

È un demone, o un fantasma, o una strega, e ha preso vita dalla lettura dei tarocchi che ho fatto a Lily tre venerdì fa. Ecco chi ha visto il lattaio. È lei che l'ha rapita.

Quando torno in camera mia, Tutu ha approfittato della porta aperta, è sdraiato con la testa tra le zampe e scodinzola dandomi la sua approvazione. Tiro indietro le coperte e lui s'infila nel letto, avvertendo evidentemente con la sua empatia canina che ho bisogno di aiuto.

Mi rimetto a letto e apro il comodino, sperando di trovarci un Nurofen Plus. Rovisto, sfiorando con le mani vecchie matite colorate, post-it e confezioni aperte di Strepsil. Alla fine il palmo s'imbatte in qualcosa di quadrato e compatto. Quel peso e quella lunghezza mi sono molto familiari e, allo stesso tempo, mi terrorizzano in questo contesto.

Le carte del Chokey sono tornate da me.

CAPITOLO 16

La mattina dopo scendo e la mamma, il papà e Jo sono seduti al tavolo della cucina. Attorno a loro sono disseminati i giornali della domenica e il bricco del caffè è in caldo sulla credenza. Jo sta leggendo il supplemento culturale, il papà ha la rivista allegata e la mamma le pagine sul design. Hanno tutti un'aria così tranquilla, così bionda, così partecipe della stessa unità. Come faccio a dirgli che un mazzo di carte che mi è stato confiscato quasi due settimane fa è tornato chissà come in mio possesso? Come faccio a dirgli che un personaggio di quello stesso mazzo si è portato via Lily?

E poi ci credo? Posso crederci?

«'Giorno», dice il papà con tono grave. «Spero di non doverti parlare a quattr'occhi riguardo a ieri sera. Vomitare alle due di notte dovrebbe esserti bastato di lezione.»

«Sì, scusa. Sinceramente ho bevuto solo tre bicchieri. Non credo di essere una da vino rosso.»

«Tre bicchieri di vino è tanto, Maeve. Non è come bere una bottiglia di birra, per esempio. Il vino dà alla testa in fretta.»

«Lo so, mi spiace», bofonchio ancora, poi mi rivolgo alla mamma. «Dunque, hai presente i tarocchi che anche la signorina Harris...»

Ma non ho modo di continuare perché, a quanto pare,

anche Jo ha qualcosa da dire. Mi lancia un'occhiata di disapprovazione, arricciando il naso seccata.

«Hai svegliato tutti», mi dice sprezzante. «E poi, dove l'hai *preso* il vino? I genitori di Fiona ti hanno dato...»

«No», dico tra i sensi di colpa. «Fiona l'ha rubato da tavola.»

«Giusto. Quindi sei andata a casa di una nuova persona e hai rubato da bere ai genitori? Bella prima impressione.»

«No, come ti ho appena detto, è stata Fiona a prenderlo.»

«Be', sembra un vero tesoro.»

«Ma a te che diavolo importa, Jo?»

«Ragazze, smettetela», dice la mamma. «Jo, tu non c'entri niente in tutto questo. E Maeve, se non ci fosse tutto questo casino di Lily, te la farei vedere io, ma per adesso questo è il tuo primo e unico avvertimento. Siamo d'accordo? Tutti?»

«Come vuoi», dice Jo, che apre di nuovo le pagine culturali con un gesto teatrale.

Come siamo arrivati a questo punto? Com'è che, quando la mamma e il papà sono via, Jo è la persona migliore del mondo, ma quando tornano si comporta da carogna assoluta?

«E non voglio più sentire una parola su quei tarocchi, va bene?»

«Però, mamma, la faccenda dei tarocchi è che...»

«Maeve, basta. Questa è una casa senza tarocchi, capito? Andavano bene per divertirsi un po', ma ovviamente li avevi presi troppo sul serio.»

Mi stringo la testa tra le mani, di nuovo in preda a un'emicrania martellante.

«Okay», dico mogia mogia.

Passo il resto della giornata in camera mia, cercando di non pensare alle carte. Ho il terrore di tirarle fuori dal primo cassetto perché sospetto che, nel momento in cui lo facessi, la mamma, il papà o Jo potrebbero entrare e portarmele via ancora.

Il mio rapporto con le carte è cambiato. È successo qualcosa di fisico, qualcosa di molecolare tra di noi. *Noi.* Come se i tarocchi fossero una persona. È come se ci fosse una specie di forza elettromagnetica che ci tiene insieme. Solo che non riesco a capire se io sono il metallo o la calamita. Se vado in bagno, o scendo a farmi una tazza di tè, è come se ci fosse un filo invisibile che viene teso troppo e mi strattona le dita delle mani e dei piedi. Prima avevo la sensazione di governare queste carte ed essere l'unica persona in grado d'interpretarne il vero messaggio. Adesso ho la sensazione che siano loro a governare me.

Nel pomeriggio porto Tutu a spasso lungo il Beg e ho le carte nella tasca del giubbotto. Non so che cosa voglio ottenere di preciso, ma in qualche modo è il posto dove devo stare. È lì che Lily è stata vista viva l'ultima volta e io ho incontrato la Governante nei miei sogni.

Mentre m'incammino verso il vecchio sottopassaggio, vedo un lampo scarlatto nella sera che si sta rapidamente oscurando, una matassa di ricci neri scintillanti che fanno l'occhiolino da sotto un lampione. È lui. Non mi sorprende vederlo qui. Anche lui deve avere saputo del lattaio, ieri. Forse ha fatto gli stessi miei sogni. Forse si è svegliato con la sensazione di avere i polmoni pieni di acqua.

«Ciao», dico timidamente.

Alza gli occhi da terra. Forse io non sono sorpresa di vederlo, ma lui è molto scioccato di vedere me.

«Vado via», dico. «Scusa. Ho appena saputo di… lo sai. Allora ho voluto passare di qui.»

Ci guardiamo a vicenda per un attimo. Circospetti, come due animali selvatici che cercano di capire se l'altro attaccherà per primo. I suoi occhi sembrano più scuri nella luce invernale, privi del luccichio color smeraldo che emettono di giorno. Stabiliamo un contatto visivo così lungo che comincio a chiedermi che cosa veda nei miei occhi.

Cerca il loro grigio-azzurro e nota il loro movimento? È aspettarsi troppo da qualcuno che mi odia tanto?

Mi giro per andarmene, schioccando nervosamente la lingua per chiamare Tutu e farfugliando a bassa voce: «Su, dai, bello».

«No, Maeve, non scappare», dice Roe. «In un certo senso sono felice che tu sia qui.»

Il mio cuore rimbomba come una pendola rovesciata a terra. «Davvero?»

«Sì, mi sento malissimo per averti aggredito in quel modo venerdì. Ero proprio fuori fase, non te lo meritavi.»

«Invece sì. Tutto quello che hai detto era vero, sai?» dico, affondando le mani nelle tasche del giubbotto. «Avrei dovuto essere amica di Lily. E tua. Ma, credimi, l'unico motivo per cui non mi sono fatta viva è che la scuola e i miei genitori continuavano a dirmi di non farlo. In momenti come questi bisogna garantire la privacy alle famiglie, o qualcosa del genere.»

Roe aggrotta la fronte. «Sì, l'ho sentito. Sai, credo che la gente lo dica solo per sentirsi meglio perché non telefona, non manda messaggi e compagnia bella. Continuo a sentire che è un momento "della famiglia", ma io ho molto meno da dire a mia zia Jessica che non a te. Onestamente vorrei che fossi *tu* a stare nella camera degli ospiti.»

«Grazie», rispondo, incerta e nervosa. Dentro di me ribolle un calore sincero se mi rivedo nella casa degli O'Callaghan. Non come amica di Lily, ma come fidanzata di Roe. Un'immagine improvvisa di me stessa mi appare nella testa, seduta sul letto degli ospiti mentre il suo corpo scivola accanto al mio.

Guardo per terra, sicura che mi legga nel pensiero e veda che ho trasformato questo commento innocente in una fantasia in cui condivido il letto con lui. Con le dita strappo la fodera delle tasche tirandone il filo.

«Scusa», dice. «Io, ehm... non volevo metterti a disagio.»

«No, nient'affatto». Mi porto le mani fredde e screpolate alla faccia e mi accorgo che le guance sono paonazze. «Conosci Tutu?»

«No», dice, chinandosi per grattare un orecchio al cane. «Cos'è? Un labradoodle?»

«O un cockapoo. Non ricordo quale dei due.»

Ovviamente me lo ricordo. È un cockapoo, ma in questo momento contraddire Roe, anche se solo sulla razza del mio cane, mi sembra troppo pericoloso. È come se stessi disinnescando una bomba e tirare il filo sbagliato potesse farci saltare entrambi in aria.

«Assomiglia più di te alla tua famiglia.»

«Già», rido. «Un altro vichingo biondo dal fascino naturale, vero, Tutes? Magari per avere un amico in casa dovrei prendermi un vecchio gatto rugoso.»

«È così male, eh?»

«Ehi, non voglio lamentarmi dei miei problemi famigliari davanti a te.»

«Ah! Accidenti, hai ragione. Io sono il signor Problemi Famigliari.» La smorfia di Roe è contornata da un sorriso. «No, ma sul serio, parlamene. Dammi qualcosa a cui pensare che non sia Lil.»

«Bene, d'accordo. È mia sorella, Joanne. Te la ricordi?»

«Certo. Ci ha portato a quella manifestazione per il matrimonio egualitario qualche anno fa.»

Mi ero completamente dimenticata della presenza di Roe. Rammentavo che ero lì con Jo e che gridavamo contro un idiota e il suo discorso sui «valori della famiglia», ma avevo dimenticato che qualche volta Roe era adiacente ai miei ricordi di Lily. Era sempre stato il fratello goffo e lunatico. Silenzioso e pallido. Alle sue spalle lo chiamavamo Colin, come il recluso impacciato nel *Giardino segreto.*

«Ah sì, avevo dimenticato che c'eri anche tu.»

«Quel giorno ha significato molto per me.»

Non dico nulla. Sembra che stia per aggiungere qualcos'altro e voglio dargliene la possibilità.

«In ogni caso...» continua. «Hai dei problemi con Jo.»

«Sì, cerca sempre di comportarsi da genitore, capisci? Crede di potermi dire cosa devo fare.»

«Perché pensi faccia così?»

«Non lo so. Suppongo che forse le sembri strano vivere ancora in casa anche se ha superato da un pezzo i vent'anni. Forse si sente... inadeguata e crede che ormai avrebbe dovuto già iniziare a vivere una vita sua. Quindi per assurdo cerca di trovare uno scopo mostrandosi dispotica con me. O qualcosa del genere.»

«Non mi sembra che sia "qualcosa del genere", mi sembra che tutta la questione sia lì.»

Mi stringo nelle spalle. «Sì.»

«Sei piuttosto brava a decifrare la gente. Capisco perché la tua attività coi tarocchi andasse così bene.»

«Finché non è finita male», concludo.

«Sì, finché non è finita male.»

Stringo le carte che ho in tasca e mi chiedo se ora sia il momento di dirglielo. Della Governante, del sogno, di chi ha rapito Lily.

«Voglio parlarti di una cosa», dice, proprio mentre sto per tirare fuori le carte. «Ho... una teoria su quello che sta succedendo con Lil.»

Mi mordo forte l'interno della guancia e con le mani stringo ancora più forte le carte.

«Okay, dimmela.»

«Possiamo parlare camminando? Mi sento... strano a stare fermo in un posto. È meglio quando mi muovo.»

«Certo.»

Quindi ci mettiamo a camminare, lui parla e Tutu annusa attorno a noi. Ogni tanto alzo la testa e lo guardo, la pelle bluastra, le nostre teste quasi allo stesso livello. Le ragazze della mia classe parlano sempre di altezza. Quasi tutti i ragazzi del St Anthony, indipendentemente da quanto siano incredibilmente medi, noiosi o stupidi, hanno il via libera se sono alti. Diventano automaticamente attraenti. Forse è per questo che Roe non ha mai fatto capolino nelle conversazioni, quando all'ora di pranzo si giocava a «Chi ha un fratello sexy?». Non alto, non atletico, probabilmente era squalificato fin dall'inizio.

Ma sicuramente non posso essere l'unica ad aver notato che è meraviglioso? Quand'è successo e dov'ero quando è successo?

«Allora, venerdì: hai visto quella manifestazione assurda, giusto? Al Basement?»

«Sì, Fiona e io eravamo lì quando sono spuntati i Figli di Brigida. Stavamo provando dei vestiti quando sono entrati per lamentarsi della vetrina. Poi, un paio d'ore dopo, sono riusciti a radunare quella folla enorme. È stato bizzarro.»

«Giusto, allora hai visto che erano tutti davvero molto, molto giovani, no?»

«Sì. Era pazzesco, tipo la *nostra* età. Fiona e io abbiamo provato a fare una ricerca, ma non è saltato fuori quasi niente.»

«Vero? Per qualche ragione, i Figli di Brigida sono riusciti a tenere il loro nome fuori dai giornali, ma ultimamente ci sono tutti questi strani resoconti sull'aumento della religiosità tra i giovani, che entrano in certe "organizzazioni".»

Roe mette la parola tra virgolette e questo mi fa letteralmente fermare sui miei passi. *Organizzazioni.* Dov'è che l'ho già sentita?

«È come… è come se ci fossero dei giornalisti che vogliono scoprire qualcosa ma non ci riescono o vogliono dire qualcosa ma non gli è permesso farlo.»

«Tipo Scientology? Non sono famosi perché sguinzagliano i loro avvocati dietro alla gente?»

«È quel che penso. In ogni caso, sembra che siano davvero bravi ad attirare gli adolescenti più giovani e vulnerabili. Penso che forse siano riusciti a... adescare Lily.»

«Ah», dico, sinceramente folgorata da questo ragionamento. Temporeggio. Sì. Sembra sensato. Di gran lunga più sensato di una strega malefica uscita dai tarocchi per rapire i bambini, per esempio.

All'improvviso mi sento molto stupida – e molto giovane.

«Che cosa ne pensano i tuoi genitori? E i Gardaí?»

«Ignorano tutto quello che dico.» Alza le spalle. «Continuano a parlare di "minimizzare il trauma", come se fosse qualcosa che si può... *decidere.*»

«Devi sentirti davvero solo a casa adesso», dico, e l'impulso di toccargli un braccio è così potente che devo darmi un pizzicotto alla mano destra per trattenerla. «Anche i tuoi genitori sono diventati superseveri, come tutti gli altri?»

«Al contrario. Stranamente è come se avessero smesso del tutto di vedermi», dice. «La cosa buffa è che prima erano *severi.* Cena in famiglia ogni sera, vietato gironzolare in città dopo la scuola, i compiti prima della televisione. Cose così. Adesso è come se si fossero resi conto che niente di tutto questo... importava.»

Roe smette di camminare e affonda la mano nella terra. Raccoglie un sasso e lo lucida tra il pollice e l'indice. È così piccolo e nero da assomigliare alla collana che il papà mi ha portato dal Portogallo.

«Credo che siano ancora sotto shock, come se avessero dimenticato di avere un altro figlio. Ieri sera sono uscito di casa alle dieci e non sono tornato fin dopo l'una. Non penso che se ne siano nemmeno accorti. Mia mamma era seduta in poltrona e fissava il vuoto.»

Si gira verso il fiume, lancia il sasso, che sfiora la superficie dell'acqua. Rimbalza una volta, due, poi va a fondo.

«E dove sei andato?»

«Ho camminato e basta. In realtà sono andato all'Esercito della Salvezza per scoprire se avevano notizie degli Effedibì. Non ne sapevano niente. Poi sono andato un po' in giro, ascoltando della musica.»

«Se pensi davvero che ci sia qualcosa in questa storia degli Effedibì, dovresti iscriverti al loro gruppo su Facebook. A quanto pare, è soprattutto lì che organizzano gran parte delle cose. Fiona e io abbiamo tentato di iscriverci, ma per quanto ne so non hanno risposto. Credo che siano... esigenti.»

Glielo mostro sul mio telefonino. Lui tira fuori il suo, trova il gruppo e clicca su «iscriviti al gruppo».

«Andrò a uno dei loro incontri», dice. «Giocherò la carta dell'adolescente vulnerabile dalle tendenze artistiche. Gli farò credere che ho bisogno di aiuto. Magari riuscirò ad avvicinarmi a Lily. Onestamente non mi sorprenderebbe se fosse in un Campo di Gesù da qualche parte, con indosso un vestito a sacco a raccogliere fagioli.»

«Di sicuro», rispondo. «E a scoprire il volto della Madonna in una carota. Già me lo immagino.»

Ridiamo, ed è una bella sensazione. È bello immaginare un finale diverso per Lily. Bello pensare che un giorno questa storia potrebbe essere divertente e che potremmo voltarci indietro e riderci sopra insieme.

Ed è così che passiamo la serata. Camminando lungo il fiume finché siamo ai confini del centro cittadino, parlando di chi siamo e chi eravamo quando ci siamo conosciuti, nel ruolo di fratello-di-un'amica e amica-del-fratello. Estrapoliamo momenti isolati dalle nostre infanzie contigue. Brandelli di tempo in cui siamo stati brevemente consapevoli l'uno dell'altro, le nostre vite come pianeti le cui orbite potevano coincidere solo per qualche istante.

Ricevo due messaggi, uno per ogni genitore. Sono tutt'e due in ansia, come se all'improvviso si fossero accorti che non mi vedono da ore. Rispondo ai messaggi e scrivo che sto passeggiando col cane e con Fiona.

Non fare tardi, mi scrive la mamma.

«C'è stata una festa di compleanno», dice Roe. «Lily stava attraversando una specie di fase Enid Blyton e aveva letto di quello stupido gioco, quel nascondino al contrario a cui giocavano i bambini inglesi.»

«Ah, che cosa deliziosamente protestante da parte sua», lo stuzzico.

«Ehi», dice, alzando gli occhi al cielo. «Di battute così ne sento già abbastanza in una scuola maschile cattolica.»

Aggrotta la fronte. «In ogni caso, come si chiamava quel gioco?»

«Le sardine?»

«Sì!»

«Me lo ricordo.»

«Eravamo sotto il letto dei miei genitori.»

E poi, tutt'a un tratto, me lo ricordo davvero. Sdraiata immobile sotto un letto in ferro battuto, le membra rigide, che inclinavo la testa di lato per guardarlo. Lui, simile a un gambero, con i capelli neri. Con i denti sporgenti e l'indice davanti alla bocca. «*Ciúnas!*» mi aveva sussurrato. «*Ciúnas.*»

«Mi hai detto di stare zitta in irlandese», gli dico. «Mi hai detto: "*Ciúnas!*", come se fossi la mia maestra. Ti ho odiato un sacco per questo.»

«Oddio, ero un ragazzino così perbene», dice, alzando gli occhi al cielo a quel ricordo. «Mi spiace.»

«No, non devi. Era fantastico sentirmi meno sfigata di qualcun altro.»

«Sai, a volte mi dimentico che sei una carogna, ma poi ci pensi tu a ricordarmelo.»

La mamma mi telefona per chiedermi dove sono. Le rispondo che sono ancora fuori col cane e lei dice: «*Ancora?*», con tono sospettoso, perciò facciamo dietrofront.

Dobbiamo attraversare di nuovo il sottopassaggio, un posto così poco illuminato che non mi vedo nemmeno le mani quando le agito davanti alla faccia. È stretto, più o meno quanto un armadio. Tutu lo attraversa di corsa, perché preferisce annusare la sponda dall'altra parte. Roe e io arranchiamo: è troppo stretto e non possiamo camminare comodamente fianco a fianco, così rimango dietro di lui. Cerco di tenere il passo, ma col piede inciampo in una bottiglia di birra lasciata a rotolare su un fianco.

Incespico in avanti, agitando le braccia davanti a me e schiantandomi contro la spalla di Roe al buio.

«Ehi, ehi!» dice, acchiappandomi. Mi mette un braccio attorno alla spalla per sorreggermi.

E la lascia lì.

Restiamo fermi, per un istante, nell'oscurità completa. Il mio fianco sinistro contro il muro di pietra umido. Il mio fianco destro incuneato nel suo corpo caldo. Sento la sua cassa toracica che si muove delicatamente e silenziosamente con il suo respiro.

Non mi muovo. Non penso.

Una bugia.

Invece *penso.*

Penso: "Se dovesse baciarmi, questo sarebbe il momento". Gli basterebbe solo girare leggermente la testa, piegare il corpo di pochi centimetri e ci troveremmo naso contro naso, labbro contro labbro. Un movimento che, arrotondato per difetto, non sarebbe nemmeno un movimento, ma cambierebbe ogni cosa.

Sento il suo corpo girarsi. Ora siamo faccia a faccia. Continuo a non vedere nulla, ma sento il lieve soffio del suo respiro sul mio labbro inferiore. Mi posa una mano su ciascuna delle spalle.

La mia pelle urla che vuole essere toccata e m'implora come il mio corpo non ha mai fatto prima. Perorando la sua causa come un avvocato in tribunale: "Signorina Chambers, credo che lei capisca, sulla base delle prove fornite, che questo ragazzo vuole toccarla, e debba rispondere saltandogli addosso, avvinghiandogli le gambe attorno ai fianchi e baciandolo finché non stramazza al suolo".

Un'automobile che passa sulla strada deve avere i fari accesi perché, in un attimo, siamo investiti dalla luce bianca elettrica che riempie il tunnel.

La luce spezza qualcosa. Lo fa tornare in sé. Fa un passo indietro e le sue mani scivolano giù dalle mie spalle, fino ai gomiti e poi via del tutto.

«Be'», dice infine. «Vediamo chi gioca ancora alle sardine.»

E per la seconda volta nella nostra nuova amicizia, Roe O'Callaghan mi lascia, respinta in un tunnel.

CAPITOLO 17

Quella notte sogno ancora la Governante. Uno schiocco gelido rintocca e mi sveglio tra le nuvolette del mio respiro sospese nell'aria.

Seguo la Governante lungo il Beg, ma mi precede sempre di un passo. Allungo la mano verso la gonna, i capelli bagnati, le dita ghiacciate e scolpite, ma non riesco mai ad afferrarla. Quando arriviamo al sottopassaggio, lei si volta a guardarmi. È allora che arriva l'acqua. L'acqua fangosa del fiume che mi riempie lo stomaco e i polmoni, mi esce dalla bocca, sporca e dal sapore di rame.

Qualche volta ho l'impressione che Lily sia presente e che in qualche modo stia osservando. Non è una cosa che so spiegare o indicare, solo una sensazione generica che significa qualcosa nella sfuggente logica onirica del mondo della Governante. Lily c'è, ma non è visibile.

Lunedì mattina vedo Roe sull'autobus.

«Ehi», dice scansandosi per farmi posto. «Accidenti, stai bene?»

«Sì», rispondo bruscamente ed esamino la mia uniforme in cerca di qualche macchia. «Perché?»

«Hai l'aria di non avere dormito. E credimi, io conosco bene *quell'aria.*»

«Infatti non ho dormito», dico, e per un attimo penso di dirgli dei sogni, della Governante e della sensazione che

Lily sia vicina senza che però riesca a manifestarsi. Però è troppo. Troppo strambo. Troppo stupido. E la sua teoria sugli Effedibì è solida, anche se nella mia testa non suona del tutto vera.

«Sono preoccupata per lei», dico sinceramente. «E... non so, ho la sensazione che sia qui vicino.»

Roe annuisce e sembra sollevato che qualcuno condivida la sua malinconia.

«Che cosa fai stasera?» mi chiede.

«Niente.»

«C'è un incontro degli Effedibì in città. Hanno approvato la mia richiesta su Facebook. Vuoi venire?»

«Eh... certo. Se pensi che non sia rischioso.»

«Cosa? Hai paura che ti facciano il lavaggio del cervello, Chambers?»

Oddio, mi ha chiamata per cognome. Che il Signore mi protegga dai musicisti avvenenti che mi chiamano per cognome.

«No», rispondo, con un tono di voce un'ottava più alta di quanto vorrei. «Andiamoci.»

«L'incontro è alle otto. Ci vediamo al fiume verso le sette? Possiamo entrare insieme.»

«Certo.» Fantastico. Il fiume. Il luogo degli incubi e del rifiuto sessuale costante.

Quel giorno la storia della donna e di Lily fa il giro di tutta la scuola. Ne guasta l'attrattiva agli occhi della gente, credo. Scappare con un uomo sconosciuto, o persino essere rapita da lui, contiene una sfumatura eccitante di pericolo. Scappare con una donna sconosciuta è tutta un'altra faccenda.

«Mah», sento dire da una ragazza. «Allora non è sbagliato supporre che fosse lesbica.»

«Su, dai», dice un'altra. «Lo sanno *tutti* che Lily O'Callaghan era lesbica.»

«Avete visto suo fratello?»

«Lo so. Evidentemente è una cosa di famiglia...»

Esco dalla stanza. Non credo che nessuno se ne accorga.

A pranzo racconto a Fiona del bacio mancato nel sottopassaggio. È furiosa, e questo mi consola.

«Non si *fa* così», protesta. «Non si può… Che cos'è che ha fatto, ripeti?»

«Niente… praticamente. Mi ha sorretto per evitare che cadessi e poi mi sono ritrovata la sua faccia, non so… molto vicina alla mia.»

«Mah, mi era sembrato più sexy la prima volta. Raccontamelo ancora.»

Lo faccio. L'oscurità. I nostri corpi che si toccano. Il lieve calore del suo respiro sul mio labbro inferiore. Il modo in cui ha detto che stavamo «giocando ancora alle sardine».

«Aaaaargggh, uccidimi. Fammi fuori.»

«Perché pensi che sia così… non so, così *provocatore*?»

«Accidenti, che problema.»

«Sai che cosa intendo. Sembra che io gli piaccia davvero. E vuole passare tutto questo tempo con me. E…»

«Maeve. Sua sorella è scomparsa. Riesci a immaginare che casino ha in testa in questo momento?»

Non devo immaginare niente. Ho avuto degli incubi, mi sono sentita in colpa, mi sono aggrappata alla forza cosmica e disperata dei tarocchi. Ancora non riesco a scacciare l'idea che le carte abbiano qualcosa a che fare con la scomparsa di Lily.

Però Roe è intelligente, continuo a ricordare a me stessa. Molto più intelligente di me, e con la pista degli Effedibì potrebbe aver scovato qualcosa.

E poi, a questo punto, ammettiamolo: se mi chiedesse di passare la serata con lui a un congresso di appassionati di lombrichi, gli direi di sì.

Arrivo a casa alle quattro e mezzo e pianifico di fare i compiti, portare fuori il cane, cenare e poi uscire. Però non succede niente di tutto questo. Passo tutto il pomeriggio in camera mia, guardandomi le sopracciglia con uno specchietto da trucco, strappandomi due peli e sentendomi poi in colpa perché mi prendo cura del mio aspetto.

Non è un appuntamento, Maeve.

Metto giù la pinzetta, la pelle è rossa e palpitante. Com'è possibile che le cose vadano bene e male allo stesso tempo? Da un lato ho un nuovo amico, incredibilmente spassoso, a cui sembro piacere davvero. Un ragazzo così fico vuole passare il suo tempo con me. Dall'altro lato la mia migliore amica è scomparsa, tutta la scuola pensa che io sia una strega assassina e sono giorni che non dormo.

Fa troppo freddo per darsi troppa pena con i vestiti. È praticamente impossibile avere un aspetto sexy e maturo quando s'indossano tre maglioni. Quando lo incontro, mi sento una bambinetta, imbacuccata in un montgomery azzurro e un berretto di lana.

«Ehi», dice. «Hai il naso tutto rosso.»

«Eh, cosa?» comincio a toccarmi il naso, come se servisse a qualcosa, e lui sorride.

«Assomigli all'orso Paddington.»

Ahi.

«Gra… zie?»

«Hai portato i sandwich alla marmellata?»

Non sta flirtando. Muore di paura e nervosismo, perciò dissemina questi riferimenti a Paddington nel gelo della sera.

Siamo un po' indecisi se prendere l'autobus o no, ma dopo tre minuti d'attesa saltando da un piede all'altro per scaldarci, ci rinunciamo e ci incamminiamo diretti in città, l'erba ghiacciata e scricchiolante sotto i piedi. Più ci avviciniamo, più Roe si fa silenzioso. Le battute stupide si esauriscono. Alla fine apre la bocca: «Maeve».

«Mmh?»

«Raccontami di lei.»

«Di chi?» rispondo, facendo la finta tonta. Non mi degna neanche di una risposta.

Sospiro e do un calcio al terreno davanti a me.

«Che cosa vuoi sapere?»

«Non so. Ci vedevamo così poco negli ultimi anni. Sai, la mamma e il papà erano sempre così pieni di attività e di programmi che, anche quand'eravamo piccoli, mi sembrava che vivessimo in fusi orari diversi. Lei o suonava il violoncello, o era in camera sua o fuori con te.»

Sospira e a me viene quasi voglia di scusarmi per Lily e per me. Per come ci isolavamo. Non mi era mai nemmeno passato per la testa che Roe avrebbe voluto stare con noi.

«Non gliene faccio una *colpa*», continua. «Mi sono nascosto per sei anni buoni in camera mia con la chitarra. Neanch'io ho manifestato interesse per il suo mondo. Però... lo *rimpiango,* Maeve. È la mia unica sorella. Non abbiamo neppure litigato. Nessuno litiga in casa nostra, nemmeno i miei genitori. Tutti si limitano a... passarsi accanto.»

Era questo il bello di andare dagli O'Callaghan. Potevi guardare i cartoni animati in una stanza mentre gli adulti guardavano il notiziario nell'altra. Le stanze fresche, pulite, silenziose. Il fatto che i giocattoli di Lily e Roe non erano mai rotti o riciclati da qualcun altro. E quando tutto diventava troppo noioso, Lil e io potevamo sempre andare a casa mia. Non avevo mai riflettuto che Roe non aveva questa possibilità. Che Roe – ora che ci penso seriamente – non ha mai avuto amici.

In realtà non spetta a me dirlo, naturalmente. Perciò mi limito a parlare di Lily.

«Sai che era mancina?»

«Ti prego, Chambers! Ho detto che non eravamo intimi, non ho detto che era un'estranea.»

«No, dico, ovviamente era mancina, ma sai che ha imparato da sola come usare la destra?»

«Cosa?»

«Sì, quando avevamo, tipo, undici anni?» Faccio un momento di pausa, cercando di ricordare. «Ha detto che voleva avere una seconda calligrafia a cui poter fare ricorso se ne avesse mai avuto bisogno.»

«E per che cosa poteva averne mai bisogno?»

«Non so. Forse... forse aveva in mente una vita da falsaria. Forse ha sempre saputo, in qualche modo, che avrebbe finito per scappare.»

«Pensi che sia scappata?»

«So che ha abbandonato casa vostra di sua spontanea volontà. Lo sai anche tu. Con quella... donna.»

Con la Governante. Dillo. Le streghe conoscono il vero nome delle cose.

«Giusto, con quella donna.»

Rallenta, tira fuori il telefono di tasca e si riorienta seguendo la freccia blu sullo schermo.

«Siamo quasi arrivati?»

«Penso di sì. L'invito dice "Elysian Quarter", ma non so dove sia e sembra che neanche Google Maps abbia un'idea precisa.»

Siamo in una strada stretta ai margini della città. Ogni edificio sembra un condominio anonimo. In lontananza c'è un pub con una luce gialla intermittente, ma da nessuna parte qualcosa che assomigli remotamente a un luogo d'incontro.

Tremo e sbatto i piedi. «Spero che dentro faccia caldo.»

«Lo so, vero? Hanno detto che più tardi potrebbe nevicare.»

«Qui non nevica mai come si deve.»

In quell'istante, due ragazzi e una ragazza ci superano, frettolosi e prepotenti. Facciamo spallucce tutt'e due e li seguiamo con disinvoltura mentre girano in un cortile e suonano il citofono di uno degli appartamenti. Il terzetto ci scruta con sguardo critico, ma non dice niente.

«Salve», dico, incapace di sopportare la tensione.

«Ehi», dice uno dei ragazzi tranquillamente. Ha qualche anno più di me, ma ha quegli occhi acquosi e arrossati di chi pensi erroneamente abbia pianto, salvo poi accorgerti che è solo la sua faccia.

Il citofono ronza e la porta del condominio si apre. Entriamo in un androne elegante e cerchiamo l'ascensore.

Roe mi mostra il cellulare. *Appartamento 44, ottavo piano, Elysian Quarter.*

Siamo indubbiamente nel posto giusto. Entriamo in ascensore con gli altri tre, stringendo i gomiti al torace nella cabina angusta e rivestita di specchi. Roe preme il pulsante 8. È solo in questo momento che mi rilasso e guardo con attenzione i nostri compagni, sbirciando nello specchio e non direttamente nei loro occhi.

La ragazza mi ricorda Lily, anche se non riesco a capire perché. Non le assomiglia affatto, ma hanno una qualche caratteristica in comune che non riesco esattamente a mettere a fuoco. Un disagio che la fa stare sulle spine, la sensazione di non sapersi rapportare al mondo fisico.

«Voi, ragazzi, siete qui per l'incontro?» suggerisco.

Non dicono nulla, ma inconsapevolmente la ragazza annuisce e Roe le sorride.

«Non vedo l'ora che cominci», dice, facendo attenzione a mantenere il contatto visivo con lei, che risponde al suo sorriso.

«È la vostra prima volta?»

«Sì. Abbiamo ricevuto l'invito proprio oggi», risponde Roe con calma. «Sono molto felice che abbiano accettato la mia iscrizione al gruppo di Facebook.»

«Quanto tempo hai dovuto aspettare per essere accettato?» risponde lei, gli occhi spalancati ed eccitati.

«Due giorni.»

I due ragazzi si guardano attentamente e la ragazza forma un «oh» con la bocca.

«Due giorni!» esclama. «Io ho dovuto aspettare *due settimane.*»

Le porte dell'ascensore si aprono e camminiamo lungo i corridoi. C'è odore di cloro. La ragazza vede che annuso e mi sorride.

«È perché siamo vicini al tetto», dice, con voce allegra. «C'è una piscina sul tetto e in estate abbiamo il permesso di usarla!»

Quando arriviamo all'Appartamento 44, i ragazzi bussano alla porta e io mi aspetto che si debba pronunciare una parola d'ordine segreta. Nessuno la chiede, invece la porta si apre e un uomo alto e biondo intorno ai venticinque anni ci riceve. È tutto un sorriso e in lui riconosco immediatamente uno di quelli che erano davanti al Basement.

«Clara! Ian! Cormac!» dice facendoli entrare.

Si prende qualche secondo in più per studiarci. «Rory...» sorride con benevolenza. «Sono così felice che tu sia riuscito a venire. Io sono Aaron, il chapter leader. Ti prego, mettiti comodo.» Stringe vigorosamente la mano a Roe, le nocche bianche che luccicano.

«E hai portato un'*ospite*», dice squadrandomi con gli occhi. «Sai, abbiamo una politica molto rigida qui riguardo agli ospiti. Soprattutto per il primo incontro. Non è permesso, Rory.»

«Sì, mi spiace», dice Rory, annaspando in cerca di una scusa. «Non me ne ero reso conto e pensavo che Maeve potesse trarre giovamento...»

L'uomo alza la mano. «Non preoccuparti, Rory. Per stavolta possiamo fare un'eccezione.»

Si gira verso di me. «Ciao, Maeve. Io sono Aaron.» Dà un'occhiata rapida al mio montgomery blu e sorride. «Posso prendere il tuo cappotto?»

Me lo sfilo e glielo porgo.

«Wow», dice, con un tocco di civetteria nella voce. «E io che speravo tu avessi un abito da sposa lì sotto.»

CAPITOLO 18

Una volta, anni fa, Lily e io abbiamo guardato un documentario sulle sette. L'avevano trasmesso molto tardi su Bravo ed era stato pubblicizzato per settimane come «uno sguardo inquietante su come un uomo possa indurre delle normali ragazze americane... all'omicidio».

Il pensiero era elettrizzante. Qualcuno poteva farti commettere un omicidio? E come?

Lo davano all'una di notte, perciò Lily era rimasta a dormire da me e lo avevamo guardato. Non ricordo un granché, ma sicuramente c'era un'intervista con l'ex capo di una setta noto perché si occupava di reclutare ragazze adolescenti. L'intervistatore gli chiedeva come facesse ad arruolare le sue seguaci. Semplice, aveva risposto lui. Abbordava dei gruppi di ragazze nei centri commerciali, ne sceglieva una e le diceva che aveva dei begli occhi.

«Se diceva "grazie", o se anche solo rideva, io passavo ad altro. Ma se cercava di deviare il complimento o se abbassava lo sguardo al suolo, allora le chiedevo il suo numero. Perché quella è una ragazza che ha un buco dentro.»

Ed è la stessa cosa nell'appartamento all'Elysian Quarter.

Sono in una stanza piena di persone con un buco dentro.

In tutto ce ne sono una trentina, dai quindici ai vent'anni. Tutti bevono succo d'arancia in calici da vino e hanno quel tipo di energia nervosa e tremula che gli fa coprire la bocca quando ridono e mordere le labbra quando ascoltano. Non c'è niente di *sbagliato* in nessuno di loro, preso singolarmente, ma c'è una specie di disagio collettivo. Se ne stanno tutti in gruppetti da tre o quattro, le spalle leggermente curve. Nel linguaggio dei loro corpi non c'è nulla che suggerisca: "Ehi, venite a parlare con noi".

L'appartamento è grande, aperto e arioso, come lo sono i salotti nelle sitcom. C'è un'enorme finestra che dà sulla città verso la quale gravitiamo tutti.

Roe mi chiede una spiegazione sottovoce.

«Oh», dico arrossendo in viso. «Fiona e io eravamo al Basement a provarci dei vestiti da sposa il giorno della manifestazione. L'abbiamo visto lì mentre si lamentava con il gestore del negozio.»

Mi guarda confuso.

«Era una specie di *scherzo*», dico in fretta. «Non ci stavamo provando degli abiti da sposa *sul serio.* Fiona gli ha detto che non credeva in Dio.»

«Wow.»

Alle nostre spalle spunta una vocetta flautata. «Anch'io non credevo in Dio.»

Ci voltiamo e una ragazza minuta con una lunga frangia ci sorride raggiante. Avrà più o meno diciassette anni.

«Ciao», dico con tono incerto.

«Pensavo che fossero tutte scemenze. E quando ho saputo delle Lavanderie Magdalene e di come le ragazze venivano rinchiuse in quelle orribili prigioni solo perché erano rimaste incinte ho pensato: "Accidenti, la chiesa cattolica ha rovinato l'Irlanda".»

«E poi che cosa... ti ha fatto cambiare idea?» chiede Roe.

«Mi sono resa conto che non è stata la chiesa a rovinare l'Irlanda, ma sono state le persone *malvagie* a farlo.»

Vorrei rivolgerle qualche altra domanda su questo punto, ma in quell'istante l'uomo che ci ha fatti entrare va al centro della stanza e fa tintinnare un cucchiaino sul bicchiere pieno di succo d'arancia.

«Tutti in cerchio, in cerchio.»

Il silenzio cala sulla stanza mentre tutti formano un cerchio sedendosi a gambe incrociate sul pavimento. Roe e io li imitiamo.

Sono ansiosa di confondermi con loro e non dare nell'occhio, però mi sento già come se avessi un grande punto rosso sulla testa che mi contraddistingue come non credente. La ragazza accanto a me si scosta un po'. Intuisce che non voglio veramente essere lì.

«Salve a tutti!» dice Aaron. È l'unico in piedi. Non indossa il completo che gli ho visto venerdì e, senza, sembra molto più giovane. Venticinque o ventisei anni. È vestito casual, con i jeans e una felpa col cappuccio blu marino della Hollister, e ai piedi ha un paio di Converse rosse. «Come state oggi?»

La stanza si riempie di «bene» e «niente male» appena mormorati.

«Ehi, dai, lo so che possiamo fare di meglio. Come STATE oggi?»

Si alza una risata di sollievo. «UNA MERAVIGLIA!» urla un ragazzo, dopodiché, come una fiamma, esplode un'altra risata più fragorosa.

«Fantastico! Stiamo una meraviglia? Dai, tutti quanti. Stiamo una meraviglia?»

Ora l'atmosfera nella stanza sembra più distesa, come un chewing-gum allungato.

«SÌ!»

«Così va meglio.» Sorride. «Allora, so che oggi abbiamo qualche faccia nuova, perciò, come sempre, ho pensato di cominciare con un gioco per scaldare il momento del cerchio. Che ve ne pare?»

«Sì!»

Il suo accento americano, pieno di charme del Sud, suona incredibilmente seducente in questo bell'appartamento irlandese. Però ogni battuta sembra studiata, calata nel momento giusto per creare un'atmosfera da barbecue in famiglia.

«Va bene, va bene, lasciatemi pensare.» Aaron unisce i pollici e gli indici davanti al viso formando un triangolo, come se giungesse vagamente le mani in preghiera. «Perfetto, ci sono. Chi conosce "Due verità e una bugia"?»

Un lieve brusio, incerto e preoccupato, si leva dal cerchio.

«Rilassatevi, ragazzi! Non è spaventoso come sembra. In sostanza dovete dire due cose vere su di voi e una bugia. Noi dobbiamo indovinare qual è la bugia. Lo si fa sempre a scuola di teatro ed è un modo magnifico per conoscersi. Vabbe', dai, comincio io per primo.»

Forma di nuovo il triangolo davanti al viso e cammina con passo felpato attorno al cerchio, sorridendo tra sé e sé.

«Allora, vediamo... mi chiamo Aaron. I miei genitori sono divorziati. Mi piace molto Billy Joel.» Si gira di scatto e indica la ragazza minuta. «Katie, qual è la bugia?»

«Ti piace... Billy Joel?» dice Katie speranzosa.

«No», sorride. «Billy Joel mi piace davvero molto. In compenso, i miei genitori sono ancora felicemente sposati. Da ventidue anni.»

Katie diventa rossa come un peperone e tutti fanno un'altra risatina di apprezzamento.

«Okay, adesso tocca a voi. Cominciamo con una faccia nuova. Cominciamo da... Rory.»

«Ehm, okay», dice Rory. «Uhm... Suono la chitarra. Il mio compleanno è in giugno. E mia sorella è un pesce.»

Un'altra risata dal gruppo. Aaron ci concede un sorriso laconico e asciutto.

«Niente male come primo tentativo», dice. «Non vedo l'ora di conoscere tua sorella. Enid.»

Enid è seduta alla destra di Roe e Aaron si muove in senso orario, così ci vorranno ancora secoli prima che io debba pensare alle mie due verità e alla mia bugia. Ha i capelli scuri e sarebbe graziosa se non avesse sempre la fronte aggrottata.

«Okay», dice Enid. «La settimana prossima compio ventun anni. Sono molto snodata.» Enid lo dice molto velocemente, come se si stesse preparando psicologicamente per qualcosa di più serio. Si vede tutto il gruppo che si china in avanti, smanioso di sentire. Poi esce fuori tutto, liscio come l'olio. «E ho fatto sesso non protetto con un uomo che ha il doppio dei miei anni.»

Silenzio. Cerco di incrociare lo sguardo di Roe, con un'espressione tipo "tutto quel crescendo per *questo*?"

Aaron si accovaccia sul pavimento davanti a Enid. La guarda molto attentamente, stabilendo quel forte contatto visivo che pare esserci tra due persone che si conoscono molto bene.

Si protende verso le ginocchia di lei, dove riposano le sue mani.

«Enid», dice piano. «Posso?»

Lei gli dà la mano e lui la stringe, molto delicatamente, davanti a tutti. Vedo che le altre ragazze sgranano gli occhi e mi accorgo che tutte vorrebbero un momento come questo. Tenere Aaron per mano, sentire su di sé la potenza elettrica della sua attenzione di americano. Sono abbastanza vicina per vedere che a Enid trema la mano e avvampa in volto.

Distolgo lo sguardo.

Dopo un attimo di silenzio, Aaron torna a parlare, massaggiando delicatamente il palmo di Enid con il pollice.

«Oh, Enid. Non sei molto snodata, vero?»

«No», dice con voce sommessa. Sembra sull'orlo delle lacrime.

«È tutto a posto, tesoro. È tutto a posto. Non è quello che volevi. Non è colpa tua.»

Comincio a chiedermi se mi sono persa qualcosa. Enid ha *vent'anni*.

Certo, fare sesso con un uomo che ha il doppio dei tuoi anni non è il massimo, ma di certo non è chissà che, no?

Le mette un braccio attorno alle spalle, la culla e lei, a poco a poco, comincia a singhiozzare tra le braccia di lui. All'improvviso Enid, da nervosa e imbarazzata che era, diventa simile a un agnellino che succhia da un biberon. Su di lei si posa una calma dorata. È al sicuro, a suo agio, al caldo, amata.

La osserviamo tutti, trattenendo il respiro. Roe e io ci guardiamo a vicenda, esterrefatti. Non so che cosa ci aspettassimo, ma sicuramente non questo.

Sussurrando a voce alta, con l'obiettivo esplicito di far sentire a tutti, Aaron dice a Enid che tornerà da lei alla fine dell'incontro e ne parleranno come si deve.

Si stacca da lei e passa alla persona successiva del cerchio.

«Cormac», dice. È uno dei ragazzi silenziosi che sono entrati con noi. «Due verità e una bugia.»

«Gioco... nell'Associazione Atletica Gaelica. Il mio supereroe preferito è Ant-Man. E... uhm...»

«Avanti, Cormac, va tutto bene.»

«Una volta ho... ehm...»

«Su, dai.»

«Mi sono, ehm, depilato le gambe, per vedere che cosa si provava.»

Roe sgrana gli occhi. Se quando Enid parlava la tensione era alta, adesso è arrivata al soffitto.

«Ehi, amico», Aaron batte le mani compiaciuto. «Cormac! Tutto *qua?* Fratello, di che cosa ti preoccupi? Non è niente. È solo curiosità. Senti, sei un atleta, giusto? Giusto?»

«Mmh mmh.»

«I nuotatori si depilano le gambe, lo sapevi? Come un sacco di altri atleti. Non significa niente. Non vuol dire che sei gay, dai. Lo sai, no?»

«Sì», dice Cormac, con voce ancora incerta.

«Amico, sai bene quanto me che non è possibile essere *naturalmente* gay. Voglio dire, la natura andrebbe a catafascio se così fosse, giusto?» Comincia a guardare il gruppo, i palmi rivolti verso l'altro, dicendo tutto con un tono da "questi sono i fatti e basta".

«Gli animali non si riprodurrebbero. La gente non si riprodurrebbe. Perciò se provate sensazioni di quel genere, è perché c'è un aereo nemico nel vostro radar, capite cosa intendo? È perché ci sono tutte queste strane porcherie, negative ed equivoche, sul vostro parabrezza, e a voi non resta altro che pulirlo.»

Si stringe nelle spalle e sorride: «Voglio dire: come fareste, altrimenti, a *guidare*?».

Tutti ridono e Cormac ride più forte di chiunque altro.

Sento i muscoli irrigidirsi, le unghie conficcarsi nei miei palmi formando delle mezze lune. Ricordo discorsi simili qualche anno fa, durante il referendum sul matrimonio egualitario.

Però erano sempre dei vecchi che li facevano, mai americani di vent'anni con la felpa e le Converse.

Aaron continua a girare per la stanza e le rivelazioni si fanno sempre più intense. Quando Enid aveva fatto la sua dichiarazione, avevo pensato che stesse giocando nel modo sbagliato. Invece no: è Roe «mia sorella è un pesce» O'Callaghan che sbagliava. Non è un gioco spassoso. È una confessione pubblica.

Stranamente, però, Aaron non deve compiere grandi sforzi per farli confessare: sono già spronati dalla persona che è venuta prima di loro, sedotti dall'idea della sua attenzione completa, dai suoi discorsi d'incoraggiamento, dai suoi abbracci.

Una ragazza confessa di aver baciato la sua migliore amica. Aaron la tranquillizza, le dice che non era ciò che voleva, che era stata manipolata e traviata.

Un ragazzo confessa di avere pensieri suicidi. Aaron gli dice che è naturale e normale voler prendere la situazione in pugno quando la vita ti scombussola, ma per ritrovare la stima di sé stessi l'unico modo è lavorare sul mondo circostante, non farsi del male. Canalizzare la propria vita nel lavoro positivo.

Va avanti così a lungo. La gente piange. E più tempo passiamo qui dentro, più mi convinco che Lily non si farebbe mai abbindolare così. Non permetterebbe mai a nessuno di dirle che i gay non sono reali o che sono «confusi».

La risposta di Aaron a quasi tutti è che sono confusi. Fare sesso è una conseguenza della confusione. Essere gay è confusione. Essere depressi è confusione.

«Maeve?»

«Uhm... Ho sedici anni. Ho un cane. E...» Mi sono concentrata tanto sugli altri che ho dimenticato di preparare la mia storia. Non ho nemmeno pensato a una bugia soddisfacente per la mia verità. «...Ho allontanato la mia migliore amica e ora ho paura che non torni più da me.»

Le parole mi escono di bocca come monetine da un distributore automatico. Avventate, involontarie e ingombranti. Perché l'ho detto? Perché l'ho tirato fuori proprio qui?

Aaron mi punta addosso gli occhi per un secondo. Aspetto l'assalto della sua compassione e il discorsetto motivazionale, che però non arrivano. Continua a guardarmi, le dita nuovamente a forma di triangolo. C'è un lieve disgusto nei suoi occhi, un leggero arricciarsi delle narici come se avesse annusato un cattivo odore.

Alla fine comincia a parlare. «Oh, Maeve», Aaron dice semplicemente. «Sono sicuro che da qualche parte troverai la risposta.»

Ed è tutto. Batte le mani e annuncia che è arrivato il momento di fare dieci minuti di pausa.

Non riesco a crederci. Mi sento offesa. Dov'è il mio abbraccio? Dov'è il mio discorsetto d'incoraggiamento? Non merito l'attenzione di Aaron? Non dovrei essere cullata anch'io dal suo amore, esattamente come chiunque altro?

Aaron inizia a fare il giro, prima da Enid, poi da Cormac e infine dal ragazzo che soffre di depressione.

Roe si rivolge a me: «Senti, so che ti ho trascinato io qui, ma credo sia stata una pessima idea. Non penso che Lily apprezzerebbe questa roba, che dici?».

«Non credo», rispondo. «Sei sicuro però che non sia un problema se ce ne andiamo così?»

«Sì, a quel tipo non gliene importa niente. Ha già un gregge abbastanza devoto.»

«Va bene, prendo il cappotto.»

Lo trovo appeso in un armadio e, al mio ritorno, Aaron sta parlando animatamente con Roe.

«Non te ne andrai già, Rory, amico mio?»

Roe mi guarda nervoso. «Sì, ho detto che avrei accompagnato Maeve a casa prima che si facesse troppo tardi.»

«Senti, la parte della condivisione non è per tutti», dice Aaron con tono da cospiratore. «Però credo che la seconda metà ti piacerà davvero. È più orientata all'azione. Facciamo un brainstorming su come provocare dei cambiamenti e poi *agiamo* realmente in base a queste idee. Puoi esercitare una grossa influenza.»

«Sono pronta ad andare, adesso», dico ad alta voce, abbottonandomi il cappotto.

Aaron mi guarda come se fossi una mosca che gli ronza attorno. Poi si avvicina a Roe.

«Vedi, Roe, so che ti senti diverso, un po' sperduto, forse non sei... *come gli altri ragazzi,* ma...»

Mi torna in mente il programma televisivo. Quello che parlava dei tentativi di trovare il buco nelle persone. E di come quello fosse il trucco per controllare chi ti sta attorno.

Aaron ha visto il buco in Roe. E, qualunque sia la ragione, non è riuscito a vederlo in me.

E, per la prima volta in vita mia, avverto in me una potenza incredibile e incandescente.

«Adesso dobbiamo andare», ripeto, a voce più alta. «Grazie per averci invitato.»

Prendo Roe per mano, stringendogliela forte, e lo trascino verso la porta. Lui mi segue e l'ultima cosa che vedo prima che la porta si chiuda di colpo sono le espressioni curiose di Aaron e dei Figli di Brigida.

CAPITOLO 19

Entriamo nell'ascensore e fingiamo di non accorgerci che gli sto ancora stringendo la mano.

Attraversiamo l'androne, poi il cortile, e infine ci ritroviamo in strada.

E.

Ci stiamo.

Ancora.

Tenendo.

Per mano.

«Oddio», dice, finalmente lasciandomi andare la mano. «Nevica davvero.»

Gira i palmi all'insù e ha ragione. Minuscoli fiocchi bianchi gli cadono sulle mani.

«Wow», dico facendo la stessa cosa. «Non so esattamente se sia un segno, ma sicuramente è il segno di... qualcosa.»

Andiamo alla fermata dell'autobus, dove il pannello elettronico dice che mancano solo due minuti al suo arrivo. Emettiamo un sospiro di sollievo e di gratitudine e ci sediamo sulla panchina.

«Che cosa *è successo* là dentro, Maeve? Non c'entrava nemmeno la religione, è stata solo una forma inquietante di manipolazione.»

«Ho l'impressione che spezzino le persone e poi le ricompongano con la scusa di qualche giochino del cazzo. Forse la parte religiosa viene dopo, quando sei già assuefatto ad Aaron e ai suoi abbracci.»

«Pensi che ci siano decine di incontri uguali che si tengono stasera in tutto il paese?»

«Tutti con degli Aaron identici? Può darsi.»

«Lily non ci cascherebbe mai. Mai e poi mai, ne sono sicuro.»

«Come fai a esserne così certo però?» gli chiedo. «Voglio dire, io è un anno che non parlo come si deve con Lil. Non ho idea di che cosa possa credere adesso. E nemmeno tu lo sai.»

«No», dice lui con fermezza. «Non chiedermelo, ma è un no.»

«Okay, allora immagino che possiamo cancellare anche questo dalla lista.»

«Sì», dice facendo segno all'autobus che si avvicina.

«E adesso non ci resta più niente.»

Saliamo sull'autobus, timbriamo il biglietto e ci sediamo.

Vorrei dirgli che no, non è vero che non c'è più *niente* sulla lista. C'è ancora qualcosa, e bello grosso. Quel qualcosa che scotta nella tasca del cappotto, che non è mai stato a più di tre metri da me dal giorno in cui sono ricomparse nel mio comodino.

Mentre l'autobus procede lentamente, io tiro fuori le carte dalla tasca.

«O Gesù», dice lui, con una risatina amara. «Ancora loro.»

«Vuoi che le metta via? Volevo solo raccontarti una cosa...»

«Sai, voi siete le due facce della stessa medaglia.»

«Io e chi?»

«Tu e quell'americano, Aaron.»

«E questo che cosa diavolo vorrebbe dire?»

Il mio corpo prova disgusto al solo pensiero e mi ritraggo verso il finestrino, spalancando uno spazio freddo dove prima le nostre gambe si toccavano.

«Costringi gli altri a confessarti i loro problemi così poi li hai in tuo potere. Usi le loro storie per manipolarli.»

Sono esterrefatta. «Non lo penserai sul serio, vero?»

«Be', no. Non sul serio. Però devi ammettere che ci sono delle somiglianze.»

«Io non costringo nessuno.»

«Nemmeno Aaron, si potrebbe dire.»

«Perché dici così?»

«Perché ti sottovaluti sempre?»

Alzo gli occhi al cielo. «Ti sembra davvero il momento per una lezione sull'autostima?»

«No, voglio dire che l'opinione che hai di te è così bassa che sottovaluti completamente l'effetto che fai alla gente. Le cose che dici – o che *non dici* – contano.»

«Ti ho detto che mi spiace per Lily, Roe.»

«Non parlo di Lily. Parlo di tutti. Prenditi un po' della tua benedetta responsabilità, Maeve.»

Ficco di nuovo le carte in tasca e guardo fuori dal finestrino. E se Roe avesse ragione? Quelle sessioni che tenevo nel Chokey a cui partecipava metà scuola, confessandomi i suoi segreti… mi facevano sentire potente? Sì, un po', però non ho fatto niente con quel potere. Non ne ho abusato. Non come fa Aaron.

Fino a quando non è scomparsa Lily, almeno.

Il senso di colpa mi fa rabbrividire. Lily è scomparsa. Lily è scomparsa per causa mia. Per causa mia, di queste carte e della Governante. Appoggio la testa al finestrino dell'autobus.

«Ehi», dice Roe delicatamente. «Non facevo sul serio. Era più che altro un esercizio… mentale. Scusa, non sei per niente come Aaron.»

Sono stufa di tenermi dentro questa cosa. Ho bisogno di dirgli dei sogni con la Governante. Anche se è tutta una sciocchezza, devo incidere la pustola che mi sta crescendo sottopelle. Devo pronunciare il suo nome ad alta voce.

«Roe, c'è una cosa che devo dirti. Riguarda la lettura dei tarocchi che ho fatto a Lily.»

«Cristo, basta con questa storia.»

«Ascoltami, ti prego, okay?» Butto fuori l'aria rumorosamente, per scaldarmi. «Allora, durante la lettura, è venuta fuori questa carta. Una carta che non fa parte del mazzo. L'avevo già vista una volta, ma l'avevo tolta e messa nel cassetto della mia scrivania, perché su internet non c'era una spiegazione del suo significato. E... mi faceva paura. È l'immagine orribile di una donna dai capelli scuri con un abito da sposa e un coltello tra i denti. Così l'ho tolta dal mazzo. Poi, quando ho fatto i tarocchi a Lily, me la sono ritrovata lì.»

«Puoi farmela vedere adesso? Nel mazzo?»

«No», dico mordendomi la pellicina dell'unghia del pollice. «Da allora non la trovo più. È come se la si dovesse... evocare, o qualcosa del genere. In ogni caso ho fatto dei sogni... dei sogni su questa donna e in questi sogni è come se Lily mi stesse osservando. Come se ci fosse anche lei ma non potesse mostrarsi.»

Faccio una pausa, cercando di intuire la sua reazione, ma lui continua a fissare in silenzio il sedile davanti.

«Poi», continuo. «E questa parte è... be'. Insomma, la signorina Harris mi ha confiscato le carte dopo che Lily è scomparsa. Me le ha completamente vietate a scuola. Però sabato sera, dopo che mia mamma mi ha detto che il lattaio aveva visto Lily con una donna dai capelli scuri, le carte sono riapparse all'improvviso nel mio comodino. Era come se non se ne fossero mai andate.»

«No», dice scrollando la testa. «Non ti credo.»

«Neanch'io voglio credere a me stessa, ma è quello che è successo. È quello che sta *succedendo.*»

«E allora? Credi che Lily abbia evocato per sbaglio questo demone quando le hai fatto i tarocchi?»

Mi mordo l'interno della guancia, ingoiando la risposta sincera. Il fatto che io abbia detto: «Vorrei che tu sparissi...» in faccia a sua sorella. Non è lei che ha evocato la Governante, ma sono stata io. O tutt'e due insieme.

«Sì», dico. «Potrebbe averlo fatto.»

Non è una bugia. È possibile che nessuno abbia convocato la Governante e che in questo momento Lily si sia messa con il suo insegnante di violoncello. Non serve che Roe sappia quello che ho detto. In realtà è fondamentale che non lo sappia, se dobbiamo lavorare insieme.

L'autobus si ferma. Siamo arrivati a Kilbeg. Camminiamo in silenzio per qualche minuto.

«Dove la vedi? Nei tuoi sogni?»

«Vicino al... ehm...» Il mio cervello vorrebbe farmi dire: "Vicino al posto in cui ti sei rifiutato di baciarmi", ma resisto. «Vicino al sottopassaggio. Sempre là.»

«Be', allora andiamoci.»

«Che cosa?»

«Forse lì c'è... non so, un indizio.»

Lo guardo dubbiosa. «Non saprei.»

Sento il cellulare che vibra. Papà.

Dove sei?

Vicino al fiume. Sto per arrivare a casa.

Digito questa risposta, poi ci ripenso. Voglio davvero che la mamma e il papà sappiano che sono vicino al fiume, nel posto in cui Lily è stata vista viva l'ultima volta?

Cancellare, cancellare, cancellare.

Quasi a casa. A tra poco. X

Stai attenta. Si scivola.

«Dai, Maeve. Devo tentare tutto, per quanto sembri bizzarro. Tutto.»

«Okay», dico esitante.

Avanziamo in silenzio, con la neve che ci cade sui capelli e sulle spalle. Non ricordo l'ultima volta che ho visto una nevicata simile in Irlanda. Cinque o sei anni fa, almeno. Siamo troppo vicini all'Atlantico. Anche se cade, di solito la neve si scioglie nel momento in cui tocca il suolo. Questa neve però attacca e forma dei cumuli sotto i nostri piedi.

I mattoni del sottopassaggio sono ricoperti da uno strato di ghiaccio e luccicano come diamanti grigi.

Ci fermiamo un istante, incerti.

«Adesso che cosa facciamo?» chiedo con tono insicuro.

«Senti Lily qui? La senti che osserva?»

Chiudo gli occhi un momento e cerco… qualcosa. Una presenza anonima e indolente o un indizio della sua vicinanza. Scavo nel vuoto buio e profondo di me stessa, sperando di riesumare un fossile di Lily.

«No», rispondo aprendo gli occhi. «Mi spiace, è solo un sogno. Non so perché te ne ho parlato.»

«Fammi le carte.»

«*Qui?*»

«Sì, è così che hai evocato questa… cosa. Forse potremmo evocarla ancora.»

«Roe, non lo so. È un bel po' che non lo faccio. E l'ultima volta i risultati sono stati… be'…»

«Non m'importa, Maeve. Fammele e basta, okay? Me le hai già fatte, ricordi? Ti prego, non te lo chiederò più, lo giuro.»

La sua voce è disperata e ha gli occhi lucidi per le lacrime. La luce invernale è così scura che le sue labbra, così carnose da sembrare sporgenti, si tingono quasi di viola.

Come faccio a dirgli no? Che diritto ne avrei?

«Fantastico», dico. «Andiamo nel tunnel, però. Qui fuori è troppo bagnato.»

Ci sediamo, scomodi e accovacciati, unica fonte di luce le torce dei nostri cellulari. Le auto passano a intervalli di qualche minuto, diffondendo vibrazioni nell'aria circostante e riempiendoci le orecchie di rumore. La gente guida piano e con prudenza sotto la neve e quando lo scricchiolio degli pneumatici ci passa accanto, siamo costretti a smettere di parlare e restiamo a fissarci a vicenda.

«Mescola», gli dico porgendogli le carte.

Nel momento stesso in cui le tocca, l'attrazione magnetica esercitata dalle carte su di me diventa ancora più forte. Come se al mazzo fosse attaccata una corda legata per l'altro capo alla mia cassa toracica. Mentre le mescola, le carte gli scivolano tra le dita e cadono nello spazio vuoto e scuro tra una mano e l'altra. Mi sento comprimere il petto a ogni movimento. Ho la sensazione che la capienza dei miei polmoni si sia dimezzata.

«Stai bene?» mi chiede, porgendomi di nuovo le carte.

«Sì», mormoro. Sarebbe troppo raccontargli anche questo. Troppe cose strane in un giorno solo.

«Allora, credo che la cosa migliore sia creare una corrispondenza. Per trovare Lily.»

«Giusto. Fantastico. Ottimo piano. Che cosa significa?»

«Significa che dobbiamo stabilire che cosa vuol dire ogni carta. Tipo che una carta potrebbe essere "Dov'è Lily", un'altra "Che cosa le impedisce di tornare", un'altra ancora "Che cosa dobbiamo fare per farla tornare".»

«Sì, mi sembra tutto perfetto. È così che funziona?»

«Non lo so. Me lo sto inventando adesso.»

«Be', mi pare plausibile. Allora pesco le carte?»

«Sì, vai.»

Gli stendo davanti le carte. Le sue mani, ora arrossate dal freddo, indugiano sopra ogni carta. Ne sceglie tre e le posa a faccia in giù davanti a me.

Giro la prima carta. Quella per «dov'è Lily». È il Quattro di Spade. La carta mostra un cavaliere armato di tutto punto sdraiato su una tomba. Sullo sfondo occhieggiano delle finestre con le vetrate a mosaico e sopra di lui sono sospese tre spade, con la punta verso il basso. La quarta spada giace al suo fianco.

«Gesù», dice Roe, con il panico nella voce. «È *morta*?»

«No, no. È una buona carta. È positiva, credo. Significa riposo. Un riposo lungo e forzato. Guarda, la spada è ancora a fianco del cavaliere, che si rialzerà e combatterà. Però non può farlo adesso.»

«Okay», dice Roe, che prende la carta per esaminarla più da vicino. Quando la stringe tra le dita, sento di nuovo quell'attrazione. Un fremito leggero sotto la pelle, come se il sangue cambiasse la direzione in cui scorre.

Batto ripetutamente le palpebre, cercando di riprendermi.

Dal posto in cui sono seduta, davanti a lui, vedo solo il retro della carta, un semplice riquadro rosso. Ma tra un battito di palpebre e l'altro, all'improvviso vedo la carta dal suo punto di vista. Vedo il cavaliere sulla tomba. Vedo la mia faccia, stanca e disperata.

Sono Roe e mi vedo battere le palpebre come un coniglio spaventato.

Che cosa?

Un altro battito di palpebre e questa sensazione svanisce.

«Stai bene?» mi chiede. «Sembra che tu stia per vomitare.»

«Ehm... no, sto bene. Giriamo... giriamo la seconda carta.»

«Questa qual è?»

«Questa ci dice che cosa impedisce a Lily di tornare.»

Giro la carta e mi porto subito la mano alla bocca.

È il Diavolo. E nemmeno un diavolo da Halloween. È un diavolo biblico, vecchio stile, con le corna e le zampe di capra. Si trascina dietro due persone, un uomo e una donna, nude e incatenate.

Nessuno di noi due dice una parola.

«Maeve», mi sprona Roe. «Questo è il momento di dire che questa carta non è così brutta come sembra.»

«Ehm...»

«*Maeve.*»

«Sto pensando! Sono un po' arrugginita, ricordi? Allora, normalmente il Diavolo riguarda qualcosa che ha il controllo su di te. Di solito è una dipendenza o l'incapacità di liberarsi da una relazione tossica. Ma nel caso di Lily potrebbe essere la Governante.»

La riprende in mano e la esamina ancora. Di nuovo quello strattone, la nausea, la sensazione che il mio corpo sia collegato alle carte e, di conseguenza, a lui.

«Roe, smettila.»

«Di fare cosa?»

«Di *toccarle.*»

«Ma… perché?»

«Non lo so. Mi viene la nausea.»

«Non capisco. Stai bene?»

«Dammi un secondo, okay? Dammi solo un secondo.»

Mi metto con la schiena contro il muro del tunnel, chiudo gli occhi, inspiro ed espiro, più volte. Il muro è freddo e bagnato, la sua umidità grigia mi penetra attraverso il cappotto e mi fa venire la pelle d'oca lungo la spina dorsale.

Passa un'altra auto. Altri fari che lampeggiano e danzano sulla pelle sottile delle mie palpebre.

Dentro la mia testa si produce una frattura, come su uno schermo televisivo diviso in due. Sono persa nell'oscurità della mia testa, ma mi osservo anche dall'altro lato del tunnel e vedo la mia testa che dondola. Sulla mia fronte si formano perle di sudore, illuminate dall'auto che passa.

«Maeve», dice Roe. O lo dico io. Non capisco. Sento la mia bocca che dice il mio nome, ma non mi sembra la *mia* bocca.

Affondo la faccia tra le ginocchia, stringendomi le gambe con le braccia. Sto per vomitare?

Ti prego, fa' che non vomiti. Ti prego, fa' che non vomiti.

«Oh, merda, Maeve. Non svenire. Dai, usciamo di qui.»

Mi mette un braccio attorno alla spalla. «Dai, Maeve. Alzati. Puoi alzarti.»

«Mmh… no», mormoro.

«Okay, be', fantastico. Resto seduto qui con te finché non ce la fai.»

Si appoggia al muro, continuando a cingermi col braccio. Gli crollo addosso, accoccolandomi nell'incavo del suo collo. Attraverso la nausea che mi fa stare male riesco ancora a percepire il suo profumo. È dolce e sa di fumo, vestiti puliti e deodorante sbiadito. Il vago sentore della casa degli O'Callaghan che sottolinea ogni cosa. L'odore pungente del sudore fresco.

Le sue mani cominciano ad accarezzarmi i capelli, attorcigliando una lunga ciocca castana tra le dita.

Prendo nota mentalmente di custodire questo momento per quando non mi sentirò così da schifo.

Dopo qualche minuto la nausea inizia a passare. Mi sento ancora pesante e disorientata, ma non più come se stessi per vomitare.

«Hai un buon profumo», dico.

«Grazie.»

«Mi piace che non sai di ragazzo.»

Ride. «E che odore sarebbe?»

«Lynx Africa e Hugo Boss.»

«Ah», ridacchia ancora. «No, questo è un intruglio creato da me.»

«Davvero?»

«Sì.» Sento che allarga la faccia in una smorfia. «Sure for Men e Chanel N°5»

Ridiamo insieme, il risolino basso di un segreto che si riverbera nei nostri corpi.

Affondo ancor di più la faccia nel suo collo. «Credo che tu sia veramente fico.»

Non riesco a credere di averlo detto. Come se niente fosse. La parola «fico» così ridicola in bocca a me, come un reperto degli anni Ottanta.

Lui gonfia il petto ed emette un sospiro lungo e basso

«Nessuno me l'ha mai detto prima d'ora», dice. «Anch'io penso che tu sia fica, Maeve. Ma lo sapevi già, non è vero?»

«No.»

«Maddài. Sei sempre stata più fica di me, da quando avevi otto anni.»

«Be', questo è vero.»

«Dai, andiamo a casa», dice. «I tuoi genitori staranno dando di matto.»

Sento la pressione calda e ferma della sua mano sulla mia.

«Ehi», dice. «Abbiamo dimenticato l'ultima carta.»

Gira l'ultima carta delle tre di Lily e mi attraversa la testa un tremore che scambio per il traffico di passaggio. Un lampo di luce riempie il tunnel e sento un urlo che potrebbe essere il mio, di Roe o di un milione di persone che urlano insieme.

Davanti ai miei occhi si formano delle chiazze. Macchie viola, blu, oro circondano il mio campo visivo. Di lì a pochi secondi sento la ghiaia che mi si conficca nella fronte. E perdo i sensi.

CAPITOLO 20

Le mie dita corrono su e giù lungo la tastiera della chitarra. Toccando ogni corda di acciaio, mi aspetto sempre che mi pizzichi la carne, ma non succede mai. La chitarra mi sembra naturale e le corde un'estensione della mia mano.

Però io non *so suonare* la chitarra.

Esamino le mani che strimpellano una melodia vivace e ripetitiva e vedo che non sono le mie. Come prima cosa, ho le unghie dipinte di azzurro. E poi sono grandi il doppio delle mie.

Porca miseria, sono nella camera da letto di Roe.

Porca miseria, sono nella *testa* di Roe!

Sono all'interno del suo corpo, da spettatrice. I suoi occhi sono il mio schermo cinematografico, il suo cervello la mia poltrona. La finestra è aperta e a malapena si sente il bucato steso che ondeggia indolente. È estate. L'estate scorsa. È nove mesi fa.

Qualcuno bussa alla porta. «Sì», esclamo, a mo' di saluto, e Lily entra a passo lento. Condivideremo pure lo stesso pool genetico, ma non mi assomiglia affatto. Non mi ha mai assomigliato. È sinuosa, rilassata e bionda. Schiva e strana come un'antilope. Io sono scuro e ben piazzato, un tasso zoppicante che fantastica di vivere da giraffa.

In quel momento sento la mia voce da Maeve che s'inserisce e cerca di spezzare il flusso di Roe. "Com'è possibile che dica una cosa simile", lo interrompe. "Come fa a non rendersi conto di quanto è splendido?"

Lily si siede a gambe incrociate sul pavimento davanti a me. Sto regolando la truss rod della chitarra e, di proposito, non stabilisco un contatto visivo con lei.

«La mamma sta dando di matto», dice divertita.

La mia voce da Maeve dice: "Per che cosa?", ma la mia voce da Roe si limita a ridere amareggiata.

«Vuoi che dica loro qualcosa?» chiede Lily, sbirciando attraverso la lunga frangetta. «Che dica loro che non è niente di che o qualcosa del genere?»

«No, va bene così. Non serve che tu faccia niente.»

«D'accordo», dice lei.

Restiamo seduti in silenzio. Comincio ad armeggiare con la chitarra. Proprio mentre Lily sta per scusarsi, la mia bocca – o meglio, la bocca di Roe – comincia a muoversi.

«Pensi che avrei dovuto negarlo? Dire che era... un virus, spam, o qualcosa così?»

Lily scuote la testa. «No. Ti avrebbero creduto, ma no.»

«Però renderebbe la vita più facile.»

«Più facile a chi?» chiede Lily. «A loro? Così che possano fingere di avere un figlio etero?»

"Oh", interviene la voce di Maeve.

«Suppongo di sì.»

«Senti», dice lei facendo spallucce. «Un sacco di gente è bisex.»

«Non tutti. Non gli O'Callaghan.»

Ridiamo, esausti. Sappiamo di avere dei buoni genitori, ma sappiamo anche che nostro padre e nostra madre guardano ai loro due strani figli con disagio crescente. Come se le scimmie di mare che avevano acquistato si fossero rapidamente evolute in parassiti.

"Parassiti, giraffe, tassi. Non sapevo che la tua testa fosse così piena di metafore animali."

"Esci dalla mia testa", mi arriva la risposta.

CAPITOLO 21

Quando mi sveglio, la neve è diventata più fitta e cade obliqua nel sottopassaggio.

Roe si passa una mano tra i riccioli nel tentativo di togliere il fango. Restiamo seduti a guardarci, senza che ci venga in mente nulla da dire. O, per lo meno, nulla di adatto.

Ci studiamo a vicenda, confusi, e anche se non sono più nella testa di Roe, so che pensiamo entrambi la stessa cosa: "È successo davvero?".

In un certo senso, tutt'e due abbiamo fatto coming out. Io so che è bisessuale. E lui sa quello che penso di lui. Sentiva i lunghi nastri dell'adorazione che gli svolazzavano attorno mentre vivevo nella sua testa.

Ha il viso segnato dalla confusione. O dalla ripugnanza? Non saprei dirlo. *Oddio, qualcuno parli, per favore qualcuno parli.*

«È per questo che hai voluto andartene dall'incontro degli Effedibì», dico infine. «Sapevi che Lily non si sarebbe mai iscritta a un gruppo così pieno di omofobi.»

Roe annuisce.

«Mi spiace che i tuoi genitori abbiano fatto così schifo», dico. «Sulla faccenda… della bisessualità.»

«Grazie», risponde con voce fiacca. «Scusa, Maeve. Non so se quello che è appena successo ti capita sempre, se è un effetto collaterale dei tarocchi o di qualcos'altro, però ho bisogno di un minuto di pausa.»

«Certo, naturalmente», mi affretto a rispondere. «Solo che non mi è *mai* accaduto prima. Mai. Esperienza nuova di zecca. Non ho mai vissuto nella testa di nessuno prima. Non l'avevo programmato! Oddio, pensi che l'avessi programmato?»

«Non so più *che cosa* penso.»

Roe mi dà le spalle. Io raccolgo le carte da terra, i bordi che si arricciano. Le spolvero sul cappotto, ancora protettiva malgrado i drammi che mi hanno procurato. Rincorro l'ultima carta della lettura che cerca di volare via nel tunnel fino a che non l'acchiappo. Eccola, la guastafeste.

Gli Amanti.

Cristo.

Infilo di nuovo la carta nel mazzo.

In un certo senso ho capito benissimo *che cosa* è appena successo, ma mi sbalordisce ancora il *come.* Ero nella testa di Roe come un'ospite e ho rivissuto i suoi ricordi come se fossero i miei. Le sue mani erano le mie. Le sue reazioni erano le mie. Eppure, allo stesso tempo, ho sentito il Roe di oggi che viveva attraverso il Roe del passato *con* me. Eravamo un'orchestra: io, lui e lui nella sua camera da letto.

Sbuchiamo fuori dal sottopassaggio mentre la neve continua a cadere fitta.

«Da quando ho ritrovato le carte avverto questo curioso… legame con loro. Come se tra di noi ci fosse una catena invisibile. Poi, quando hai cominciato a toccarle, mi sono sentita strana. Era come se alla catena si fosse aggiunto un altro anello, che eri tu.»

«Quindi pensi che abbia a che fare con… lei? La Governante?»

«Forse. O forse è nelle carte in generale. Sono infestate, tipo. Maledette.»

«Infestate, maledette. Cristo, in che programma televisivo ci troviamo?»

«Non lo so», dico avvilita. «Una candid camera?»

«Eri nei miei ricordi, Maeve. Eri nella mia testa.»

«Non l'ho fatto apposta!»

«Devo andare», dice, massaggiandosi le tempie e camminando in cerchio. «Devo andare a casa.»

«No!» lo supplico. «Cioè… vai, se vuoi. Ma non smettere di parlarmi per questa storia. Ti prego. È stupido. E poi non m'interessa se sei bisex. Per niente. Perciò, se questo è un problema…»

«Gesù, Maeve, vuoi chiudere la bocca? Vuoi smetterla di *parlare* per un momento, cazzo?»

Annuisco e gli occhi mi si riempiono di lacrime. Mi giro e guardo il telefono. Appare un messaggio di papà.

Tutto okay?

Fisso lo schermo. Sono passati solo venti minuti da quando ho messaggiato papà per dirgli che stavo tornando a casa. Abbiamo perso i sensi solo per qualche minuto. Forse qualche secondo.

Sì. Cinque minuti e arrivo.

«Ti riaccompagno», dice infine Roe.

«Non serve.»

«Invece sì.»

In silenzio c'incamminiamo verso casa mia e ormai il senso d'intimità tra di noi è evaporato. Guardo con aria infelice le foglie luccicanti e le siepi gelate. È probabile che Kilbeg non sia mai stata più romantica e il ragazzo che mi piace mi sta punendo perché gli ho occupato psichicamente il cervello. Garantito che le vecchie annate di *Bunty* non ne parlano nelle pagine dedicate ai problemi adolescenziali.

Quando arriviamo al vialetto, sono pronta a scappare in casa e mettere fine all'orribile disagio tra di noi.

«Ciao», dico mentre mi giro.

«Maeve, aspetta. Dobbiamo parlarne.»

Ah, adesso *dobbiamo parlarne?*

«Senti… Non so che cosa stia succedendo. Con noi, con Lily, con le tue… carte. Però so che siamo collegati a tutto questo, Maeve. Ne sono certo.»

«Credo che probabilmente tu abbia ragione. E quando *la* vedo… la Governante, intendo, è sempre vicino al fiume. Sempre. Forse una combinazione tra te, me e il fiume ha fatto incontrare i nostri cervelli in questo modo bizzarro.»

Roe annuisce, così continuo a parlare, desiderosa di sviluppare la mia teoria. «Il ricordo che abbiamo appena… ehm… *condiviso*… forse queste sono le briciole che dobbiamo seguire. E alla fine troveremo Lily.»

Roe si concede un breve sorriso di sollievo. «Dev'essere così», dice. «Per qualcuno che si rimprovera sempre di essere stupida, sei piuttosto perspicace, Maeve.»

«Che cosa vuol dire "sempre"? Mica vado in giro con un berretto da somaro.»

«Non me la dai a bere. Hai il dente avvelenato contro i tuoi fratelli e le tue sorelle, che reputi tanto intelligenti. Credi davvero di essere *così* difficile da decifrare?»

«Sì», dico imbronciata.

«Voglio solo dire che non devi fare paragoni o rimproverarti. Vai benissimo come sei.»

Dopodiché mi sorride e io ho la sensazione che il petto stia per esplodermi.

«Ci vediamo domani? Allo stesso posto?»

«Certo.»

«Okay.» Abbozza un sorriso. «Magari prendiamo anche l'autobus insieme.»

«Sì, mi sembra una buona idea.»

«Ti mando un messaggio?»

Sono così sollevata che ci parliamo ancora – che siamo ancora insieme dentro questa cosa – da buttargli le braccia al collo e stringerlo con tutta la forza che il mio corpo possiede.

«Calmati, amica!» Ride, colto alla sprovvista. «Mi spacchi.»

Non me ne importa. Inspiro.

Sure for Men e Chanel N°5.

CAPITOLO 22

La mattina dopo si parla di cancellare le lezioni a causa della neve, che continua a cadere in mulinelli sottili, avvolti nella nebbia. La mamma mi porta in macchina alla fermata dell'autobus e io aspetto con lei nell'abitacolo, scaldandomi le dita sulla griglia dell'aria calda.

«Dagli dieci minuti», dice. «Se prima di allora arriva un autobus, allora puoi andare a scuola in tutta sicurezza.»

«Ma potrei scivolare sul ghiaccio e spaccarmi l'osso del collo.»

«È un rischio che sono disposta a correre», dice e accende la radio. Sta trasmettendo il programma di Alan Maguire e il tempo è il suo ospite d'onore. Non smette di sproloquiare sulla neve: l'improbabilità, il peso, i guai che provoca, il fatto che sia solo in questa parte del paese. È dal 1990, dice, che a Kilbeg non si vede una nevicata così insolita.

«Nel 1990 ero incinta di Cillian», dice la mamma. «Ricordo quella nevicata. Dovevo riposare a letto e non potevo portare fuori Abbie a giocare. Era furente.»

Quando l'autobus si ferma fuori da scuola, sta iniziando una battaglia di palle di neve sull'asfalto: la gente raccoglie pugni di neve sporca dal cofano delle automobili e se li lancia. In giro ci sono anche dei ragazzi del St Anthony, che s'infilano la neve nel collo e nelle borse delle ragazze.

Per un attimo mi chiedo se qualcuno mi tirerà una palla di neve. Tiro dritto trattenendo il respiro, le mani sulle cinghie dello zainetto. Niente mi tocca. La gente corre di qui e di là. Di fianco e attorno a me. Ansimanti, paonazzi, ridono mostrando i denti e le nuvolette del fiato. La neve ha portato qualcosa, un ritorno all'innocenza che tutti desideravano. È la prima cosa *vera* che è successa da quando Lily è scomparsa due settimane fa e ha spezzato la tensione del momento.

Naturalmente nessuno mi colpirà con una palla di neve. Nessuno vuole ricordarsi che esisto.

A pranzo faccio del mio meglio per spiegare tutto a Fiona. È affascinata dall'incontro con i Figli di Brigida.

«Due verità e una bugia!» sussulta. «Era un gioco che facevamo alle lezioni di recitazione. Qualcuno si spingeva troppo in là. Cioè, lo usavano per confessare tutto quello che si erano tenuti dentro. E io mi sentivo stranamente in colpa perché non avevo segreti dolorosi.»

«Lì è stata esattamente la stessa cosa! C'era questa pressione assurda non solo perché la gente confessasse, ma si sentisse anche profondamente colpevole per delle cose del tutto innocue. Un tizio ha quasi avuto un crollo nervoso perché si depilava le gambe. Poi Aaron ha tenuto un gran discorso sul fatto che l'omosessualità non esiste.»

«Gesù Cristo, e tu cos'hai detto?»

«È questa la cosa strana. Mi sono ritrovata a... dargli corda. Come... come se volessi *fare colpo* su di lui.»

Mi pento subito di quello che ho detto, pensando che Fiona mi giudicherà male. Non bisognerebbe voler fare colpo sui tipi come Aaron. Bisognerebbe mandarli a quel paese.

Invece Fiona si limita ad annuire con solennità. «Il mio ex era così, quello di cui ti ho raccontato», dice. «Non rispettavo niente di lui. Voglio dire, mi sentivo un genio al suo confronto. Eppure... non so, continuavo a volere che pensasse che ero... sai, fica. Divertente. Inserisci qui un aggettivo vagamente positivo.»

«Sì», dico. «Lo so.»

Dopo una breve pausa decido che è ora di dirglielo.

«Fi», dico, tastando le parole come si tasta con la lingua una gengiva aperta. «Hai presente che Lily è stata vista con quella donna? Vicino al fiume?»

Annuisce. Tutti hanno saputo dell'avvistamento del lattaio.

«Credo... di sapere chi era.»

Fiona mi fissa, gli occhi che praticamente le schizzano fuori dalle orbite, le labbra increspate, in preda a una totale confusione.

«E tu... hai deciso di tenere quest'informazione per te?»

«Non è così semplice. Nessuno mi crederà.»

«Perché?»

«Perché quella donna non è... una donna. È una...»

M'interrompo. Come si fa a spiegarlo a qualcuno che non ha sognato la Governante? Che non ha ritrovato nel proprio comodino le carte del Chokey?

«È un demone.»

Perché non esistono termini meno folli per definirlo?

«Un demone», ripete Fiona.

«Sì.»

«Non un fantasma? Non una strega?»

«Non lo so. O l'uno o l'altra. Tutt'e due. So solo che Lily e io l'abbiamo casualmente evocata il giorno in cui le ho fatto i tarocchi. Insomma, le ho letteralmente detto: "Vorrei che tu sparissi..." mentre la Governante ci fissava.»

Fiona geme. «Oddio, me lo ricordo. Quello è stato *brutto.*»

«E la sera in cui sono tornata a casa dopo la tua festa, ho cominciato a sognarla. Quando mi sono svegliata, le carte del Chokey erano di nuovo in camera mia.»

«Quelle che la Harris ti aveva preso?»

«Sì.»

«Maeve, è una follia.»

«Ed è solo l'inizio», dico, spiegandole quello che è successo ieri sera nel sottopassaggio con Roe. Le racconto tutto sulla lettura dei tarocchi e sull'interno del cervello di Roe, saltando la parte sulla sua sessualità.

Fiona mi ascolta attentamente, le mani giunte come in preghiera e i pollici sotto il mento. Quando finisco di parlare, lei rimane a lungo zitta.

«Allora... che cosa ne pensi?» chiedo spezzando il silenzio.

«Penso», risponde adagio, «che dobbiamo parlarne con mia zia Sylvia.»

«Tua *zia*?»

Annuisce. «A Manila praticava la divinazione, quando studiava per diplomarsi. C'era un salone dove facevano le unghie e predicevano il futuro alle donne. Da quelle parti non si fanno tanti problemi.»

«Non saprei», dico nervosa. «Non riesco a immaginarmi che un adulto accetti tutto questo se glielo racconto.»

«Maeve, devi capire che i fantasmi e tutto il resto sono intessuti nel sistema di credenze della mia tita», dice scrollando la testa. «Lei considera Dio e la magia... alla pari, in un certo senso.»

«Quindi mi crederà?»

«Non lo so, ma per lo meno ti darà retta.»

«Okay», rispondo. «Voglio dire, mi fido di te.»

«Splendido. Vieni da me stasera. Faccio da babysitter a mio cugino, perciò passerà a prenderlo verso le sette.»

«Ho appuntamento con Roe, dovevamo tornare al sottopassaggio.»

«Be', *complimenti.*»

«Non in *quel* senso», sbotto, prima di aggiungere: «purtroppo».

«Be', porta anche lui. Forse Sylvia può farvi un incantesimo d'amore o qualcosa del genere.»

«Ah, come sei *spiritosa.*»

«Sono esilarante, a dire il vero.»

«Sei molto... serena riguardo a questa faccenda», dico con cautela. «Considerando che sei un'atea convinta e via discorrendo, accetti l'idea di uno spirito demoniaco... con molta grazia.»

«Sì», dice, sorpresa della sua stessa reazione. «Fammi pensare perché.»

Quindi rimane in silenzio, appoggia la punta delle dita alla bocca e riflette.

«Stai analizzando le *tue* motivazioni?» le chiedo stuzzicandola. «Wow, tua mamma ha ragione. La scuola di recitazione ti ha fatto diventare presuntuosa.»

«Mmh», risponde quasi senza accorgersi della mia accusa. «Essere atea significa che non ho problemi con la *fede,* ma solo che non mi piace la religione.»

«Dunque la magia va bene, ma Dio no.»

«Sì, in un certo senso», prosegue Fiona. «Accetto l'idea che tu abbia evocato per sbaglio un demone che si è portato via la tua migliore amica, ma non accetto il concetto di peccato originale.»

«Non è certo che io l'abbia evocata», la correggo, ricordando la bugia che ho raccontato a Roe. «Potremmo averlo fatto entrambe.»

«Ma sei stata tu a pronunciare quelle parole…»

«Lo so. Lo so, ma… Roe no.»

Fiona annuisce adagio. «Ah.»

«Già.»

«Intendi dirglielo?»

«In questo momento credo che lo farebbe arrabbiare e basta.»

«Vuoi dire che lo farebbe arrabbiare con *te.*»

«E a che cosa servirebbe?» controbatto. «Se ne andrebbe per i fatti suoi e noi non saremmo più vicine al ritrovamento di Lil.»

Ci soffermiamo qualche minuto su questi elementi, rimuginando se dirlo a Roe oppure no.

«Fammi pescare una carta», dice Fiona, e io le porgo il mazzo. Estrae la Stella e mi sorride.

«La speranza», diciamo insieme. La campanella suona e mette fine alla pausa pranzo.

CAPITOLO 23

Suono il campanello di Fiona e vengo invasa da un'ondata di panico. Roe e io siamo schiacciati nel patio stretto tra la porta principale e la porta interna di vetro, le nostre spalle che si toccano mentre cerchiamo di non inciampare nei vasi di piante disseminati attorno a noi. Con mia grande vergogna, il panico non riguarda Sylvia, la zia di Fiona, o quello che potrebbe dirci sulla Governante.

Riguarda il fatto semplice e inevitabile che Fiona è bella e arguta, Roe è affascinante e intelligente, e io, Maeve Chambers, sento all'improvviso di avere poco o niente a che spartire con loro.

«Non serve che restiamo a lungo», mi lascio sfuggire tutt'a un tratto. «Sono sicura che Fiona avrà molto da fare.»

«Certo», dice Roe.

«Tutti i suoi amici sono più grandi di lei, sai? Il suo ultimo ragazzo aveva vent'anni.»

«Okay.»

«Magari vuole uscire con loro. Non dobbiamo trattenerla troppo.»

«Ma Fiona non è la tua migliore amica?»

Scoppio d'orgoglio. Lo è, in un certo senso. Sicuramente in questi giorni è la persona con cui passo più tempo. Questa sensazione viene subito oscurata dal fatto che ho efficacemente sostituito la mia precedente migliore amica, una ragazza che in questo momento è posseduta da un demone che io ho evocato.

La *vita.*

José, il cugino di Fiona, apre la porta masticando un Pom-Bear molliccio. Avrà tre anni. Dio, perché non so mai che cosa dire ai bambini?

«Ehm... c'è Fiona?»

Si gira e fa cadere a terra il Pom-Bear. «FIIIIIFIIIIIII!»

Si gira ancora verso di noi. «Oggi ho fatto la cacca nella neve.»

«Ti è... piaciuto?»

Fiona arriva saltellando alla porta e indossa i pantaloni della tuta e una maglietta con un cavallo, troppo piccola per lei. Per una qualche ragione mi sembra il massimo del rock'n'roll.

«Ehi», dice stringendo suo cugino tra le braccia. «Jos vi ha raccontato della cacca nella neve?»

«Sì.»

«Era molto fiero di sé. Io un po' meno. Su, entrate.»

Fa un rapido cenno con la testa a Roe. «Ehi, Roe, puoi lasciare le scarpe qui.»

L'ultima volta che sono stata a casa di Fiona c'erano almeno venti persone, così adesso mi sembra stranamente spaziosa. Nel soggiorno ci sono tre chitarre appoggiate contro il muro, un pianoforte verticale e un leggio.

«Wow, pensavo che tua mamma si limitasse al sassofono.»

«Tutta quella scena? Ti prego. Una volta era in una cover band. Hanno persino fatto delle tournée in America prima di arrivare qui. *Non* chiederglielo: se la fai partire, non si ferma più.»

«Ecco da dove viene il tuo interesse per la recitazione.»

«Suppongo di sì. Ti ho detto che ho avuto la parte di Desdemona? Il regista mi ha mandato un messaggio.»

«Wow! È meraviglioso, congratulazioni.»

Non posso fare a meno di scoppiare d'orgoglio. Non solo per Fiona, ma anche perché sono qui a parlare con Fiona e c'è Roe che ascolta.

Roe comincia a passare il dito sul collo di una chitarra steel.

«Puoi suonarla, se vuoi», gli propone Fiona. «Alla mamma non spiacerà.»

«Ma no, grazie», risponde Roe, il volto illuminato dalla speranza. Vorrebbe che lei dicesse: «No, davvero, non c'è problema», cosa che fa un attimo dopo. Lui prende delicatamente lo strumento e comincia a suonare una melodia.

«Non ho mai suonato una di queste prima», dice senza riuscire a nascondere il sorriso che ha stampato in faccia. «Sono soprattutto per la musica country e bluegrass.»

Comincia a suonare un pezzo. Fiona drizza le orecchie e ascolta. Sorride, apre la bocca e inizia a cantare. Non si scalda prima la voce, non fa dei tentativi di canto parlato per coglierne prima lo spirito. Annuncia subito la canzone con l'accento cantilenante del sud.

«*Aiiiiii am a maaaaaan of constant sorrow. I've seen trouble all my day.*»

Poi, con mio sommo spavento, Roe si unisce a lei. Il canto di Fiona è dolce e acuto, quella voce che una strega marina tenterebbe di rubarle. Roe è meno controllato, ma altrettanto emozionante. La sua voce ha punte e asperità, graffi e guaiti, ma è bella. È innegabile.

Fiona e Roe cantano. Cantano *insieme.*

Si guardano e sorridono, comunicando qualcosa a cui non ho accesso. Perché non faccio musica anch'io? Perché non conosco delle canzoni?

Le loro voci si fondono e cantano in armonia. *In armonia.*

Tutt'a un tratto mi vedo tenere un discorso al loro matrimonio.

«Be', ho sempre saputo che erano destinati a stare insieme quando, nel soggiorno di Fiona, li ho sentiti cantare in armonia cinque minuti dopo essersi conosciuti.»

Mi viene la nausea.

«Fifi!»

Il rumore della porta che sbatte all'ingresso. Roe posa timidamente la chitarra. Grazie a Dio.

Marie è sulla porta e indossa l'uniforme, sorridente ma evidentemente sfinita dal turno in ospedale.

«Fifi! Sei in una *band*?» dice Marie, con l'espressione di chi sta per scoppiare d'orgoglio.

«No, decisamente no», dice Fiona avvampando. «Mamma, questo è Roe. È... *l'amico* di Maeve.»

Sentiamo le parole «cacca nella neve» e sulla soglia c'è zia Sylvia con Jos in braccio.

«Tita, i miei amici vogliono parlare con te di tarocchi.»

Sylvia ha un'aria perplessa. È più giovane della madre di Fiona, intorno ai quarant'anni.

«Fifi, non faccio una *gayuma* per nessuno.»

Marie scoppia a ridere all'improvviso.

«Che cos'è una *gayuma*?» chiede Roe.

«Una pozione d'amore.»

Noi tre restiamo in silenzio. Evidentemente Marie e Sylvia lo trovano molto, molto divertente.

«Mamma! Hai presente la storia della ragazza scomparsa dalla mia scuola? Lily?»

«La ragazza del fiume.»

«Sì.»

L'atmosfera nella stanza cambia all'istante. Il volto di Marie sembra afflitto.

«*Ni*, hai detto che non la conoscevi.»

«Io no, ma Maeve sì. E vorrebbe... parlarne con Sylvia.»

Marie e Sylvia si scambiano qualche parola in tagalog, le voci basse e preoccupate. Fiona alza irritata gli occhi al cielo perché è evidente che usano quella lingua soprattutto per nasconderle le cose.

«Okay», dice infine Marie. «Io comincio a preparare la cena. Voi potete parlare con Sylvia qui, ma non voglio che le chiediate di fare nulla. Niente stupidaggini.»

«D'accordo», acconsente Fiona.

«E tengo la porta aperta.»

«Mamma!»

Lei alza un dito. «È casa mia e ho il diritto di darci un taglio in qualsiasi momento. Non voglio che Maeve e questo simpatico ragazzo tornino a casa raccontando quello che combinano "questi pazzi filippini".»

Marie si porta la mano alla parte morbida della tempia. «Non che tu lo faresti, Maeve, ma sai com'è...»

Non lo so, ma annuisco lo stesso. Sylvia ci osserva mostrando un cauto rispetto verso la sorella maggiore.

«Non ti spiace, Sylvia?» chiede Fiona.

«Va bene.» Annuisce. «Però prima lasciami dare uno spuntino a José. E comunque non ho le carte con me.»

«Non c'è problema, Maeve ha le sue. E gli ho già dato io da mangiare.»

«Patatine», dice Jos tutto felice, e Sylvia lancia un'occhiataccia a Fiona.

«Patatine, Fifi?»

«Traditore», brontola Fiona.

Venti minuti dopo Jos ha mangiato una ciotola di carote e noi siamo sedute sul pavimento del soggiorno di Fiona, le carte stese a faccia in su sul tappeto. Sylvia le studia una per una.

«È un bel mazzo.»

«Grazie», dico orgogliosa.

«Vecchio, anche. Forse degli anni Sessanta o Settanta. Su eBay potreste ricavarne un centinaio di euro, Maeve.»

«Non le venderebbe», la interrompe Roe, subito imbarazzato dalla propria sincerità. «Be', non le *venderesti,* no?»

«Dici che... manca una carta?»

«Sì. La carta della Governante. È venuta fuori il giorno in cui ho fatto i tarocchi a Lily e poi basta. Tranne che nei sogni. Degli incubi, a dire il vero.»

Sylvia si passa la mano tra i capelli e riflette un attimo.

«Assomigliava alle altre carte? Con lo stesso bordo rosso? Lo stile?»

«Sembrava diversa. Senza bordo. E lo stile era più sinistro, meno anonimo di queste.»

Sylvia annuisce, increspando il viso come per risolvere un enigma. «Quindi non *fa parte* del mazzo. La Governante visita il mazzo.»

«Sì.»

«Oppure», dice Sylvia, con tono di voce pratico e misurato, «viene convocata *al* mazzo.»

«Sì.»

«Hai già visto una cosa simile, Tita?» chiede Fiona.

Ancora silenzio da parte di Sylvia. Col dito segue la linea del labbro inferiore, concentrandosi.

«Non esattamente», dice infine. «Descrivimi che aspetto aveva.»

Glielo dico. I lunghi capelli neri. La veste bianca. Il coltello. Il cane. La sensazione che sia un'umanoide, piuttosto che umana: i capelli che non si arricciano quando sono bagnati, la pelle senza rughe.

«Dalla tua descrizione mi risulta familiare, Maeve.»

«Familiare? La conosci? Chi è?»

«La conoscono tutti. Capelli neri, vestito bianco. Nelle Filippine la chiamavamo la Kaperosa. Ma ne esistono altre versioni dappertutto: i malesi hanno la Pontianak, in Brasile è la Dama Branca. Prendi qualsiasi civiltà e vedrai che ha una sua versione della Dama Bianca. Cercala su Google se non mi credi.»

«Perché?»

«Non saprei. È una di quelle cose insolite. Sai che la storia di Gesù esisteva già, quasi parola per parola, nella storia egizia di Horus? Aveva persino dodici discepoli.»

«Quindi… i cristiani hanno copiato gli Egizi?» chiede Roe, cercando di cogliere il punto.

«Può darsi, ma penso piuttosto che ci siano storie o personaggi così potenti da attrarre le civiltà. È come la gravità.»

Sylvia avvicina lentamente i pugni chiusi, imitando la forza di gravità.

«Okay, allora è dappertutto», dice Fiona, che evidentemente sta perdendo la pazienza con questa lezione di storia culturale. «Ma è *reale*?»

«Sì.»

«Ah, bene», ribatte Fiona. «Hai... risposto abbastanza in fretta.»

«Qualsiasi cosa a cui credono le persone quando si riuniscono è reale. Qualsiasi energia intensa e appassionata che si concentri in un punto creerà qualcosa.»

«No, non intendo nel senso del "facciamo finta che". Non intendo "è reale?" nel senso di "l'amore è reale?". Intendo se è *letteralmente* reale.»

«E io ti sto dicendo di *sì*, Fifi.»

Sylvia non si limita a dirlo, lo sputa fuori. All'improvviso questa donna calma e assennata è irritata dall'ostilità della nipote.

«Perché pensi che le persone credano ai fantasmi, Fifi?»

«Perché sono tristi e vogliono credere che i loro mariti siano ancora vivi o cose del genere.»

Sylvia allarga le narici e Fiona alza nuovamente gli occhi al cielo. Roe e io ci scambiamo uno sguardo preoccupato. Uno del tipo: "Ah, vedo che ci siamo imbattuti in una diatriba famigliare di vecchia data. È ora di scusarsi e darsela a gambe".

«È solo perché emozioni molto potenti sono in grado di creare un'energia molto, molto potente. I fantasmi sopravvivono dopo il lutto perché è una delle cose più potenti che una persona possa provare. La gente non vede i fantasmi perché è triste. La tristezza *crea* il fantasma.»

«E la Dama Bianca? Che cosa la crea?» chiedo.

«Potrebbe essere la collera. Il tradimento. La vendetta.»

Deglutisco a fatica.

Collera contro Lily che mi ha messo in imbarazzo davanti alla nostra classe, facendomi sentire in colpa.

Tradimento, come quando l'ho mollata per diventare amica di due ragazze che nemmeno mi piacciono davvero.

Vendetta per il semplice fatto di esistere, perché mi ricorda costantemente tutte le cose che cerco di negare su me stessa. I giochi stupidi che abbiamo fatto troppo a lungo. Il gruppo di apprendimento lento della lettura a scuola. Leccare i libri da Waterstones.

Metti una crocetta sulla risposta esatta.

Sylvia mi sta fissando, ma io non riesco a guardarla negli occhi. Non posso far sapere a questa signora gentile che sono capace di provare quel genere di emozioni. Mi osservo le mani.

«Non so nulla di questa Governante», dice Sylvia, che si alza guardinga. «So solo ciò in cui credo. E credo che ciò che gli esseri umani sentono collettivamente fa esistere questi spiriti. A noi piace pensare che il mondo emotivo e quello fisico esistano separatamente, ma non è neppure *approssimativamente* vero. Avete mai pianto perché eravate tristi, per poi sentirvi spossati subito dopo? Avete mai avuto così fame da diventare irritabili? *Fiona?*»

«Oh, maddài, ti prego.»

«Tutto è equilibrio, pesi e contrappesi. Come un'altalena, sapete? Se vi fa male la gamba sinistra, la destra porta il peso. Giusto?»

«Giusto», diciamo tutti all'unisono.

«La stessa cosa accade con l'energia.» Con le braccia fa il gesto dell'altalena. «Se si sposta l'energia da un lato, dall'altro lato le arriva incontro dell'energia. Il dolore chiama gli spiriti. La paura chiama i demoni.»

«E la felicità?» chiede Fiona.

«La felicità», Sylvia sorride guardando prima me e poi Roe, «attira l'amore.»

«Cristo, Tita! Smettila di metterli in *imbarazzo.*» Fiona affonda la fronte nella mano.

«*Ssst.* Dai, tua mamma avrà quasi finito di preparare la cena.»

Roe e io lo interpretiamo come un'allusione scherzosa al fatto che per noi è ora di andare.

«Sylvia», dice Roe garbatamente. «Pensi... che qualcosa tipo la Dama Bianca, o la Governante, o chissà chi... pensi che mia sorella possa averla portata in vita con la sua *volontà*?»

Mi mordo il labbro. Lily non ha voluto portare in vita la Governante. Sono stata io. Sono io che ho pronunciato quelle parole, desiderando che lei scomparisse. Però Roe non deve saperlo. Non mi rivolgerebbe più la parola. Fiona mi guarda di soppiatto, ma poi torna ad assumere rapidamente un'espressione neutra.

Sylvia rivolge a Roe uno sguardo sorpreso e preoccupato: è la prima volta che ci riferiamo a Lily come alla sorella di Roe. Mi rendo conto che lo ha fatto di proposito. Fiona sapeva che sua madre non avrebbe permesso una conversazione astratta sull'occulto se avesse saputo che un diretto famigliare sedeva in mezzo a noi.

«Oh, tesoro. Mi spiace molto. Sono sicura che andrà tutto bene.»

«Grazie», dice Roe meccanicamente, già stremato dalla compassione degli estranei. «Però pensi che forse la Governante...»

«Penso che probabilmente tua sorella stia cercando proprio ora la strada per tornare a casa e tu devi concentrarti a stare con la tua famiglia.»

«Sì, *però*», sottolinea Roe, «se, come hai detto, ritieni che il mondo fisico e quello emotivo possono sovrapporsi, pensi che mia sorella possa aver evocato la Governante? Anche senza averne l'intenzione?»

«Jos!» esclama Sylvia, guardandosi attorno in cerca del figlio. «Dove sei? Ti sei lavato le mani?»

Sylvia non potrebbe avere più fretta di uscire dalla stanza.

«Tita», dice Fiona tirandola per una manica. «Ti prego. È molto preoccupato.»

Sylvia lo guarda implorante, supplicandolo di non chiederle altro.

«Non voglio metterti a disagio. Voglio solo… voglio solo sapere che cosa ne pensi.»

«Per rispondere alla tua domanda, penso che il mondo fisico e quello emotivo siano molto più interconnessi di quanto creda la gente, sì. E penso che qualche volta il mondo degli spiriti – la cosa che nelle nostre anime crea i fantasmi, i demoni e i cerberi – , penso che a volte quel mondo serva da ponte tra i due.»

«Giusto», dice Roe increspando la fronte. «Okay.»

«Ti prego, non chiedermi altro, Roe. Non voglio…»

«No», dice lui alzando la mano. «Lo so.»

«Meglio che andiamo», dico. «Anche mia mamma mi vuole a casa per cena stasera.»

Sylvia mi sorride, il sorrisetto grato di qualcuno che è stato tirato fuori da un angolino.

«Grazie per averci raccontato della Dama Bianca, Sylvia. È stato davvero interessante.»

Ed era vero. Un pensiero fin troppo ingombrante per la mia testa.

Salutiamo Fiona e passiamo per la cucina, dove Jos è attaccato alle sottane di Marie. Si gira e ci guarda.

«Salsicce», dice con aria severa.

«Okay.»

Impacciata, faccio per dargli una piccola pacca sulla testa, ma la manco del tutto. Sorrido alla madre di Fiona. «Grazie per averci lasciato venire, Marie.»

«Quando vuoi, Maeve! Anche tu, Roe.»

Roe annuisce. Attraversiamo l'atrio stretto dell'ingresso e io ho già una mano sulla porta quando la sentiamo. La voce di Marie che canta. Completamente diversa dal suono acuto e flautato della voce da principessa disneyana di Fiona. Questa è bassa, roca, ma assolutamente controllata. Una voce che potrebbe facilmente passare per Amy Winehouse e che vaga senza meta uscendo dalla cucina di Fiona.

Drizziamo le orecchie.

«Donne, ecco a voi la carta della Governante.»
Roe mi guarda fisso, sgranando gli occhi. Si porta il dito alle labbra: di nuovo quel segno di *ciúnas*.

«Sarà la vostra rovina
o sarà il vostro inizio...»

Marie canta della Governante. *Canta.*

«Solo il meglio vuole per voi,
come mai l'ha avuto per sé.
Vi vede sul fondo
e scende giù da voi...»

Rientriamo di corsa dalla porta; Roe e io cadiamo praticamente addosso l'uno all'altra per arrivare da Marie.

«...per aiutarvi.»

CAPITOLO 24

«È una canzone», dice Marie, perplessa dalla nostra espressione sbalordita. «È una canzone country.»

«Hai sentito che ne parlavamo, mamma? La carta della Governante?»

«Non lo so. Ho prestato attenzione solo a metà, Fifi. Probabilmente sì.»

«Dove l'hai imparata?»

«In America. Quando eravamo là, abbiamo imparato canzoni di tutti i tipi. Ecco perché continuo a dire che la musica è meglio del teatro, *ni*. C'è uno scambio. Si impara di più sul mondo.»

«Potresti scriverci le parole, Marie?» chiedo, cercando di impedire che la conversazione si trasformi in un dibattito sulle arti performative.

Lei aggrotta la fronte. «Non so, cara. È passato tanto tempo. Ricordo solo il ritornello. A proposito, Fiona, tuo papà sarà a casa tra un minuto. Prepara la tavola.»

«Che ne dici dopo la cena, mamma? Pensi di poterti sedere con carta e penna e cercare di ricordare il resto?»

Marie lancia un'occhiata maliziosa alla figlia. «Se non devo riassettare tutto, forse sì.»

«Metto a posto io. Ma tu ti metti lì a scrivere?»

«Ci proverò, Fifi, ma più tardi. Adesso smettila di assillarmi.»

Roe e io ce ne andiamo, con la mente in subbuglio.

«Non ci posso credere», dice. «Credevamo che fosse una cosa mistica e magica e invece è una canzone? Una cacchio di *canzone*?»

«Voglio dire, potrebbe essere entrambe le cose.»

«Com'erano le parole?»

«Sarà la vostra rovina,
o sarà il vostro inizio.»

«E Lily a che punto è?»

«Che cosa intendi?»

«Be', è la sua rovina? O il suo inizio?»

L'idea ci illumina per un istante. Il pensiero che Lily possa non soltanto sopravvivere, ma anche prosperare. Ricominciare da qualche parte. In modo migliore, ma senza di noi.

«Devi davvero andare a casa per cena?»

«Cosa? Oh no, lo dicevo tanto per dire. Il lunedì mia mamma ha dei corsi fino a tardi, quindi si mangia la prima cosa che capita.»

«Vuoi tornare al fiume?»

Lo dice in tono nervoso, come se mi chiedesse di fumare di nascosto dietro la rimessa delle biciclette.

«Se vuoi, ma non pensi che dovremmo, non so, parlare di quello che ho visto? In camera tua?»

«Ah, quello.» Roe riprende a tirarsi i capelli, attorcigliandosi i ricci neri nel pugno, e per un po' non dice nulla.

«Non è indispensabile», dico levando i palmi verso l'alto. «Non intendo obbligarti a fare coming out o chissà che, però se vuoi...»

Nasconde per un attimo il collo nel colletto del giubbotto chiuso con la zip e allora do per scontato che l'argomento sia chiuso. All'improvviso, però, si mette a parlare: «Quando i miei genitori hanno scoperto che ero...».

«Bisessuale?»

«Non lo so. Certo. Bisessuale va bene, immagino. Mi fa sentire una specie di esemplare, ma non importa.»

Per un istante m'immagino questo bel ragazzo con le

unghie smaltate, i gioielli nascosti e il profumo Chanel N°5 infilzato in una cornice come una farfalla morta.

«Però quel giorno mi ha fatto agonizzare per mesi. Prima della scomparsa di Lily, è stato tipo… il giorno peggiore della mia vita. E poi, dopo che me l'hai fatto rivivere… non so… non mi è sembrato più questo grande fardello. Ho avuto la strana sensazione che tutto fosse chiaro, come se avessi capito finalmente quanto i miei genitori sono stati stupidi con me quel giorno.»

«Mal comune mezzo gaudio? Qualcosa del genere?»

«Suppongo di sì», dice, ma sembra dubbioso. Dà un calcio a un sasso.

«Che cos'è successo quel giorno?» chiedo. «Il giorno in cui i tuoi genitori hanno trovato quelle cose sul tuo computer.»

«Che cosa pensi sia successo?»

Apro la bocca, pronta a rispondere "Pornografia gay?" ma non riesco proprio a dirlo.

Mi guarda in faccia e scoppia a ridere. «Sembri un pesce», dice. «Rilassati.»

«Mio papà stava usando il mio portatile e i miei messaggi erano sincronizzati sul computer. E ce n'erano alcuni di un amico.»

«Un amico?»

«Sì, un tizio della band. Parlava di coming out con i genitori e mi chiedeva se avevo in mente di fare lo stesso. Ironia della sorte, è stato *quello* il mio coming out con i miei.»

«Oh, merda. Scommetto che lui si sarà mangiato le mani.»

«Loro.»

«Eh?»

«*Loro.*[2] Miel è non binario.»

[2] Si sta diffondendo, nel mondo anglosassone, l'uso di *they* («loro») da parte di chi ritiene non appartenere né al genere maschile né a quello femminile, per evitare di usare *he* («lui») o *she* («lei»). [*N.d.T.*]

«Ah, d'accordo.»

Miel. *Miel.*

«Miel… è il suo nome come Roe è il tuo?»

«Intendi dire se ha scelto personalmente questo nome?»

«Sì.»

«Sì.»

Mentre cerco di risolvere questo mistero continuiamo a camminare in silenzio. Dopo essere usciti dalla strada di Fiona, imbocchiamo quella che porta al fiume. Un gruppo di ragazzini ciondola attorno al takeaway di Deasy's mangiando le patatine con su i guanti. È uno spettacolo strano.

Miel. Chi è Miel? Hanno una relazione? O è solo una cosa della band? Fanno parte tutt'e due di una specie di club queer a cui io non avrò mai accesso?

Roe si ferma e si gira a guardarmi. «So che cosa vuoi chiedermi», dice. «E la risposta è: non lo so.»

«Okay», rispondo. «È solo che… davvero non so come funziona.»

«Le persone non-binarie?»

«Sì», dico, nervosa. «Quindi è come essere transessuale? Sei nato nel corpo sbagliato?»

«Non si tratta di essere nati nel corpo sbagliato. Credo che sia solo la cosa più semplice da dire per chi non riesce a capire.»

Per un istante mi vergogno un po' di essere una che, a quanto pare, non riesce a capire.

«Puoi spiegarmelo?»

«Non ne sono sicuro. Mi sento come…» Si ferma e chiude gli occhi. «Un flipper.»

«Giusto.»

Svoltiamo verso il lungofiume. È tranquillo e il cielo si sta tingendo di viola. Mi manca il sole. Guardo la neve sotto i piedi. Non è più il cumulo bianco e puro di cristalli di zucchero che era stamattina. Centinaia di scolari e di pendolari l'hanno trasformata in una poltiglia grigia.

Roe ha un aspetto molto più irlandese di me. I capelli

ricci, le spalle robuste, gli occhiali con la montatura di metallo. La pelle di un colore rubicondo, più accentuato sugli zigomi, scarlatto verso le orecchie. Sembra il vecchio dipinto di un guerriero celtico.

«Come se fossi una pallina di metallo che schizza su e giù in quest'aggeggio enorme, scontrandosi con tutte quelle leve, quei paracolpi e quegli ingranaggi. Solo che i paracolpi hanno etichette tipo VESTITI, DONNE NUDE e KEANU REEVES. E ogni volta che colpisco qualcosa, è la dimostrazione di questo o quell'altro.»

A questo punto sorride, evidentemente divertito da questa metafora.

«Tipo che nei giorni in cui colpisco le cose che *dovrebbero* piacere a un ragazzo, allora mi dico: "Wow, ha vinto la parte maschile". Altri giorni, invece, vince la parte femminile e mi sento strano, ma mi piace lo stesso. Non so se mi spiego...»

«No», dico, sbalordita che qualcuno possa avere pensieri così articolati sul proprio genere. «No, scusa, voglio dire, certo che sì. Solo che mi colpisce molto che tu abbia questa... questa tesi su una roba che io...»

«Dai per scontata?»

«Sì.»

«Immagino che a te tutto sembri naturale. Sono geloso», risponde. Poi fa una pausa, ci pensa su. «Però, forse, no. Credo di no. Lo ero una volta, ma più mi limito a *esistere*, più diventa divertente. Allora cerco di non farmi troppe domande o di etichettarmi. Cerco di considerare tutto... negoziabile.»

«Negoziabile.»

«Sì. *Negoziabile.*»

Ridiamo nervosamente, voltando e rivoltando la stranezza della parola. Le nostre risate si spengono e non sento altro che lo sciabordio dell'acqua dove il fiume lambisce il muro basso di pietra.

Lo fisso. Sono ammirata che sappia così tante cose di

sé stesso e, al medesimo tempo, sia così a suo agio nel *non* sapere.

Lui ricambia lo sguardo.

Per una volta sono decisa a non interrompere il contatto visivo. A non cambiare argomento. A dimostrargli che sono capace di comprenderlo, o almeno a sembrarlo. Trattengo il suo sguardo col mio.

«E... quando immagini il flipper», dico, con parole lente e misurate. «Io dove sono, Roe?»

«Che cosa intendi?»

«Da che parte sono? Sono un paracolpi? Una leva?» Mi giro mentre lui mi guarda, confuso.

«Non preoccuparti», dico, sicura di aver sbagliato a capire la metafora.

«Maeve, tu non sei nel flipper», dice avvicinandosi di un passo. «Di recente...»

China leggermente la testa e io vedo lo spazio tra la nuca e la camicia dell'uniforme scolastica, il laccio di cuoio a cui è appeso il mio quarzo rosa appena visibile.

«Di recente punti verso nord.»

E mi bacia. Teneramente. Le sue labbra sono carnose e fredde, come more fresche in una ciotola di smalto bianco.

Non mi muovo. Una parte di me è convinta che questo sia un altro dei suoi scherzi e che, malgrado le sue labbra siano saldamente posate sulle mie, lui possa ancora andarsene e lasciarmi lì a bocca aperta.

Si tira indietro e studia la mia espressione in cerca di... di che cosa? Disgusto? Disagio? Rifiuto? Un lampo di preoccupazione gli attraversa il viso.

Mi avvicino a lui e con il dito risalgo delicatamente il maglione della sua uniforme scolastica, fino al colletto e alla pelle calda e morbida del suo collo pallido. Avvolgo un dito attorno al laccio con il quarzo rosa e lo tiro fuori, la pietra calda come un cuore.

«Mi sono appena ricordata», mormoro. «Mi sono appena ricordata quello che dovrebbe significare.»

Tiro il laccio. Tiro il laccio e Roe mi segue. Ha la sua bocca sulla mia, le mani avvolte a coppa attorno al mio viso. Io continuo a stringere la pietra nel palmo.

E, nonostante le migliaia di cose che devo ancora capire di Roe O'Callaghan, sono felice di sapere che cosa intenda esattamente con il flipper.

CAPITOLO 25

Come tutti i momenti perfetti, anche questo è rovinato dagli altri.

I ragazzini che mangiavano le patatine fuori da Deasy's cominciano a fischiarci dietro. Roe mi abbraccia e si gira verso di loro. Io affondo la faccia nel suo collo, stampandogli dei baci sulla pelle calda, elettrizzata dal fatto che finalmente mi è consentito farlo.

«Vaffanculo!» urla.

«Dai», dico. «Sennò cominciano a tirarci le patatine.»

Le urla si avvicinano.

«Pensavamo che fossi frocio, Rory!»

Lui alza gli occhi al cielo. «Sì, leviamo le tende.»

Tutte le strade conducono inevitabilmente al sottopassaggio. Roe mi stringe la mano, portandone di tanto in tanto il dorso alle sue labbra.

«Sabato facciamo una serata al Cypress. Dovresti venire.»

«Serve un documento d'identità?»

Una volta ho usato la tessera universitaria della sorella maggiore di Niamh per andare alla serata di un ragazzo che le piaceva. Faceva cover di Ed Sheeran e George Ezra in un pub quasi esclusivamente frequentato da contabili che festeggiavano il Natale, ed è stata la serata più noiosa della mia vita. Mi mordo il labbro. L'accesso alla tessera della sorella di Niamh è definitivamente vietato e non ho modo di farla franca con quella di Joanne.

«No, è aperto a tutte le età. È una specie di serata cabaret, per raccogliere fondi a favore di un'organizzazione LGBTQ che si occupa di senzatetto.»

«È una figata.»

«Sì, è stata prenotata mesi fa, ma con Lily e tutto il resto me ne ero completamente dimenticato. Miel mi ha mandato ieri un messaggio per chiedermi se ho ancora voglia di farla.»

«E tu?»

«Sinceramente, in circostanze normali darei la gamba destra per farla, ma con tutti questi drammi a casa le darei tutt'e due. Ho bisogno di qualcosa per distrarmi.»

Annuisco e lui mi sorride. «Anche se qui ho qualcuno che è abbastanza bravo a farlo.»

«Ah, sul *serio*?»

Non smetto più di baciarlo e il nuovo accesso che ho a lui mi fa sentire incredibilmente sfrontata. Fuori dal sottopassaggio lo metto con la schiena al muro e con le dita gli accarezzo i capelli. Restiamo così per dei minuti interi e sentiamo la temperatura serale che scende sotto zero, il freddo che si aggrappa alle nostre mani e ai nostri volti, anche se sentiamo caldo dove i nostri corpi sono attaccati, incollati l'uno all'altro.

«Ti riaccompagno», dico.

«Non è necessario.»

«No, voglio farlo. Sei sempre tu a riaccompagnarmi.»

«Va bene così», dice baciandomi nuovamente sulla fronte. Lo guardo dritto in faccia e nel suo sorriso c'è un lampo di ansia. «È meglio che tu vada a casa.»

«Non vuoi che i tuoi genitori mi vedano, vero?»

«Cosa? No, non è questo.»

Lo guardo con aria scettica, inarcando le sopracciglia.

«Okay, un po' è per questo.»

«Mi danno... mi danno la colpa?»

«Ovviamente no, non ti danno la colpa, Maeve. Però non... non sono esattamente tuoi fan.»

«Giusto. Perché dovrebbero esserlo? Sono la stronza che ha rovinato la vita della loro figlia.»

«Non fare così.»

«Roe, è vero.»

Mi stacco da lui, mi sento male, *sto* male: schifosa o pervertita, un parassita che si appiccica agli altri, poi li abbandona quando è sazio. Ho preso tutto quello che potevo da Lily e adesso lo prendo da Roe. Mi giro e fisso il fiume, l'acqua silenziosa e nera nell'oscurità.

Ci salutiamo a disagio. Lui tenta di baciarmi ancora, ma io non riesco ad abbandonarmi al momento. Come sono stupida e volgare, indifferente ed egoista. Sono passate delle settimane e Lily è ancora scomparsa. E io che cosa ho fatto? Che cosa *sto facendo*?

Mi abbraccia e raccoglie i miei capelli, lunghi e folti, tra le mani.

«Maeve», dice. «Ultimamente la vita è una merda. Non possiamo goderci le cose belle finché è possibile? Essere infelici non ce la restituirà.»

Sorrido debolmente. «Lo so. Solo che... più cose scopriamo su questa faccenda della Governante, più mi convinco che, se non fosse per me, lei sarebbe ancora qui.»

«E se io fossi stato un fratello migliore, forse lei non si sarebbe sentita così sola. Possiamo gingillarci con i "forse" fino alle calende greche.»

Mi stringo nelle spalle. Lui mi passa il pollice sulla guancia. «Va' a casa e mangia qualcosa. E smettila di torturarti.»

Faccio la strada più lunga, superando il bivio del sentiero dove di solito svolto a destra per tornare a casa. Tengo la sinistra e faccio una deviazione lungo la riva. È strana l'importanza che ha assunto per me questo luogo nelle ultime settimane. Una volta era solo una passeggiata verso casa e, prima ancora, un progetto scolastico e basta. Faccio rimbalzare i sassi sul pelo dell'acqua e lancio i rami per vederli affondare. Mulinelli di schiuma verde, lattine di Coca-Cola che galleggiano. Mozziconi di sigaretta che si accumulano nel nido abbandonato di una folaga. Mi stringo con le braccia e penso al mio bacio, il mio primo bacio importante, il mio primo bacio con qualcuno che conta, che mi fa battere forte il cuore e mi riscalda il sangue. La prima persona a farmi capire che l'attrazione non è un enigma o un'equazione per scoprire chi sono quelli più belli e poi procedere a ritroso da lì. Non è matematica, è magia.

E vorrei dirlo a lei. Vorrei dirle che suo fratello è diventato la persona più incredibile che io abbia mai incontrato. E mi sto innamorando alla follia di lui, ma l'unica persona a cui vorrei dirlo è quella che potrei non vedere più.

Che cosa le potrei dire, poi? Sarebbe il tipo di amica che si caccerebbe due dita negli occhi e farebbe la sceneggiata dicendo: "Bleah, che schifo, mio fratello?".

No, non Lily. Lily è un sacco di cose, ma non è prevedibile. Non è noiosa. Non si comporterebbe come il personaggio di una sitcom americana. Chiudo gli occhi e la rievoco. Immagino che sia ancora qui, che siamo ancora amiche e che l'ultimo anno non sia esistito.

E, come se niente fosse, la vedo. Le lunghe matasse di capelli biondo sporco, gli occhi troppo grandi, quasi da aliena. Immagino di dirglielo mentre sta disegnando: una posa che è la quintessenza di Lily. Le parlavi, parlavi e lei disegnava, disegnava, tanto che tu pensavi non ti stesse ascoltando. Però poi alzava lo sguardo, faceva una domanda e tu ti rendevi conto che era sempre stata perfettamente attenta.

«Il punto, Lil, è che non riesco nemmeno a capire se ora siamo tutt'e due più grandi – e più maturi – o se sono diventata diversa io e lui è sempre stato brillante. Però sospetto fortemente che lui sia sempre stato brillante, mentre io ero troppo presa da me stessa per accorgermene.»

«Mmh», dice lei, scribacchiando con una matita.

«Lo so che per te è strano! So che non vuoi sentire queste cose su tuo fratello!» protesto, girando in tondo nella sua stanza. «Però se tu avessi una cotta per uno dei miei fratelli, per me non sarebbe un problema. Non ce l'hai, vero?»

«Mmh, no.»

«Be', meno male, perché sono tutti troppo vecchi.»

«La seconda che hai detto.»

«Eh?»

«È sempre stato brillante. Anche tu, ma hai sempre avuto così paura di chiunque fosse sé stesso da aver paura di accorgertene. Quando hai smesso di essere come tutti gli altri, sei riuscita a capire i vantaggi di essere diversa.»

«Chiudi la bocca. Che cosa stai disegnando?»

«Un'anatra.»

«Fammi vedere.»

Allora mi mostrerebbe l'anatra, che però – cosa importante – avrebbe qualcosa di sbagliato: un becco meccanico o una chiave sulla schiena. Un'anatra per metà robot.

Apro gli occhi e c'è di nuovo il fiume. Sporco e strano e sempre al suo posto.

«Ritorna», sussurro. «Ti prego, ti prego, ti prego, ritorna.»

Quella notte sogno ancora la Governante, ma stavolta non è nel sottopassaggio. È in un punto diverso della città, dove il fiume è più stretto. Un carrello della spesa è stato rovesciato e la carcassa di metallo riflette la luce del sole. È primavera. I capelli coprono il viso della Governante, che è in piedi sull'altra sponda del fiume e indica qualcosa. Seguo il suo dito.

Tra di noi, in mezzo al fiume, c'è una scarpa che galleggia. Una ballerina nera di pelle, per la precisione, che l'acqua ha reso verdastra. Però non va a fondo come il carrello della spesa. Fluttua, costeggiando la riva come una barca minuscola ed elegante. Ho ancora la sensazione dell'acqua del fiume che mi monta nelle viscere.

Mi sveglio, certa che vomiterò. Respiro affannosamente, cercando di controllare l'ondata calda di saliva che mi si accumula attorno alla mandibola. Respiro e deglutisco, respiro e deglutisco. Torno a dormire ma mi sveglio ancora subito dopo le cinque, l'aria così fredda che devo prendere un'altra coperta pesante di pile dalla lavanderia. Do un'occhiata rapida al telefono mentre m'infilo di nuovo a letto. C'è un messaggio di Roe.

Ho sognato la Governante. Ha la scarpa di Lily.

Il messaggio è stato inviato alle 4.55, pochi minuti fa.

Ho fatto lo stesso sogno. La scarpa galleggiava?

Sì.

Secondo te che cosa significa?

Appaiono delle nuvolette e Roe «sta scrivendo» per un bel pezzo. Poi scompaiono ancora. Quando il telefono vibra con il suo messaggio mi aspetto un romanzo.

Secondo me significa che Lily è viva.

Il giorno dopo Fiona arriva a scuola trionfante, con un foglio infilato dentro il diario dei compiti. Mi acciuffa un attimo prima dell'appello.

«In bagno», mi dice. «Adesso.»

Ci sediamo rannicchiate su una tubatura scoperta che quasi ci ustiona le gambe. Fiona apre il diario.

«Mia mamma è riuscita a ricordare tutto il primo verso.»

«Ma è fantastico!»

«Certo, però mi è toccato anche sentire come ha conosciuto Neil Young nel 1994.»

«Un sacrificio che merita!»

«Grazie.»

Insieme ci mettiamo a studiare la pagina.

Appare in rare letture / e solo a donne giovani,
E solo in tempi di crisi / nuove verità messe a fuoco.
L'ho pescata dal mazzo / due volte in una settimana,
Una donna col sangue sull'abito da sposa /
e un coltello tra i denti.

Donne, ecco a voi la carta della Governante.
Sarà la vostra rovina o sarà il vostro inizio,

Solo il meglio vuole per voi, come mai l'ha avuto per sé.
Vi vede sul fondo e scende giù da voi / per aiutarvi.

«O mio Dio. E non ha detto altro al riguardo?»

«Ha detto che l'ha imparata da una band di cui apriva-no i concerti. Era, tipo, una band di country-rock irlande-se-americano.»

«Che cosa vuol dire?»

«Credo voglia dire che facevano cover velocizzate di pezzi folcloristici come *The Fields of Athenry.*»

«Naturalmente.»

«Però questo mi ha fatto pensare a quanto diceva zia Sylvia riguardo alle varie culture che hanno ciascuna la propria Dama Bianca. Forse la Governante è la versione irlandese.»

«Tipo una cosa del folklore irlandese?»

«Sì. Pensaci. Gli immigrati irlandesi arrivano con questa storia su una strega micidiale, dei musicisti country la trasformano in una canzone sui tarocchi, qualcuno produce le carte, che tornano in Irlanda e arrivano da te, nel Chokey. Per citare una certa madre che ama ripetersi, fa tutto parte dello scambio culturale.»

«Sai, sei molto severa con tua mamma, considerando che obiettivamente è la madre più fica che io abbia mai conosciuto.»

Fiona inarca un sopracciglio. «Sai, sei molto severa con Joanne, considerando che è la sorella più fica che esista.»

«Obiezione accolta.»

«Grazie.»

Sentiamo gli altri che si sistemano ai loro posti e la voce della signorina Harris. Ci alziamo dalla tubatura e ci precipitiamo in classe, le parole della canzone di nuovo al sicuro nel diario di Fiona.

La signorina Harris ci fa un cenno e aspetta che prendiamo posto prima di cominciare a parlare.

«Ragazze, sono sicura che non vi sarà sfuggito che ultimamente il tempo è stato… bizzarro.»

Increspa le labbra mentre trenta ragazze si chinano in avanti, silenziose e disperatamente attente.

«Stamattina abbiamo sentito che entro il pomeriggio si prevede ghiaccio nero sulle strade e molti autobus verranno soppressi. Nell'interesse della vostra incolumità e dei vostri spostamenti...»

Si potrebbe sentire la scoreggia di un topo nell'aula, da quanto è silenziosa.

«...è stato ordinato a tutte le scuole di restare chiuse.»

La classe precipita in un caos vertiginoso. I libri vengono riposti negli zaini e noi veniamo avvolte da risate acute ed entusiaste. Fiona mi butta trionfante le braccia al collo.

«Una giornata libera! UNA GIORNATA LIBERA! Un dannato MERCOLEDÌ.»

Accenna un piccolo balletto di vittoria.

«E magari anche domani, se va avanti così! Se il ghiaccio nero dura non potremo nemmeno ENTRARE a scuola, figurarsi uscire.»

Le ragazze mandano messaggi ai loro fidanzati del St Anthony, cercando di fissare un appuntamento. Ne sento una discutere col suo ragazzo su a casa di chi andare e sui genitori di chi rientreranno più tardi dal lavoro.

Sul mio viso si diffonde il rossore mentre le ascolto e all'improvviso ricordo di avere anch'io qualcuno da incontrare. Ho un ragazzo. O almeno *penso* di averlo. In realtà non ne abbiamo parlato.

Fiona mi dà di gomito. «Vediamo che cosa ha in programma Roe. Possiamo mostrargli il testo della Governante.»

Vede la mia faccia rossa e sgrana gli occhi. «Oddio! È successo qualcosa, finalmente?»

«Ehm... sì.»

«Porca miseria! Che giornata! Raccontami tutto!»

Le racconto ogni cosa e mezz'ora dopo siamo tutti seduti da Bridey's a bere tè col latte e mangiare una torta di mele troppo aspra. È una sensazione strana mangiare torta di mele alle dieci del mattino. Ancora più strano essere seduta davanti al ragazzo che solo dodici ore prima mi ha messo la lingua in bocca e che ha avuto perfino i miei stessi sogni.

«È viva», dice Roe seccamente. «Lo so. È la direzione in cui puntava la scarpa, il modo in cui galleggiava sul fiume. Era come se sapesse dove andava. Lily è viva.»

«Non che io non creda al... ehm... valore intrinseco dei sogni», dice garbatamente Fiona, «ma adesso che cosa dovremmo fare?»

«Abbiamo i sogni, abbiamo la canzone», dice Roe, in tono pratico. «Mi sembra che ci serva qualcuno che sappia... non so, interpretarli.»

«Sylvia è esclusa», rimugina Fiona. «Ieri sera a cena mi sono beccata una bella ramanzina perché le ho messo addosso troppa pressione e non va bene ricorrere all'occulto quando si è disperati. Sylvia dice che poi la gente fa delle pazzie.»

«La gente o io?» chiede Roe.

«Tu, suppongo.»

«Tutti vogliono proteggere il ragazzino con la sorella scomparsa», dice alzando gli occhi al cielo. «Non sono neppure autorizzato a parlare a mia mamma del fiume.»

Ancora il fiume. Ricordo il mio progetto alle elementari, quando ho realizzato una mappa dei diversi porti del fiume Beg: per che cosa erano stati usati nel corso degli anni; dove venivano esportati i cereali dall'Irlanda durante la carestia; dove la gente s'imbarcava sulle navi dirette in America... Navi sarcofago, venivano chiamate. O ce la facevano ad approdare in America o morivano durante il tragitto e spesso erano così analfabeti che non sapevano nemmeno scrivere alla famiglia quale delle due cose fosse successa.

Poi scatta qualcosa.

«Diremo che è per un progetto scolastico.»

Ci riflettono sopra.

«Sylvia non ci cascherà», dice Fiona. «Ci ha già sgamati.»

«No, lo chiederemo a qualcun altro. Non sarà mica l'unica che s'intende di soprannaturale. E poi è più una faccenda di folklore che di magia.»

«A chi allora?» domanda Roe e lo vedo armeggiare con il laccio al collo. Non posso fare a meno di sorridere ogni volta che lo vedo.

So esattamente a chi.

Proviamo la nostra storia, assicurandoci di non sembrare degli adolescenti disperati. Cosa che naturalmente siamo.

La porta del Divinazione ha un campanello con un nastro rosso attaccato e tintinna soavemente quando noi tre entriamo nella bottega. C'è ancora la donna con i pantaloni alla turca.

«Maeve Chambers!» dice, e il fatto che mi riconosca all'istante m'innervosisce un po'.

«Salve!» dico tutta allegra. «Non credevo che si ricordasse di me.»

Guarda prima me, poi Roe e infine ancora me, sorridendo soavemente. «Certo che mi ricordo di te. Hai tre "e" nel tuo nome.»

«Giusto. Be', la mia amica Fiona sta lavorando a un progetto sul folklore, così ho pensato che lei fosse la persona giusta con cui parlare.»

«Be', certamente. Fiona, suppongo?»

Indica con un gesto Fi, che ha già tirato fuori il quaderno e la penna.

«Salve», dice timidamente. «Sto lavorando a un progetto sulle mitologie condivise. Perché per esempio alcune culture hanno un folklore comune. Come il cerbero, lo sapeva che c'è in tutte?»

«Ci mancherebbe altro», ridacchia la proprietaria della bottega. «In molte parti del mondo i cani vengono addestrati per essere aggressivi. La gente ne ha paura.»

«Giusto», sorride Fiona. «Volevo sapere che cosa sa di questo.»

Le porge il testo di *La carta della Governante.* «Credo presenti un parallelo interessante con il mito della Dama Bianca, no?»

La commerciante lo studia in silenzio.

«La Governante», dice lentamente.

«La conosce?»

«È un bel po' che non la vedo», dice a voce bassa.

«La canzone?»

«No, la canzone non l'ho mai sentita. Ma della Governante so... *qualcosa.* Come l'hai scoperta, Maeve?»

Ci guardiamo tutti e tre intensamente. Questo dovrebbe essere il progetto scolastico di Fiona.

«Ne ho sentito parlare da mia madre», dice Fiona per distogliere l'attenzione da me. «È una musicista ed è una canzone che canta in casa.»

«Capisco», dice la negoziante con cautela. «Be', che cosa vuoi sapere?»

«Da dove viene», insisto. «Che cos'è.»

La negoziante corruga la fronte e poi si raddrizza. «È un'antica leggenda irlandese. Avete già fatto la "Grande Casa" in storia?»

Roe, Fiona e io emettiamo dei suoni vaghi. La commerciante sembra delusa dalle nostre lacune.

«Nei tempi passati la "Grande Casa" era quella che si definirebbe... be', una grande casa. Una casa ricca in cui gli inglesi benestanti oziavano facendosi servire dagli irlandesi. Alcune case erano a posto, pagavano onestamente i loro lavoratori e via discorrendo, mentre altre erano infami, assolutamente infernali. Frustate, salari da fame, crudeltà disumana.»

«Allora perché la gente ci lavorava?»

«Sai, c'era così poco lavoro in giro che uno doveva considerarsi fortunato se riusciva a entrare in una Grande Casa. O quello o l'emigrazione.»

«Quindi... la Governante lavorava lì?»

«Be', credo ci sia stata una vicenda, una specie di epidemia, forse tubercolosi. I bambini che morivano come mosche. Un gruppo di donne della servitù, tutte madri, supplicarono i loro padroni di chiamare un dottore e... be', loro non lo fecero e i bambini morirono. Le madri erano così affrante che non si presentarono al lavoro. Sai però chi ci andò?»

«La Governante», sussurro.

«La Governante. Una donna, o qualcosa che assomiglia a una donna, si presenta al lavoro. Il giorno dopo la casa è vuota e tutti i signori sono scomparsi.»

«Dov'è successo?» chiede Roe con sguardo indagatore. «E quando?»

«È una storia tradizionale», risponde lei con semplicità. «Potrebbe essere successa cent'anni fa, o duecento, o mai del tutto.»

Restiamo in silenzio, totalmente intimoriti. Fiona si fa sentire.

«Quindi era una cosa comune? La gente la... evocava?»

«Be'», dice ancora, incrociando le braccia e concentrandosi. «Era un'Irlanda che credeva ancora alle fate, sapete? C'era molto spazio per la magia e la fede. Perciò suppongo che ci fossero delle pratiche per evocarla, ma sarebbero state considerate magia nera. Il prezzo sarebbe stato alto.»

«Che cosa significa?»

«Per una magia del genere, bisogna dare tanto per ottenere tanto», dice risucchiando l'aria tra i denti.

«Intende... la vita in cambio della vita?» chiede Roe.

«È un po' una semplificazione, ma qualcosa di simile, probabilmente. In quasi ogni magia il sacrificio deve corrispondere al guadagno. Ecco perché la gente offre del cibo nei templi. Non è perché pensa che lo spirito lo *mangi* davvero. È perché bisogna dimostrare di essere disposti a compiere il sacrificio.»

«E qualcuno potrebbe evocare ancora la Governante?» insiste Fiona. «Magari per sbaglio?»

La negoziante inarca un sopracciglio. «Pensavo che fosse per un progetto scolastico.»

«Sì, è così.»

«Mmh», dice distrattamente. «Ora devo mettere a posto dei libri, ma voi tre sentitevi liberi di dare un'occhiata in giro.»

Lo dice tranquillamente, ma con fermezza, come se non fosse la prima volta che tre adolescenti entrano nella sua bottega a chiedere informazioni sui demoni della vendetta.

Ci guardiamo attorno. Roe gravita verso i cristalli, Fiona verso i tarocchi e io finisco per guardare i libri vicino a lei. Osservo Fi per un attimo, valutando il peso delle carte che ha in mano per capire quali siano quelle giuste. Sarebbe una figata se anche lei cominciasse a leggere i tarocchi. Potremmo farlo insieme e divertirci ancora.

Tiro fuori un libro a caso. *Guida per principianti agli incantesimi* di Alwyn Prair-Felten.

«Un nome inventato», dice Fiona con tono di scherno lanciando un'occhiata.

Sfoglio le pagine lucide come cera. Non sembra particolarmente ispirato. Non è un tomo polveroso con pentagrammi e formule magiche, però spiega con molta enfasi che «chiunque» può dedicarsi alla magia, e poi costa solo dieci euro, allora lo compro.

«Ecco alcuni incantesimi che uso», scrive Alwyn Prair-Felten. «Però usare quelli di un'altra maga può essere un po' come indossare la biancheria intima di qualcun altro. Recitate gli incantesimi che volete, ma assicuratevi: a) di crederci e b) che siano semplici da memorizzare così da poterli ripetere in continuazione. Gli incantesimi sono molto fai-da-te. Tutta la magia lo è.»

Mentre la negoziante infila il libro in una busta di carta, Fiona riceve una telefonata dalla madre.

«Le lezioni sono state sospese *domani*?» squittisce Fiona, coprendosi brevemente la bocca. Roe e io le diamo il cinque in silenzio.

«Mamma, *no*. È una giornata di neve, in pratica una festività ufficiale. Non capisco perché questo significhi che devo badare a Jos. Va all'asilo, santo cielo!»

Cala il silenzio mentre Fiona ascolta obbediente sua madre.

«Lo so, lo so, lo so. Ma l'avrebbe pagata comunque, che io avessi il giorno libero o no...»

Si rabbuia in volto. È chiaro che sua mamma le sta facendo una ramanzina e lei gira i tacchi per andare a rispondere fuori.

La negoziante guarda la neve sottile che cade, simile a foglie di tè sbrindellate. Con la mano sinistra armeggia attorno agli orecchini d'oro che porta ai lobi e mormora piano qualcosa tra sé e sé. Sembra avere completamente dimenticato che sono davanti a lei e tiene ancora lo scontrino tra il pollice e l'indice.

«Neve alla pioggia e pioggia al fiume;

Non ci faremo ingannare ancora. Fiume al mare e mare al cielo:

Ciò che è ora non sarà allora.»

«Come, scusi?» chiedo avvicinandomi. La sua voce è poco più di un sussurro.

«Cielo alla neve e neve alla pioggia;

Come un germoglio è foglia e cespuglio.

Pioggia al fiume e fiume al mare:

Ciò che fu allora non sarà ora.»

Fiona rientra precipitosamente nella bottega, brontolando furibonda.

«Ehi», Roe si fa sentire. «Siamo pronti ad andare?»

«Voglio solo comprare queste.» Fiona posa un mazzo di tarocchi sul bancone. «Guarda, i tarocchi del Trono di Spade. Arya Stark è la carta della Morte.»

La negoziante gira la testa verso Fiona e sorride. Prende i tarocchi, li mette in una busta e poi ci infila un bastoncino d'incenso perché è «una nuova cliente».

Il mio sguardo fa avanti e indietro da Fi alla negoziante. Qualcun altro l'ha sentita recitare un incantesimo? Me lo sono immaginata?

Ciò che fu allora non sarà ora.

«Non riesco a credere a mia mamma», Fiona s'infiamma. «Appena scopre che ho un attimo libero, pensa: "Una babysitter gratis". È come se non le importasse che prendo sempre il massimo dei voti, faccio teatro e bado *già* a Jos quasi tutti i pomeriggi. Non posso mai riposarmi. Non è giusto.»

Fiona non si è mai comportata tanto da adolescente scontrosa come adesso, ed è uno spettacolo elettrizzante.

«Voglio dire, Jos mi sembra abbastanza autosufficiente», le suggerisco. «Puoi piazzarlo davanti ai cartoni animati. E poi sei così brava con lui, sai?»

«Non voglio accudire gli altri, okay?» tuona. «Non voglio fare il medico, l'infermiera, la babysitter o… non so… la cazzo di badante a domicilio per gli anziani.»

«D'accordo, Fi», dico cercando di mantenere la voce calma. «Non ho detto che devi farlo.»

«No, non l'hai detto», ribatte incrociando le braccia e sospirando piano. «*Tu* non l'hai detto.»

Roe e io ci scambiamo uno sguardo ed è evidente che nemmeno lui sa che cosa sta succedendo.

«Stai bene?»

«È solo che ci si aspetta questo dalle brave ragazze filippine, non è vero? Diventare infermiera. Accudire i bambini degli altri.»

Mi mordo il labbro. «Scusami», dico, cercando qualcosa di utile da dire. Mi rendo conto di non poterle offrire nulla di utile, così opto per la verità più banale che mi viene in mente. «Non so come ci si senta, Fi.»

Lei fa un paio di respiri profondi.

«No, scusami tu. Non si tratta di te, Maeve. Sono cose mie.» Sorride a Roe e a me. «Andiamo a prendere un tè o qualcos'altro?»

Non appena siamo di nuovo da Bridey's, la madre di Roe lo chiama.

«Gesù», esclama lui. «Sembra che oggi sia la giornata delle telefonate materne al momento sbagliato.» E stavolta tocca a lui uscire.

Fiona e io restiamo sedute sul grande divano morbido. Vorrei chiederle qualcosa di più sulla sua vita a casa. La sua famiglia è così carismatica e amante del divertimento che mi è completamente sfuggita la tensione che potrebbe ribollire sotto la superficie.

Ma prima di poter formulare le parole, sento qualcosa. Una voce. Una voce familiare.

«Due caffè e un muffin per sei euro», dice alla cassiera, solare e disarmante. «Accidenti, a Dublino non si prende niente per questa cifra, vero?»

Giro la testa, sperando di sbagliarmi e che ci sia qualche altro americano giulivo da Bridey's. Invece no: è Aaron. Aaron con due bicchieroni da portar via e un sacchetto marrone. Lo guardo un istante, affascinata dal fatto che uno come lui possa scambiare quattro chiacchiere davanti a un caffè, poi torno da Fiona e alla nostra teiera.

«Maeve», dice lui, come se avesse appena visto una vecchia amica di famiglia. «Che combinazione trovarti qui! Tu e Roe siete scappati di corsa l'altra sera.»

«Be', sì, dovevamo andare in un posto.»

«Mi fa piacere». È radioso. «Una serata romantica?»

C'è qualcosa di moderatamente sarcastico nel modo in cui lo dice, come se Roe e io fossimo due bambini che giocano a fare gli adulti. Fi sta cincischiando col telefonino e presta a malapena attenzione.

«Forse potresti tornare», mi propone generosamente. «Da sola, stavolta.»

Non sopporto tutta questa finta gentilezza. Vado dritta al dunque.

«Certo, solo che… preferirei morire.»

Non è la cosa più elegante che abbia mai detto, ma il mio messaggio arriva a destinazione.

Lui inarca brevemente un sopracciglio e poi passa a Fiona. «Tu sei Fiona, non è vero?» dice.

«Mmh… sì?»

È evidente che non ricorda Aaron da quel giorno in cui siamo state al Basement, ma mi sorprende che se la ricordi lui e che sappia il suo nome. La studia un momento e poi, con una voce morbida come miele, comincia a parlare.

«Sei abituata al fatto che la gente si aspetti molto da te, non è vero?»

È esattamente il modo in cui l'ho sentito parlare alle ragazze durante l'incontro degli Effedibì. L'affetto, l'empatia, la comprensione immediata. E Fiona, che non ha ancora fatto due più due, ne è completamente irretita.

«Be'», dice sollevando una spalla verso il mento. «Di solito sono una che mantiene le promesse.»

Dio, avere la sua sicurezza. Per un istante ripenso al suo fidanzato più grande. Era così anche con lui?

«Smettila», dico a denti stretti. «Smetti di parlare con lei.»

Fiona mi guarda, confusa. «Maeve, che cosa succede?»

«Devi imparare a essere meno possessiva, Maeve», dice Aaron con un sorriso. «Non puoi possedere gli altri.»

Mi guarda socchiudendo gli occhi, le iridi che si offuscano. «E non puoi nemmeno buttarli via.»

E, come se niente fosse, se ne va. Esce da Bridey's con la sua felpa e i suoi caffè, come qualsiasi ventenne. Sento che mi viene da vomitare.

Non puoi nemmeno buttarli via.

«Maeve», dice Fiona, toccandomi la spalla. «Maeve, stai bene? Stai tremando. Chi era quello?»

All'improvviso la luce del bar mi sembra troppo forte, come un fuoco che mi brucia dietro i bulbi oculari. Chiudo gli occhi, sfregandomi i pugni nelle orbite e coprendomi la faccia con l'incavo del gomito.

«Chi era, Maeve?»

Non dico niente, ho il fiato corto. Lui sa tutto. Tutto quello che è successo con Lily e, in qualche modo, tutto quello che riguarda Fiona. Vede dentro la gente. Se la magia nera ha creato la Governante, ce ne dev'essere un brandello anche in Aaron. E se vive dentro di lui, deve vivere in numerosi altri luoghi. Tutt'a un tratto il mondo mi sembra troppo grande e io mi sento troppo piccola.

«Vieni, ti porto fuori.»

L'aria fredda della strada mi colpisce nei polmoni come una stella ninja.

«Siediti», mi ordina Fiona indicando un davanzale. «Metti la testa tra le ginocchia e fai dei respiri profondi.»

«Non ho bisogno...»

«Fallo.»

Faccio come mi dice e, quando sto per parlare, lei m'interrompe.

«Ah, no, prima respira. Conterò i tuoi respiri. *Inspira,* uno... due... tre. *Espira,* uno... due... tre. Tieni la testa tra le gambe. Così, brava. *Inspira,* uno... due... tre.»

Me lo fa fare otto volte prima che io possa finalmente tirarmi su e parlare. Però mi sento effettivamente meglio. Dev'essere un trucco da infermiera che ha imparato da sua mamma e dalle sue zie.

«Allora. Chi era quel tipo e che cosa ti ha fatto?»

È l'enfasi con cui pronuncia la parola «fatto» che mi rianima. Pensa che Aaron sia una specie di ex fidanzato, un tizio con cui sono uscita.

«Aaron, Fiona. Non l'hai riconosciuto? Faceva parte del branco di moralisti fuori dal Basement.»

Si dà una manata sulla fronte. «Merda. Okay. Ah, scusa, credevo fosse uno degli amici di tuo fratello o qualcosa del genere.»

Fa una pausa. «Gli hai raccontato di me, per caso? Perché conosceva il mio nome?»

«Non gli ho mai parlato di te. Ha qualcosa. Non lo so. Una specie di potere che gli permette di vedere le crepe nelle persone. Sapeva di Lily. Hai sentito? Ha detto che butto via la gente.»

«E quindi, anche lui ha dei poteri magici?»

«Non lo so», ripeto, e la voce mi s'incrina. «Forse sto diventando pazza.»

«Dopo il mese che hai passato?» dice Fiona sedendosi sul davanzale e mettendomi un braccio attorno alla spalla. «Non te ne farei una colpa.»

Roe viene verso di noi, ancora al telefono. Ha la mascella serrata ed è evidente che sta ingaggiando una battaglia tutta sua.

«Sono sicuro... sono sicuro che non c'entra, mamma», dice Roe con voce tesa. «Non è niente. Be', insomma, non niente, ovvio, ma sai che cosa intendo...»

Riattacca e ci raggiunge sul davanzale. Fiona e io ci spostiamo per fargli spazio.

«Che cos'era?»

«Ho commesso l'errore di esporre a mia madre la teoria di prima, sui Figli di Brigida. Ha lanciato un alert su Google.»

«E quindi?»

«E sembra che dei ragazzi scappino *davvero* di casa per unirsi a loro.»

«No!» diciamo Fi e io all'unisono. E poi: «L'abbiamo appena visto».

«Chi? Aaron?»

Annuisco. «Sapeva delle cose su di noi, Roe. Sa del mio rapporto con Lily...»

«E sa di...» Fiona mi interrompe, salvo poi fermarsi a sua volta. «Sa di me.»

Ci incamminiamo tutti e tre verso la riva del fiume, stranamente silenziosi.

Fiona lancia una pietra nell'acqua.

«Guardate», indica le canne. «Uova di rana.»

Ha ragione. Bolle di schiuma gelatinosa e trasparente galleggiano sulla superficie dell'acqua. A centinaia. Ognuna di esse è punteggiata da una chiazza nera, come l'occhio di un fumetto.

«Non ne ho mai viste così tante», dico, cercando di reprimere l'impulso di punzecchiarle con un ramo. *No, Maeve, adesso hai il ragazzo, resisti alla tentazione di comportarti come una bambina di otto anni.*

Le fissiamo per un istante, sbalorditi che una cosa tanto tranquilla e naturale possa esistere in un periodo come questo.

«È strano», dice infine Roe, «che il fiume non si sia ghiacciato.»

«Eh», rispondo lentamente, «quanto avrebbe dovuto fare freddo perché succedesse?»

Si stringe nelle spalle. Riprendiamo a osservare.

«Guardate!» dice ancora Fiona, trionfante. «Un pesce!»

Emerge brevemente in superficie, con un rapido guizzo viola sfolgorante, e poi si rituffa di nuovo.

«Gesù!» esclama Roe. «Eccone un altro!»

Ci alziamo e contiamo i pesci che spuntano. Nessuno di noi conosce abbastanza i pesci da sapere se sia insolito che si avvicinino tanto alla superficie quando fa così freddo.

«Si chiamano trote arcobaleno», dice Fiona leggendo dal cellulare. «E… mmh… vivono in Australia e in America.»

«Ma stai zitta, non è vero!»

«Guarda!» dice brandendo il telefono. «È o non è il pesce che abbiamo appena visto?»

Guardo la fotografia del pesce con la striscia viola sul fianco. «È lui.»

«E allora che cosa ci fanno *qui*?» chiede Roe. «L'acqua sarà troppo fredda per loro.»

Fissiamo il fiume e io comincio a notare volute di vapore che si levano dalla superficie dell'acqua. Come nuvolette da una bocca in una giornata di freddo.

Anche Fiona deve averlo notato, perché si accuccia, sfiorando quasi l'acqua con i lunghi capelli neri. Vi immerge le dita, poi tutta la mano.

«Cristo, Fi, che cosa fai?»

Si gira e ci guarda. Spalanca eccitata gli occhi, che sembrano quelli di un gufo. «Ragazzi, è *calda.*»

CAPITOLO 26

«Il fiume c'entra qualcosa, lo so.» Nel momento stesso in cui pronuncio queste parole, mi rendo conto di quanto suonino ridicole.

«E come?» dicono Fiona e Roe insieme.

«Come *qualsiasi cosa,* a questo punto» dico, facendo scrocchiare nervosamente le nocche. «È il filo conduttore, no? Tutti i nostri sogni. I fenomeni strani. Il posto in cui Lily è stata vista viva l'ultima volta. Tutto ruota attorno al fiume. È il denominatore comune.»

Adesso siamo da Deasy's, tutti e tre raccolti attorno a un'unica grande porzione di patatine e un vasetto di salsa al curry. Lily e io venivamo sempre qui il sabato, occupando uno dei separé e versando un mucchietto di sale sul tavolo per fare dei disegni con la punta delle dita.

«Il pesce australiano. L'acqua. Le uova di rana.» Fiona elenca enumerando con le dita. «Lì dentro *succede* qualcosa.»

«C'è una cosa che Sylvia ha detto», dico piano. «Riguardo al fatto che il mondo fisico e quello emotivo sono connessi più strettamente di quanto la gente pensi.»

«Vai avanti.»

«Guardate», dico e afferro la saliera e la pepiera.

«Questa...» alzo la saliera «...è la sofferenza emotiva. Diciamo, essere costretti ad abbandonare la propria famiglia.»

Mi scrutano e poi si scambiano uno sguardo.

«Il sale è la sofferenza emotiva, Maeve», dice Roe pazientemente. «Certo.»

«E questo...» alzo la pepiera «...è un punto di riferimento fisico, per esempio il fiume di Kilbeg.»

«Mmh... mmh.»

Le capovolgo entrambe e il sale e il pepe si mischiano in un unico punto, creando una montagna color cenere sul tavolo.

«Non CAPITE?» dico, dopo qualche istante di silenzio.

Fiona si morde la punta dei capelli, cercando disperatamente di capire. «Il... pepe è il *fiume*, hai detto.»

«Cristo, com'è possibile che gente che prende bei voti come voi due sia così *ottusa*? È una dannata metafora.»

«Roe non afferra le metafore perché è protestante.»

«Accidenti, *cattiva* questa.»

«Ho la sensazione che tutt'e due non cogliate il punto», dico stizzita.

«Scusa, Maeve... ma qual è il punto?»

«Il Beg è il posto in cui migliaia di persone hanno attraversato i momenti più traumatici della loro vita. Sapete, è dove migliaia di persone furono costrette a emigrare e a dire addio per sempre alle loro famiglie», spiego. «E, Roe, è dove ho visto... il tuo ricordo traumatico.»

Lui annuisce e Fiona ha un'aria smarrita, ma non dice nulla.

«Se il mondo spirituale è ciò che ricompone la frattura tra il mondo fisico e quello emotivo, allora penso che questo mondo... inizi qui al fiume. Penso che sia una porta. O una chiave. O entrambe le cose, non lo so.»

All'improvviso mi sento molto a disagio, ma proseguo lo stesso. «E Lily... Credo che Lily sia in quel mondo, intrappolata. Forse ce l'ha portata la Governante.»

Fiona mi lancia un'occhiata, sollevando le sopracciglia con un'espressione che dice: "Giochiamo ancora a quel gioco, non è vero?", mentre Roe si limita ad annuire, spronandomi ad andare avanti.

«Perché era triste e arrabbiata con me, e penso che forse la Governante non abbia potuto... non abbia potuto...»

«Ucciderti per lei?» dice Fiona con tono vivace.

«Giusto. Non ha potuto terminare il lavoro che era venuta a fare.»

Un altro silenzio.

Sulle guance di Roe si formano due chiazze rosa. «E come... come facciamo a riaverla indietro?»

Mi crede. Pensa che la mia teoria sia giusta. Un'ondata di fiducia in me stessa mi pervade tutta. Apro lo zainetto e sfodero il libro appena comprato.

«Con questo.»

Fiona gli dà un'occhiata. «Nome inventato», ribadisce.

Cominciamo a spulciare *Guida per principianti agli incantesimi* di Alwyn Prair-Felten fino a quando non è ora di tornare a casa.

Roe mi accompagna fino in fondo al vialetto.

«È una fortuna che la tua famiglia sia ricca e abbia un vialetto così lungo», dice. «Vuol dire che posso baciarti senza gli sguardi indiscreti della buona borghesia.»

Mi bacia nel punto morbido sotto l'orecchio e un brivido mi corre lungo la spina dorsale.

«Aspetta, aspetta», dico col fiato un po' corto. «Non sono *ricca.*»

«Maeve, dai.»

E all'improvviso stiamo litigando. Roe vuole farmi ammettere che i miei genitori sono benestanti, sottolineando le dimensioni di casa mia, e io mi metto sulla difensiva dicendogli che la mia famiglia è più numerosa della sua. Lui torce la faccia, come se solo i ricchi potessero permettersi di avere cinque figli. Nessuno dei due vuole litigare, ma nessuno dei due sa come tirarsene fuori.

«Ti prego», dice. «Ti sarai accorta che c'è una certa differenza tra me e te, tra te e Fi.»

«Fi e io andiamo alla stessa scuola.»

«Lei ha una borsa di studio, come me.»

Per un attimo lo odio. So che cerca solo di farmi ammettere che ho i soldi, ma lo fa insistendo sui miei punti più deboli e dolenti. Punti dolenti di cui non è al corrente perché, in fin dei conti, Roe e io non ci conosciamo molto bene. Se Lily fosse qui con noi, glielo direbbe. Lei capirebbe.

«Lily non aveva una borsa di studio», dico e poi mi correggo: «Non ce l'ha, intendo».

«No, ma la mamma e il papà hanno pensato che avesse bisogno di maggiori attenzioni e che le avrebbe ricevute in una scuola come la Bernie. E poi volevano che stesse con te.»

«Ah, fantastico, adesso dai la colpa a me.»

«Non cerco di farti sentire colpevole. Te lo sto solo *dicendo...*»

Roe e Fiona hanno sgobbato sodo per frequentare una scuola privata, e poi ci sono io, ricca e idiota, a cui i genitori hanno dovuto pagare l'iscrizione, come non hanno dovuto fare per gli altri figli. Abbie, Cillian, Pat e Jo sono andati alle scuole pubbliche e tutti hanno ottenuto più di cinquecento punti agli esami finali. Sono stata solo io quella che, con il suo trentatré per cento all'esame d'ingresso, è stata gentilmente dirottata verso le scuole private.

È qui con te, Maeve. Non con Fiona. Gli piaci tu, non Fiona.

Una voce cupa emerge dal fondo del mio stomaco: "Gli piaceresti ancora se sapesse che hai desiderato la scomparsa di Lily, Maeve?".

«Ehi», dico. «Hai tempo per farti fare di volata i tarocchi?»

«Eh? Vuoi leggermi i tarocchi? Adesso?»

«Non lo so. Pensavo che potessimo leggerli insieme. Per capire... che cosa succede con questa faccenda del fiume. L'acqua che è diventata calda e tutto il resto.»

«Certo», dice sospettoso. In fin dei conti è tutto il pomeriggio che ne parliamo.

«Troviamo un posto tranquillo.»

C'è un parchetto vicino a casa mia dove i ragazzi giocano a calcio quando la sera fa caldo. Lo attraversiamo, con la neve che scricchiola sotto i piedi. Non dico nulla mentre cammino e gli stringo forte la mano in silenzio. Troviamo una siepe selvatica dove c'è un po' di spazio in cui accovacciarsi. È qui che ho provato a fumare la prima sigaretta. Lily e io avevamo trovato un pacchetto sull'autobus e l'avevamo portato qui per esaminarlo. Poi avevamo deciso che il gioco non valeva la candela.

Roe e io ci sistemiamo sotto il cespuglio, accucciandoci sulla terra.

«Confortevole», dice, ancora perplesso.

«Okay», dico e tiro fuori le carte. Mentre gliele porgo, avverto la sensazione familiare di tensione allo stomaco. Ma la nausea che le carte mi provocano non è niente al confronto del timore schiacciante che Roe possa lasciarmi per Fiona. E che io rimanga ancora a guardare dentro da fuori.

Sento un debole fruscio mentre Roe mescola le carte e, con la coda dell'occhio, sono certa di scorgere un lembo di lino bianco che si trascina nella terra. *Oddio, lei non sarà di nuovo qui, spero.*

Sbatto le palpebre. È solo un pezzo di carta igienica impigliata tra i cespugli.

Lui mescola e taglia il mazzo.

«Perfetto. Vuoi pescarle insieme o...?»

«Pesca tu la prima.»

La nausea mi sale alla testa, ma stavolta so che cosa aspettarmi. Respiro, contando i respiri come mi ha insegnato Fiona. Cerco di controllarli. Se riesco a entrare ancora nella sua testa, saprò con sicurezza se gli piaccio.

Ne sceglie una.

Tre di Coppe. Tre donne che danzano insieme sollevando delle coppe.

«Mi sembra una bella carta», commenta vagamente.

«Sì, è bella. Parla di amicizia e unità.»

«Allora perché sembri così preoccupata?»

«Non lo sono.»

«Vuoi pescare la prossima?» mi chiede gentilmente.

La pesco e la lascio per terra a faccia in giù. Un'altra contrazione allo stomaco. *Controllati, Maeve. Controllati.*

«Allora... suppongo debba girarla io.»

Roe tocca la carta e il mondo scompare. Il mio campo visivo è punteggiato da macchie gialle e rosse e sento il mio corpo che si allontana da me.

Sta succedendo ancora.

Sta succedendo ancora.

Donne, ecco a voi la carta della Governante. Governo, ecco a voi la carta della Donna.

Apro gli occhi, ma non sono nella testa di Roe. Sono nella mia. Sono alla St Bernadette, nei bagni. Gli stessi bagni in cui Fiona e io ci siamo sedute sulla tubatura scoperta per scaldarci. C'è Lily, che piange. Lily piange e urla, urla contro di me, e gli altri mi guardano. *Falli smettere di guardare.*

È tredici mesi fa, il giorno prima delle vacanze di Natale. In questo trimestre ci sono già stati almeno tre colloqui sui gruppi, sul condizionamento reciproco e sul pericolo di non socializzare tra di noi. Abbiamo la fama di formare delle «cricche» nella nostra classe. Suppongo che alcune ragazze si siano sentite escluse o terrorizzate dalle rigide gerarchie vigenti alla St Bernadette. Ci sono le ragazze bionde e sportive che giocano a hockey e vanno alle partite di rugby dei loro fidanzati più grandi: loro stanno al vertice. Poi le ragazze ricche che durante le vacanze vanno a New York e tornano con borse marroni con la scritta LITTLE BROWN BAG.

Dopo le ragazze ricche ci sono quelle che vanno alle feste, si ubriacano e si tradiscono sempre a vicenda. E sotto di loro ci sono quelle della lega intermedia: è qui che s'inseriscono Michelle e Niamh. Ragazze carine della media borghesia invitate un po' dappertutto, che vanno abbastanza bene a scuola, a cui spuntano dei brufoli ogni tanto ma mai l'acne. È a questo gruppo che, tredici mesi fa, cerco disperatamente di unirmi. Tutto ciò che sta al di sotto non vale la pena di essere preso in considerazione. Le nerd hanno una loro autorità, con le loro trecce alla francese perfette e i loro futuri radiosi, ma io non ne farò mai parte. C'è qualche artista ai margini, che vede nella St Bernadette qualcosa a cui sopravvivere per poi riprendere la vita vera. È così che pensavo a Fiona prima che decidesse, per qualche motivo, di diventare mia amica. Ma adesso, tredici mesi fa, lei non significa quasi niente per me.

Non ho la fiducia in me stessa o l'inventiva necessarie ad avere una vita intensa fuori dalla scuola. È Michelle e Niamh oppure niente.

Ho bisogno di una cricca per sopravvivere.

Sento che lo dico a Roe, seduto nella mia testa come lo spettatore che al cinema venga continuamente interrotto dalla maschera con la torcia.

Gli insegnanti ci hanno ordinato di ampliare i nostri orizzonti ed è stato organizzato uno scambio di regali a sorpresa. Gli insegnanti insistono che gli abbinamenti sono casuali, ma è subito chiaro a tutti che è un esercizio di socializzazione in cui i livelli alti vengono accoppiati a quelli bassi. Le festaiole con le nerd. Le ragazze ricche e superficiali con tipe come Fiona, nella speranza che le prime vengano contagiate dalla profondità di carattere delle seconde.

A me tocca Tanya Burke, che riceverà un lucidalabbra di Boots. Facile. A Lily tocca Michelle. Dal momento in cui sono state abbinate io sto costantemente in ansia. Voglio proteggere Lily da Michelle e, allo stesso tempo, Michelle da Lily.

Perché sei così terrorizzata? È solo un dannato regalo di Natale.

Col senno di poi, so che Lily cerca solo di fare del suo

meglio. Sa che provo a fare amicizia con Michelle. Vuole dimostrare a Michelle che, anche se sono diverse, possono comunque andare d'accordo.

Col senno di poi è facile vedere le buone intenzioni di Lily, ma sul momento, guardando Michelle che scartava il suo regalo di Natale, ho provato soltanto orrore davanti alla linea invisibile che Lily stava valicando.

Roe lo vede. Roe sta guardando.

E questo che cos'è?

Niente. Esci. Basta.

Perché Lily piange?

Lily, che sa quanto a Michelle piace guardarsi, le ha fatto un ritratto. Ha trasformato Michelle in una visione steampunk: la spalla è una ruota dentata gigantesca, l'uniforme scolastica un abito vittoriano con i bottoni fino al colletto e lungo le maniche. È un disegno incredibile, uno dei suoi migliori, illustrato con i suoi acquerelli speciali.

«E la cosa migliore è che sono rimasta sotto il budget di dieci euro», dice allegramente, annunciandolo alla classe. «La cornice viene da Dealz e ne è costata due.»

Non dico niente. So che Michelle pensa che il ritratto sia strambo.

«Ehm, grazie, Lily», dice. «È davvero... ehm... sì.»

Michelle ripone il ritratto alla svelta e sul viso di Lily appare un lieve guizzo di delusione. Se lo scrolla di dosso. Ha rispettato la sua parte del patto. Ha fatto il suo regalo di Natale a sorpresa.

Perché diavolo volevi essere amica di queste deficienti?

Non lo so, Roe.

Non lo so.

Durante l'ora di pranzo, Lily torna in classe e trova il quadro sul suo banco. Con su scritta una parola, una parola che una volta avevo sentito lanciata da qualcuno in faccia a Jo.

«Be'», dice tranquillamente Lily. «Non credo si riferiscano alla diga del fiume.»[3]

Però mantiene la calma. Non perde il controllo. Solo quando è ora di andare a casa e va in bagno, dove le trova che stanno svuotando il suo zainetto nel lavandino, scatta davvero la scintilla.

«Perché lo fanno?» Lily urla contro di me. «Perché vuoi essere amica di queste… queste *stronze*?»

La collera incandescente che sono incapace di contenere gorgoglia nuovamente dentro di me. Sono stufa di averla alle costole. Stufa che mi rovini ogni occasione di fare legittimamente amicizia con ragazze che potrebbero aiutarmi a migliorare una vita scolastica incredibilmente infelice. Sono stufa di stare sul gradino più basso con Lily. Il tempo delle allusioni è terminato. Devo mandare un messaggio, forte e chiaro.

Maeve, no.

Mi spiace, Roe. Mi spiace.

Michelle e Niamh mi osservano, in attesa di una reazione. Non serve a niente dire che non sono stronze. È vero. L'unica cosa che mi rimane è diventare una di loro.

E, con un movimento sciolto, apro il rubinetto.

Lily resta a guardare, a bocca aperta per lo shock. Il contenuto di tutto lo zaino – i pastelli acquarellabili, i libri, la sciarpetta a strisce e il cappello – s'inzuppa a poco a poco di acqua fredda. Lei non muove un muscolo.

Persino io so di essermi spinta troppo in là. Fino a un punto da cui so di non poter tornare indietro. Ho affogato in un lavandino scolastico un'amicizia fedele che dura da una vita.

«Scusa», dico in maniera poco convincente e le passo accanto, prendendo Niamh e Michelle sottobraccio men-

[3] Gioco di parole sul significato di *dyke*, che è sia «diga» che un termine offensivo per «lesbica». [*N.d.T.*]

tre me ne vado. Lei resta in bagno a osservare in silenzio l'acqua che dal bordo del lavandino trabocca sul pavimento.

Sarà la vostra rovina o sarà il vostro inizio. Donne, ecco a voi la carta della Governante.

Quindi qualcosa cambia. Come un'onda che cancella un disegno sulla sabbia, la Lily quindicenne svanisce, sostituita da Lily a sedici anni. È un ricordo più recente. Molto, molto più recente.

Siamo di nuovo alla St Bernadette e attorno a noi è radunato un gruppo di ragazze. Davanti a noi sono stesi i tarocchi. Gli occhi di Lily si riempiono di lacrime mentre fissa desolata la Governante.

Oh no, oh no, oh no.

È questa? La lettura dei tarocchi?

«Dimmelo, Maeve. Non sono più una bambina per non saperlo.»

«Non so che cosa significa.»

Fiona è vicino a me e fa dei rumori per calmarci, cercando di disinnescare la situazione. Ma non serve a niente. Nessuna delle astanti vuole che questo momento finisca. È lo spettacolo di metà pomeriggio per eccellenza: due ex migliori amiche che si sputano addosso veleno davanti a uno stupido gioco di carte.

«È proprio da te. È proprio da *Maeve.*»

«Lily, Basta. Non so davvero che cosa significa, okay?»

«Faresti qualsiasi cosa per ottenere un po' d'attenzione, non è vero, Maeve? Però, poi, quando hai tutti gli occhi puntati addosso, non sei capace di reggerla.»

«Non riesco a credere che siamo state amiche», dice Lily. «Non sei una buona amica, Maeve.»

Oh Dio. Ecco che arriva. Ecco che arriva. Roe, mi spiace.

«Vorrei non essere mai stata tua amica», rispondo digrignando i denti. «Lily, vorrei che tu sparissi e basta.»

Cerco Roe nella mia testa, cerco la sua presenza.

Dove sei? Parlami, ti prego.

Apro gli occhi e sono di nuovo nel cespuglio, la testa incrostata di terra. Mi guardo attorno, tastando in cerca di una mano che mi aiuti ad alzarmi.

Ma non c'è nessuno. Roe è scomparso.

Sguscio fuori appena in tempo per scorgere la sua schiena che attraversa il campo di calcio e poi, alla fine, scompare.

CAPITOLO 27

Lo chiamo in continuazione, ma lui non risponde. Alla fine mi manda un messaggio su WhatsApp.

Smettila di chiamarmi, scrive.

Voglio solo spiegarti che cos'è successo.

Una breve pausa.

Ho visto cos'è successo.

Le nuvolette familiari di qualcuno che scrive e si ferma, si ferma e scrive. Dopo un po' ci rinuncia.

Mi spiace, scrivo.

Mi hai fatto credere che Lily avesse chiamato la Governante. Invece sei stata TU.

Sto per digitare una risposta, ma il suo nuovo messaggio arriva troppo rapidamente.

Hai DESIDERATO che sparisse e basta? E non pensavi che questa fosse un'informazione importante?

So di dover riflettere con attenzione su ciò che dico ora, ma il panico è troppo forte. Continuo a digitare, inviando messaggi lunghi come articoli, straripanti senso di colpa, mercanteggiamenti e infelicità. Continuo a ribadire che ancora non sappiamo che cosa porti in vita la Governante; potremmo essere state entrambe oppure l'energia concentrata di tutte le ragazze nella stanza. E comunque erano tutte solo teorie, perché non avevamo nessuna prova reale dell'esistenza della Governante.

Un altro silenzio.

Adesso voglio starmene da solo.

Nel corso della serata gli scrivo e cancello un milione di messaggi. Vuoi ancora uscire con me? E Sono ancora invitata al tuo concerto sabato? E, il più patetico di tutti, Ti piaccio ancora?

Per fortuna ho abbastanza senso di autoconservazione da non inviarli.

Alla radio trasmettono qualcosa sul riscaldamento globale, sulle correnti del Golfo e sulle migrazioni dei pesci. Uno scienziato sta spiegando ad Alan Maguire che è in arrivo una corrente calda dal Brasile e il conduttore legge i messaggi degli ascoltatori che raccontano come, ai bei vecchi tempi, tutti pattinavano sul fiume ghiacciato. *Perché il fiume non si è ghiacciato?*

Joanne passa la serata in casa. Ultimamente non si fa vedere spesso. La sua storia con Sarra va di nuovo a gonfie vele e così passa una notte sì e una no a casa sua. Ho la sensazione che si trasferirà da lei e io resterò ancora da sola con mamma e papà. Sola per altri due anni, come minimo. Chi voglio prendere in giro? Sono solo due anni se vado all'università in un'altra contea, ma al momento è difficile immaginare che qualche università mi accetti. Rabbrividisco al pensiero della mamma che mi iscrive all'università locale o che usa le sue conoscenze per procurarmi un lavoro in libreria.

«Ehi, straniera», dice Jo mentre scendo le scale. Sta di nuovo preparando dei biscotti. All'avena e al miele, squisiti da intingere nel tè. «Di recente non ti si vede granché.»

«Già», faccio spallucce. Sento che tutti e tre sono moderatamente ottimisti sul fatto che negli ultimi tempi passo molto tempo fuori casa. Continuano a parlare di me come se sospettassero che sono sorda. «È un bene che si tenga occupata», eccetera eccetera.

«Un uccellino mi ha detto che ti hanno vista *baciare* qualcuno.»

«Che cosa? Quando?»

«Una delle ragazze mi ha chiesto se mia sorella avesse un fidanzato. Ho risposto no, che io *sappia*...»

«Oh, Gesù.»

«Be', come si chiama?»

Non dico niente e mi concentro invece a tamponare con il dito la farina sul piano di lavoro.

«D'accordo», dice Jo con un sorriso sornione nella voce. «Sei fortunata a essere etero, sai? È tutto così semplice. Una ragazza conosce un ragazzo e nessuno deve fare coming out perché è etero.»

«Certo», dico gelida. «Che fortunella.»

«Mi ricordo», ridacchia stendendo un foglio di carta da forno, «che mi mettevo con i ragazzi e cercavo *disperatamente* di farmeli piacere. Mi buttavo tra le loro braccia, immaginando grandi storie d'amore, per distrarmi dal fatto che ero lesbica al cento per cento.»

Oddio, non sarà mica quello che ha fatto Roe per tutto il tempo, vero?

«Che cosa cerchi di dirmi, Jo?»

«Che cosa?»

«Che sono solo la fidanzata di copertura di qualcuno, suppongo.»

«Non è minimamente quello che stavo dicendo.»

«Be', sono stufa marcia», dico con voce improvvisamente alta e incrinata. «Sono stufa di essere la terza scelta di tutti.»

«Maeve, vedi di calmarti e dimmi di che diavolo stai parlando.»

Cerca di incrociare il mio sguardo, ma io non voglio farle vedere gli occhi lucidi.

«Porto fuori il cane a spasso», annuncio. «Tutu? Dov'è Tutu?»

Lo trovo sul letto di Pat, la testa sepolta sotto un cuscino. Oggi ha già fatto la sua passeggiata e si gode il suo rituale di ignorarci tutti ogni sera finché mio papà non rincasa.

«Dai», gli dico e lui mi trotterella dietro affettuoso. Gli metto il guinzaglio e lo porto fuori, sperando che Roe stia ciondolando ancora nei pressi del sottopassaggio.

Invece no.

Dopo aver fissato per venti minuti buoni il telefono e aspettato che Roe mi mandasse un messaggio, comincio a lanciare un bastoncino a Tutu. Lui, obbediente, lo recupera, pur essendo un po' troppo vecchio per lasciarsi entusiasmare dal gioco. Gli stringo il testone biondo tra le mani e gli dico che è un bravo ragazzo, come se facendogli i complimenti potessi dimenticare il mio problema. L'abbiamo preso quando avevo otto anni, dopo la morte del mio gatto Tom. Nemmeno allora avevo una grande immaginazione, perciò lo abbiamo chiamato Tom Due, che alla fine è diventato Tutu.

Prima di Tutu siamo sempre stati una famiglia da gatti. C'era stato l'altro gatto, quello scappato prima che io nascessi. Ho visto le sue fotografie. Un monello grasso e nero che una volta ha rovinato il Natale arrampicandosi sul ripiano della cucina, mangiando il tacchino e facendosi venire una diarrea esplosiva sul tacchino suddetto. Io non ero presente a niente di tutto questo, naturalmente, ma l'ho sentito raccontare così tante volte che è come se fossi stata lì.

Tutu annusa la neve, già un po' annoiato. A questo punto lo siamo tutti.

Gli lancio il bastoncino, che finisce nel fiume, e lui gli abbaia dietro mentre galleggia su un nido di alghe verdi.

«Oddio, non vorrai che te lo ripeschi, vero?»

Abbaia ancora.

«Va bene. Suppongo di non potermi permettere il lusso di mandare affanculo anche te.»

Mi chino sul bordo dell'acqua e tiro fuori il bastoncino. Resto sconcertata da quanto è caldo. Tutu fissa l'acqua con me e, per un attimo, il nostro riflesso – lui con espressione perplessa, io con i capelli lunghi come fili di lana che mi coprono la faccia – è spaventoso. Io continuo a fissare, anche quando Tutu perde ogni interesse e se ne va. Poi ho una folgorazione.

Il cane. I capelli.

Assomiglio a *lei*.

La Governante.

Penso a tutte le cose che ho fatto oggi. Ho mentito a Roe. Gli ho mostrato il mio lato più brutto. Ho sospettato che Fiona cercasse di rubarmelo, come se fosse una proprietà personale. Ho urlato contro mia sorella senza motivo apparente. E perché? Perché avevo paura. Perché ero insicura. Perché mi sentivo una ragazza che nessuno avrebbe potuto amare e mi sono comportata da ragazza che nessuno avrebbe voluto amare.

E se avessi richiamato in vita la Governante perché ero arrabbiata con Lily? E se la Governante avesse vissuto dentro di me, per tutto questo tempo? E se le mie parti più oscure e malvagie alimentassero la Governante?

E se la Governante fossi *io*?

Quest'idea si materializza come l'apparizione di un'unica stella alla luce del giorno.

Immergo ancora la mano nell'acqua. Le alghe verdi si attorcigliano attorno a me. Sollevo la manica del cappotto per raccoglierle attorno al gomito. Affondo tutto il braccio, come se dovessi rovistare nella cavità toracica di un gigante.

Allungo la mano, cercando di solleticare il fondo del fiume e trovarne il cuore pulsante.

Quello che non trovo, però, sono gli organi compatti e molli. O le alghe scivolose e intricate. La cosa sulla quale la mia mano si posa mentre fruga in quell'oscurità umida e infinita è rigida. Di metallo, frastagliata.

Tasto tutt'attorno, le dita si coprono di limo. Sì, degli oggetti di metallo. Una gran quantità.

Piccoli oggetti di metallo.

Chiavi? Ci sono delle… chiavi qui sotto?

Ne afferro una manciata, tiro fuori il braccio e, qualsiasi cosa stringa in pugno, mi taglia la pelle. Facile, morbido, silenzioso come un coltello da bistecca che infilza un sacco pieno di palline di plastica.

«Gesù!» grido, strappando fuori la mano e rannicchiandomici sopra fino a trascinare il pugno chiuso verso la pancia. Tutu mi raggiunge con un balzo perché vuole vedere la mano, incuriosito dal sangue e dall'acqua del fiume che mi sgocciola lungo il braccio. Gli urlo di allontanarsi, più per istinto che per altro. L'impulso meschino, da roditore, che mi terrorizza e mi fa stare sulle mie.

Lui indietreggia, offeso, e torna a esaminare la neve. Piano piano apro il palmo per studiare le chiavi che mi hanno tagliato con tanta facilità.

Ma non sono chiavi. O, perlomeno, non il tipo di chiavi che mi aspettavo: questi sono i grandi aggeggi di ottone che si usavano per caricare i vecchi giocattoli, gialli e luccicanti come appena usciti dalla catena di montaggio di una fabbrica. Ne ho due in mano, insieme a un assortimento di ruote dentate arrugginite di varie dimensioni. Un mondo di disegni, giochi e minuscole promesse, tutto nel palmo della mia mano.

Guardo prima la mano e poi il fiume e mi domando quanto sangue ho perso nello scambio.

CAPITOLO 28

Mi fascio la mano da sola nel bagno al piano superiore, spruzzandoci sopra il disinfettante della cassetta del pronto soccorso che da secoli si trova in cima all'armadio della mamma. Le ruote dentate finiscono in un vecchio portagioielli, le chiavi nella tasca della felpa.

Nella mia libreria c'è una serie di vecchi quaderni e di eserciziari che la mamma cerca sempre di farmi buttare via. Dice che dovrei lasciare più spazio ai libri veri, al che io le rispondo: «Mamma, *quali* libri?». Non leggo un romanzo dai tempi del secondo Harry Potter, quando ho stabilito che Ginny era troppo antipatica e che mi dava il voltastomaco continuare a leggere le sue imprese.

Lily mi ha sempre detto che nei libri successivi Ginny non appare più tanto, ma io non mi sono mai data pena di controllare. Invece tengo la libreria come un tempio dedicato ai ricordi. Ci sono i blocchi per appunti in cui Lily e io disegnavamo mappe, schizzi e le regole per delle nuove civiltà. Qui dentro ci sono mondi all'interno di altri mondi, universi di fantasia che riflettevano la fase che stavamo attraversando in quel momento.

Sfoglio un quaderno dell'anno in cui tutt'e due abbiamo compiuto undici anni. Era il progetto di un mondo acquatico. Una specie di paesaggio sporco e disgustoso in cui tutto è stagni schiumosi e alghe verde smeraldo. Ci sono girini e uova di rana, trote e sgombri. Cefali, i pesci peggiori a detta di tutti, perché si nutrono di rifiuti umani.

E poi, in caratteri tracciati come se stessero sgocciolando da un rubinetto, Lily ha scritto una frase: NESSUNO NUOTA, NESSUNO ANNEGA.

Non sapevo che cosa significasse e ancora non lo so. Ma il disegno delle uova di rana mi fa serrare i denti. Fisso i tagli sulla mano.

È stata Lily a mandarmi le ruote dentate e le chiavi?

O le usa per *attaccarmi*?

Il taglio sulla mano parte dalla base dell'anulare, dove la pelle è più morbida e grassoccia come il ventre di un serpente. Attraversa in modo irregolare una linea del palmo – quella della vita o della saggezza, non so quale. Flettendo le dita avanti e indietro sento la pelle che si tende e si stacca, provocandomi un dolore bruciante. Un segno enorme e sanguinolento da parte di Lily. Un grande "beccati questo, Maeve".

Per quanto doloroso, è meglio così, in un certo senso. Meglio una qualche forma di dialogo con Lily che niente del tutto.

Alle nove va via la luce. Ognuno di noi è nella sua camera da letto. Ci avventuriamo sul pianerottolo per scoprire che cos'è successo. Il papà è in piedi su una sedia con una torcia e aziona il pulsante del fusibile, ma non funziona.

«La notizia si è diffusa su Twitter», dice Jo, il volto illuminato al buio dal telefono. «Il blackout copre tutta l'area di Kilbeg. Sono caduti degli alberi sulle linee elettriche, o qualcosa del genere.»

«Perché?» dico con voce acuta. «Non c'è stata una tempesta o chissà che. È solo neve.»

«La neve cade sugli alberi. Gli alberi diventano pesanti. Gli alberi cadono», risponde Jo con tono sarcastico, come a dire: "Non ti ho ancora perdonato per come ti sei comportata da stronza prima".

«Be', questa sì che è una bella avventura», dice il papà, dandosi un tono di eccentricità. «Tiriamo fuori le candele? Storie di fantasmi?»

«I termosifoni si sono spenti», dice la mamma, posando la mano sul calorifero dietro di lei, che si sta raffreddando rapidamente. «Be', ci serviranno coperte doppie su ogni letto. Ragazze, credo sia meglio se dormite insieme.»

«*Che cosa?*»

«Per tenervi al caldo. Questa casa diventerà un cubetto di ghiaccio nel giro di un'ora, fidatevi.»

Ed è vero. Persino con due paia di calze, ogni passo sul pavimento del bagno mi fa venire un brivido di gelo su per le gambe. Quando Jo e io ci rifiutiamo di dormire insieme, la mamma insiste perché io vada a letto con la pelliccia.

«Dove diavolo hai preso questo vecchio culo puzzolente di pecora?» chiedo, mortificata che l'accusa di Roe sulla ricchezza della mia famiglia sia probabilmente vera.

«Era della tua bisnonna ed è una pelliccia di coniglio grigio, vorrei informarti.»

«Perché abbiamo il giaccone di una morta? Il giaccone immorale di una morta?»

«L'ho ereditato quando avevo più o meno la tua età. Non ho mai avuto il coraggio di buttarlo via. Quella povera creatura ha dato la vita perché la tua bisnonna stesse al caldo e mi sembra un crimine buttarla nella spazzatura.»

È insolitamente protettiva in questa Siberia appena scoperta. Si siede accanto al mio letto e accende due lunghe candele da pranzo, entrambe infilate in bottiglie di vino recuperate dal bidone del vetro riciclato.

«Portane una in bagno se devi andarci durante la notte», dice posandole sul comodino. «Lascio qui i fiammiferi.»

«Grazie, mamma.»

Tengo le mani infilate nella manica del giaccone di pelliccia di coniglio, così da non farle vedere il taglio.

«Stai abbastanza al caldo?»

«Più caldo di così è impossibile.»

«È divertente come ai vecchi tempi», dice, e io cerco di non rispondere dicendo che è divertente lei seduta così sul mio letto, tanto per cominciare. Aveva appena conseguito il dottorato quando ha scoperto di essere incinta di me e, secondo Abbie, le è venuto un tracollo nervoso per il timore che non le sarebbe mai servito a niente. Allora ha messo il turbo alla sua carriera e mi ha sbolognato a un mix di babysitter e di sorelle che badavano a me. «Eri una bambina facile», dice spesso con tenerezza. «Già, perché *tu* ne sai qualcosa», risponde Abbie a volte.

Però devo sembrarle a disagio, o desiderosa che lei se ne vada, perché mi lancia un'occhiata vagamente triste e sospira.

«So che ultimamente è stata dura per te, bestiolina», dice. «La scomparsa di Lily. E adesso Jo dice che hai anche un fidanzato.»

«Oh, Dio...»

«No, no, non preoccuparti, non voglio che tu mi dica tutto... a meno che non lo voglia tu, naturalmente... ma, del resto, perché dovresti?»

All'improvviso, alla luce bassa e tremolante della candela, i suoi occhi sono vitrei. Io non dico nulla.

«Sai, quando ho messo su famiglia, mi sembrava di non avere scelta. Era o il lavoro o i figli. Così ho scelto i figli. Però, poi, quando sono tornata a scuola, ho ritrovato la speranza, come se potessi fare qualsiasi cosa. Qualche volta mi domando se mi sono ingannata pensando di poter fare entrambe le cose e forse, in questo modo, ti ho delusa.»

«Ma a me non è mai importato. Ero libera di fare tutto quello che volevo con Lily. Non dovresti sentirti in colpa.»

«Lo so.» Sorride debolmente. «Lo so, ma qualche volta rimpiango di non essere stata più presente. Con te, in particolare. Però non si possono correggere i rimpianti dalla propria vita, vero?»

Non so che cosa all'improvviso la induca a essere così

aperta con me. Queste non sono le nostre solite conversazioni. Può darsi che gli eschimesi abbiano cinquanta parole diverse per definire la neve, ma noi ne abbiamo zero per esprimere quello che proviamo gli uni per gli altri.

«Dicono sempre che non bisogna avere rimpianti», dico timidamente. «Quella cosa che dicono i francesi.»

«*Je ne regrette rien*», dice piano. «Non rimpiango nulla. È una frase stupida.»

«Credi?»

«A volte tutti trattiamo male qualcuno e se sei una persona anche solo lontanamente empatica o con dei difetti, dovresti provare dei rimpianti. La cosa importante è imparare la lezione e poi trattare meglio la gente.»

Stringo ancora più forte il pugno nella mano fasciata.

«E se la cosa che hai fatto è troppo brutta?» chiedo. «E se la persona non ti perdona più?»

La mamma mi guarda con assoluta calma. «A volte non si tratta di farsi perdonare dagli altri», dice con semplicità. «A volte devi prepararti a fare il meglio con ciò che sono disposti a darti.»

E sotto la coperta, nella mano sana, stringo il più forte possibile la piccola chiave d'ottone recuperata dal fiume.

Mi addormento sulla pelliccia della morta e non sogno niente. Però mi sveglio lo stesso nel pieno della notte con dei versi che mi escono a metà dalla bocca.

«Neve alla pioggia e pioggia al fiume;
Non ci faremo ingannare ancora.
Fiume al mare e mare al cielo:
Ciò che è ora non sarà allora.»

La ferita sulla mia mano è di nuovo aperta. Le bende sono scomparse. Vado in bagno con la candela infilata nella bottiglia di vino e ogni parte del mio corpo trema nella casa buia e fredda. Ho sempre dato per scontato, penso, il numero di minuscole luci rosse in ogni stanza: il riquadro arancione sopra un interruttore, la lucetta rosso ciliegia sullo scaldabagno, la luce di carica dello spazzolino elettrico. I piccoli segni che in una casa ti dicono che tutto funziona come dovrebbe.

L'acqua scorre calda e marrone per qualche secondo, come l'acqua del fiume.

Questa casa non funziona come dovrebbe.

Sono sola. Come se casa mia fosse una nave che galleggia in mare aperto e io fossi l'unica sopravvissuta.

Comincio a leggere *Guida per principianti agli incantesimi* seduta sul bordo della vasca, i piedi in cinque centimetri di acqua calda.

«Le candele bianche», spiega il libro, «sono particolarmente indicate per la protezione, la pace, la verità e la purezza.»

Sfoglio le pagine. Il libro si dilunga sulle candele e sulle erbe e ama soprattutto frasi di questo tipo: «...come quelle che potete trovare nel vostro giardino o nella vostra dispensa!

Il rosmarino possiede una forte energia femminile ed è utile per scacciare la negatività e per proteggersi. Cresce selvatico in ogni giardino: cercatelo!

La camomilla è utile per un sonno tranquillo e ora è popolare in molti infusi che si trovano al supermercato!

Per riparare una relazione traballante, fate un semplice incantesimo al miele! Qualsiasi miele andrà bene!»

C'è qualcosa di rassicurante in questa forma di magia confortevole e materna. Leggo gli incantesimi, che mi sembrano troppo complicati e un po' imbarazzanti, ma dopo ognuno di essi, Alwyn lascia sempre la stessa nota a piè di pagina.

«Ricordate», scrive. «La magia è un'arte, oltre che una scienza. Trovate la magia che voi sentite vera.»

Non so che ore siano quando scendo in cucina. Il mio cellulare è morto ore fa e l'unico orologio in casa è il display del forno, ora spento. La candela nella bottiglia di vino si è quasi consumata, così ne prendo una nuova manciata dall'armadietto estraibile dove teniamo le posate.

Nella dispensa dei cibi asciutti ci sono dei barattoli di spezie e nel frigorifero c'è il miele. Tiro fuori delle cose a caso e le butto alla rinfusa in una borsa di tela tra il milione che la mamma porta sempre a casa dai suoi convegni accademici.

Una volta tornata nel bagno di sopra, verso rosmarino, salvia e un cucchiaio di miele nella vasca. Anice stellato per proteggermi dai brutti sogni, una foglia di basilico per tenere lontani gli spiriti maligni. Aggiungo tutto forsennatamente, disperatamente, finché la vasca è piena di erbe e l'acqua si è raffreddata al punto da sembrare ghiaccio.

E adesso? Devo... immergermi nel bagno?

Chiudo gli occhi e cerco di seguire una sorta d'istinto. «La magia è un'arte, oltre che una scienza.»

No, non si è mai sentito di streghe che *entrano* nel calderone.

Spulcio il libro e trovo le istruzioni per creare un cerchio protettivo. Mi dice di contrassegnare ogni lato con delle candele: «Gialla per l'Aria a est, rossa per il Fuoco a sud, azzurra per l'Acqua a ovest e verde per la Terra a nord». Io ho solo le mie candele bianche. Allora prendo un lucidalabbra rosso per il Fuoco, un flacone di bagnoschiuma giallo per l'Aria, uno spazzolino azzurro per l'Acqua e un pacchetto di maschere verdi per la Terra.

Tutta la faccenda mi sembra una follia, ma è troppo tardi per pensarci adesso.

Immergo degli asciugamani nell'acqua, li attorciglio formando delle corde e creo un cerchio sul pavimento.

Mi siedo nel mezzo del cerchio e dalla borsa di tela tiro fuori un coltello e una candela. Comincio a incidere sgraziatamente il candido bastoncino bianco e la cera si accumula in mucchietti simili a riccioli di cioccolato. Non è un bel procedimento, ma a poco a poco le lettere cominciano a formarsi, come un bambino di quattro anni che fa i primi tentativi di scrittura. Sono metodica e massacro la candela, lentamente e sgraziatamente.

Scava, sfregia, incidi.
Scava, sfregia, incidi.

L

Era mancina.

I

Era mancina ma ha imparato da sola a scrivere con la destra.

L

Era mancina ma ha imparato da sola a scrivere con la destra. Pensava che un giorno le sarebbe servito.

Y

Era mancina ma ha imparato da sola a scrivere con la destra. Pensava che un giorno le sarebbe servito e magari quel giorno è adesso.

Scendo lungo la candela e ricomincio da capo, stavolta più delicatamente.

L

Era la mia migliore amica.

I

Era la mia migliore amica e io l'ho tradita.

L

Era la mia migliore amica e io l'ho tradita e adesso lei si sta vendicando sulla città.

Y

Era la mia migliore amica e io l'ho tradita e adesso mi sto vendicando sulla città.

Quando esaurisco lo spazio sulla candela, mi strappo dal cuoio capelluto qualche capello riccio e spesso, tirandolo alla radice, dove fa più male. Ottimo. Il dolore è cosa buona. Il sacrificio è cosa buona.

Avvolgo per bene ogni capello attorno alla candela e intanto sussurro il mio incantesimo improvvisato. Cerco di imitare la proprietaria del Divinazione, imprimendogli un certo ritmo per ricordarlo più facilmente e renderlo meno goffo.

«Ritrova Lily, proteggi Maeve;

Perdona l'amica, salvale la vita.
Ritrova Lily, proteggi Maeve
Perdona l'amica, salvale la vita.»

Vado avanti così, ad avvolgere e bruciare, incidere e salmodiare, finché sento gli uccelli che si svegliano. In bocca le parole cominciano a sembrarmi lana e dopo un po' non ne afferro più nemmeno il significato. Perdonare chi? Salvare la vita di chi, esattamente?

A un certo punto devo essermi addormentata.

Mi sveglio prima che qualcuno mi trovi, sdraiata al centro del mio cerchio protettivo, raggomitolata a palla nella pelliccia di coniglio della mia bisnonna. Una goccia d'acqua mi cade sulla fronte.

Poi un'altra.

E un'altra ancora.

L'acqua sgocciola attraverso il vecchio tetto di casa, cadendo dalle piastrelle del soffitto sul pavimento.

La neve si sta sciogliendo.

CAPITOLO 29

«Be', grazie a Dio», dice la mamma a colazione. È riuscita a far funzionare il fornello a gas, così mangiamo pane raffermo fritto spalmato di Ballymaloe Relish e beviamo tè preparato con l'acqua che abbiamo fatto bollire. «A quanto pare l'ondata di freddo si è fermata stanotte. L'elettricità dovrebbe tornare durante il pomeriggio.»

«Quando?» chiede Jo irritata. «Devo consegnare una tesina e non ho niente su cui scriverla.»

«Sono certa che prorogheranno la scadenza, visto il tempo apocalittico.»

«Be', se questa è l'Apocalisse», dice il papà uscendo con una pala, «perlomeno ne conosciamo la portata.»

Faccio fatica a mangiare il pane fritto. Sono stata io. Ho fatto sciogliere la neve. Ho fatto finire l'ondata di freddo. Ho inventato un incantesimo.

E *ha funzionato.*

Fletto la mano e vedo che la neve non è l'unica cosa a essere cambiata. Una delicata cicatrice ricopre lo squarcio sul mio palmo ed è quel genere di cicatrice che di solito impiega una settimana a formarsi.

Forse sono capace di evocare i demoni. O forse questa assurda energia della Governante che vive dentro di me può fare il bene oltre che il male. Forse lo stesso potere che ha allontanato Lily può essere parte della soluzione per riportarla tra noi.

Ero arrabbiata con me stessa per il fatto stesso di essere arrabbiata. Per i miei scoppi improvvisi d'ira, per la scarpa tirata in classe, per tutta la frustrazione che sedimentava sotto la pelle esplodendo di tanto in tanto in momenti di furia incandescente. Se invece potessi prendere tutto questo e trasformarlo in qualcos'altro? Per esempio, be'... nella magia?

Sollevo il ricevitore del telefono di casa a intervalli di pochi minuti, in attesa del segnale di libero. Il numero fisso degli O'Callaghan è praticamente l'unico che conosco, a parte il mio. Ho bisogno di parlare con Roe. Deve sapere dell'incantesimo, di quello che posso fare. Saltello da un piede all'altro, in preda alla frustrazione. Il papà dice che gli automobilisti devono fare ancora più attenzione, ora che la neve si sta sciogliendo. Non vuole che io esca di casa, nonostante il mio bisogno disperato di vedere Roe e Fi. Potremmo ideare un incantesimo per riavere Lily. Ora che so come si fa, sarebbe facile.

«Scivolerai e ti spaccherai la schiena, Maeve», dice corrugando la fronte e abbracciando il cane con fare protettivo.

«Renditi utile, Mae», mi sollecita la mamma. «Dobbiamo fare le grandi pulizie nello studio. Butta tutti quei libri spazzatura...»

«Non ci sono libri spazzatura», s'intromette il papà.

«Abbiamo due copie dello *stesso* libro di Jeffrey Archer.»

«Be'...»

«Sinceramente mi offende già che ce ne sia *uno.*»

Non c'è niente di meglio da fare e fa comunque troppo freddo per restare seduti immobili, così acconsento. Lo studio è una stanza minuscola sul retro della casa, con scaffali che vanno dal pavimento al soffitto, ed è così lontano dalla televisione e dalla cucina da non lasciarti scuse per *non* studiare. Ricordo ancora Joanne l'anno in cui ha dato l'esame di maturità, rintanata lì dentro, piena di eruzioni cutanee provocate dallo stress. Povera Jo, penso, provando un'improvvisa empatia nei suoi confronti. Ce la mette sempre tutta. Mi devo ricordare di scusarmi per ieri. Forse, penso tutta eccitata, potrei persino escogitare un incantesimo che la aiuti a rilassarsi un po'.

Mi metto al lavoro e scelgo i libri da eliminare. La maggior parte è davvero un po' una schifezza, me ne rendo conto persino io. Sono perlopiù biografie non autorizzate di star dello sport ed ex presidenti, il genere di cose che i miei fratelli potrebbero aver regalato a mio papà per Natale. Tiro fuori il walkman del Chokey e lo fisso alla cintola mentre tutta contenta scarto i libri. Tutto va a gonfie vele finché una copia canaglia di *Il secondo tempo* di Roy Keane s'impiglia nelle cuffie e strappa via il walkman, che si fracassa sul pavimento.

Urlo per la sorpresa, armeggiando con il registratore per controllare se è completamente rovinato. Potrei facilmente trovarne un altro su eBay, ma mi rendo conto di quanto ormai mi ci sia affezionata. Analizzo i pezzi cercando di calmarmi dopo lo shock improvviso. È solo la parte anteriore di plastica, quella che tiene dentro la cassetta, a essere saltata. Si può riattaccare facilmente con la colla. Praticamente sospiro per il sollievo.

Raccolgo in mano il nastro e i frantumi, cercando di tenere tutto insieme mentre recupero l'attaccatutto.

È solo allora che capisco.

La cassetta. O meglio, l'etichetta. Lì, sul rettangolo ingiallito e arricciato di carta appiccicosa c'è quella cosa che non ha smesso di fissarmi un momento.

PRIMAVERA 1990.

L'anno in cui il gatto è scappato.

La mamma mi aveva raccontato qualcosa riguardo al 1990. In realtà ne parlava spesso. Faceva parte della mitologia familiare il fatto che avesse avuto una gravidanza orribile con Cillian, costretta a letto, e che Abbie non potesse giocare nella neve perché la mamma stava troppo male per portarla fuori. Non riesce nemmeno a guardare un gatto senza tirar fuori Kylie, scappato durante una tempesta di neve.

Un gatto che scappa durante una tempesta di neve. Prima di ora non ne avevo mai messo in dubbio la logica.

Possibile che questa sia davvero la prima volta che la Governante è approdata a Kilbeg? È rimasta dormiente per trent'anni, in attesa di una nuova preda da ghermire?

La sera torna l'elettricità e il papà cuoce tutto quello che si era scongelato nel freezer spento. È così che ci riduciamo a cenare con pollo, salsicce, sanguinaccio nero e costolette d'agnello. Quando abbiamo finito, persino Tutu è stufo di mangiare carne. Io mi scuso con Jo per la mia reazione stizzita, lei accetta in modo burbero le mie scuse e va a scrivere il suo saggio sul computer portatile che adesso si può ricaricare. Io collego il telefono alla presa e guardo le notifiche che mi sono persa. Ce ne sono quattro di Fiona e nessuna di Roe.

13.02: Sei ancora senza elettricità??? Sono venuti tutti a casa mia! Le mie zie hanno LETTERALMENTE allestito un braciere indiano all'aperto per preparare il pranzo! Vieni!!! Xxx

14.21: OKAY, il mio telefono sta per morire, ma vieni. Vuoi che inviti Roe?

14.32: Wow, l'1% dura un bel po'. Comunque mi è venuto in mente che forse la tua batteria è morta e non hai visto i miei messaggi. Scrivimi quando ritorni! Roe sta arrivando. BARBECUE NELLA NEVE. Xxx

19.12: Ehi. Roe è appena andato via. Ti va di parlare?

L'ansia mi fa venire i crampi allo stomaco. Roe e Fiona hanno passato il pomeriggio insieme. Ricordo la prima serata che Fi e io abbiamo passato a casa sua, con una bottiglia di vino rubata, sedute sul suo letto a creare finti profili Facebook.

Respiro e cerco di rievocare l'epifania che ho avuto a colazione: se la rabbia e l'odio provocano tante scintille, allora la gentilezza e l'empatia possono scatenarne una quantità identica. Chiudo gli occhi e penso al miele, per l'amicizia. La candela bianca, per la protezione. Il rosmarino, per l'energia femminile e per l'eliminazione del karma negativo.

Fiona ha invitato i suoi amici a una festa. Non è successo altro.

Fisso ancora il messaggio delle 19.12. Ovviamente Roe ha raccontato a Fiona tutto quello che è successo ieri durante la lettura dei tarocchi. Lo scambio dei regali per Natale. La verità su quello che è accaduto con la lettura.

Ripenso al rosmarino. Non puoi farci niente per quello che hai detto durante la lettura dei tarocchi. E per la faccenda dei regali di Natale... è stato un anno fa. Se Roe vuole smettere di parlarti per quello che è successo un anno fa, be'... allora non c'è nulla da fare.

Ecco però che cosa posso fare. Posso creare un incantesimo per riportare indietro Lily.

CAPITOLO 30

Alle undici auguro la buona notte alla mamma, al papà e a Jo, ma non vado a letto. Sono troppo impegnata a progettare il mio prossimo incantesimo. L'incantesimo che riporterà indietro Lily.

Ieri notte ho interrotto l'ondata di freddo e ho fatto sciogliere la neve. Lily non è ancora tornata nel suo letto, ma è già un progresso: le tracce sottili delle crepe sul guscio di un uovo prima che si schiuda. Questo è l'incantesimo che la farà uscire. Ne sono sicura.

Cerco di raffinare i metodi raffazzonati di ieri notte. Stavolta non uso oggetti a caso per rappresentare la Terra, l'Aria, il Fuoco e l'Acqua. Sono più attenta. Durante tutta la sera intasco dei piccoli oggetti in giro per casa: una scatoletta carina di fiammiferi di un hotel per il Fuoco, delle conchiglie decorative per l'Acqua, una penna d'oca comprata nel gift shop di un museo per l'Aria. Riempio un sacchetto da freezer con il terriccio del giardino che si sta sgelando. Trovo una fotografia di Lily e me nella scatola da scarpe della mamma, quella con una quantità infinita di foto senza cornice. Abbiamo otto anni e lei è venuta in vacanza con noi, i capelli biondo scuro schiariti dal sole spagnolo. Mangiamo il gelato dalla testa di plastica di un pinguino.

Verso le due m'intrufolo in bagno e riproduco il calderone nella vasca, buttando nell'acqua rosmarino, miele e una foglia di alloro. Dovrò comprare altri ingredienti, quelli giusti, da Divinazione.

Questo incantesimo è tratto dal libro. Si chiama la Perdita del Marinaio. Bisogna prendere due corde di seta bianca e annodarle con una serie di nodi marinareschi fino a che non si ottiene una lunga treccia. Mentre si fanno i nodi bisogna visualizzare il ritrovamento di un oggetto smarrito che galleggia in mezzo alla vastità dell'oceano e acchiapparlo con un lazo tirandolo sempre più verso di sé.

Formo il cerchio incantatore disponendo le conchiglie, i fiammiferi, la penna d'oca e la terra. Sto diventando brava. La mia intuizione per queste cose è naturale, senza che io debba sforzarmi troppo.

Mi riesce come a Joanne riescono le coniugazioni dei verbi.

Prima di cominciare seleziono alcune carte che secondo me rappresentano quello che voglio ottenere dall'incantesimo. Pesco la carta che assomiglia di più al carattere di Lily e opto per il Fante di Coppe, un giovane nobiluomo che vive un po' in un mondo di sogni. La poso a faccia in su al centro del cerchio incantatore e trovo due amici da metterle accanto. Il Quattro di Bastoni, per il ritorno a casa. Il Carro per la forza di volontà, la concentrazione e la padronanza. Inizio a intrecciare la corda, concentrandomi per tutto il tempo sulla fotografia con Lily e me. La seta è la cintura della mia vestaglia, tagliata a metà con le forbici della cucina. Chiudo gli occhi e visualizzo.

Lily è distesa sul Beg, galleggia sull'acqua. Sembra la prima alba e la nebbia aleggia sul fiume, trafitta da una luce arancione ai margini della mia visuale. Attorno a lei i capelli formano lunghe trecce a sirena e i suoi occhi da insetto fissano il cielo. Io sto sguazzando verso di lei.

Comincio ad avvolgermi la corda attorno alla testa, come un cowboy.

Mi concentro su questa attività, cercando di visualizzare

correttamente la sensazione che mi provocherebbe la corda se fosse davvero un lazo. Quanto sarebbe pesante.

Nel fiume lancio il lazo, ma sul pavimento del bagno annodo, annodo e annodo, continuando a fissare la fotografia.

Annodo, annodo, annodo.

Sono ancora nel Beg, le braccia cominciano a farmi male e mi sento sempre più debole. Sono troppo lontana. Lancio alcune volte la corda, che cade di fianco a lei facendole schizzare l'acqua sulla faccia. Non si muove, non batte neanche le palpebre.

"Dai, dai", mi sprono. "Infila la corda. Infilagliela."

Perché è così difficile? È la mia immaginazione, in fin dei conti, e posso fare tutto quello che voglio. Potrei far volare un drone che porti Lily direttamente da me, però per qualche ragione non ci riesco.

Non riesco a infilarle la corda in maniera convincente o reale. Se mi sforzo troppo, perdo la concentrazione e divento troppo consapevole di me stessa. Troppo consapevole di essere una sedicenne sul pavimento del bagno dei miei genitori.

Insisto.

"Acchiappale i piedi con la corda, Maeve! Non è così difficile! È il tuo dannato cervello!"

Ce la faccio.

La corda s'infila attorno alla sua caviglia e io la tiro verso di me.

Ma non sembra più reale. Il Beg all'alba svanisce e si trasforma in una versione di cartapesta. Più tiro, più la realtà scompare.

Il suono dell'antifurto di un'auto fuori. Un cane che abbaia da qualche parte in lontananza.

È finita. Ho perso la concentrazione e non c'è più spazio per fare nodi.

La candela si è consumata.

So che l'incantesimo non ha funzionato ancora prima di andare a letto, ma non riesco a capire perché. Mi lego i nodi di seta attorno al polso, come un braccialetto. Stranamente, Lily e io non abbiamo mai attraversato la fase dei braccialetti dell'amicizia. Ci sembrava superfluo: ognuna di noi era l'unica amica dell'altra, perciò ci sembrava inutile fare un braccialetto. Adesso vorrei avergliene dato uno. Credo che le sarebbe piaciuto.

Prima di addormentarmi, mi torna in mente la proprietaria del Divinazione.

«Bisogna dare tanto per ottenere tanto.»

Fletto la mano, guardando la cicatrice pallida nel punto in cui la chiave mi aveva tagliato il palmo. Naturalmente. Il sangue è stato il sacrificio che ha trasformato un vecchio flacone di bagnoschiuma, degli articoli da toeletta e delle schifezze buttate nella vasca in un *incantesimo* vero.

Devo scoprire un modo per dare di più.

Il giorno dopo, a scuola, mi sento a disagio con Fiona, ma per fortuna lei è impermeabile al disagio. Si siede di peso sul bordo del mio banco e mi guarda dritto negli occhi.

«Perché ieri non hai risposto ai miei messaggi?»

«Ehm...»

«Ho provato a invitarti.»

«Mi spiace, ma si era scaricata la batteria.»

«Già, ho immaginato che fosse per questo. Quando ha ripreso a funzionare?»

«Non lo so. Alle otto?»

«Però non hai risposto...»

«Pensavo che la festa fosse già finita.»

«Sì, però avremmo potuto ancora...» S'interrompe, come se presumesse troppo dalla nostra amicizia. Dopo tutto non ci conosciamo da molto.

«Pensavo che forse... tu non volessi parlarmi», dico timidamente.

«Perché?»

«Per via di Roe.»

Fiona increspa il viso. «Vabbe', so che al momento non

è contento di te, ma è solo una scaramuccia tra innamorati, no?»

«Non ti ha detto il motivo della *scaramuccia*?»

«Ha accennato alla bugia», dice piegando la bocca di lato. «Ma come gli ho detto io, tu come facevi a saperlo? Sì, certo, col senno di poi, meglio non dare di matto con qualcuno augurandogli la morte mentre la Governante è presente. Fantastico. *Adesso lo sappiamo.* Ma come diavolo facevi a saperlo allora?»

«Suppongo di sì», dico, con un accenno di sorriso sul volto.

«Voglio dire, immagina se mi ritenessero responsabile ogni volta che ho desiderato che Jos scomparisse per non dovergli fare da babysitter. Sarei in *galera,* Maeve.»

Rido. Ha ragione. Roe ha tutto il diritto di odiarmi, ma lei ha comunque ragione.

«Grazie», dico ridendo. «Sono felice che tu stia dalla mia parte, almeno.»

«Sei mia amica, non gli avrei permesso di dire delle cazzate su di te. Però volevo sincerarmi che tu stessi bene, perché lui mi è sembrato piuttosto depresso.»

«Davvero?» mi affretto a dire.

«Sì. Cioè, è stato ragionevole come sempre, però non è rimasto molto. Ho continuato ad aspettare che tu mi rispondessi così potevamo sistemare le cose, ma non l'hai fatto.»

«Mi spiace», dico sommessamente, e poi ricordo l'incantesimo.

La afferro per un braccio. «Devo raccontarti una cosa.»

Lei s'illumina in volto.

«Non qui, però», mormoro. «Nell'aula d'arte? A pranzo?»

Lei annuisce e torna di corsa al suo posto quando inizia la lezione.

Durante l'ora di pranzo le racconto tutto. Be', quasi. Le racconto dell'incantesimo che ha interrotto l'ondata di freddo, le ruote dentate che mi hanno tagliato nel fiume, l'incantesimo fallito di ieri notte.

«Perciò credo che il problema sia», concludo, praticamente con la schiuma alla bocca, «credo di dover trovare un sacrificio più grande. Tipo, non so, un po' di sangue? Potrei riaprire la vecchia ferita? Pensi che servirebbe?»

Fiona mi guarda inespressiva. «Vuoi *tagliarti*?»

«Cosa? No! Non *voglio* tagliarmi. Penso solo che si debba dare tanto per ottenere tanto, come ha detto quella donna, capisci? Il sacrificio. Ha funzionato quando mi sono tagliata la mano nel fiume.»

Assume nuovamente la sua posa pensosa, con le mani giunte in preghiera davanti alla bocca, una piccola «namaste» hollywoodiana, un gesto che ovviamente ha imparato guardando *Inside the Actors Studio* in tv. Chiude gli occhi per un secondo.

«Maeve, ti voglio bene.»

«Ah, okay», rispondo, colta leggermente alla sprovvista dalla sua risposta. «Anch'io ti... voglio bene.»

«Ti voglio bene e te lo dico perché... mi fai preoccupare.»

Non era la risposta che mi aspettavo. «Non mi credi, vero?»

Armeggia con un filo sulla manica e cerca di evitare il contatto visivo.

«Fi?»

«Penso solo che forse stai dicendo che due più due fa cinque.»

«Cosa? Che cosa vuol dire?»

«La neve che si scioglie... be', probabilmente si è sciolta per i fatti suoi, Maeve.»

«Ma no... *non è così.*»

«Hai qualche prova?» chiede Fiona, con la faccia di chi si toglie troppo presto una crosticina.

Rifletto per un istante. «Be', no», ammetto. «Però so che è così. Ero nel cerchio e...»

«E le gocce d'acqua ti sono cadute sulla testa. Suona molto cinematografico e tutto quanto, ma...»

«*Cinematografico?*»

«Solo che è difficile crederci.»

Resto in silenzio. Come può pensare una cosa simile? Dopo tutto quello che abbiamo passato insieme? Dopo tutto quello a cui è stata disposta a credere, è questa la linea di demarcazione?

«Credo che se ci fossi stata anche tu, ora capiresti», imploro. «Se tu facessi un incantesimo con me sapresti come ci si sente. Tutto sembra... più reale, in un certo senso.»

«Non credo di *voler* sapere come ci si sente. Mi sembra un po'... un'illusione.»

L'offesa mi brucia gli occhi. *Un'illusione?*

«Non capisco. Hai creduto a tutta la faccenda della Dama Bianca. Tutto quanto. Ma questo è troppo? Il fatto che là fuori.... ci sia un vero potere e che noi possiamo attingervi?»

Fiona si mangia le unghie e sembra a disagio. «Mi spiace! Proprio non riesco a credere che una ragazza di sedici anni, dal bagno di casa sua, possa controllare il tempo! Non siamo in *X-Men.*»

Comincio a mettere via il mio pranzo, buttando nello zainetto la banana che non ho ancora toccato.

«Maeve, ti prego.»

Non posso restare seduta con lei proprio adesso. Mi piace stare con lei, però ne ho mandate giù troppe quando volevo fare colpo sulle ragazze della St Bernadette. Più resto qui ad ascoltarla mentre mi dice che non sono in grado di fare magie – magie vere –, più finirò per crederle e meno riuscirò a farne. Non posso permettermi di rinunciare all'epifania di ieri e alla sensazione di poter canalizzare le parti negative di me in qualcosa di positivo. Non quando sento Lily così vicina.

«Voglio restare un po' da sola, d'accordo?» sbotto. «Non è una cosa personale.»

«Invece sì.»

«Okay, sì, ma non sono arrabbiata con te. Non sei tenuta a credermi, però *io devo credere a me stessa*. È l'unico modo in cui posso trovare una via d'uscita.»

«Okay», dice con riluttanza.

«Amiche?» chiedo.

«Amiche», risponde. Mi rivolge un debole sorriso di conferma. «Promettimi solo che non ti farai del male.»

«Te lo prometto.»

E abbandono l'aula di arte. Non riesco a crederci. Sembra di essere in una pièce teatrale: «esce Maeve». L'unica volta in cui abbandono una stanza mi precipito fuori. Però ho tracciato un confine con Fiona, un confine chiaro, e anche se sembra obiettivamente folle farlo, mi pare la mossa giusta. Scomoda, ma corretta.

Dopo scuola mi reco al Divinazione per fare qualche domanda alla proprietaria sugli ingredienti per un incantesimo.

«Maeve», dice allegramente. «Come te la passi?»

«Tutto okay», le rispondo con un sorriso. «A dire il vero comincio a interessarmi un po' di incantesimi.»

«È fantastico! Brava, Maeve. Congratulazioni. Ne hai trovati di belli?»

«Be', credo...» Mi azzardo a dirlo piano, perché non voglio convincere un'altra persona che sono pazza. «Credo di aver contribuito a far finire l'ondata di freddo.»

«Ah, allora sei stata tu?» Sorride, con espressione stanca. «Grazie a Dio! Ci provo anch'io da una settimana.»

«È quello che stava facendo l'altro giorno? L'ultima volta che siamo venute qui? Mi era sembrato di averla sentita salmodiare qualcosa a voce bassa.»

«Sì», annuisce. «Stavo lavorando ad alcune cose, a essere sincera.»

«Tipo cosa?»

«Ah, è tutto un po' complicato, però quando c'è uno spostamento di energia c'è sempre un effetto a cascata, capisci?»

Ricordo Sylvia che parlava di pesi e contrappesi nel mondo della magia.

«Come un'altalena», dico.

«Esattamente. Anche se a me ricorda di più il Jenga o il domino. Sono tutti giochi, cose che ne fanno cadere altre o le spingono via. Una zuffa da bar tra ogni forza nota dell'universo, tutte che serpeggiano attorno a Kilbeg. Lo sento nell'aria.»

«E com'è che si...» Mi sforzo di cercare la parola più magica che io conosca «...*manifestano*, suppongo?»

Mi punta gli occhi addosso mentre riflette sulla risposta. «Be', attraverso i sensitivi, Maeve Chambers. Attraverso i sensitivi.»

Devo avere fatto una faccia idiota e confusa, perché lei comincia a ridere per la mia espressione vacua. «Be', non dirmi che è la prima volta che senti *questa* parola.»

«Sensitivo?» ripeto. «Tipo quando uno si offende facilmente? È questo che intende?»

«No, quello è sensibile. Sensitivo è una parola che usiamo per indicare persone che... be', diciamo che sono sintonizzate su una frequenza leggermente diversa. Sono su un piano più alto.»

La fisso, ammutolita.

«Non sono stata molto chiara, vero?» Ricomincia lentamente daccapo. «Chi è sensitivo potrebbe avere un maggiore accesso naturale alla magia. Potrebbe arrivare con più facilità ai tarocchi o agli incantesimi. Potrebbe... non so, scoprire che certe abilità magiche, come la telepatia, gli risultano naturali.»

Resto impietrita. Ho la bocca completamente secca e continuo ad aprirla e chiuderla. «Io... ehm... sono una...?»

«Una sensitiva?» La negoziante sorride. «Sì, Maeve Chambers. Sei una sensitiva. L'ho capito dal primo giorno in cui sei entrata.»

«Siamo in... *tanti*?»

«Difficile dirlo. Sei la prima che incontro da molto, molto tempo, e io tendo a frequentare quegli ambienti in cui se ne incontrano più della media. La maggior parte non arriva neanche a scoprirlo. Passano la vita a sentire che la loro pelle gli va stretta.»

«E lei… lei lo è?»

«Io? No. Heaven invece sì, e non è finita troppo bene; io invece sono solo una dilettante. Una buona studiosa. Una fattucchiera da cucina», ride. «La megera del villaggio.»

Heaven, sua sorella. Vi aveva già fatto cenno, mi pare. La prima volta che ho messo piede in quella bottega e lei ha cominciato a dire che ho tre «e» nel nome.

«Ma perché io? Come mai?»

Lei si stringe nelle spalle. «Perché gli occhi castani? Perché le macchie sulla pelle? Casi del destino, suppongo.»

«E i sensitivi sono… siamo potenti?»

Il bastoncino d'incenso alla sua destra brucia fino in fondo e la lunga striscia di cenere cade sulla stecca di legno sottostante. Ne prende uno nuovo da una scatoletta e lo accende con un fiammifero.

«Mmh, senti che profumo?» dice chiudendo gli occhi. «Gelsomino che fiorisce di notte.»

«È molto buono», rispondo, ancora turbata da questa nuova informazione. Una sensitiva. Sono una *sensitiva.* Ci rimugino sopra per qualche secondo, inalando il pungente profumo dolciastro che assocerò sempre a questo momento.

«Per rispondere alla tua domanda, *possono* diventare estremamente potenti. Non tutte le grandi sensitive sono streghe, ma tutte le grandi streghe sono sensitive. E tu, Maeve Chambers…» mi fissa, gli occhi grigi come acciaio che i capelli biondo scintillante non fanno niente per nascondere, «tu potresti essere un'ottima strega.»

Si gira verso una serie di cassetti di legno chiaro dietro la cassa che, quando li apre e li chiude, si rivelano pieni di erbe appena raccolte. Sorride nel vedere la mia espressione sorpresa.

«Vengono dal giardino», ride. «Dovresti provare anche tu a coltivare le tue erbe. Dà una grande *soddisfazione* fare tutto da sola.»

«Grazie», mormoro mentre la osservo muoversi tra i cassetti con una piccola paletta d'argento. «Magari ci proverò.»

Versa piccole quantità di ingredienti in un sacchetto di pelle, spostandosi dalle erbe fresche ai vasetti con le spezie che prende a spizzichi. Lo chiude rapidamente con un cordoncino.

«Ecco fatto, cara», dice, posandolo sul bancone. «Semi di tarassaco, rosmarino, semi di anice e un pizzico di peperoncino per l'intensità. Ti aiuta a mettere a fuoco l'energia. Appendilo sul letto per tutta la durata del ciclo mestruale.»

Devo essere arrossita, perché mi sorride. «Oh, tesoro, non devi sentirti in imbarazzo. Le mestruazioni sono una parte importante dell'energia con cui facciamo incantesimi, sai?»

Me lo infilo in tasca. «Grazie», dico, ancora rossa. «Qualche dritta su come posso diventare una buona sensitiva?»

«L'unico consiglio per essere una buona sensitiva è di non essere *cattiva.*»

«Che cosa intende?»

«Una cattiva sensitiva», dice, «vede il punto più debole delle persone e se ne serve per sfruttarle. Forza l'accesso ai cuori e alle menti altrui e ci mette dentro idee di ogni tipo.»

Penso subito ad Aaron. E a come, sin dal momento in cui l'ho incontrato per la prima volta, ho capito che vedeva i buchi negli altri. Ci assomigliavamo in qualche modo? Entrambi sensitivi?

Anche Roe l'aveva detto mentre tornavamo a casa in autobus da quella riunione degli Effedibì: «Voi siete le due facce della stessa medaglia».

«Chi è sua sorella?» chiedo. «Ha detto che anche lei è una sensitiva?»

«Lo era», risponde.

Annuisco e smetto di fare domande. Questa donna potrebbe darmi l'impressione di essere mia amica, ma in fin dei conti cerca solo di gestire un'attività commerciale.

«Mi spiace per sua sorella.»

«Fanno tre euro e cinquanta, cara, se non ti spiace.»

All'improvviso nel locale l'atmosfera è cambiata e io ho la sensazione che sia ora di andarmene.

La pago, ringrazio e mi giro per andare via. Poi, un'intuizione: «Si ricorda la nevicata del 1990?».

Silenzio. La donna comincia a tagliare dei rametti di erbe, come se non mi avesse udito.

«La nevicata», azzardo ancora. «L'unica altra volta in cui è nevicato così a Kilbeg e in nessun'altra parte del paese.»

Continua a tagliare, apre un cassetto e vi ripone le erbe sminuzzate. Cerca di nascondermi la faccia, ma io vedo che muove le labbra. «Fuori, fuori, fuori.»

Sta cercando di farmi uscire con un incantesimo. Mi sento invadere da un'ondata di profonda cocciutaggine. Afferro il braccialetto di seta che ho fatto con la cinghia della vestaglia e anch'io comincio a sussurrare.

«Aiutami, aiutami, aiutami. Mi hai detto che cosa sono. Adesso aiutami.»

Alza gli occhi, grigi e muti, e posa lo sguardo su di me. Non dice una parola, non muove un muscolo. Chiude piano gli occhi e, mentre lo fa, anche i miei cominciano a chiudersi.

Nella mia testa inizia a formarsi un'immagine. È lei che, accanto al fiume e in piedi vicino a me, osserva un cartone del latte che galleggia lungo la corrente.

«Non ancora», dice. «*Non ancora.*»

«Quando?»

«Quando sarò sicura che non farai qualcosa di avventato con le informazioni che ti darò.»

«Non lo farò.»

«E invece sì.»

È nella mia testa, nello stesso modo in cui io posso essere in quella di Roe o lui nella mia. L'unica differenza è che lei detiene il controllo completo. Non ha bisogno delle carte per creare un varco. Può farlo con la volontà.

Proprio quando sono convinta che stia per congedarmi, mi trasmette un ultimo messaggio, senza nemmeno muovere le labbra.

Un altro consiglio per essere una buona sensitiva, Maeve: non mordere più di quanto puoi masticare.

E poi, all'improvviso, tutto è finito. Siamo nuovamente nella bottega, gli occhi tutti e quattro aperti. Il campanello della porta suona e una donna entra a chiedere degli olii essenziali.

«Arrivederci, Maeve», dice la proprietaria.

E io me ne vado.

CAPITOLO 31

Non ho idea di cosa indossare per la serata al Cypress. Roe mi ha detto solo che era un evento LGBTQ per tutte le età, il che significa... che cosa? Non posso indossare il vestito azzurro che avevo al barbecue di Fiona, perché fa troppo «visita ai genitori». Ma non ho neppure niente di fico da mettermi. Il fatto che io sia una sensitiva non mi ha evidentemente reso sensibile ai codici di abbigliamento.

Dovrei essere grata di aver avuto il permesso di andarci. I genitori, in massa, tengono ancora molto strette le redini. In un primo momento la mamma e il papà non volevano lasciarmi andare, ma Joanne si è spesa in mio favore. Ha detto che era importante che io sostenessi quell'attività di beneficenza. Sono rimasta sorpresa dalla tenacia con cui ha perorato la mia causa.

«La accompagno io e poi vado a riprenderla. Voialtri sapete che cosa sta succedendo adesso nel mondo», ha detto. «Abbiamo bisogno di tutti gli alleati possibili.»

Passo in rassegna l'armadio di Joanne, ma il suo stile è troppo pratico, troppo fresco, troppo sportivo. Ho bisogno di qualcosa di grunge, non di una polo rosa. Riesco a trovare delle calze a rete nere che si è messa ad Halloween, ma di meglio non posso fare. Nella vecchia cameretta di Abbie non va molto meglio. Le uniche cose che ha lasciato qui sono i vestiti da casa, tute e felpe morbide. Però trovo un rossetto di un intenso color prugna che si sposa piuttosto bene coi miei capelli scuri.

Faccio centro nella camera di Pat, dove trovo una grande T-Shirt nera di Kate Bush. Oltretutto conosco qualche canzone di Kate Bush, perciò non mi sentirò una millantatrice totale se la indosso. Taglio un paio di vecchi jeans neri trasformandoli in shorts e sotto m'infilo le calze a rete.

Dopo essermi studiata per un'ora buona allo specchio, stabilisco che ho l'aspetto giusto per andare a una serata così.

Ora l'unico problema sarà scendere dabbasso.

«Oooooh, ma guarda», dice la mamma.

«Oh, ma *guardati*», la imita Jo.

«Che pollastrella rock!» esclama entusiasta il papà. «Una vera rocchettara!»

«Vi prego, smettetela», li imploro.

«No che non la smettiamo», risponde il papà.

«Maeve, quella maglietta ti sta davvero *troppo* larga», dice la mamma, scrutandomi con attenzione.

«È così che deve essere», dico incerta. «Jo, puoi accompagnarmi adesso, per favore?»

«Sì», dice finendo di bere il caffè. «Alla lesbomobile!»

In macchina è silenziosa, ma continua a sorridermi.

«*Basta!*»

«Non riesco a trattenermi. Sei così carina. La mia sorellina!»

«Jo, com'è vero Iddio...»

«Il tuo ragazzo è nella band, allora?»

Taccio. Roe e io non ci siamo ancora parlati. Mi domando se sia una buona idea andare al suo concerto, ma a questo punto l'unica cosa peggiore sarebbe non andarci.

«Ancora tutta questa segretezza? Gesù, dev'essere una cosa seria.»

«A dire il vero...» Mi s'incrina la voce. «Non so se stiamo ancora insieme.»

«Oh no! Perché?»

«Penso di aver mandato tutto a puttane. Sono stata troppo… *me stessa.*»

«Che cosa vuol dire?»

Rido in maniera affettata. «Lo sai.»

«E invece no.»

«Collerica. Gelosa. Malevola. Manipolatrice, che ne so io.»

«Ah.»

«Già.»

«Be', essere te stessa comprende molte più cose. Sei anche divertente. Sicura di te. Sai il fatto tuo.»

Dio mio, che cosa rara: mi rende sospettosa.

«Perché sei così gentile?»

«Ti dico solo le cose come stanno. Avrei voluto avere la tua sicurezza quando avevo sedici anni. Vorrei avere la tua sicurezza *adesso.*»

«Non sono poi così sicura di me stessa.»

«Maeve, ti sei messa una vecchia T-shirt sudata di tuo fratello maggiore per andare a un concerto. Questo vuol dire essere sicuri di sé.»

«Oh, merda», dico in preda al panico, annusando le ascelle della maglietta di Pat. «Puzzo?»

«Hai un buon odore.» Sorride mentre accosta con l'auto. «Dai, scendi, sii giovane e appoggia la causa dei gay in erba. Dio, non riesco a immaginarmi come sarebbe stata la vita se avessimo avuto delle serate queer aperte a tutte le età quando ero giovane come te.»

«Pensi che non dovrei andarci?» chiedo, all'improvviso molto preoccupata. «Sai, dato che io non sono…»

«No», risponde con fermezza. «La comunità è importante, non importa chi c'è. Fintanto che dimostri il tuo appoggio e, non so, non fai domande strane e indiscrete sul genere o sulla vita sessuale delle persone. Abbiamo bisogno di sostegno, soprattutto visto la piega che le cose stanno prendendo.»

«Che cosa intendi? Quali cose?»

«Il mondo, Maeve. I reati d'odio sono ancora un grave problema. L'altro giorno Sarra e io ci stavamo tenendo per mano al bancone dei sandwich al Centra e un ragazzo che avrà avuto più o meno la tua età ha cominciato a urlarci dietro. A *urlare* sul serio.»

«Che cosa?» dico, allarmata. «Perché? Non hai mai detto niente.»

«Non lo direi alla mamma e al papà. Li sconvolgerebbe e basta.»

«Jo, ma è *orribile.*»

«Sì, certo», concorda. «Dai, sono ferma nella corsia degli autobus, scendi.»

Mi caccia fuori in strada. Sono ancora sbigottita al pensiero di qualcuno che urla contro mia sorella – *mia sorella!* – in un supermercato Centra.

Pago i sette euro del biglietto d'ingresso, salgo le scale strette e traballanti per entrare nel locale e mi compro nervosamente una Coca-Cola. Qui sono tutti colorati, con il glitter rosa tra le sopracciglia, e hanno acconciature interessanti e unisex.

Una drag queen con la barba e il turbante fa il giro e saluta tutti. Nessuno ha lo stupido look grunge uscito dagli anni Novanta che ho io.

Roe e io non ci parliamo da quella funesta lettura di tarocchi. E se non mi volesse qui? Quello che nella mia camera da letto sembrava un gesto di fedeltà adesso mi pare una folle missione suicida.

Studio attentamente un manifesto per non stabilire un contatto visivo con nessuno e mi rendo conto di non sapere il nome della band di Roe.

Non conosco il nome della band del mio ragazzo.

Questa è sicuramente la conferma che in realtà non ho mai avuto un ragazzo. Le ragazze conoscono i nomi delle band dei loro fidanzati! E questo è un fatto puro e semplice! Nella band c'è qualcuno che si chiama Miel, ma non so niente di più. Non ho neppure idea di che musica facciano o altro. Dio, faccio schifo, meglio che me ne vada. *Dovrei andarmene.*

Mi dirigo alla porta e scendo le scale, facendomi largo tra la gente che sta salendo. All'improvviso sento la voce di Fiona.

«MAEVE!»

Mi giro di scatto e il cuore mi si scioglie per la gratitudine. Fiona è qui e indossa un paio di jeans neri, una T-shirt di Penelope Pitstop e la sua giacca larga di pelle. Ha un po' di eyeliner alato agli occhi. È infinitamente più cool di me, ma almeno sembra che siamo fatte l'una per l'altra. Le butto le braccia al collo.

«Sei qui!» cinguetto. «Sono così contenta che tu sia qui!»

«Sono così contenta che *tuuu* sia qui!»

Ci sorridiamo, entrambe felici di fare cose normali, tipo andare insieme a un concerto. Non parleremo di magia, incantesimi o sensitivi. Non stasera.

«Ti ha...» esordisco, cercando di smussare gli aculei della gelosia nella voce. «Ti ha invitata lui?»

«Roe? No. Un paio di drag queen che si esibiscono sono nell'*Otello* con me. Ho scoperto solo che gli Small Private Ceremony suonavano oggi.»

«Chi?»

«Gli Small Private Ceremony», ripete. «La band di Roe?»

«Ah, certo», rispondo velocemente. «Ovvio.»

Fiona conosce la band di Roe. Fiona. Che l'ha incontrato solo una manciata di volte, diversamente da me, che lo conosco da dieci anni.

La sala piomba nel buio e un unico riflettore proietta la sua luce sulla drag queen con la barba e il turbante che presenta la serata.

«Salve, salve, salve», mormora al microfono.

«Ragazzi, ragazze e chi di voi è al di là di ogni genere. Come stiamo? Stiamo bene?»

Ruggiti di approvazione.

«Benvenuti a una serata di cabaret musicale queer. Io sono la padrona di casa, Evoca Reaction… perché è quello che dovrebbe fare una grande drag. E ora, prova microfono. Com'è che mi chiamo?»

«Evoca Reaction!» risponde in coro la folla.

«Perché?»

«Perché è quello che dovrebbe fare una grande drag!»

«Giusto! Io sono la vostra amica drag intergender bisessuale e non binaria di quartiere. Ora, c'è qualcuno qui che non è mai stato a un cabaret…?»

Gli Small Private Ceremony sono terzi in programma e, malgrado abbia i nervi a pezzi all'idea di vedere Roe, Fiona e io ci divertiamo lo stesso. Strilliamo quando escono i drag king e le drag queen e ridiamo quasi fino alle lacrime per le loro battute; non parliamo granché, tranne quando ci afferriamo l'un l'altra e sussurriamo: «Ma *guarda* un po'!» e «Sto *morendo…*»

Poi lui sale sul palco.

Con un paio di Dr. Martens nere ai piedi e una gonna di velluto scarlatto con uno spacco sulla gamba, lunga fino al pavimento, ecco che appare Roe O'Callaghan. I capelli, più ricci che mai, gli cadono in avanti e gli occhi sono a stento visibili sotto la chioma folta.

E con labbra così dipinte da sembrare gonfie comincia a cantare, dapprima lentamente. Delicatamente. Mi accorgo che impugna una chitarra solo quando, a tre versi dall'inizio della canzone, la strimpella un'unica volta, nervosamente.

Le luci aumentano d'intensità e ora si vede anche il resto della band. Il bassista biondo con un taglio da paggetto che indossa una maglietta bianca e un gilè nero dev'essere Miel, intuisco.

Il batterista è un ragazzo dai capelli rossi con la barba glitterata e la chitarrista una ragazza imponente con capelli rosa chewing-gum e una camicia da notte vittoriana abbottonata. Il loro abbigliamento non è minimamente coordinato, ma stranamente è proprio questo che dà l'impressione che stiano bene insieme.

Inizialmente fanno quasi solo cover e Roe passa da Karen O ai Corrs nella stessa canzone. Mi rendo conto, in modo del tutto obiettivo, che è un performer con un talento assurdo. Riesce a trasformare canzoni che dovrebbero essere imbarazzanti e sdolcinate in questi splendidi pezzi punk, e questi ultimi in ballate sentimentali. Poi cominciano a cantare le loro cose. È facile indovinare quando Roe ha scritto una canzone: è piena del suo umorismo asciutto e della sua sincerità, piena di colore, storie e metafore.

Canta una canzone su una spia russa che – è evidente – è molto popolare tra le venti, trenta persone che conoscono bene la band.

«Sei una trappola a scatto
in una casa sorvegliata
Con l'interruttore del telefono
che innesca una bomba
e quando quello squilla
Non sto lì ad aspettare
Tiro su e dico "pronto"»

E il pubblico canta insieme a lui, urlando «trappola a scatto» e poi «pronto» quando arriva il ritornello. Al momento del coro finale, lui lo strilla, imitato da gruppetti di persone che strillano a loro volta.

"Roe ha dei fan!" penso con meraviglia. "Il mio ragazzo ha dei fan!"

«Va bene, gente», dice Roe rivolgendosi finalmente alla folla. Si mette ad accordare di nuovo la chitarra e noto un certo tremore. Gli freme la mano. Ha i nervi scossi sotto tutto quel velluto e si sforza di mantenere la calma. «Come andiamo?»

Fiona e io siamo quelle che gridano più forte. La sua testa si gira di colpo verso di me, il suo sguardo incrocia il mio e poi scende sulla T-shirt enorme che indosso. La sua bocca ha uno spasmo leggero, quasi un sorriso che gli anima le labbra rosse.

Dio, è così sexy! Come fa a essere così sexy?

«Questa è una nuova canzone», dice semplicemente. «Spero non vi spiaccia se è un po' lenta.»

E quindi attacca.

«Da quanto tempo siamo qui?
Per caso parlo troppo?
In questi giorni non faccio che vacillare
apro e chiudo i contatti...»

Mette a fuoco lo sguardo e lo posa su di me facendomi rizzare tutti i peli del corpo. Questa canzone la canta a me e per me. Mi sembra terribilmente intima in uno spazio così gremito e sudato. L'unico accompagnamento musicale sono le corde di una chitarra e il colpo sordo di una grancassa.

«A fuoco e fuori fuoco
sempre cercando di costruire
insensate conversazioni
che sostituiscano la fiducia...»

Gli occhi di Roe mi trafiggono, al punto che alcune persone davanti a me si girano per vedere che cosa sta guardando. Il rullante parte e il ritornello esplode quando la ragazza alla chitarra solista comincia a suonare un riff acuto e squillante che mi fa vibrare il sangue.

«E poi ci sei tu, in livido blu,
che stilli attraverso il silenzio;
se non sei un pericolo, perché sento le sirene
e tutt'attorno solo violenza?
«E poi ci sei tu, in livido blu
che sguazzi attraverso il tempo;
ma se dobbiamo vivere di nascosto,
per timore di restare incastrati insieme qui...»

Rimango completamente senza fiato. Che cosa vuol dire? Roe mi ama? Ha paura di me? O tutt'e due le cose? Però non ho tempo di scoprirlo, perché in quel momento una bottiglia di vetro vola attraverso la sala e colpisce Roe sulla bocca.

CAPITOLO 32

In un primo momento sono sicura che sia un incidente o uno scherzo.

Non è né l'uno né l'altro.

All'improvviso le luci si spengono e la sala piomba nell'oscurità. C'è una specie di colluttazione vicino alla porta e sento Evoca Reaction che parla a voce alta e in tono difensivo.

«Dovete uscire di qui. No, non siete i benvenuti. No. No. Uscite. *Uscite*, prima che chiami...»

Non sento più quello che succede dopo. La sala, fino a qualche momento prima infiammata dalle urla felici e gioiose dei teenager che cantavano, è ora piena di grida terrorizzate. Afferro Fiona vicino a me.

«Dov'è Roe?» strillo. «Che cosa sta *succedendo*?»

Una massa di gente ondeggia all'indietro, schiacciando Fiona e me contro il muro. La sento gridare quando un ragazzo le cade addosso. Mi accovaccio per tirarla su e, nel farlo, vengo quasi calpestata. La trascino su un lato del palco e riesco a salirci sopra per vedere che cosa sta succedendo.

Un gruppo di persone si è fatto strada a forza nel locale. La maggior parte ha più o meno la nostra età o qualche anno di più. Quelli più grossi – gli uomini più grossi – spintonano indietro le persone e urlano loro in faccia. Qualcun altro trasporta degli oggetti. Mi sollevo sulla punta dei piedi per vedere meglio.

Trasportano… *secchi*?

Nessuno tira pugni o picchia, ma si limitano a spingere, spingere, spingere. Sono una ventina e, più li guardo, più mi rendo conto che mi sono familiari.

Fiona, ripresasi dallo shock iniziale, è sul palco con me.

«Maeve», dice indicandomi qualcuno. «Guarda.»

Seguo il suo dito e vedo un tizio alto e biondo con una felpa grigia morbida e un giaccone blu marino appoggiato con la schiena al muro.

«Non è il tipo del bar?»

È lui. È Aaron. Ha portato i Figli di Brigida qui, al concerto di Roe. A un cabaret queer di beneficenza. Non si muove, non parla nemmeno. Sta in piedi e basta e osserva impassibile tutta quella violenza. Per un istante i nostri sguardi s'incrociano e sono sicura che Aaron vede chi sono veramente. Un'altra sensitiva. Ma i suoi occhi continuano a muoversi mentre perlustra la sala.

«Dov'è Roe?» urlo per sovrastare il baccano. «Lo vedi?»

Una drag queen si è tolta una scarpa e la usa per picchiare qualcuno. La chitarrista dai capelli rosa degli Small Private Ceremony spintona un Effedibì all'indietro, urlandogli di colpirla con tutta la sua forza. Gli altri Effedibì non fanno niente a parte spingere e gridare. Gridano le parole peggiori che ci si possa immaginare, parole probabilmente lanciate contro Jo e Sarra la settimana scorsa mentre erano in coda al Centra per prendersi un chicken roll caldo.

Poi qualcuno viene strattonato: un ragazzo di quattordici anni che avevo notato entrando perché era truccato meglio di una delle sorelle Jenner viene afferrato per la nuca e trascinato verso la porta dove aspettano quelli con i secchi.

«Che cosa c'è in quei secchi?» urla Fiona. «Che cosa vogliono *fare*?»

La mia mente pensa al peggio. Piscio? Sangue? Escrementi animali? Che cosa diavolo potrebbe esserci lì dentro?

Spingono la faccia del ragazzo nel secchio, la tengono dentro e, qualche secondo dopo, la tirano fuori sgocciolante.

Acqua. Credo che sia acqua.

Il mascara gli cola lungo il viso, il fondotinta è un pastrocchio arancione. Lo ributtano in mezzo alla folla, traumatizzato e in lacrime.

Gli tolgono il trucco.

Cercano di togliere il trucco a *tutti*.

Quando scatta la scintilla e la notizia si diffonde, la sala impazzisce. I pugni volano e il sangue comincia a scorrere. Il pubblico del cabaret comincia a battersi. Ed è allora che lo vedo. Roe, la bocca coperta di sangue, il vestito strappato su una spalla. Sta cercando di raggiungere Aaron, ma viene fermato da un ragazzo in cui riconosco Cormac, il tipo della riunione degli Effedibì che giocava a calcio gaelico e si depilava le gambe. Roe riesce a superarlo e si piazza davanti ad Aaron, che sembra serenamente sorpreso che Roe voglia parlare con lui. Gli rivolge uno sguardo indifferente – "Chi, io?" –, come se Roe si fosse sbagliato nel riconoscere un vecchio vicino di casa.

Fisso Aaron in viso e mi accorgo che è esattamente quello che vuole. Vuole che il pubblico si abbandoni alla violenza, che tiri pugni, che colpisca con i tacchi a spillo, che perda il controllo. Vuole poter dichiarare che gli Effedibì non hanno fatto altro che presentarsi con qualche secchio d'acqua. Ha portato di proposito solo una ventina di adolescenti cristiani, contro una folla di un centinaio di persone. Vuole che appaia come uno scontro impari. Vuole perdere.

Questo, mi rendo conto, è un esercizio di relazioni pubbliche. E Roe, che urla e scrolla Aaron per le spalle, fa esattamente quello che Aaron vuole.

Orda di gay si abbatte su gruppo di volontari cristiani!

Collettivo Art impazzito!

Che barba la vita: la violenza si impadronisce della scena drag cittadina!

Immagino gli articoli sui giornali, le notizie alla radio, Aaron che fornisce frasi a effetto alla stampa, gli interminabili talk show. «Sì, certo, gli Effedibì non avrebbero dovuto essere lì, tanto per cominciare, ma penso che siamo tutti d'accordo che le cose si siano spinte un po' troppo in là...»

La folla è così compatta da non permettermi di andare dall'altra parte. Fiona, che sembra aver compreso lo scopo di tutto questo nello stesso momento in cui l'ho compreso io, sta riprendendo la scena con il telefono. «Questi tizi si sono presentati qui e hanno cominciato ad attaccare la gente», grida al di sopra del frastuono. È su Instagram Live. «Aggrediscono la comunità queer.»

Sopra la parete a cui Aaron è appoggiato c'è una fotografia incorniciata del Cypress nell'anno in cui ha aperto le porte.

È allora che la vedo. La Governante è accanto ad Aaron, con l'acqua del fiume che le scorre addosso. Ha il vestito bagnato e appiccicato al corpo.

Ormai sembra normale che compaia così. Quando nel mondo c'è uno squilibrio, deve manifestarsi qualcos'altro per compensarlo. Aaron è venuto a Kilbeg perché ha scorto uno strappo nel tessuto, uno strappo fatto per lui dalla Governante. Ma da che parte sta lei? È qui per sostenere Aaron o per sostenere me?

Stringo il braccialetto e il nodo marinaresco. Tengo lo sguardo fisso sulla fotografia incorniciata. Cerco di ricordare l'incantesimo e m'immagino di lanciare un lazo attorno alla cornice e spostarla in avanti. M'immagino che si spacchi sulla testa di Aaron. Respiro e comincio a recitare l'incantesimo.

«Inclina la cornice, inclina la bilancia.

Dove Roe vince, Aaron arranca.»

Lo ripeto in continuazione, sempre più velocemente.

Roe non smette di urlare contro Aaron, che ha sempre quel sorriso menefreghista stampato in faccia. Intanto un altro ragazzo viene afferrato e buttato nell'acqua.

«Inclina la cornice, inclina la bilancia.

Dove Roe vince, Aaron arranca.»

«Maeve, che cosa stai facendo?»

La cornice traballa. *Si muove.*

«Fi, dammi la mano.»

«Che cosa?»

«Ti ho detto di darmi quella cazzo di mano.»

Mi dà la mano e io la infilo nel braccialetto coi nodi marinareschi. La seta bianca della cinghia della mia vestaglia ci lega in un unico incantesimo.

«Resta ferma così e osserva la cornice. Osserva la cornice, sopra la sua testa.»

Sei una sensitiva, Maeve. Puoi farlo.

Riprendo a recitare l'incantesimo e, subito dopo, comincia anche Fiona. Lo facciamo insieme, con urgenza e frenesia.

«Inclina la cornice, inclina la bilancia.

Dove Roe vince, Aaron arranca.»

Ed ecco che succede: la cornice di legno cade di schianto in testa ad Aaron e il vetro va in frantumi sulle sue spalle. Una ferita color vermiglio si apre sulla sua tempia. Nella sala tutto si ferma per un istante e la gente sussulta al rumore, allontanandosi istintivamente dal vetro. La Governante scompare, come un granello di polvere nell'occhio quando sbatti le palpebre. Ancora unite dal nodo marinaresco, Fiona e io ci tuffiamo nella folla, lottando per raggiungere Roe.

«Gesù Cristo, Maeve», sento che esclama. «Gesù *Cristo.*»

Con la mano libera agguanto Roe, che si gira, gli occhi sgranati e pieni di panico, come un animale.

«Stai bene?»

Lo diciamo entrambi allo stesso tempo.

In quel momento i Gardaí entrano di volata dalla porta. Riconosco subito Griffin.

«Maeve», dice, poi il suo sguardo si posa su Roe. «Rory.»

Vedo che il suo cervello formula un milione di giudizi infinitesimali e solleva un migliaio di domande e relative risposte.

«Fuori di qui», dice. «Subito. Nessuno di voi due può permettersi di tornare a casa con una volante. I vostri genitori ne hanno già passate abbastanza.»

Annuisco e giro al largo, tirandomi dietro Fiona.

«Non possiamo andarcene», dice Roe. «Non possiamo lasciarli qui.»

«Dobbiamo farlo. O vuoi che i tuoi genitori vedano una volante fuori casa? Stasera? Con te vestito così?»

Annuisce.

«Va bene.»

Ci precipitiamo giù per le scale e usciamo in strada mentre fuori suonano le sirene.

CAPITOLO 33

Ci ritroviamo tutti e tre da Deasy's davanti a una porzione di patatine e salsa al curry. Non ci avventiamo sopra e non ci accapigliamo per le patatine più grosse. Guardiamo nel vuoto e basta, iniziando le frasi senza sapere poi come finirle. Le famiglie ritirano il fish and chips che hanno ordinato per il sabato sera.

«Che ore… che ore sono?» chiede Fiona all'improvviso.

Roe guarda l'orologio. «Sono appena passate le otto.»

«Com'è possibile che siano solo le otto?» dice lei esterrefatta.

«Lo so», confermo, «i reati di odio sembrano sempre una cosa da *tarda* serata.»

Ridiamo, malgrado tutto. Malgrado il sangue si stia seccando sul collo di Roe. Malgrado Fiona e io abbiamo spaccato in testa a un uomo una fotografia incorniciata senza nemmeno sfiorarla. Malgrado io non abbia idea di quello che accadrà ai ragazzi del cabaret o di come Roe andrà a casa senza un cambio di indumenti.

Ridiamo, figurarsi.

«Allora pensi che tutto faccia parte di un piano dei Figli di Brigida?» chiede Fiona. «Provocare delle risse? Disordini pubblici e tutto il resto?»

«Suppongo di sì.» Mi stringo nelle spalle. «Mia sorella mi ha detto che di recente è stata aggredita. Al Centra, oltretutto.»

Roe affonda la testa tra le mani, spingendosi indietro i capelli dal viso e rivelando due orecchini di perla. «E adesso che cosa faccio?»

«Puoi venire da me. Pat ha dei vestiti che puoi prendere in prestito prima di tornare a casa.»

«No, intendo che cosa *faccio* adesso?» dice, con la voce che gli si spezza. Indica sé stesso e il velluto rosso strappato. «Com'è che dovrei vivere?»

Silenzio. Né io né Fiona troviamo subito le parole per consolarlo. Dopo tutto questo non è un problema che conosciamo in prima persona. Che cosa vede per sé stesso in questo momento? Che tipo di futuro s'immagina? Un futuro in cui viene aggredito in pubblico per essere quello che è?

È così che i cattivi sensitivi prendono di mira le persone. Le spaventano. Ed è esattamente ciò che Aaron vuole che accada. Che Roe si rinchiuda in una scatola il più piccola possibile. Una farfalla fissata con uno spillo all'interno di una cornice.

«Vivrai la tua vita e stop», dico, cercando di usare tutta l'autorità di cui riesco a far mostra. «Vivrai la tua vita, indosserai un abito da donna quando ti verrà voglia, ti farai chiamare col nome che vorrai e noi saremo qui.»

«Maeve...»

«No, Roe. Non posso prometterti che cose del genere non succederanno più, ma posso prometterti che... posso prometterti di coprirti le spalle. Finché lo vorrai o ne avrai bisogno. E anche tu, Fiona. Abbiamo bisogno gli uni degli altri. Siete le uniche persone che ho.»

«Lo prometto anch'io», dice Fiona, guardando alternativamente me e Roe. «Sto con voi finché voi state con me.»

«Inoltre», aggiunge cupa, «sapete che quando avranno finito con i gay passeranno agli stranieri.»

Roe ci sorride, mostrando i denti bagnati di sangue. «D'accordo, d'accordo, questo è il nostro giuramento dei tre moschettieri, vero? Tutti per uno e uno per tutti?»

«Sì», confermiamo Fiona e io con forza.

«Va bene», dice con un sorriso che si allarga. «Anch'io prometto che ucciderò per difendervi o morirò provandoci.»

Non ci stringiamo la mano e non facciamo nulla tranne guardarci sotto le luci fluorescenti del fish and chips di Deasy's. Sorridiamo, ma so che facciamo sul serio. Non siamo mai stati altrettanto seri.

«Poi abbiamo qualcos'altro», azzarda Fiona. «Abbiamo la magia.»

«Ah, la signora Cinica adesso crede alla magia, vero?» sorrido.

«Quello che abbiamo fatto là dentro, Maeve… ancora non riesco a crederci… Mi spiace di aver dubitato di te», dice sorseggiando la sua Coca-Cola.

«Scusate, ma cosa avete fatto voi due?» chiede Roe.

«Ti abbiamo soltanto salvato la vita», taglia corto Fiona.

«Ehm, e come, di preciso?»

Gli spiego, nel modo più razionale possibile, l'incantesimo con la fotografia in cornice, l'incantesimo che ha interrotto l'ondata di freddo e, infine, l'incantesimo fallito per far tornare Lily.

«Giusto», commenta Roe, con aria vagamente meravigliata. «Giusto.»

«Credo che la mia reazione sia stata: "Maeve, sei pazza?"» lo imbocca Fiona con tatto.

«Forse quella bottiglia mi ha colpito troppo forte», dice lui impassibile. «O forse ultimamente sono successe troppe cose bizzarre.»

Sbotto in una risata secca che assomiglia a un latrato. «Cose bizzarre, dici? Adesso sono una *sensitiva.*»

Roe e Maeve piegano la testa, completamente disorientati.

«Ah, d'accordo», rispondo con un certo sollievo. «Neanche voi ne sapete niente. Quando la tipa del Divinazione me l'ha detto, ho pensato di essere l'unica a non sapere che cosa fosse una dannata sensitiva.»

«Be', che *cos'è*?» chiede Roe irritato.

«In pratica vuol dire che nasci con una specie di... talento naturale per le cose della magia.»

«Non mi sembra molto... specifico», dice corrugando la fronte.

Fiona sembra pensierosa. «Nessuno avrebbe potuto far funzionare quello schifo di libro», dice piano. «A meno che non avesse già la magia dentro di sé.»

Roe sembra ancora scettico.

«Credo che questa sia la spiegazione del motivo per cui... non so...» Tutt'a un tratto mi sento a disagio: non sono abituata a essere quella speciale. Sono *loro* quelli speciali.

«Per esempio, la mia bravura con i tarocchi o il modo in cui la Governante è... attratta da me o come riesco a entrare nella testa di Roe. E gli incantesimi. Credo di avere tipo l'un per cento in più dell'istinto naturale che hanno le persone normali, tutto qui.»

«L'un per cento!» esclama Fiona scandalizzata. «Il cinquanta per cento, vorrai dire.»

«L'undici, Fiona. L'undici per cento.»

«Non accetterò niente di meno del trenta per cento.»

Ridiamo tutti e trasformare la cosa in uno scherzo stupido mi aiuta a normalizzare questa nuova stranezza su di me. È un po' come ritrovarsi in qualche sfuggente tredicesima casa dello zodiaco.

«Ma la tizia del Divinazione ha detto anche che... esistono i cattivi sensitivi e credo che Aaron sia uno di quelli. A quanto pare, lei pensa che Kilbeg sia al centro di un qualche spostamento energetico.»

«Come se la Governante stesse scombussolando tutto», dice lentamente Roe.

«Sì! E suppongo che gli Aaron del mondo, i sensitivi cattivi, se ne approfittino. Entrano nella testa della gente.»

Possibile che le forze e l'energia stessero giocando una gigantesca partita di Jenga che io ho fatto sballare risvegliando la Governante? Possibile che la Governante, destata dalla stizza, dal dolore e dalla rabbia, stesse fomentando ogni cosa in città, persino un gruppo fondamentalista cristiano che non c'entra niente con noi?

M'immagino il fiume che scorre per tutta la città come una vena azzurra. Il fiume, pieno di trote arcobaleno, ruote dentate e chiavi. Il fiume che porta i venti, le correnti e i segreti di una ragazza scomparsa.

«Quindi la sparizione di Lily non esiste in un vuoto, ma fa parte di tutto il resto», dice improvvisamente Roe. «La Governante è solo l'inizio di una grande reazione a catena. *Sapevo* che avevamo ragione a vedere un legame tra quei mostruosi Figli di Brigida e Lily.»

Fiona annuisce piano.

«Ricordate quando Sylvia ha detto che sono le emozioni umane forti a creare i fantasmi e i demoni?» dice. «Be', e se funzionasse anche al contrario? Se tutta questa rabbia e tutto questo risentimento avessero scatenato la Governante, che ora sputa a sua volta rabbia e risentimento? E se Aaron li stesse solo... *canalizzando*?»

«Certa gente è stronza e basta», interviene Roe. «È evidente che Aaron è nato stronzo.»

«Uno stronzo *sensitivo*», lo corregge Fiona.

«Ovvio, ma se la Governante rendesse tutto più, come dire, esasperato?»

«Dobbiamo sconfiggere la Governante», dico mostrandomi d'accordo. «Non sono forte abbastanza per farlo da sola. Dobbiamo farlo noi, insieme.»

«Come?»

«Non lo so, ma so che ci siamo vicini. Lo so.»

Roe riceve una telefonata ed esce, mentre Fiona controlla il video che ha girato al concerto e ha messo su Instagram.

«Oddio, ho tipo quindici messaggi privati. Due sono di giornalisti.»

«Cosa?»

«Sì, sembra che questa faccenda stia già diventando virale. O virale all'irlandese, sai com'è.»

«Pensi di parlare con loro?»

«No, la mamma andrebbe fuori dai gangheri. Dirò solo che possono usare il video.»

Roe torna nel fish and chips e le poche persone che stanno mangiando alzano lo sguardo spaventate. Osservano il vestito, gli stivali neri, il sangue. È sorprendente la velocità con cui mi sono abituata a vederlo con il suo nuovo abbigliamento.

«Era Miel. La band è uscita senza un graffio.»

«Che altro ha detto?»

«Qualcuno è stato portato via. Alcune drag queen sono state fermate per un interrogatorio... penso soprattutto perché hanno tutti più di diciott'anni.»

«Oddio, spero che stiano bene.»

«Sono sicura di sì», dice Fiona. «Non ho mai incontrato una drag queen che non conosca i suoi diritti.»

«Abbiamo capito, Fiona, che conosci delle drag queen», la prendo in giro.

All'interno di Deasy's la musica si spegne e noi lo prendiamo come il segnale per andarcene. Fiona ci abbraccia e va a sud, verso casa sua, mentre noi andiamo a nord verso la mia. Non so che cosa dire a Roe ora che siamo soli. Nonostante i patti e le promesse di gruppo, non ho ancora idea del punto in cui ci troviamo lui e io.

La sensazione è chiaramente reciproca. All'improvviso Roe è nervoso in mia presenza. Questa creatura esotica che ho appena visto combattere con un fondamentalista cristiano indossando un abito di velluto ora è troppo agitato per guardarmi negli occhi. Mentre camminiamo si tampona il taglio sul labbro con un tovagliolino bagnato rubato al fish and chips. La sua faccia comincia a gonfiarsi. Vorrei toccargli la pelle tumefatta, dove il vermiglio del rossetto incontra l'arrossamento delle nuove ferite.

«Sei stato incredibile là dentro», gli dico dandogli una

strizzatina al braccio. «Mi spiace che tu abbia dovuto farlo. Voglio dire, mi spiace che quei tizi abbiano rovinato la serata, però, sai, dovresti essere orgoglioso. Io non riuscirei mai a essere così coraggiosa.»

Resta in silenzio.

«E il concerto!» esclamo, ansiosa di farlo parlare. «Il concerto è stato fantastico. Non avevo idea che fossi così bravo.»

«Non sei tenuta a farlo», dice infine.

«A fare cosa?»

«A fingere che… sei ancora…» La sua voce si affievolisce.

«Che sono ancora cosa?»

«Che sei ancora attratta da me, suppongo.»

Lo guardo, palesemente confusa.

«Ho visto la tua faccia quando ero sul palco», sbotta. «So com'è. Quando portiamo l'uniforme scolastica, siamo sull'autobus e ho un po' di smalto sulle unghie, è tutto carino. Posso spacciarmi per un… *ragazzo,* credo. Però quando mi hai visto vestito così sembravi talmente scioccata, e allora ho capito che la possibilità che noi…»

Scoppio a ridere e Roe sembra offeso.

«Pensi che *questo* non mi piaccia?» gli chiedo, tirando scherzosamente una delle perle che gli pendono dalle orecchie. Mi cade sulla mano staccandosi dal lobo con un clic leggero. «Roe, adoro tutto questo.»

Lui increspa la fronte. «Ti ho vista dal palco. La tua faccia. Eri inorridita.»

«Ero sorpresa, certo», dico. «Voglio dire, mi ci è voluto un minuto, ma…» Mi arrabatto in cerca delle parole perché non voglio rovinare questo momento. «Ho pensato che stasera tu fossi magico, Roe. Come nessun altro mai visto prima, il che è vero, perché non assomigli a nessun altro che io abbia conosciuto finora.»

Ora è vicinissimo a me. Le mie dita sfiorano le sue nell'oscurità. Nel pugno stringe ancora il tovagliolino appallottolato. Gli tolgo di mano con delicatezza quel pezzo di carta che si sta spappolando e comincio a tamponargli piano il labbro. Roe. Il mio povero Roe.

«E poi», azzardo, «ho pensato che tu fossi... estremamente sexy.»

«Dici sul serio?» chiede Roe, come se gli stessi tendendo un tranello.

«Sì», confermo.

Allora restiamo zitti, in piedi al buio. Faccio un passo avanti e con il dito seguo il profilo del suo zigomo. Lui non si ritrae, ma non viene nemmeno verso di me. Prendendolo come un incoraggiamento, gli bacio delicatamente la pelle sopra il labbro inferiore, facendo attenzione a non sfiorargli il taglio. Roe chiude gli occhi. Mi piego in avanti e gli bacio il lobo nudo dove prima c'era l'orecchino a clip.

«Maeve», mormora. «No.»

No?

Apre di scatto gli occhi. «Mi spiace.»

«No?» ripeto esitante.

«Credo che... prima dovremmo concentrarci sul ritorno di Lily. Per il momento.»

Non riesco a trattenermi. Avverto l'imbarazzo e la collera che mi ribollono dentro e traboccano. «Be', se è così che ti senti, Roe, perché mi hai appena chiesto se ti trovo attraente o no?»

«Mmh, be'...»

«E perché», la mia voce sta diventando stridula, lo sento, «perché sul palco cantavi quelle canzoni su noi due che ci nascondiamo insieme? Che storia è *questa*?»

«Senti, anch'io sono confuso», dice disperato. «Però... quella cosa che mi hai fatto vedere... la lettura dei tarocchi. Non mi esce dalla mente. I regali di Natale a sorpresa, il modo in cui tu e Lily vi siete urlate dietro, tu che hai aperto il rubinetto e inzuppato le sue cose... è stato un colpo basso, Maeve.»

«Mi spiace, Roe. Non so come posso...»

Alza una mano. «Lo so, va bene così. Fi mi ha già fatto

una ramanzina. Ovviamente tu non sapevi che cosa sarebbe successo, però ogni volta che penso a te in *quel* modo, mi viene la rabbia e mi sento in colpa.»

Mi guarda affranto, come se fossi un gioco a cui moriva dalla voglia di giocare. «E quando siamo insieme così, pensavo… pensavo che avrei potuto dimenticarmene.»

«E invece non ci riesci», dico con le lacrime che mi salgono agli occhi. «Non riesci a dimenticartene.»

«Sei molto importante per me», dice. «Più importante di chiunque altro. Ma non posso… non posso vivere questa grande storia d'amore con te e dormire la notte sapendo che mia sorella è ancora… ovunque lei sia.»

«Okay», dico con voce piatta. «Capisco.»

E capisco. Capisco davvero. Allo stesso modo in cui io ho dovuto tracciare un confine con Fiona riguardo alla magia, Roe deve tracciarne uno con me. Non mi piace, ma lo comprendo.

«Dai», dico. «Andiamo a prenderti dei vestiti.»

CAPITOLO 34

Lunedì la notizia del concerto si è già diffusa su tutti i media. Alcuni dei presenti sono apparsi su Rté per spiegare come sono scoppiate le violenze.

«È stato un attacco programmato alla comunità queer», dice una drag queen. «E un attacco alla nostra visibilità. I Figli di Brigida hanno volutamente preso di mira i ragazzi più giovani e vulnerabili che avevano trovato uno spazio protetto in cui esprimere il loro orientamento di genere. Questo va seriamente considerato un reato d'odio.»

«Capisco», dice il presentatore. «E, nell'interesse dell'obiettività, sentiamo un rappresentante dei Figli di Brigida, un'associazione extrascolastica che organizza soprattutto eventi di beneficenza...»

«Il cabaret era un evento di beneficenza», lo interrompe la drag queen. «E ci sono prove che questa gente è finanziata dalle stesse associazioni americane che hanno sostenuto il movimento antiabortista durante la campagna per l'abolizione dell'Ottavo emendamento della Costituzione. Queste persone sono letteralmente nemiche del progresso.»

«Torneremo dopo una breve pausa.» Il presentatore sorride.

Fiona, Roe e io guardiamo tutto il programma a casa di Fiona. Jos continua a entrare e uscire di corsa nella stanza, agitando un telefono giocattolo rotto e strillando contrariato.

«È vero?» chiedo. «La storia dei finanziamenti?»

Fiona annuisce. «C'è stato un articolo sul sito dell'"Irish Times". C'è questo gruppo di americani irlandesi bianchi e benestanti che vogliono mantenere l'Irlanda pura e santa. La loro versione ideale di patria o qualche cazzata del genere.»

«Però, accidenti! Almeno i media ne hanno parlato.»

«Era un articolo microscopico, bada bene», ribatte Roe. «È apparso solo sulla versione online. L'enfasi dei media è ancora tutta su "questi gay noiosi che non vogliono darsi una calmata".»

Prendo nota, vergognandomi in silenzio, che entrambi i miei amici leggono l'«Irish Times» e io no. Scrivo LEGGERE IL GIORNALE sul cellulare come promemoria.

«Guardate, ricomincia», dice Fiona indicando lo schermo.

Senza che nessuno di noi ne sia sorpreso, il rappresentante che parla in nome dei Figli di Brigida è Aaron. Quando il programma riprende dopo l'interruzione pubblicitaria, lui è lì, seduto sul divano, con giacca e cravatta.

«Detesto che sia così telegenico», dice Fiona lanciando un Dorito contro lo schermo.

Lo è davvero. È luminoso come un raggio di sole, ha denti bianchissimi e incanta i presentatori assicurando loro che è un «vero piacere» partecipare al programma. La drag queen con la parrucca rosa e l'abito con le paillettes lo guarda in cagnesco.

«Credo solo che dobbiamo renderci conto», dice Aaron, «di come gli adolescenti vengono sessualizzati. Perché un dodicenne dovrebbe pensare al genere a cui appartiene? O alla sua sessualità? È ingenuo credere che l'infanzia debba durare qualche anno in più?»

«Forse sì», dice il presentatore, con uno sguardo distante. «Quando avevo dodici anni m'interessava solo andare in bicicletta e giocare con la Nintendo 64.»

«Anch'io adoravo la Nintendo 64.» Il presentatore sorride, così entrambi si ritrovano uniti in un idillio nostalgico.

«Non si tratta di sesso o di Nintendo», dice la drag queen, perplessa. «Si tratta di permettere a questi ragazzi di essere quello che vogliono senza dover temere violenze.»

«È esattamente quello che dico anch'io», sorride Aaron. «Esattamente. I ragazzini facciano i ragazzini, senza che ci sia il sesso di mezzo.»

«Devo ammettere che sono d'accordo», dice il presentatore. «Ormai è tutto così complicato.»

«Non ce la faccio a guardare questa roba», dice Roe con voce piatta. «Possiamo spegnere?»

«Certo», risponde Fiona, che spegne la televisione. Restiamo in silenzio per un istante.

Fiona ha tirato fuori il libro degli incantesimi dal mio zainetto.

«È un po' banale, no?» commenta spulciandolo. «Voglio dire, dov'è la roba tosta?»

«Non so se sia davvero il caso di pasticciare con la magia nera», dico. «Nei film le cose poi non vanno sempre lisce.»

«Che ne dici se prendiamo il tuo incantesimo coi nodi marinareschi e... be', insomma, lo pompiamo un po'?» chiede Roe, con la voce che s'incrina in modo strano quando dice «pompiamo».

«Pomparlo?» dico in tono inespressivo. «Spiegati, per favore.»

«Cioè, più seta bianca, più persone che fanno i nodi. Potremmo portare tutto quanto al fiume», dice. «Guarda qui, dice che la luna nuova è il momento più potente per lanciare incantesimi che cercano di "scacciare entità indesiderate". Quand'è la luna nuova?»

«Il 6 marzo», risponde Fiona, che ha cercato sul telefono. «Tra cinque giorni.»

Roe e io ci guardiamo in silenzio.

«Cosa?» domanda Fiona.

«Il 6 marzo», dico. «Lily è scomparsa il 6 febbraio.»

«Non riesco a credere che sia passato già un mese», dice Roe tetro. «Non riesco a credere che siano cambiate tante cose, ma che non abbiamo ancora trovato Lily.»

Silenzio. Com'è *possibile* che siano cambiate tante cose? Nel giro di un mese ho conquistato e perso un fidanzato, ho scoperto la magia e sono rimasta coinvolta in una rissa. Un mese in cui il paese ha abbracciato pubblicamente l'omofobia ed è sopravvissuto a una tempesta di neve.

Jos alza lo sguardo da una chiamata immaginaria con il suo telefono giocattolo. «Adesso andate tutti a casa», proclama. «Io devo andare a letto.»

Ridiamo, laviamo le tazze nel lavandino e ce ne andiamo.

Il mercoledì mattina Fiona e io siamo sedute sul termosifone in bagno quando entra la signorina Harris.

«Maeve», dice. «Nel mio ufficio. Subito.»

«Che cosa? Perché?»

«Subito, Maeve.»

Mi stringo nelle spalle rivolta a Fi e seguo la signorina Harris. Che cosa succede? Non mi sono comportata male neanche una volta. Ho continuato a fare il minimo indispensabile e i miei voti non sono né migliorati né peggiorati. Non che potessero peggiorare molto.

Mi siedo davanti alla sua scrivania, con un'espressione vacua. Per una volta non ho la più pallida idea di cosa ho combinato e non fingo di non sapere cosa ho fatto di sbagliato.

«Maeve, credo che tu sappia perché sei qui.»

«Sinceramente no, non lo so, signorina.»

«Prendo molto sul serio il furto, Maeve. Può essere motivo di sospensione.»

«Non ho rubato niente», dico, sempre confusa.

«Ti prego, Maeve, le bugie peggiorano solo le cose.»

Respira forte e si massaggia l'attaccatura del naso. «Maeve, quando ti ho tolto le carte dei tarocchi, l'ho fatto per il tuo bene.»

Oh.

Oh, merda.

«Signorina, io non me le sono riprese», rispondo con sincerità.

«Maeve, nessun altro sapeva che le avevo io. Erano chiuse a chiave nel cassetto in basso. L'ho aperto solo oggi per recuperare un dossier e puoi immaginarti la mia sorpresa quando ho visto che erano scomparse.»

Non dico niente e mi limito a mordermi l'interno della guancia.

«Io non le ho prese», ripeto. Come faccio a spiegare a qualcuno come la signorina Harris che le carte sono riapparse da sole nel mio comodino qualche settimana fa?

«Be', allora, Maeve, chi è stato?»

«Non lo so», rispondo, con le lacrime che mi salgono agli occhi. Dio, perché piango tanto ultimamente? Prima non piangevo mai.

«Senti, a me non interessano le carte, Maeve. Voglio solo sapere come hai avuto la chiave.»

«Signorina, glielo giuro, non ho toccato niente.» Una lacrima mi scivola lungo la guancia. «È la verità.»

Mi guarda severamente. «Be', Maeve, non so che dirti. Sei l'unica che sapeva dov'erano.»

Abbasso la testa e m'immagino di tornare a casa con un'altra nota scolastica. E la mamma e il papà sono convinti che le cose stiano andando meglio per me.

Sospira. «Però suppongo di non avere prove.»

Alzo lo sguardo.

«D'accordo, Maeve. Metto una pietra sopra questa faccenda, i tarocchi e tutto il resto, se resti dopo le lezioni a dare una mano con qualche lavoretto. Hai fatto un bel lavoro con il Chokey l'ultima volta. Affare fatto?»

«Affare fatto», dico entusiasta. Ho il terrore che apra il

mio zaino e ci trovi non solo i tarocchi, ma anche il sacchetto coi cristalli.

«Perfetto», dice bruscamente. «Vieni qui alle quattro.»

Annuisco e torno in classe come un gatto a cui scotta il sedere.

CAPITOLO 35

La signorina Harris mi ha detto che dovevo fare dei lavoretti.

Quello che *non* mi ha detto è che devo farli con Suor Assumpta.

«Signorina, no», protesto. «Senta, se posso sgombrare una delle vecchie aule da sola e basta, me la cavo molto più alla svelta che sotto la sorveglianza di Suor Assumpta.»

«Non ti lascio un'altra volta senza sorveglianza in questo edificio, Maeve. Sappiamo tutti come va a finire. Fai quello che lei ti dice e stop.»

«Ma...»

«Fai come ti dice. E mostra un po' di rispetto, per l'amor di Dio.»

Aspetto nell'ufficio di Suor Assumpta, quello con le pareti giallo limone, fino a quando finalmente entra la vecchia suora. È più bassa di me di oltre trenta centimetri e indossa la veste, una cosa che viene e va a seconda del suo umore. Sono anni e anni che non è più suora, ma credo sia abituata a indossarla. O forse vuole ricordare agli altri che, in cuor suo, è ancora sposata con Cristo.

«Salve, sorella», dico con il tono più rispettoso che ho.

Lei mi scruta sospettosa.

«Sono Maeve», dico. «Oggi sono qui per aiutarla.»

«Che cosa hai combinato?» chiede con la voce che raschia.

«Niente», rispondo devotamente. «La aiuto e basta.»

«Tu hai combinato *qualcosa*», mi corregge, squadrandomi dall'alto in basso. «Qualcosa di sbagliato.»

E, per qualche ragione, non penso che si riferisca a oggi.

«Ecco qui», dice sventolandomi davanti un'aspirapolvere a mano. «Passa questo sulla *gluaisteán.*»

La guardo confusa, cercando di ricordare le mie nozioni di irlandese.

«La *macchina*», sbotta lei in preda alla frustrazione.

Vengo condotta fuori verso il Maggiolino Volkswagen color celeste di Suor Assumpta che c'è nel parcheggio, quello col finestrino del passeggero sempre aperto. Il sedile posteriore è pieno di foglie marce e i finestrini sono inzaccherati di escrementi di uccelli. È un casino.

«Ci sono dei secchi nel seminterrato», dice, dopodiché torna nel suo ufficio.

Fantastico. Mi sono ridotta a fare da parcheggiatrice all'auto di una suora.

Mentre passo l'aspirapolvere sul sedile posteriore mi chiedo se la signorina Harris non fosse semplicemente stufa di vedere questa macchina disgustosa ferma nel parcheggio che rovinava la disperata reputazione medio-borghese della scuola. Forse aveva notato già da qualche settimana che i tarocchi erano spariti e aspettava il momento in cui avrebbe avuto bisogno di un favore per incassare questo gettone.

Dopo aver finito con l'aspirapolvere riempio due secchi di acqua saponata per lavare l'esterno. Mentre sto per uscire e tornare al parcheggio, la suora mi chiama dal suo ufficio: «Non dimenticare il bagagliaio!».

«Okay!» le rispondo.

«Come, scusa?»

«Voglio dire, sì, sorella.»

Apro il bagagliaio, pronta a dargli una spolverata rapida. Dentro ci sono file e file di portagioielli in velluto nero.

È uno spettacolo incredibilmente familiare. Sono le scatole piene di bigiotteria dozzinale che Lily e io eravamo state costrette a portare dentro la scuola durante la nostra prima settimana alla St Bernadette. Questa stranezza ci aveva fatte ridere. Una stranezza che ci ricordava noi stesse. Perché una suora aveva tutti questi gioielli appariscenti? E che cosa ci facevano a scuola?

Sollevo con cautela una cassetta, aspettandomi che sia pesante. Non lo è. Incuriosita, sgancio ogni fermaglio argento sul fianco delle scatole. Dentro non ci sono gioielli.

Solo carta.

Giornali, fotografie, scarabocchi, saggi. Suor Assumpta non usava queste scatole per portare i gioielli *dentro* la scuola. Le scatole foderate di morbida seta, progettate per custodire in perfetto stato collier e braccialetti delicati, venivano usate invece per conservare ricordi altrettanto delicati.

C'è una dozzina di scatole e io le deposito tutte sul sedile posteriore dell'auto di Suor Assumpta. Immagino lo sguardo di disapprovazione di Jo, che direbbe qualcosa a proposito del rispetto dovuto alla proprietà altrui. Però penso anche che sto pulendo gratis la macchina di questa donna. Mi merito di ficcanasare un po'.

Nella maggior parte dei casi si tratta di articoli incensanti sulla scuola e archivi con i risultati di ex allieve. «La St Bernadette svetta alla maturità superando ancora l'istituto maschile» è uno di questi, mentre un altro dice: «autrice per bambini dichiara che è stata la Bernie a ispirarla».

Tutto questo mi fa davvero una certa tenerezza. Non ho mai pensato che suor Assumpta fosse capace di provare sentimenti. Da quando sono alla St Bernadette è sempre stata così vecchia che la conoscevo solo per il tono gracchiante con cui si lamentava di tutti. Ho sempre saputo vagamente che in città è considerata una pioniera, che ha usato la sua eredità per fare del bene e dare un'istruzione alle ragazze cattoliche eccetera eccetera eccetera. Ma c'è qualcosa che spezza il cuore in tutti questi ricordi e in questi successi custoditi in piccole scatole nere sul retro di una macchina piena di foglie.

Sotto ogni scatola c'è un'etichetta bianca con una scritta a zampa di gallina. Non c'è ordine o senso nel sistema di schedature. «1970-79» è una, ma «AMPLIAMENTO DELLA SOFFITTA» un'altra. Mi guardo attorno in cerca di una scatola con l'indicazione «PRIMAVERA 1990», ma non vedo nulla.

Però trovo una scatola contrassegnata come «HARRIET».

La scatola di Harriet comincia nel settembre del 1985.

«La St Bernadette dà il benvenuto al primo gruppo di borsiste...»

È un articolo breve su un giornale locale gratuito e comprende una grande fotografia di quattro ragazze che sorridono a tutti denti davanti alla scuola. C'è anche suor Assumpta, con la veste e le mani sui fianchi.

«Da sinistra a destra: Harriet Evans, Sarah Byne, Nan Hegarty, Catherine O'Faolainn.»

Segue un articolo cerimonioso su come queste ragazze si siano conquistate «l'opportunità di una vita intera». Il giornalista chiede a suor Assumpta se il bullismo la preoccupa, viste «le evidenti diversità negli stili di vita tra le ragazze che godono di una borsa di studio e quelle che invece pagano la retta».

Faccio una smorfia e affondo ancora di più nel sedile posteriore. Non ho mai pensato nemmeno una volta a questo problema prima di litigare con Roe. Non ho mai pensato che Fiona potesse avvertire una differenza tra lei e «le ragazze che pagano la retta». Forse è per questo che a scuola non è riuscita a mischiarsi davvero con le altre prima che diventassimo amiche. Non ho mai neppure sospettato che potesse sentirsi esclusa.

Scruto Harriet Evans. È una ragazza grande e graziosa, con due begli occhi castani e folti capelli ricci, come una donna uscita da un dipinto edoardiano. Ha un eyeliner alato e un ampio sorriso. Sembra divertente.

Passo al ritaglio successivo, del 1986. È l'immagine di una qualche dimostrazione o protesta. Qui non si fa affatto cenno ad Harriet e devo strizzare gli occhi per vederla nella foto della folla. Harriet sta urlando qualcosa e regge un cartello sopra la testa che dice «VOTATE SÌ».

«La scuola delle ragazze cattoliche partecipa alla manifestazione pro-divorzio. Oggi migliaia di persone hanno partecipato a una manifestazione in favore del divorzio che si è tenuta nella Bishop Stanley Square. Studenti e studentesse hanno saltato le lezioni per esprimere il loro "sì" al voto. Adolescenti troppo giovani per votare al referendum di giugno sono favorevoli alla legalizzazione del divorzio in Irlanda e secondo molti opinionisti questo è dovuto all'influenza dei film e della televisione americani. A sorprendere di più è stata la partecipazione della Scuola cattolica femminile di St Bernadette, nota per la sua politica conservatrice. suor Assumpta, ex suora e fondatrice dell'istituto, ha dichiarato di aver "rivolto l'attenzione" al tema del divorzio dopo le "suppliche ragionevoli e appassionate delle studentesse colpite da questo problema". I genitori di alcune allieve hanno sollevato obiezioni sostenendo che il "sì" della scuola è il segnale di un vacillante impegno morale.»

Impegno morale? Mi scappa una risata secca e falsa. È per questo che la St Bernadette era famosa? Da quando la frequento io, è famosa per le ragazze un po' snob e svitate che soffrono di manie di grandezza.

È curioso come spesso dimentichi che il divorzio in Irlanda è relativamente recente. La legge è entrata in vigore solo nel 1995, dieci anni prima della mia nascita. Allora la mamma aveva già tre figli.

Vado avanti. Ora sono al 1989 e Harriet ha la mia età.

Ha la sicurezza abbagliante di una senatrice, le spalle larghe tirate indietro, il mento che sporge in avanti.

«La borsista che ha stupito Washington nel concorso internazionale di temi. Harriet Evans, sedici anni e vincitrice di una borsa di studio alla St Bernadette, ha intascato un'altra vittoria, solo che stavolta è approdata negli Stati Uniti! Questa talentuosa studentessa ha vinto il concorso dell'ONU "Insieme per il cambiamento" con il suo tema sul divorzio in Irlanda. "Volevo dare risalto al gran numero di persone coinvolte in questo problema", spiega Evans. "Ho svolto una quantità enorme di ricerche sulle donne ospitate nelle case protette, quasi tutte convinte che la loro vita sarebbe diversa se il referendum del 1986 non fosse stato bocciato."

«Evans presenterà il suo tema al convegno giovanile "Insieme per il Cambiamento" che si terrà a Washington alla fine del mese. I suoi genitori sono orgogliosi? "Mia madre e mia sorella sono al settimo cielo", dichiara Evans.»

A questo punto mi sforzo davvero di non avercela con Harriet Evans. Un genio attivo politicamente che ha vinto dei concorsi di temi? E che, oltretutto, si esprime con un linguaggio da manuale di grammatica? Ma per favore! Eppure è strano che, con tutte le studentesse eccezionali che hanno frequentato la St Bernadette, suor Assumpta abbia scelto di concentrarsi su Harriet Evans. Voglio dire, da noi ci sono state allieve davvero famose. Un'attrice che ha vinto il Premio Olivier ma che non ha un portagioielli di velluto tutto per lei. Mi chiedo se Fiona avrà mai il suo.

L'ultima cosa nell'archivio di Harriet è una fotografia scolastica del 1990. È la fotografia di quando si è diplomata, in formato A4. Da quando ha vinto il concorso di temi ha perso parecchio peso, oltre che la sua luminosità da statua greca. Sembra ripiegata su di sé e introversa, non è più la ragazza che strepitava nella foto del referendum sul divorzio o quella orgogliosa durante la vittoria al concorso.

Fisso a lungo la foto e mi sento insoddisfatta. Ho appena attraversato tutta la carriera scolastica di questa ragazza… ma perché? Come va a finire? Perché è qui?

Dopodiché giro la fotografia e m'imbatto nella Governante che mi fissa dritto in faccia.

CAPITOLO 36

Lo stile grafico di Harriet non assomiglia per niente a quello di Lily, ma ha un talento innegabile. Questa Governante è fatta con l'acquarello, con gialli scuri, grigi intensi e verdi torbidi. Però è sicuramente lei. Il cane ai suoi piedi sembra malconcio ma protettivo, con la testa che ciondola contro la sua coscia. La Governante è priva di espressione come lo è sempre nei miei sogni, umanoide ma non interamente umana. Mi torna in mente quello che Sylvia ha detto riguardo al modo in cui le persone manifestano gli spiriti e i fantasmi quando le loro emozioni non possono andare altrove. È questo l'aspetto della Governante nel disegno di Harriet. Come uno stagno in cui si concentra l'odio, non dove scaturisce.

Le mani mi tremano quando comincio a rendermene conto: "Ho il walkman di Harriet. Ho la cassetta di Harriet".

Un sasso mi cade in fondo allo stomaco come se fosse stato buttato in un pozzo.

Ho le carte di Harriet.

Harriet ha riportato in vita la Governante nel 1990. L'evocazione di Harriet ha provocato l'ondata di freddo del 1990 e la fuga dei gatti; la mia ha portato la neve, le trote arcobaleno, l'aumento di aggressioni pubbliche. Anche Harriet era una sensitiva, forse persino una strega. Due sensitive, a trent'anni di distanza.

Harriet deve aver fatto qualcosa per porre fine a tutto. E alla fine l'Irlanda ha approvato il divorzio: cinque anni dopo, ma è successo.

Però non posso aspettare Lily altri cinque anni. Ho bisogno di lei adesso. O, perlomeno, prima della luna nuova di sabato sera.

Rimetto a posto i portagioielli pieni di ricordi e con circospezione infilo nello zainetto quello di Harriet.

Finisco di pulire l'auto il più velocemente possibile, poi riporto i secchi nel seminterrato. "Questo cambia tutto", continuo a pensare, sussurrandolo qualche volta a voce alta. «Questo cambia *tutto.*»

Già mentre sto uscendo dal seminterrato ho la mano sul telefono e cerco Harriet Evans su Google. Forse è su Facebook. Se nel 1990 aveva diciassette anni, quanti ne ha ora? Quarantasette? Allora è *sicuramente* su Facebook.

L'eccitazione mi fa ribollire il sangue. Forse vive ancora da queste parti. Forse potrei piombarle direttamente in casa e chiederle come sospendere la maledizione. Comincio a cercare Harriet Evans su Facebook. Ho un tuffo al cuore. Ce ne sono migliaia. Dovrò arruolare Roe e Fi perché mi aiutino a mandar loro dei messaggi, però potremmo farcela. Poi c'è sempre la possibilità che Harriet si sia sposata e abbia cambiato cognome. All'improvviso l'impresa non mi sembra più tanto semplice.

Con la testa ancora sul cellulare, finisco per scontrarmi con suor Assumpta che sta uscendo dal suo ufficio.

«Oh», dico. «Mi scusi, sorella. Non l'avevo vista.»

Sbatte le palpebre dietro gli occhiali da gufo, ha pupille enormi e la pelle raggrinzita e sottile come un fazzoletto bagnato. A livello intellettuale so che nessuno è nato vecchio, ma guardando suor Assumpta mi sembra impossibile immaginarla diversa dalla vecchia fondatrice barcollante che si tiene occupata a scuola perché non ha altro da fare. Ripenso ai ritagli di giornale: mi costringo a guardare in faccia il fatto che questa suora non è solo un cartonato, ma una *persona reale.* Una persona che conosce Harriet Evans.

«Sorella», dico nel tono più rispettoso possibile. «Le spiace se le chiedo una cosa?»

«Le gonne possono arrivare al massimo a due centimetri sopra il *ginocchio*», dice bruscamente. «E i pantaloni sono severamente vietati. Non m'importa quante petizioni avete firmato.»

Sono già quattro anni che abbiamo i pantaloni come uniforme scolastica opzionale, ma non la correggo. In ogni caso non se li mette nessuno.

«No, sorella, non ho problemi con l'uniforme. Volevo chiederle una cosa su una ex alunna.»

Il suo volto si distende. «Ho sempre saputo che Anthea Jackson avrebbe vinto l'Olivier per *Il tram.*»

«No, sorella, non si tratta di Anthea Jackson. Mi riferisco a un'altra, un'alunna non famosa. Mi domandavo se si ricorda una certa Harriet Evans.»

La vecchia suora mi fissa, gli occhi luccicanti. È difficile dire se sia emozionata, perché ha sempre gli occhi un po' umidi. Per un momento ci fissiamo tutt'e due in silenzio. Più a fondo guardo nei suoi grandi occhi arrossati, più noto uno scintillio. Un bianco pallido che potrebbe essere un'ombra, un fantasma o una cataratta.

A poco a poco comincia a parlare.

«Come fai a sapere di Harry?»

Non ho modo di rispondere sinceramente a questa domanda senza ammettere che stavo curiosando nella sua auto.

«Ho in mente di lavorare a un progetto», dico rapidamente. «Sulla legalizzazione del divorzio. Pensavo che fosse la persona adatta a cui chiedere.»

«Harry aveva scritto un tema», dice con tono affettuoso. «L'hanno mandata in America a leggerlo.»

«Sì», la sprono. «Ho sentito. Forse potrebbe recuperarlo. O, magari, potrebbe darmi il suo numero di telefono.»

La suora increspa il viso confusa. Sembra che abbia appena addentato un acino d'uva andato a male.

«No», dice, poi mi guarda come se mi vedesse per la prima volta. «Harriet non è più tra noi.»

«No, questo lo so, sorella. Si è diplomata un sacco di tempo fa, ma...»

Suor Assumpta scrolla nuovamente la testa.

«È morta.»

Silenzio.

«Cosa?»

«È morta», ripete con voce incrinata. «È morta, e quel farabutto di suo padre, quello *zoticone*, non è venuto nemmeno alla nostra commemorazione. La sua povera mamma si è presentata con gli occhi pesti. La sorellina, Fionnuala Evans, piangeva a dirotto. Dico io se si può, *dico.*»

Inspira a lungo l'aria nei polmoni e poi chiude gli occhi.

«Ma, bada bene, neanche lui è durato molto di più. Due settimane dopo era già morto. Caduto nel fiume, ubriaco, e che liberazione.»

Sono sicura che suor Assumpta è sul punto di piangere e mi chiedo se io debba abbracciarla.

Armeggia con la mano destra nella tasca della gonna. Comincia a tirare qualcosa, le dita girano e si muovono tra la stoffa. Ha gli occhi ancora chiusi e comincia a mormorare piano.

"O mio Dio, che cosa sta facendo?"

Vedo un filo di perle marroni che pende fuori dai suoi vestiti. Un rosario. "Grazie a Dio."

«Sorella?»

Ma lei non mi sente, si limita a sgranare il rosario. Recita la prima decina. Mi chiedo se sia il segnale per farmi andare via. Però so anche che questa occasione potrebbe non tornare più. Quanto spesso capita di avere suor Assumpta da sola, senza nessun altro attorno?

Invece aspetto.

Apre gli occhi. So di dover procedere con cautela, perché suor Assumpta non è il tipo di persona a cui rivolgere domande dirette.

«Prega per lei, sorella?»

Annuisce piano. «Sì», risponde. «Ci provo.»

Poi, un lungo sospiro. «Non so se servirà a molto.»

«Perché?»

«Le persone come Harry non arrivano a stare col Signore.»

Cosa?

«Che cosa intende, sorella?»

«Non arrivano a stare col Signore», ripete. «Allora prego. Prego per Harry. Prego che arrivi a stare con Lui.»

«Lui chi?» chiedo d'istinto, e poi quasi mi prendo a schiaffi. *Lui.* Dio.

Lei si volta, annoiata o turbata dalla conversazione, e posa la mano sulla porta dell'ufficio.

«Penso che Lui la perdonerà», conclude. «Il Dio che io conosco perdona.»

E barcollando rientra nell'ufficio con le pareti giallo limone, poi chiude la porta.

Vado alla fermata dell'autobus per prendere quello delle 17.15, sperando che non ci sia anche Roe. Ho bisogno di rielaborare tutto questo da sola, senza la pressione di dovergli presentare ogni informazione. Adesso, quando sono con lui, mi sento avvolta dalla nebbia. Sono felice che siamo amici, ma c'è un certo disagio quando siamo solo noi due. Ora siamo una banda alla Scooby-Doo e per Fiona io sono Velma, mentre lei è Daphne.

«Non arrivano a stare col Signore. Prego per Harry. Prego che arrivi a stare con Lui.»

Mi stringo le ginocchia, attraversata da un'ondata di nausea. suor Assumpta si riferiva alle streghe? Ai sensitivi? Alle prime o ai secondi? A tutt'e due?

Anch'io sono bandita dal paradiso per aver praticato la

magia o sono solo i vaneggiamenti di una vecchia profondamente religiosa?

Spulcio di nuovo i ritagli di giornale su Harriet, sentendomi un po' in colpa per averli rubati. Li fotocopierò con lo scanner di papà e poi li restituirò. Comincio a scrivere tutto sul quaderno, cercando di riannodare i fili nella mia testa. Non voglio rischiare di dimenticare qualcosa di ciò che mi ha detto suor Assumpta. Faccio un disegno, come un quiz sotto forma di diagramma di flusso in fondo a una rivista.

Harriet era un'attivista pro-divorzio e lo era perché il padre picchiava la madre. Era andata in America, aveva comprato un mazzo di tarocchi («stregati??» scrivo) e probabilmente aveva portato in vita la Governante per fare giustizia su suo papà. Aveva portato lo scompiglio in città, facendo cadere la neve e fuggire i gatti. Poi era morta e anche suo padre era morto poco tempo dopo.

Una vita in cambio di un'altra: è magia nera abbastanza diretta, no? Dare tanto per ricevere tanto.

Ma questo che attinenza ha con Lily e me? Io non ho mai voluto che Lily morisse. Volevo solo che se ne andasse e, anche in quel caso, si è trattato solo di un nanosecondo d'idiozia, non una gara di rancore durata tutta la vita. Se Harriet era morta, perché io no? Sarebbe successo più avanti? Se Lily tornasse, la Governante prenderebbe me al suo posto?

No. Non ha nessun senso. Soprattutto perché il padre di Harriet è morto *dopo* di lei.

Cerco su Google «Harriet Evans morte 1990» e trovo una voce in RIP.ie. Mio padre controlla questo sito ogni giorno. Ha la tipica ossessione degli irlandesi per la morte, che vede come una strana versione di quel gioco – *Duck, Duck, Goose* – che è riuscito a schivare. «Nora!» urla per tutta la casa. «Non indovinerai mai chi è morto!»

C'è un risultato per Harriet, che però non fornisce molti dettagli. Una diciassettenne che ci ha tragicamente lasciato troppo presto, eccetera eccetera. La famiglia chiede che non si mandino fiori. Il funerale sarà riservato ai soli famigliari, ma la scuola celebrerà una messa commemorativa.

Tutto qui. Non c'è altro sulla morte di Harriet. Nessuna causa, nessuna spiegazione. Solo che ci ha lasciati troppo presto.

Sono a tal punto sepolta con la testa nel cellulare da non alzare lo sguardo finché non sono quasi davanti alla porta di casa e mi accorgo che nel vialetto c'è un'auto della Garda. Mi sento gelare lo stomaco. E *adesso* che cosa succede?

Aspetto un attimo fuori, cercando di calmarmi concentrandomi con dei lunghi respiri. Probabilmente sono qui per raccogliere la mia dichiarazione sulla serata di cabaret della settimana scorsa. Forse la detective Griffin ci ha ripensato, forse vuole interrogarmi sui Figli di Brigida. Be', se così è, tanto meglio. Le racconterò con piacere tutto quello che so di Aaron. In realtà è un bene che indaghino su di lui. È ora che queste sciocchezze finiscano.

E se invece non si tratta di questo? Se è Lily? Se è riapparsa galleggiante sul Beg con le labbra livide? E in questo caso, perché i Gardaí sarebbero a casa mia e non di Roe?

Infilo le chiavi nella toppa e sento un rumore provenire dal soggiorno. Animalesco, gutturale, ferale.

Drizzo le orecchie.

È mia madre.

È mia madre e sta piangendo.

Mi precipito dentro e ci sono tutti: mia mamma, mio papà, Joanne e due poliziotti. E un'altra persona che in un primo momento ci metto un po' a riconoscere, in parte perché non la conosco molto bene e in parte perché è coperta di sangue. Sarra.

Jo, mi accorgo, ha un occhio nero, le iridi color mirtillo. Qualcuno l'ha picchiata. Qualcuno ha picchiato tutt'e due.

«Maeve...» Mio papà si alza. «Maeve, credo che tu debba andare in camera tua.»

«Che cos'è successo?» chiedo.

«Tesoro, credo sia meglio che tu...»

«Che cos'è SUCCESSO?» urlo. «Jo, che cosa ti è successo?»

Jo mi guarda in silenzio, con una disperazione assoluta negli occhi.

«Maeve», dice la detective Griffin con quanta più delicatezza possibile. «Mi spiace che continuiamo a... incontrarci così.»

«Ditemi che cos'è successo», dico con panico crescente nella voce.

Griffin guarda i miei genitori. Mia madre sta ancora piangendo, mio padre ha un'aria completamente traumatizzata. Le rivolge un rapido cenno di conferma. Un cenno che significa: "Dai, puoi anche dirglielo".

«Tua sorella e la signorina Malik sono state aggredite», dice semplicemente. «Siamo sicuri che si è trattato di una... manifestazione d'intolleranza.»

«Dove?»

«All'università», sbotta Jo all'improvviso. «Letteralmente all'università. Eravamo sedute nella sala dell'Unione studentesca a bere una dannata cioccolata calda. Una *cioccolata calda*», Jo sputa fuori le parole, poi ride con sé stessa. «Vorrei che fosse stato qualcosa di più forte. Se devono aggredirmi perché sono lesbica, tanto vale che beva whisky. A loro piacerebbe, non è vero?»

«Loro», dico. «Chi sono *loro*? I Figli di Brigida? La stessa gente che ha messo a ferro e fuoco il concerto?»

«Ci hanno messo dei volantini sotto il naso. Dicevano che sovvertivamo l'ordine naturale e bla bla bla. Tutto un: "Ehi, possiamo intavolare una conversazione ragionevole sul fatto che siete feccia?". Così gli ho detto di andare affanculo.»

«E io gli ho detto», dice Sarra con voce rauca, «che potevano infilarsi la loro propaganda su per il culo.»

«Allora uno ha preso di mira Sarra, dicendole che in quanto "donna di colore" avrebbe dovuto essere "particolarmente consapevole" del tipo di "esempio" che dava alle ragazze più giovani della sua "comunità". Ah, sono stati davvero simpatici.»

«Io ho detto: quale *comunità*?» Sarra fa una risatina asciutta. «La squadra di pallacanestro?»

«Allora uno degli uomini ha cominciato a menarla.»

«Cosa?» farfuglio. «Sono passati da zero alle scazzottate in sessanta secondi?»

«A essere onesta, non penso che facesse parte del loro piano», dice Sarra con tono cupo. «Forse che una ragazza di colore gli rispondesse per le rime è stato un po' troppo per questo tizio. Jo gli ha restituito il pugno e questo ha dato il via libera a tutti. Chiuse le scommesse.»

Non so che cosa fare, dove guardare, dove mettere le mani. Non riesco a smettere di fissare Sarra. Da un pezzo l'avevo liquidata come la ragazza che aveva ferito Jo tradendola. La ragazza che alla fine mi avrebbe rubato la sorella. Come suor Assumpta, non ho mai seriamente pensato a lei come una persona a tutto tondo. Con le sue battaglie.

Griffin mi chiede di uscire, così finisce di raccogliere le loro deposizioni. Salgo in camera mia e affondo la faccia nella pelliccia bionda di Tutu.

Da che io mi ricordi, Jo è sempre stata lesbica. Non ricordo il suo coming out. Non ricordo discussioni al riguardo. Quando aveva diciotto anni e io undici, era tornata a casa tenendo per mano una ragazza di nome Kris e basta. La mamma e il papà si erano guardati inarcando le sopracciglia mentre Abbie aveva dichiarato con superiorità di essere orgogliosa di Jo. Tutto lì. Kris aveva cenato con noi e si era fatta vedere per qualche mese, dopodiché scomparve e qualche anno dopo cominciò a farsi viva Sarra. Ci saranno state anche altre relazioni, però io non lo so. Jo non è il tipo che si apre su questo genere di cose.

Ma in tutto quel periodo non ricordo una sola volta che Jo sia tornata a casa sanguinante, in lacrime, o sconvolta per essere stata vittima di una qualche forma di odio. Una volta ogni morte di papa qualcuno le urlava qualcosa per strada, soprattutto quando faceva campagna per il matrimonio egualitario, ma lei se lo lasciava scivolare di dosso. Non le importava nulla. Ma non era mai successa una cosa come questa.

Tengo Tutu stretto a me.

È colpa mia. Sono stata io a gettare lo scompiglio nell'energia del mondo. Ho estratto il mattoncino di Jenga dalla torre e tutta la costruzione ha cominciato a vacillare. La neve, il fiume, l'odio, il sangue. Aaron e la sua strana capacità di percepire e sfruttare la debolezza di Kilbeg. Tutto si riversa fuori dallo squarcio nel mondo praticato dalla Governante, e io sono quella che le ha dato il coltello. Strizzo gli occhi, li chiudo e vedo l'occhio sanguinante di mia sorella, la lente cremisi che le fiorisce nelle iridi. La cataratta rilucente, simile a una luna, di suor Assumpta. Harriet Evans e il suo eyeliner alato.

Devo aggiustare le cose.

Devo aggiustare le cose.

Devo aggiustare le cose.

CAPITOLO 37

Giovedì abbiamo mezza giornata di scuola e Fiona mi manda al Divinazione con una lista della spesa. Lei è ancora impegnata con le prove, perciò in questo momento il suo tempo libero è scarso. È difficile non accusare Fiona di trattare questo incantesimo come se fosse un altro nuovo hobby da imparare alla perfezione, un'altra freccia al suo arco sempre più nutrito, però cerco di non esserne irritata.

«Maeve Chambers», annuncia la proprietaria quando varco la soglia. È l'unico posto al mondo in cui ho la garanzia che qualcuno mi chiami col mio nome intero. Oggi c'è qualcosa di trasognato nel modo in cui lo pronuncia, come se non fosse del tutto concentrata. Sta sfregando delle erbe secche tra la punta delle dita, fiori di lavanda che si sbriciolano sul palmo della sua mano.

«Ehi», dico e apro la mia lista. Non ho né voglia né bisogno di impegolarmi in un'altra conversazione sul paranormale. Mi servono solo delle candele e altri oggetti. Prendo quel che mi occorre dalle varie sezioni. Ormai sono così abituata a questa bottega da essere quasi convinta che potrei occuparmene per un pomeriggio, se lei mai lo volesse.

Il silenzio tra di noi è inquietante. Sono abituata alle sue chiacchiere, ai suoi consigli, ai suoi commenti strambi sul mio ciclo mestruale. Invece stavolta si è allontanata verso la finestra e osserva distrattamente i passanti. I capelli biondi sono in disordine e fuoriescono dalla coda di cavallo. Ha un'aria spossata.

«Sa, ho pensato a quello che diceva dei sensitivi», dico cautamente. «Conosce questi tizi dei Figli di Brigida? Credo che in questo momento siano così potenti perché Aaron, che è il loro capo, suppongo, è un sensitivo di quelli cattivi.»

Non dice nulla. Anzi, non si accorge nemmeno che qualcuno ha parlato.

«Hanno preso di mira mia sorella», dico cercando di provocare una reazione da parte sua. «Mia sorella e la sua fidanzata.»

La parola «sorella» sembra riscuoterla dal suo torpore.

«Devi prenderti cura di tua sorella», dice con voce roca e affaticata.

«Lo so.»

«Non lasciare che ti sfugga, Maeve. Non lasciare mai che tua sorella ti sfugga.»

«Non… succederà.»

La cosa si sta facendo parecchio strana. Sono abituata alle sue dichiarazioni strampalate, ma di solito c'è un filo che riesco a cogliere e seguire fino all'origine. Si gira e torna a guardare fuori dalla finestra.

«Sai che cosa vendevano in questa bottega prima che la rilevassi io?»

«No.»

«Statue della Vergine Maria. E del Bambino Gesù di Praga.»

«È quello che regge quella specie di uovo?»

Non mi risponde. Qualche volta è facile dimenticare che, almeno per chi ha più di trent'anni, la religione ha svolto un ruolo fondamentale nella sua vita. La mamma è piena di aneddoti sulle suore che la terrorizzavano e Abbie ha avuto la sua famosa fase in cui era ossessionata dall'idea di diventare una santa bambina. Invece nessuno della mia età pensa o parla mai della chiesa, anche se a scuola ci prepariamo in continuazione per questa o quell'altra messa, ma persino in questo caso sono solo canti e Ave Maria. Oppure le Beatitudini da snocciolare in qualche occasione speciale.

«Credo che non avrei mai dovuto rilevare il contratto d'affitto. Non dopo tutto quello che era successo.»

Il suo sguardo si posa nuovamente sulla finestra. Sento che dovrei andarmene, ma non avrei occasione di tornare prima del rituale. E questa roba ci serve, se vogliamo sperare che l'incantesimo funzioni. Cerco in silenzio gli articoli della mia lista. Cicuta e mandragola, piante del sabato. Candele nere per la luna nuova. Mi blocco quando arrivo ai cristalli di tanzanite, per comunicare con il mondo degli spiriti. Accanto alla porta è esposta una gran quantità di pietre, ma non tutte sono chiaramente indicate. Continuo a googolare «tanzanite» e poi a confrontare l'immagine con varie pietre, ma fatico a trovare qualcosa che assomigli alla pietra azzurra sullo schermo. Alla fine scovo un vasetto pieno di pietruzze grezze, grandi come un'unghia, che *potrebbero* essere quello che sto cercando. Scatto delle foto e le mando a Fiona per avere conferma.

«Lavora qui?»

Sobbalzo. Un fattorino con la divisa rossa di DPD aspetta paziente con una scatola di cartone.

«È una consegna tracciata. Dall'Italia. Ho bisogno di una firma.»

Mi guardo attorno e vedo che la proprietaria è scomparsa. Dev'essere sgattaiolata fuori mentre confrontavo e contrapponevo i cristalli. Con il taccuino ancora in mano, mi rendo conto che il fattorino probabilmente pensa che stia facendo l'inventario. Avverto una punta d'orgoglio al pensiero di sembrare abbastanza adulta e rilassata da lavorare in una bottega come questa. Grazie a Dio mi sono cambiata e non indosso più l'uniforme scolastica.

Sbircio la scatola. A giudicare dalla confezione è un invio di tarocchi. L'Italia ha i migliori tarocchi d'Europa. Fiona e io già parliamo di convincere i nostri genitori a farci fare uno scambio culturale lì. Anche se, continuo a rimuginare, significherebbe dover parlare italiano.

L'uomo continua a guardarmi e aspetta una risposta.

«Ehm...» Do un'occhiata attorno. «Certo, posso firmare io.»

Adesso è scettico. «Ma lei *lavora* qui, vero?»

«Sì, questa è la bottega di mia mamma.» Wow, com'è sorprendentemente facile mentire. «Le do una mano.»

Lui si stringe nelle spalle e mi porge il tablet. Io scarabocchio qualcosa di vago che lui nemmeno guarda. La macchina sputa una piccola ricevuta che lui mi consegna insieme con il pacchetto.

«Va bene, le auguro una buona giornata, signorina Evans.»

M'irrigidisco. *Signorina Evans?*

In qualche modo riesco a mettere la scatola sul bancone senza farla cadere a terra e mi limito ad annuire al tipo di DPD finché non esce dalla bottega.

Leggo l'etichetta sul pacchetto.

FIONNUALA EVANS, DIVINAZIONE, 56 PETER'S STREET, KILBEG.

Evans. Il cognome della proprietaria è Evans. La sorella di Harriet? No, è impossibile. Mi ha detto come si chiamava la sorella. Era un nome da strega. Com'è che era? Willow? Fionnuala Evans. *Evans.*

Forse non è una sorella. Una cugina? Una coincidenza?

Come si chiamava sua sorella, dannazione? L'aveva menzionato ancora quella volta che abbiamo parlato dei sensitivi. Sì, ero proprio qui, vicino ai cristalli. Com'era? E dov'*è* adesso?

Le mani cominciano a sudarmi e bagnano la ricevuta che stringono. Finalmente poso la scatola sul bancone e vi metto sopra la ricevuta. Ed è in questo istante che scatta la molla.

F. Evans, F. Evans

Allineo tutto nella mia testa come un'equazione algebrica.

H. Evans.

Heaven. La negoziante ha chiamato sua sorella Heaven.

Per tutto questo tempo ho supposto che tenesse nascosto il suo nome per una sorta di riservatezza commerciale. Che fosse il suo modo di dire: "Ehi, cara, mi piaci, ma non avvicinarti troppo". Ricordo l'ultima cosa che mi ha detto quando ci siamo impegolate in quell'esperienza paranormale insieme, subito dopo che aveva cercato di buttarmi fuori dalla bottega.

"Non mordere più di quello che puoi masticare."

Ovviamente era quello che aveva fatto Heaven, o Harriet, rimettendoci la vita.

«Maeve.»

È tornata. La scaffalatura con le erbe tagliate di fresco, mi accorgo, è anche una porta nascosta. Fionnuala è in piedi lì accanto, con una scala appena visibile dietro la porta socchiusa. Probabilmente vive al piano di sopra. Può darsi che possieda tutto l'edificio.

«Ho firmato per il pacco», dico con la voce che mi trema. «Fionnuala.»

Si siede sullo sgabello appollaiato dietro la cassa e guarda tetramente la scatola.

«Grazie», dice fiaccamente. Ha l'aria di non dormire da giorni. Comincio a sospettare che sia salita per schiacciare un pisolino rapido o forse per prendere un qualche medicinale.

«Perché...?» Non so da dove cominciare. Perché qualsiasi cosa, a questo punto? Smetto, devo ricalibrare.

«Sapeva che avevo convocato la Governante. Dal primo giorno in cui abbiamo messo piede qui dentro.»

«A fare domande per quello stupido progetto scolastico. Sì.»

La sua voce è talmente piena di dolore e di sfinimento

che non riesco nemmeno ad avere il buonsenso di arrabbiarmi con lei.

«Che cosa c'è che *non va* con lei?» le chiedo infine in preda alla frustrazione.

Allora fa una breve risata. Non una risata crudele, nient'affatto. Più la risata che farebbe un cardiochirurgo se gli chiedeste che cosa, di preciso, ha fatto tutto il giorno.

«Non mi è rimasto più niente, Maeve. Sono fuori.»

«Fuori da *cosa?*»

«Da tutto. Dalla magia. Dal potere. Dall'energia. Dalla mia mente. Ho passato le ultime tre settimane a usare tutto quello che ho per proteggerti e non mi è rimasto più niente. Come ho detto prima...»

Ciondola un po', come se stesse per addormentarsi proprio lì, sullo sgabello.

«...sono solo una strega domestica. Non una sensitiva, non una veggente. Solo una Wiccan da giardino di mezz'età con qualche dote magica rubacchiata per aiutare una ragazza che non se la cava da sola.»

«Che cosa vuole dire? Che cosa... che cosa sta *facendo?*»

«Non ti sei accorta che gli incubi si stanno diradando? Non ti sembra di riuscire a sgattaiolare via delle situazioni di pericolo con un po' troppa facilità? Cristo, la dolce arroganza della gioventù. Che cosa non farei per averla indietro.»

Rifletto un istante. Gli incubi... sono *cessati.* C'era quello che condividevo con Roe, in cui tutt'e due vedevamo la scarpa che galleggiava sul Beg, ma ormai sono secoli che non ho più incubi con la Governante. Persino il sogno della scarpa non era un incubo, di per sé. Era un avvertimento, un indizio, un manifesto sulla grande bacheca cosmica. Mi ero illusa di essere diventata più forte da sola e invece no, Fionnuala mi stava proteggendo.

«Ha fatto degli incantesimi per proteggermi?»

Annuisce. «Ogni notte. Solo quando ti vedo so se hanno funzionato o no.»

Ci penso su un po', passando attentamente in rassegna le ultime settimane. «C'è stata una rissa al Cypress. Della gente è rimasta ferita. Ferita gravemente. Però io me ne sono andata senza nemmeno rilasciare una dichiarazione alla polizia.»

Un breve sorriso, una rapida alzata d'occhi. «Be', niente male, no?»

«Perché? Perché lo fa? Mi conosce a malapena.»

«Perché, Maeve, sono abbastanza vecchia da sapere quando la storia si ripete. Ogni giorno della mia vita devo vivere con quello che è successo a Heaven. Sai come ci si sente? Avere abbandonato tua sorella e poi, trent'anni dopo, vedere comparire un'altra sensitiva? Ti sconvolge, cara. Ti sconvolge.»

«E... sapeva della Governante? L'ha saputo subito?»

«Avevo i miei sospetti. Soprattutto quando il tempo ha cominciato a cambiare e si è scatenata questa follia dei fondamentalisti. In ogni caso hai ragione. Quel ragazzo, quel biondo...»

«Aaron.»

«Aaron. *Ariano.* Cristo, è come se i suoi genitori sapessero che avrebbe fatto parte della gioventù hitleriana.»

Mi scappa una risatina, malgrado tutto. Lei sorride a sua volta, soddisfatta per aver trovato l'energia di fare una battuta.

«Ha subodorato la debolezza. Lo *squilibrio.* Come uno squalo annusa il sangue nell'acqua. I Figli di Brigida erano una pagliuzza infinitesimale, odiosa, con sede in un punto remoto del paese. Avevano sì e no cinque seguaci. E all'improvviso appare questo ragazzo con i suoi soldi americani, nel momento in cui il tempo cambia. Sapevo che stava accadendo qualcosa e non volevo che al centro di tutto ci fosse un'altra adolescente.»

«Quando l'ho incontrato per la prima volta», dico setacciando i miei ricordi, «Aaron non ha quasi interagito con me. Anche quando sono stata a quella riunione schifosa in cui giocava con i suoi ricatti emotivi... mi sembrava di sentire puzza di latte andato a male.»

Roe. Roe era quello che voleva. E io avevo pensato che fossero state la mia forza e la sicurezza in me stessa a non permettergli di avvicinarsi a lui. Dio, ha ragione. Sono davvero *arrogante.*

«Ha sentito l'incantesimo protettivo. O l'ha percepito, perlomeno. Se sa di essere quello che è, puoi scommetterci l'osso del collo che sa anche che cosa sei *tu*. Probabilmente aspetta da settimane che si prosciughi qualunque sia la cosa che ti protegge.»

Si ricordava di me. Ha riconosciuto subito la ragazza con l'abito da sposa, anche se sono rimasta tutto il tempo in fondo al negozio. Anche se era Fiona la bellezza, il fuoco, quella con la gamba nuda scoperta, quella che tutti guardavano quando urlando parlava di ateismo.

Un pensiero mi s'insinua nella testa terrorizzandomi. La conversazione con lui da Bridey's. Il concerto del mio ragazzo. Mia sorella all'università. Aaron mi ha accerchiato. Non potendo arrivare a me, attacca le persone che mi sono più vicine. Indebolisce le mie difese finché non mi arrendo o non rinuncio.

«Perché non me ne ha parlato?»

«Perché sapevo che, se ti avessi detto di più, tu saresti rimasta ancora più coinvolta. Così ho pensato che forse... boh, non lo so... se ti avessi mantenuto in una bolla, questa fase sarebbe passata senza che tu facessi niente di stupido. L'equilibrio si sarebbe ristabilito. Spesso accade.»

«E invece non è andata così.»

«No», dice massaggiandosi le palpebre chiuse con la punta delle dita. «E non ho più niente da darti.»

«Che cosa *significa*?»

«La magia non è infinita. È come un raccolto, ha bisogno di tempo per rinnovarsi. E io ho consumato le mie ultime risorse con te, Maeve Chambers, affinché non facessi la fine di Heaven.»

«Perché la chiama...?»

«È ora che tu te ne vada, Maeve.»

«Cosa?» strillo quasi. «Non può dirmi tutto questo e poi aspettarsi che me ne torni a casa.»

«Invece è proprio quello che faccio. Vattene adesso. Non voglio vederti qui dentro per almeno una settimana. E, per l'amor di Dio, non fare niente prima di allora. Non ho quel che serve per proteggerti.»

«Okay», dico piano. «Allora compro questi e basta.» Poso le candele, i cristalli e le erbe sul bancone.

Fionnuala digrigna forte i denti. «Maeve», dice con voce bassa e autorevole. «Se credi che ti venda qualcosa per fare un rituale, ovviamente pensi che sia più stupida di quanto non sono in realtà.»

«Ma, Fionnuala...»

«Tesoro, sono troppo debole per fermarti, ma sono forte abbastanza da chiedertelo e perciò te lo chiedo ora: ti prego, cerca di non chiudere questa storia con un rituale. Non sopravvalutare il tuo potere.»

«Lei non capisce. La Governante si è presa la mia...»

Fionnuala alza un dito per zittirmi. Dev'essere rimasta una goccia di magia, perché in qualche modo ci riesce e la bocca mi si chiude di colpo.

«Non posso fermare un rituale che disapprovo, ma *posso* rifiutare di approfittarmene. Non mi riempirò le tasche coi tuoi errori, Maeve. Adesso vattene.»

Così me ne vado a mani vuote.

Gli incubi ricominciano quella stessa notte.

CAPITOLO 38

Un messaggio da Fiona.

CHECKLIST PER L'INCANTESIMO

SETA: Ne ho preso un QUINTALE in merceria. E poi mi sto allenando a fare nodi!

ERBE: Roe, lol, tua mamma ha un giardino pieno di erbe. I protestanti!!! Un sacco di rosmarino sì/no?

CANTI: Da te mi aspetto dei veri canti tipo Lizzo. Ritmo! Energia! FACCIA TOSTA!

Fiona era andata a sua volta al Divinazione venerdì pomeriggio, cercando di fare rifornimento. Fionnuala non si è lasciata convincere. A quanto pare, le ha risposto a monosillabi, nonostante Fiona abbia insistito che le cose le servivano per un progetto scolastico.

Fiona, Roe e io abbiamo rimuginato a lungo sull'avvertimento di Fionnuala. L'abbiamo rigirato da tutte le parti, addentandolo come farebbe un cercatore d'oro.

«Certo», ha esordito Fiona con passionalità, «se i suoi incantesimi protettivi non funzionano più, allora noi siamo ancora *più* incentivati a finire la Governante, giusto? Ovviamente Aaron si sta facendo strada verso di te, Maeve. Sa che sei una specialista.»

«Una sensitiva.»

«Fa lo stesso, è uguale.»

Roe è rimasto zitto a lungo dopo che gliel'ho detto. Misurato e logico, contrario alla spavalderia presuntuosa di Fiona.

«Heaven è morta», dice semplicemente. «Dobbiamo ricordarlo, Fi. Heaven è morta.»

«Heaven è morta, sì», ribatto, cercando di imitare il suo tono maturo. «Ma probabilmente Heaven era sola, tanto per cominciare. E, in secondo luogo, Heaven *voleva* che suo padre morisse. Picchiava tutta la famiglia. Voleva che sua mamma divorziasse, ma il referendum non è passato, perciò ha convocato la Governante.»

«Te l'ha detto Fionnuala?»

«No.» Mi vergogno a dire che non le ho chiesto quasi nulla su Heaven/Harriet. Ho sprecato il resto del tempo passato al Divinazione facendo domande solo su me stessa. Quando sono arrivata a chiederle di Heaven, mi stava già buttando fuori. «Ma è ovvio. In pratica me l'ha detto suor A di persona.»

«E poi», aggiunge Roe, «suo padre è morto. Non è scomparso. Non è sparito nel Beg. Si è trattato di una vita in cambio di un'altra vita. Non è… bello, ma è magia nera. Sapeva quello che stava facendo. Diversamente da te, che hai riportato in vita la Governante per sbaglio, e ora Lily è rimasta intrappolata per errore in una specie di… stato intermedio. Non è morta. Quindi non si può fare uno scambio. Stiamo solo pareggiando i conti.»

La logica del suo ragionamento mi pare solida. Sembra solida anche a Fiona, perciò decidiamo di andare avanti col rituale, cristalli o no.

Credo che ci servano tre incantesimi: uno per fare delle corde con la seta (porterò un coltello da cucina), uno per fare il nodo e uno per stringerlo. Okay, Maeve???

Rispondo: K.

Poi, potremmo vestirci tutti di blu o di nero?? I colori di Saturno.

Poi ancora un altro messaggio.

Non ci posso credere che è già domani!!!

Rimetto il cellulare in modalità aereo. Certo, indosserò qualcosa di blu. O di nero. Indosserò qualsiasi cosa.

Non ho parlato degli incubi a Fiona e Roe. Mi sembra di averli già fatti preoccupare abbastanza e tutta questa faccenda della «sensitiva» dà più seccature di quanto meriti. Ho passato sedici anni della mia vita a sforzarmi di *non* essere il tipo di ragazza che ha bisogno di essere accudita e scoprire che una semisconosciuta mi protegge da quasi un mese è come vantarsi di essere davvero bravi ai videogiochi e poi accorgersi che tutti ti lasciano giocare al livello elementare.

Perciò, no, non faccio parola degli incubi. E comunque sono sempre le solite stronzate. La Governante. Il fiume. La sensazione che Lily sia vicina, osservi, aspetti e ringhi. Sabato mattina mi sveglio prima delle cinque, con un senso di pesantezza, calore e nausea. Fuori è ancora buio. Porto il cuscino nella vasca da bagno e sento la porcellana fredda a contatto con la pelle. Alla fine mi riappisolo e sbavo sulla federa morbida di cotone.

Sono nuovamente da sola al fiume. Sono le prime ore di una mattina luminosa e Tutu è con me. Mi guardo attorno in cerca della Governante. A questo punto sono abituata a vedere la sua forma statuaria, quasi umana. Non è una consolazione, ma una garanzia. Però stavolta non la vedo.

Almeno non subito.

Sull'altra sponda del fiume, seduto su una cassetta del latte rovesciata, c'è Aaron.

Che cosa ci fa *lui* qui? Aaron fa davvero visita ai miei sogni ora che si sono esauriti gli incantesimi protettivi o è solo il mio subconscio che elabora la mia crescente paura nei suoi confronti?

Ci dev'essere un raggio di luce che filtra dalla finestra del bagno e danza sulle mie palpebre chiuse, perché un arcobaleno guizza sul pavimento davanti a me. Si muove quando mi muovo io, rimbalzando e rifrangendosi sull'acqua.

Aaron indossa una T-shirt bianca e un paio di jeans, sorride rilassato mentre il sole mattutino gioca sul suo volto abbronzato. Ha qualcosa tra le mani. Strizzo gli occhi. Il sole quasi m'acceca e lui è troppo lontano perché io riesca a vedere molto bene. Però sta sicuramente accarezzando *qualcosa* sulle ginocchia. Qualcosa di scuro e lucente, come un gatto. Un gatto, ma più grosso.

«Sei qui davvero?» gli chiedo. E anche se non ho alzato la voce, lui mi sente. Solleva lo sguardo. «È davvero mattina?»

Non dice nulla. Si limita ad annuire e continua ad accarezzare quello che ha sulle ginocchia, qualunque cosa sia. Tutu comincia ad abbaiare. Furiosamente in un primo momento, ma poi cedendo rapidamente il passo a un piagnucolio ansioso.

Una chiostra di denti bianchi luccica dall'altra parte del fiume. Aaron mi sta sorridendo.

Finalmente i miei occhi si adattano alla luce. Ora lo vedo un po' meglio e, cosa più importante, vedo che cosa sta tenendo.

Sulle ginocchia di Aaron c'è la testa della Governante.

Disgustata per un istante, penso che sia la testa staccata dal corpo, tranciata di netto. Invece no: la Governante sta semplicemente riposando sulle ginocchia di Aaron mentre con le dita lui le districa adagio i lunghi capelli neri. Ogni striscia nera satinata scivola tra le sue dita come acqua e sembra che ci sia dell'affetto sincero in quel gesto. Quasi tenerezza. Lui sorride ancora. Un altro lampo bianco dall'altra sponda del fiume.

«Che cosa fai, perché sei qui?»

«Ssst. Sta dormendo.»

«Che cosa vuoi da me, Aaron?»

«Ssst.»

Mi giro, rifiutandomi di guardarlo in faccia. *Svegliati, Maeve. Svegliati, diamine.*

«Se io fossi in te, non avrei tanta fretta di svegliarmi. È dura là fuori, sai? È dura per quelli come noi.»

«A che cosa ti riferisci?»

Lui riprende ad accarezzarle i capelli.

«Non è dolce, Maeve? Tu hai paura più di lei che di qualsiasi altra cosa, mentre per me è solo un animale domestico.»

Chiudo gli occhi, non voglio più guardarlo.

«Ho sentito il tuo odore, sai. La prima volta. Lo sentivo già quand'eri in ascensore.»

«Taci.»

«Sarà molto interessante», mormora. «Se sopravvivrai.»

Il prisma della luce dell'arcobaleno si sposta e i miei occhi si aprono con un fremito. La stanza è invasa dalla luce accecante del primo mattino che rimbalza dalle piastrelle bianche. Tremo con tutto il corpo, sbattendo i denti come chi ha freddo in un cartone animato. Le sue ultime parole mi tintinnano ancora nella testa come spiccioli.

"Sarà molto interessante. Se sopravvivrai."

Nel modo più imparziale possibile cerco d'immaginarmi morta. Un'altra Harriet Evans – o Harry, o comunque si chiamasse. Immagino che suor Assumpta mi sopravviva, la donna più vecchia al mondo, e reciti il rosario per me davanti a qualche altra ragazza idiota convinta con l'inganno a pulirle l'auto. Maeve non arriverà a stare con Lui, perciò io continuo a pregare per lei. Il mio Dio è un Dio che perdona, uah uah uah.

Comincio a mordicchiarmi le unghie. Il sudore del sogno si deposita sul mio corpo e, asciugandosi, mi fa sentire strana e appiccicosa.

Suor A ha detto che Harriet Evans non sarebbe arrivata a stare con Dio. Heaven non è andata in paradiso, per così dire. Ricordo Fionnuala, gli occhi vitrei mentre parlava della Vergine Maria e del Gesù Bambino di Praga. Di come non avesse voluto prendere in gestione la bottega perché in passato vendeva articoli e cimeli religiosi.

I nomi sono potenti. È stata la prima cosa che mi ha detto. I nomi sono potenti.

Qualcosa di strano e di sporco comincia a riemergere dalla mia memoria, come una canna da pesca che tira su una vecchia barca. Qualcosa che si nascondeva sotto anni e anni di educazione cattolica. Qualcosa che avevo dato per scontato e non avevo mai messo in dubbio, senza mai pensarci sopra.

I suicidi non vanno in paradiso.

O perlomeno non ci vanno, secondo la chiesa. Forse ultimamente le cose sono cambiate. Al Papa piace cambiare le cose, ribrandizzare il cattolicesimo per farlo sembrare nuovo e interessante. Ma è sempre stato così, no? Il suicidio era un peccato agli occhi di Dio. Fionnuala ha chiamato sua sorella Heaven come se fosse una preghiera. Heaven, paradiso. Heaven.

Heaven non era stata uccisa *dal* rituale. Si era uccisa durante il rituale.

Sarà molto interessante. Se sopravvivrai.

Se. Se. *Se.*

Mi mangio le unghie fino alla carne viva, le dita infiammate e scorticate sulla punta. Che cosa avrei dovuto fare per riavere Lily? Che cosa avrei dovuto volontariamente sacrificare?

Stringo a me i tarocchi, sperando che mi forniscano la risposta.

«Il rituale farà tornare Lily?» chiedo a voce alta, spostando il loro peso familiare da una mano all'altra.

Estraggo una carta. Il Sette di Coppe. È una carta strana, con un uomo che guarda un mucchio di coppe, ognuna riempita con un simbolo diverso. Dei gioielli in una, un serpente in un'altra, un pugnale in una terza. Doni e maledizioni. L'uomo ci sta davanti in piedi, un coniglio sotto i riflettori della scelta divina.

Questa carta è uscita altre volte durante la lettura dei tarocchi e solitamente rappresenta l'incapacità di compiere una scelta. Cerco di applicarla alla situazione in corso, ma i conti non tornano del tutto. Certo, compiendo il rituale, facciamo una scelta sicura. Agiamo, non ci limitiamo a fissare un mucchio di coppe aspettando che il mondo ci passi accanto.

Guardo ancora e cerco di pensare alla carta in modo diverso. Il pugnale sospeso sulla coppa mi attrae e passo il pollice sulla lama.

Forse non si tratta di scelte. Forse sono i desideri illusori, la finzione che ci siano diverse opzioni quando in realtà ce n'è una sola.

Una vita per una vita. Dare tanto per ottenere tanto. È così che funziona la magia nera, no?

Mi mordo il labbro inferiore e pesco un'altra carta. Non appena la vedo, la lascio cadere a terra, coprendola subito col piede.

«No», sussurro, guardandomi le unghie dei piedi. «No.»

Busso alla porta della camera di Jo. È sabato mattina presto, ma è sveglia e, appoggiata a due cuscini, sta leggendo un libro. Ha seguito il consiglio di Griffin ed è tutta la settimana che non va all'università.

«Ma io mi sento bene», aveva detto Jo. «Non si tratta di questo», le aveva risposto Griffin bruscamente. «Voglio dire... sarebbe più sicuro e basta.»

«Ehi», dico indugiando accanto alla porta.

«Ehi anche a te», risponde lei alzando lo sguardo. «Ti sei svegliata presto. Che cosa fai?»

«Volevo solo... venire a vedere come stai.»

«Hai freddo?»

«Sì.»

«Vuoi fare un salto sotto le coperte?»

Non dico niente, ma attraverso la stanza e m'infilo nel suo lettone matrimoniale. È così confortevole, le lenzuola perfettamente bianche e pulite. Jo non mangia mai a letto come me. Io combatto sempre una battaglia perduta con le briciole dei toast.

«Non ho un cuscino», brontolo.

«Vieni, usa il mio.»

Si allunga verso di me e mi stringe sotto il braccio. Poso la testa sul suo petto, ascoltando il tum-tum-tum del cuore.

«Non lo facevamo da quand'eri piccola», dice. «Mi chiedevi sempre di dormire nel letto con me.»

«E tu non mi lasciavi mai. Carogna.»

«Vuoi farmene una colpa? Avevi le unghie dei piedi lunghissime. E mollavi scoregge che puzzavano di cavolo.»

«Non è *vero*!»

Quella che normalmente sarebbe degenerata in una zuffa si adagia in una discussione pigra e assonnata, con noi due che fissiamo il soffitto.

«Hai paura?» sussurro.

Rimane zitta un istante. «Un po'», risponde.

«Di venire aggredita ancora?»

«Sì. E che a Sarra capiti di peggio. E che...» la voce diventa leggermente tesa «...che le cose peggiorino per tutti.»

«Che cosa vuoi dire?»

«Penso che molti di noi abbiano semplicemente dato per scontato che le cose stessero migliorando molto. Il progresso, cose così. Viviamo in questa Irlanda liberale e tutto il resto. Credo che abbiamo cantato vittoria troppo presto.»

Deglutisce e si sfrega la pelle morbida sotto l'occhio pesto. «E questa credo sia la reazione.»

Immagino mia sorella mentre le urlano dietro, la inseguono, la aggrediscono. E poi Aaron in televisione che distrae il presentatore sostenendo che in ogni storia ci sono due punti di vista. La stringo a me, girando la faccia contro la sua spalla e cercando di non pensare al Sette di Coppe o alla carta che ho calpestato col piede. La carta della Morte è ancora in camera mia, ancora a faccia in su sul pavimento.

Conosco abbastanza la carta della Morte da sapere che non rappresenta la morte.

O, almeno, non sempre.

«Ehi, perché stai tirando su col naso?»

«Sono spaventata», dico. Poi aggiungo: «Ho paura per te».

«Ah, figurati, non serve a niente avere paura. Sono fortunata. Ho una famiglia e una ragazza fantastiche, sono intelligente e sexy. Me la caverò», ridacchia.

«Ma non sarà così per tutti.»

«No», riflette. «Non sarà così per tutti.»

«Ti voglio bene.»

Si ferma e mi guarda, sorpresa.

«È tutto a posto, Maeve?»

Faccio un cenno di assenso poco convinto.

«Anch'io ti voglio bene. Ma non preoccuparti per questo: tu non c'entri niente. Fa' solo del tuo meglio per stare accanto a chi è più vulnerabile di te. Tieni gli occhi e le orecchie aperte. Alza la voce se vedi qualche casino, d'accordo?»

La stringo forte e cerco di trovare il modo di dirle che un po' c'entro anch'io.

La giornata arranca, imbronciata e pesante. L'ondata di freddo è passata per davvero, però adesso nell'aria c'è un'umidità stizzosa, densa e soffocante. Decidiamo di incontrarci tutti e tre al fiume a mezzanotte. Per mia fortuna, la mamma e il papà sono fuori a cena e Jo è a casa di Sarra. Sembra che l'aggressione le abbia avvicinate ancora di più. Ieri sera Sarra è venuta da noi e hanno passato tutta la serata in soggiorno, raggomitolate l'una addosso all'altra come volpi. Spero che vadano a vivere insieme: a Jo piacerebbe.

Abbraccio entrambi i miei genitori quando escono, stringendoli forte. Inalo l'odore dei capelli di mia madre. Il suo profumo sa di oro liquido.

«Hai qualcosa in programma per stasera, Mae?»

«Guarderò un film a casa di Fiona», rispondo meccanicamente, chiedendomi se questa è l'ultima bugia che le dirò.

«Ah sì? Hai bisogno di soldi per tornare a casa col taxi? Ti darei uno strappo a casa, ma finiremo molto tardi.»

«No, non torno a casa», dico. E mi chiedo già: "Perché l'ho detto in questo modo?". «Voglio dire, resto a dormire da Fiona.»

Sarà molto interessante. Se sopravvivrai.

«Va bene.» La mamma è alle prese col telefonino che non sta nella minuscola pochette.

«Perché non lo lasci a casa e basta?» le dico, in tono d'incoraggiamento. «In ogni caso non vuoi che ti disturbino, no?»

"Non dovrò farlo davvero, giusto? Non quando Lily non è nemmeno morta. La Governante l'ha detto chiaro e tondo. È solo intrappolata. Non dovrò farlo. E, in ogni caso, non potrei farlo.

Del resto, come lo farei?"

«Suppongo che tu abbia ragione.» Si stringe nelle spalle e lascia il telefono sulla credenza.

«È tutto a posto, Mae?» chiede il papà. «Sembri un po'... sfasata.»

«Sto bene.»

Dopo che sono usciti, io gironzolo senza meta per casa. Sono solo le sette. Le mie dita seguono i solchi nella carta da parati, i miei piedi i battiscopa. Roe aveva ragione. Ho una casa bellissima. È curioso che non l'abbia mai apprezzata prima d'ora. È strano che non abbia mai capito l'immenso privilegio, la ricchezza, l'amore in cui ho avuto il lusso di crescere. Ero troppo ossessionata dalle amicizie e dai voti che non avevo. Adesso tutto mi sembra così infantile. Entro ed esco nelle camere da letto dei miei fratelli e delle mie sorelle, prendendo in mano degli oggetti e rimettendoli giù. Lo scaffale di Abbie con i libri di Jane Austen. I dischi di Pat. Le vecchie miniature dei calciatori del Subbuteo di Cillian, attaccate con la plastilina alla scrivania dove prendono la polvere. Mi sdraio per un po' sul letto di Jo e fisso il soffitto.

Quand'è stata l'ultima volta che sono stati tutti a casa insieme? Cillian era dalla sua fidanzata il Natale scorso e Abbie era a un matrimonio a Tahiti. Abbiamo detto che li avremmo chiamati con Skype, ma poi non l'abbiamo mai fatto, mentre Jo, Pat e io abbiamo guardato *Labyrinth* fino alle due di notte e mangiato una scatola di cioccolatini Roses. Pat mi ha lasciato bere coca e rum.

Con una punta di vergogna ricordo di essermi rallegrata che Cill e Abbie non fossero a casa. In ogni caso Pat e Jo erano i miei preferiti. Era meglio quando li avevo tutti per me. Quando loro quattro erano insieme, parlavano di cose di lavoro e di persone che non conosco. Mi trattavano come una poppante e commentavano con aria di superiorità «quello che stavo diventando». Ora vorrei prendermi a schiaffi per aver fatto delle preferenze e non essere stata felice del nostro gruppo di cinque persone.

Se le carte hanno ragione, non saremo mai più in cinque.

Per un attimo mi chiedo se non sarebbe una buona idea lasciare un biglietto. Per impedire alla mamma di dare la colpa a sé stessa o al papà di avere un tracollo nervoso. Ma che cosa potrebbe dire un biglietto del genere? «Devo spezzare una maledizione. Torno presto.»

Mi aggiro per la cucina aprendo e chiudendo i cassetti. Prendo i coltelli più affilati dal ceppo di legno accanto al forno, provandoli uno per uno sulle dita. Ce n'è uno, un lungo coltello giapponese che mio papà aveva ricevuto dai ragazzi per il suo compleanno, mi punge il dito nel momento stesso in cui tocca la pelle e sulla punta appare una goccia di sangue. Lo succhio. Non mi fa troppo male.

Non sarò costretta a farlo. Lo farò? Dovrei farlo?

Il telefono vibra. Roe.

Ehi. Sei a casa?

Sì.

Posso passare prima dell'incantesimo di stasera?

Certo.

Fantastico, grazie. X

Arriva un paio d'ore dopo, con addosso il giubbotto rosso e una sporta in mano.

«Ehi», dice sorridendo nervoso. «Grazie per avermi permesso di venire.»

Faccio spallucce. «Non c'è problema.»

Mi guarda e inclina la testa come un cucciolo curioso. «È tutto a posto, Maeve?»

«Sì», dico piano. «Solo che… ehm, ho le mie cose.»

Inarca le sopracciglia, sorpreso, fino all'attaccatura dei capelli.

«Ah, sei tutto femminista e gender queer finché non comincio a parlare di mestruazioni?» commento sarcastica.

«No, non è questo», risponde lui offeso. «Mi sorprende soltanto che sollevi l'argomento.»

Faccio nuovamente spallucce e mi dirigo in cucina.

«Vuoi una tazza di tè o qualcos'altro?»

«Volentieri.»

Accendo il bollitore e il mio sguardo va alla sporta che ha lasciato sul pavimento. È piena di vestiti.

«A che cosa servono?»

«Oh», dice timidamente. «Speravo di potermi cambiare qui. Volevo… non importa.»

«Che cosa? Dimmelo.»

«Non ne ho voglia. Vedo che non sei in vena.»

«Non è vero.»

«Invece sì. Lo intuisco.»

Ha un'aria così confusa che mi si scioglie il cuore. Voglio buttargli le braccia al collo, baciarlo lentamente e a lungo. Voglio farlo sedere sul divano e stringergli i fianchi con le gambe. Voglio sentire le sue mani sotto i vestiti.

Lui non ha nessuna colpa. Voleva stare con me prima di scoprire che tipo di persona sono. Forse una parte di lui vuole ancora stare con me.

«Mi spiace», dico cercando di trattenere l'emozione nella voce. «Davvero tu non c'entri. Ti prego, dimmelo.»

Verso l'acqua bollente e comincio a premere la bustina sul fondo di ogni tazza.

«D'accordo», dice. «Ho pensato che... questo incantesimo funzionerà meglio se ci sentiamo più potenti, giusto? E io voglio sentirmi il più potente possibile. Come quando sono sul palco.»

«Vuoi fare l'incantesimo vestito da drag?»

«No», risponde, con un sorriso che gli si allarga sulle labbra. Stringe a sé l'abito lungo. «Lo faccio vestito da me stesso.»

«Roe... è una gran figata!»

«Lo pensi sul serio?» Ora è entusiasta.

«Certo!» Comincio a ridere e frugo nella sua sporta, tirando fuori una camicetta di seta blu marino e una lunga collana di perle.

«Sono solo di vetro», dice, quasi si scusasse.

«Sarà grandioso», dico e, per un attimo, dimentico Aaron, Heaven e tutte le altre cose che mi terrorizzano.

«Hai del trucco? Io non ne ho tanto.»

«Non molto, ma ce l'ha mia mamma. Roba costosa.»

Portiamo le tazze di sopra. Roe si siede sul letto dei miei genitori mentre io frugo tra le cose di mia madre.

«Tu che cos'hai?» gli chiedo.

«Questo», dice, lanciandomi un astuccio con del make-up comprato in un discount. È pieno di grumi e mezzo sciolto e sembra recuperato dal gabinetto dopo aver tirato lo sciacquone.»

«Be', santo cielo», dico.

«Cosa c'è?»

«Roe, non me ne intendo molto di make-up, ma non darei questa roba al mio peggior nemico.»

«Ehi, chiudi il becco. Lo sai quanti rossetti ho dovuto buttare in fretta e furia nel cestino della spazzatura o nel fiume?»

«D'accordo, d'accordo. Be', lascia che ti presenti Mr Mac.»

Mi metto all'opera e gli stendo sopra gli occhi un'ombra color caffè, poi traccio sulle palpebre una linea nera come l'inchiostro, mettendocela tutta per fare uno sbaffo verso l'alto. Ricordo Michelle che a scuola ci annoiava in continuazione con gli «occhi da gatto». Roe, però, sembra davvero un gatto. Lascio che si metta il mascara da solo perché ho troppo paura di infilzargli un occhio. Gli tampono leggermente le guance con un highlighter perlaceo, per farle brillare di più quando catturano la luce.

Nel frattempo cerco di non pensare che la mia pelle è a contatto della sua, le mie dita sono sul suo viso. Cerco di non incrociare il suo sguardo quando alza gli occhi su di me. È dal giorno in cui mi ha accompagnato a casa e ha fatto delle battute sul mio vialetto che non condividiamo più una simile intimità. E anche allora eravamo solo all'inizio. Stavamo ancora imparando a conoscere i nostri corpi quando tutto è stato interrotto di colpo. E ora non conoscerò mai più il suo corpo in quel modo. Non sarà il primo per me. Forse non lo sarà nessuno.

«Maeve?»

«Mmh?»

«All'improvviso sei diventata così silenziosa.»

«Oh, scusa.»

Prendo lo specchio da trucco di mia mamma e gli mostro il suo viso.

«Ooooh, mi piace.» Sorride. «Di solito mi metto solo il rossetto rosso. Non mi sono mai fatto gli smokey eyes.»

«Il rossetto sporca molto», dico.

«Sì», risponde. «Scomodo per baciare.»

Lo guardo, seduto sul letto dei miei genitori col volto pieno di ombre e perle, e mi chiedo se qualcuno sia mai stato così bello. Ci fissiamo a vicenda. Che cosa vuol fare? Perché se ne esce con frasi come «scomodo per baciare»?

«Già.»

Chiudo la trousse del trucco di mia madre e la ripongo sulla toeletta.

«Maeve», dice e mi afferra la mano quando gli passo accanto. Io la strappo via di scatto.

«Puoi prendere in prestito i miei vestiti, se vuoi», dico rapidamente. «Ho una pelliccia da darti.»

«Una PELLICCIA?»

«Non cominciare. È un'eredità della mia bisnonna o qualcosa del genere.»

Saliamo in camera mia e gli faccio vedere la pelliccia. L'unica lampadina dell'abat-jour sul comodino diffonde nella stanza un riverbero da tramonto. La pelliccia di coniglio cattura la luce e manda riflessi di un argento intenso e metallico. Lui se la infila sopra la T-shirt.

«Devi vedere l'insieme, con il top di seta, le perle e tutto quanto.»

«Giusto», dice. «Passami la borsa.»

Gli lancio la sua sporta e mi siedo sul letto. Roe si toglie la pelliccia e lentamente si sfila la maglietta da sopra la testa.

E io lo fisso. Dio mio, se lo fisso.

Non mi sono mai trovata da sola in una stanza con un ragazzo senza maglietta. Sono stata in spiaggia, ho guardato pigramente i ragazzi giocare a calcio d'estate, T-shirt sui petti nudi. Però qui, nella luce soffusa della cameretta di quand'ero piccola, il luogo in cui ho avuto la varicella e le amiche a dormire, in cui mi sono infilata la mano nei pantaloni del pigiama pensando a… be', questo. A lui qui, davanti a me, così.

Nella stanza avviene uno spostamento d'aria. Roe guarda me che guardo lui. Decido di non distogliere lo sguardo. Dopo tutto questa potrebbe essere la nostra ultima occasione. Decido di ammirarlo. Il suo corpo, come lui, è una serie di contrasti. Le spalle solide e robuste rispetto alle clavicole sottili ed eleganti. Le braccia muscolose che hanno passato innumerevoli serate a sollevare amplificatori e batterie, dentro e fuori dalle sale prova, rispetto allo stomaco delicatamente arcuato nel punto in cui incontra il bottone dei jeans. Ora è come un cucciolo, tutto zampe grosse e piedi. Tra qualche anno probabilmente si riempirà come ha fatto Pat: forte, ben piantato e solido come un mattone.

Mi osserva mentre lo osservo. Sotto l'highlighter iridescente il viso gli diventa paonazzo. Allunga la mano verso la maglietta blu marino.

«Ehi», gli dico piano. «Non serve che te la rimetta.»

«Ah no?»

«No», sorrido. «Mi piace guardarti.»

«Anche a me piace guardarti», risponde con voce roca. «Però ora mi sento un po' in vetrina.»

«Oh.»

Abbasso lo sguardo sul mio abbigliamento. Sono vestita di blu marino, come ha ordinato Fiona. Un abitino in maglia di lana con sotto un paio di collant neri pesanti. Lo sfilo da sopra la testa, alzandomi nel toglierlo.

Sono davanti a Roe O'Callaghan in reggiseno e collant. Mi viene voglia di ridere forte perché non riesco proprio a credere a quello che ho appena fatto. Quando sono diventata il tipo di persona che si spoglia davanti a qualcun altro?

Mi rispondo e la risata mi muore in bocca: "Quando hai stabilito che questo potrebbe essere il tuo ultimo giorno di vita, Maeve".

Aaron ha ragione. *Sarà* davvero interessante. Se sopravvivrò.

Roe fa un passo in avanti e mi scosta i capelli dal volto, seguendoli con le mani fino alle scapole, dove terminano. Mi avvicina a sé, premendo il suo corpo caldo contro il mio nell'aria fredda della soffitta.

«Sei così bella, Maeve», mormora. «Questo davvero...»

«Davvero *cosa*?» sorrido.

«Questo davvero mi rende la vita molto... difficile.»

E poi ci baciamo. Baci che iniziano lenti e diventano sfrenati, impellenti e voraci. Non siamo mai rimasti completamente soli, ma abbiamo sempre rubato dei momenti nel sottopassaggio o lungo il Beg. La nostra solitudine ci incalza urlandoci: “Fatelo, adesso. Adesso, prima che sia troppo tardi”.

Non riesco a smettere di toccarlo. Ogni volta che penso di essere troppo diretta o troppo animalesca, lui mi eguaglia, rispondendo in maniera ancora più forte. Le sue mani sono nei miei collant, la sua bocca è sul mio petto. La gravità sembra trascinarci sul letto e io mi siedo a cavalcioni su di lui, che ha la schiena appoggiata al muro.

È stupendo e straziante insieme, una novità da batticuore. Tutto quello che faccio non riesco a credere che lo stia facendo e, subito dopo, non mi basta più. Ho bisogno di vedere tutto di lui e di sperimentare tutto.

«Uhhh, wow.» Roe stacca la sua bocca dalla mia, la voce afona. «Dobbiamo darci una calmata.»

«Perché?» dico, mordicchiandogli un orecchio.

«Perché, tanto per cominciare, tra un po’ dobbiamo andare al fiume.»

«Prima di allora avremo concluso.»

Si ritrae, allarmato dal tono pratico della mia voce. Dalla parola *concluso.* Studia la mia faccia, ora macchiata dal suo trucco per gli occhi.

«Okay. Be’, ma... non credi che sia un po’ troppo presto, Maeve? Non siamo nemmeno... Non abbiamo nemmeno parlato di...»

Mi sento frustrata. Se solo sapesse che questa potrebbe essere la nostra ultima occasione. La mia ultima occasione.

«Io sono pronta», dico frettolosamente. «Roe, voglio che tu sia il primo per me.»

Non riesco neanche a credere di averlo detto. Cioè, è vero. Voglio che lui sia il primo, ma non avrei mai immaginato che mi sarebbe uscito di bocca così, con me che tento di convincerlo.

«Sono... sono lusingato. E anch’io... voglio che *tu* sia la prima per me. Ma è davvero adesso il mo...»

Mi stringo ancora di più a lui e vedo la sua sicurezza che

comincia ad affievolirsi. Tutto questo è troppo elettrizzante. Avere un corpo, sentire il potere che ne deriva. È come tutto quello che amo nella magia: è istintivo, animalesco, magnetico. Mi bacia, a lungo e lentamente, e le sue mani mi tirano verso di lui. Lo vuole tanto quanto me.

Poi si allontana ancora. «Maeve, non abbiamo niente.»

«Niente che cosa?»

«Sai, per proteggersi.»

Un'enorme ondata di tristezza si abbatte all'improvviso su di me. Com'è possibile essere così in sintonia, fisicamente incollati l'uno all'altra, e arrivare qui con punti di vista tanto diversi? C'è Roe che si preoccupa del futuro, dei bambini, di «proteggersi». E poi ci sono io, con tutte le prove del mondo che puntano al fatto che, probabilmente, *non ci sarà* un futuro, almeno per me.

Lui comincia a guardarmi con aria crucciata. «Maeve, sei...?»

Mi alzo e raccolgo il vestito dal pavimento. «Lascia stare», dico.

«Ti comporti in maniera davvero strana.»

«Ah, davvero?» Giro su me stessa. «Non lo pensavi quando ero...»

«No», m'interrompe afferrandomi per le spalle con entrambe le mani. «Voglio dire, da quando sono qui, sei... assente. Sei nervosa per l'incantesimo o cosa? È questo?»

«Sì», dico con voce tesa. «Sono nervosa per l'incantesimo.»

«Maeve, devi dirmi che cosa succede. Ho la sensazione che tu sappia qualcosa che io non so.»

Mi stringo nelle spalle. «Sono le 11.40, meglio che andiamo.»

«Ehi, ti è caduto questo.»

Roe si china per raccogliere qualcosa dal pavimento della mia camera da letto.

La mia collana di giaietto è caduta tra i cuscini e giù dal letto. La prendo dalle sue mani. Il papà me l'aveva portata dal Portogallo. Era il suo modo per dirmi che mi voleva capire. Doveva essere un amuleto protettivo.

Sto per rimettermela, ma mi fermo e la guardo un istante, lisciando la pietra nera con il pollice. Sembra che ultimamente gli amuleti protettivi mi escano anche dalle orecchie, senza che io nemmeno me ne renda conto, ma chi protegge Roe?

«Perché non la metti tu? Per il rituale?»

Accenna un sorriso mentre gliela infilo al collo, con la pietra che tintinna lievemente contro le perle di vetro.

«Ti proteggerà.»

Mi bacia delicatamente e sorride. «Quando sarà tutto finito», dice con calma, «mi piacerebbe portarti fuori.»

Rido un po', una risatina venata di tristezza. «Dobbiamo andare.»

C'incamminiamo verso la riva del fiume, lui con la pelliccia di coniglio, io con lo zainetto di scuola. Fiona è già lì.

«Ehi, voi due», dice con un sorriso nervoso stampato in faccia.

«Ehi», rispondo. «Diamoci da fare.»

CAPITOLO 39

Dalle candele non viene abbastanza luce, ma Fiona ha delle torce. Ne ha quattro.

«A cosa serve quella in più?»

«Be', una per ognuno di noi», spiega. «E una per Lily.»

Qualcosa si accende dentro di me. Lily. È la cosa più importante da ricordare. Qualunque cosa accada stanotte, l'obiettivo finale è sempre recuperare Lily.

Stendiamo una coperta per terra e formiamo un anello di sale.

«Purifico questo cerchio», declama Fiona a voce alta, proiettandola nell'oscurità senza luna. «Purifico questo cerchio e proteggo tutti quelli che dimorano al suo interno.»

Le piace. Le piace il teatro, la recitazione. Sarebbe facile prenderla in giro, ma non si può biasimare il suo entusiasmo. Fiona semplicemente non sa come *non* fare del suo meglio.

«Maeve, tu sei un sagittario. Questo significa che sei un segno di Fuoco, perciò siediti a sud.» Indica un angolo della coperta. «Roe, tu sei Aria, giusto?»

«Sono nata il 15 giugno. Sono gemelli.»

«Perfetto. Siediti a est. E io sono un toro, cioè Terra, quindi mi siedo...» Cammina intorno al perimetro del cerchio di sale e si ferma in un punto a nord. «Qui.»

«Allora Lily è Acqua», dico a bassa voce.

«Sì», annuisce, con un certo imbarazzo. «Lily è Acqua.»
Dev'essere strano per Fiona essere così coinvolta nel destino di una ragazza che conosce a malapena. Mentre armeggia con le candele e le erbe tagliate di fresco che Roe ha tirato fuori dalla borsa, io le metto le braccia attorno alle spalle e la bacio su una guancia.
«Ah, ma buongiorno!» dice, felice per la manifestazione d'affetto. «A che cosa devo tutto questo?»
«Ti sono grata per quello che stai facendo. E perché sei mia amica.»
«Ohhh. Be', non ringraziarmi adesso; ringraziami quando avrà funzionato.»
Annuisco. Dall'altra parte del cerchio di sale sento gli occhi attenti di Roe posarsi su di me.
Fiona prende la seta bianca dalla borsa e la distende. È un enorme taglio di stoffa, grande quanto una coperta.
«Dev'esserti costato un occhio dalla testa», dico sbalordita.
«Già. Be', meglio prendere le cose giuste la prima volta, no?»
Leghiamo e bruciamo le erbe del giardino della signora O'Callaghan. Ognuno di noi fa il segno della Dea – una sorta di disegno con tre lune – sulla fronte degli altri. Le torce sono accese e, posate accanto a noi, proiettano un fascio di luce verso il centro. Ognuno di noi raccoglie una candela e vi incide LILY, proprio come ho fatto io la prima notte.
«Accidenti», dice Fiona quando ci prova. «È più difficile di quanto sembri.»
«Sì», rispondo. Gli occhi di Roe mi guardano attraverso le luci tremolanti. «È sorprendente quanto diventano difficili queste cose.»
Fiona annuisce e si concentra sulla «y» nella sua candela.
«Va bene, comincio?» chiede Fiona.
«Procedi pure.»
«Salute alle torri di guardia del Nord, Signori della Ter-

ra», dice in tono magniloquente. «Vi convoco e vi chiamo a testimoni per proteggere i riti del nostro cerchio.»

A questo punto mi guarda. «Ah, giusto», dico, cercando di ricordare la mia battuta. «Salute alle torri di guardia del Sud, Signori del Fuoco. Vi convoco e vi chiamo a testimoni per proteggere i riti del nostro cerchio.»

«Salute alle torri di guardia dell'Est, Signori dell'Aria», dice Roe. «Vi convoco e vi chiamo a testimoni per proteggere i riti del nostro cerchio.»

«Splendido», dice Fiona. «Credo che finora stiamo andando proprio bene.»

«Ma possiamo parlare?»

«Non ci sono regole che impongano di *non* parlare. Maeve?»

«Ah, giusto.» Apro il quaderno e tiro fuori gli incantesimi che ho preparato. «Ripeteteli con me e tagliate la seta.»

Faccio un respiro profondo. «Taglio questa stoffa per trovare: una corda da tirare, una corda da legare.»

Alzo il coltello e lacero la stoffa. La lama la fende delicatamente producendo uno strappo sonoro nella fredda aria notturna. Sarà facile. Molto facile. E se sono abbastanza veloce, non farà alcun male.

Fiona ripete quello che dico io, tagliando la sua parte. Roe fa lo stesso, finché ognuno di noi ha un paio di corde lunghe. Allora estraggo le carte dei tarocchi e comincio a mescolarle.

«Invoco l'energia delle tre carte affinché ci aiutino nella nostra opera.»

«Oh, *fico*», dice Fiona tutta eccitata. «Quali sono?»

«Il Tre di Denari, per il lavoro di squadra.» La prendo da dove l'avevo collocata, a faccia in giù in cima al mazzo. La dispongo al centro del cerchio.

«Il Carro, per dominare il nostro potere», giro di nuovo la carta verso di loro.

Fiona annuisce così forte da darmi l'impressione che le si potrebbe staccare la testa.

«E l'Otto di Bastoni, per un viaggio veloce e sicuro da... qualunque sia il posto in cui Lily si trova.»

Carte positive. Carte allegre. Niente di troppo oscuro o foriero di presagi negativi. Come se stessi dicendo alla Governante: «Senti, possiamo farla semplice: niente malvagità, niente giochi sporchi».

«Adesso, con le carte al loro posto, cominciamo ad annodare», dico con tono autorevole. «Voglio che continuiamo a fare nodi, concentrandoci *solo* sui nodi. Concentrazione, visualizzazione e intenzionalità sono la parte più importante di ogni incantesimo.»

È proprio così? Lo sono davvero? O sto solo cercando di distrarre i miei amici?

«Mentre annodiamo, voglio che recitiamo queste frasi: "Lego questi nodi così da trovare: una corda per tirare, una corda per legare". Perché stiamo *tirando* dentro Lily, ma allo stesso tempo stiamo *legando* la Governante, d'accordo?»

«D'accordo», dice Fiona. «Lego questi nodi così da trovare: una corda per tirare, una corda per legare.»

«Perfetto.»

«Roe.» Mi giro verso di lui. «Ricorda: concentrazione, visualizzazione, intenzionalità. Dobbiamo essere convinti di tirar dentro Lily con la corda. Dobbiamo lavorare tutti insieme.»

«Okay», dice, ma continua a guardarmi con circospezione.

E così iniziamo. Annodiamo e salmodiamo. Le candele si consumano a poco a poco. L'olio sulla mia fronte comincia ad asciugarsi. È appiccicoso e si screpola come una crosta. Vediamo soltanto i tre tarocchi e i sottili fasci di luce che ci illuminano le mani e si riverberano scintillando sul Beg.

Il nostro canto diventa un baccano. Inizialmente, Fiona e Roe si sforzavano di pronunciare ogni sillaba ad alta voce e con chiarezza. Poi quelle semplici frasi si trasformano in un borbottio, in cui ogni parola viene articolata meccanicamente e silenziosamente, come in una preghiera. Dentro di me comincia a sbocciare un germoglio di speranza. Sento l'energia che muta, le vibrazioni nell'aria che si fanno più alte. È come se fossimo circondati da migliaia di api e solo io riesca a udirle. Mi rendo conto che è questo che significa essere una sensitiva. È di questo che parlava Fionnuala.

Forse – e dico forse – non servirà sacrificare nulla.

Forse la forza della nostra magia combinata sarà sufficiente.

Come continuiamo a ricordare a noi stessi, Lily non è morta. Sta solo dormendo. Qui non si tratta di una vita in cambio di un'altra vita.

Il ronzio diventa più forte e io sposto leggermente il mio peso.

«Ora facciamo un piccolo cambiamento», sussurro. «Immaginiamo di lanciare la corda attorno a Lily e di catturarla con un lazo, come in un film western. Dobbiamo concentrarci tutti e non interrompere il canto… Lo modifichiamo e basta, okay?»

Roe e Fiona non smettono di cantare, ma entrambi annuiscono per dimostrare di avere capito. Le loro voci vibrano attorno a me come la corda pizzicata di una chitarra.

«Chiudete gli occhi. Immaginate la corda che le cade attorno. Respiri profondi. Stringete forte la corda. Non la lanceremo in senso letterale, ma solo figurato. Adesso cantiamo: "Lancio questa corda così da mandare: un'amica alla sua casa, una nemica alla sua fine".»

«Lancio questa corda così da mandare: un'amica alla sua casa, una nemica alla sua fine.»

Lo ripetono entrambi, inizialmente con grande forza, poi il canto si trasforma nella melopea regolare di qualche minuto fa. Le candele sono basse ora. La «y» di Lily sulla mia candela sta per consumarsi e la notte è più buia che mai.

Ce la possiamo fare.

«Lancio questa corda così da mandare: un'amica alla sua casa, una nemica alla sua fine.»

Possiamo farcela.

«Lancio questa corda così da mandare: un'amica alla sua casa, una nemica alla sua fine.»

Non serve sacrificare niente! Se fosse necessario, ormai lo saprei! *Ce la possiamo fare!*

«Lancio questa corda così da mandare: un'amica alla sua casa, una nemica alla sua fine.»

Apro gli occhi piano piano. Fiona e Roe sono immersi profondamente nell'incantesimo, accoccolati al suo interno come due neonati che dormono. Sono avvolti da una delicata fosforescenza blu, una corrente blu marino di luce scintillante che circola attorno ai loro corpi. È la cosa più bella che io abbia mai visto.

Continuo a cantare, a occhi aperti, senza riuscire a distogliere lo sguardo dalla luminescenza dei miei amici. I miei amici che brillano e brillano.

«Lancio questa corda così da mandare: un'amica alla sua casa, una nemica alla sua fine.»

La corrente di luce comincia a cambiare colore. Da blu scuro a verde acqua, poi a giallo sbiadito e infine oro. Dei filamenti prendono a staccarsi da Roe e da Fiona e sciamano verso il centro, dove ci sono ancora i tarocchi a faccia in su. La luce vi si raccoglie e scintilla, formandovi attorno un cerchio stretto.

I canti continuano.

I disegni sulle carte cominciano a muoversi, l'inchiostro si riconfigura. Resto a fissarli e il canto mi si secca nella bocca. Mancano pochi secondi prima che la mia candela anneghi nella cera fusa.

Tuttavia è rimasta ancora abbastanza luce per vedere che le tre carte che ho pescato – il Tre di Denari, il Carro, l'Otto di Bastoni – si sono trasformate tutte in tre identiche Governanti. Un jackpot alla peggiore slot machine dell'universo.

È talmente tanto tempo che non vedo la carta vera e propria che mi ci vuole un momento per riconoscerla. L'abito da sposa, il cane, il coltello tra i denti. Gli schizzi di sangue in fondo alla gonna. Quei piccoli dettagli che la rendono davvero terrificante.

Guardo Roe e Fiona, che sono ancora immersi nella luce calda, rosea e dorata dell'incantesimo. Potrei urlare i loro nomi proprio adesso e non mi sentirebbero. Qualunque cosa accada ora, tocca a me affrontarla.

Riporto il mio sguardo al centro del cerchio e lei è lì. Ultimamente ho visto spesso la Governante: nei momenti di terrore, collera e gelosia, ma non l'ho mai vista così da vicino e non sono mai stata così calma nel vederla.

Per molti aspetti ho la sensazione che qualcuno ci presenti per la prima volta.

Donne, ecco a voi la carta della Governante.

CAPITOLO 40

Mi avvicino a lei, la terra che mi graffia le ginocchia.

Il rituale non è più un progetto carino, una fantasticheria wiccan che si potrebbe trovare su Tumblr. Sono pozze di cera rovente e un'aria così densa per via delle erbe bruciate che ogni cosa sa di agnello. I nodi bianchi di seta sono bagnati e coperti di terra. E la Governante, con il coltello tra i denti, mi fissa dritto negli occhi. Guardo Roe e Fiona, che hanno ancora gli occhi chiusi. Com'è possibile che non abbiano notato la sua presenza? È qui solo per me?

La osservo per l'ultima volta, il volto stranamente senza rughe, le labbra senza increspature. Occhi che non sono fatti per esprimere alcunché. Persino definirla una *lei* mi sembra strano. Non è una persona, è un'entità neutra.

Per tutto questo tempo continuo a pensare alle cose che potrebbe pensare, volere o desiderare lei. Però non ci sono pensieri, sensazioni, dispetto. Solo uno spirito con un obiettivo particolare che assume brevemente sembianze umane perché è il modo migliore per trattare con gli umani. È un messaggero cosmico, un virus, uno squilibrio.

Non mi odia, non più di quanto io possa odiare il mio istinto di chiudere una porta dopo averla aperta.

La fisso negli occhi, sul mio volto una supplica silenziosa.

Per favore.

Attendo una risposta

Per favore. T'imploro.

Mi fissa immobile e senza alcuna emozione. Si limita a togliersi il coltello dalla bocca e a porgermelo. Lo prendo in mano. Il manico è pesante, la lama liscia. È un buon coltello. Un coltello per uccidere con umanità. Ne valuto il peso per un istante e, in quello stesso istante, spunta la luna.

Spunta ed è piena, in una notte in cui la luna non dovrebbe esserci. Mi fa l'occhiolino, mi esorta ad andare avanti.

«Per favore», dico ad alta voce. «Per favore, se c'è un altro modo, ti prego di rivelarmi qual è.»

Comincio a piangere nel chiederglielo; le lacrime mi rendono il viso lucido e freddo. A questo punto non serve a niente essere coraggiosa. Devo farlo davvero? È davvero quello che ci vuole?

«Ti prego. Ci dev'essere un altro modo.»

Il volto della Governante si annebbia attraverso il velo delle lacrime. Roe e Fiona sono completamente immobili, gli occhi chiusi, come paralizzati dalla presenza della Governante.

Mi sento come se il tempo stesso fosse rallentato, così che ogni minimo movimento continua per un'eternità. Asciugarmi le lacrime dagli occhi sembra richiedere ore. La luce della candela che illumina Fiona in viso e che solo qualche secondo fa tremolava è piatta come un tatuaggio dorato.

Fisso il fiume. Non c'è il suono tranquillo dell'acqua che sciaborda e la riva è così immobile da sembrare una linea nera che taglia la terra.

«È come ha scritto Lily», la supplico. «Nessuno nuota, nessuno annega.»

Tengo il coltello tra le mani e sussurro, sia a me che alla Governante: «Nessuno deve morire».

«*Sì*, invece devono.»

La sua voce è profonda e giovane, il sospiro indifferente ed esausto di qualcuno che guarda l'ennesimo turista che aggancia un altro lucchetto a un ponte instabile. Non alzo abbastanza rapidamente lo sguardo per vedere la sua bocca che si muove e me ne rallegro. È già brutto sentirla parlare, non credo che sopporterei qualcos'altro.

«Lo faccio ed è tutto finito?» dico, obbedendo a una logica interiore da fiaba secondo la quale non si stringe mai un patto senza conoscerne i termini esatti. «E Lily ritorna?»

«Sì», risponde.

Al suono del nome di sua sorella, Roe comincia a muoversi accanto a me.

Mi asciugo le lacrime col dorso della mano. È ora di smettere di giocare. Ci siamo. Sollevo il coltello, pronta a sferrare il colpo, a farla finita e riportare indietro Lily.

La pelle del mio braccio bacia la lama. Il sangue sgocciola sulla seta. È vermiglio e non quel nero intenso che so che la Governante vorrà. Cerco di infilare la lama più a fondo, ma la mia mano comincia a perdere forza. Se non altro, il dolore non è molto forte. È già qualcosa.

Nubi nere cominciano ad annebbiarmi la vista e alzo lo sguardo in cerca della Governante, desiderosa di ottenere la sua approvazione. Ma è scomparsa, e con lei la luce dorata dell'incantesimo.

«Maeve!»

Roe è sopra di me e tenta di strapparmi il coltello di mano. Mi schiaccia giù, le ginocchia sulle mie cosce. Giro la testa da una parte e dall'altra nel fango, finché sbatte contro qualcosa di duro.

«Roe, smettila, non sai quello che fai.»

«Che cosa succede?» Fiona comincia a gridare. «Roe, perché la stai *aggredendo*?»

«Dammelo, Maeve. Dammi il coltello.»

Alla fine non ho scelta. Mi stacca le dita dal manico del coltello e lo punta immediatamente contro di sé.

«Roe, no!»

Ma lui si limita a fissarmi e cade, all'indietro, sulla seta bianca.

CAPITOLO 41

Le cose che ricordo. Fiona che lega la stoffa attorno alle ferite, facendo un laccio emostatico, come lo chiama lei. L'ho sentita dire questa parola al telefono parlando con l'ambulanza. Continuava a ripeterla tra le lacrime, aggrappandovisi come se fosse a sua volta un incantesimo magico. «Ho fasciato loro le ferite», continuava a dire. «Sanguinano parecchio, ho fatto dei lacci emostatici.»

Ricordo di essermi chiesta se la facesse soffrire essere così brava in questo, dato che l'ultima cosa al mondo che Fiona desidera è badare agli altri. Ricordo di aver pensato che sua madre sarebbe stata orgogliosa di lei.

La luna. La luna era tutto ed era dappertutto: ogni cosa era bianca, tutto era di perla. Una luce fredda alla menta illuminava Fiona da ogni angolo mentre teneva il telefono vicino alla faccia e io la guardavo da terra.

Non la vede? Come fa a tenere gli occhi aperti, poi?

I miei occhi erano ridotti a uno spiraglio. Dietro di lei c'era la luna, enorme e tonante, come la persona più ubriaca a una festa.

L'erba. Era bagnata, piena di fango, e io vi affondavo la faccia per proteggermi gli occhi dal bagliore della luna. Mi faceva bene, era un balsamo.

Fiona, prima dell'arrivo dell'ambulanza, con le braccia

attorno a me come se fosse una bambina che stringeva un orsacchiotto troppo grosso vinto a una fiera. Mi implorava di smettere di strusciare la faccia nella terra. «Guardami, Maeve», mi diceva, prendendomi il viso tra le mani.

La scarpa di Roe. La suola della sua scarpa da ginnastica. Incrostata di fango, inanimata e infilata a un piede. Strizzo gli occhi, li chiudo.

Avrei dovuto immaginarlo. Lui ha capito che cosa avevo in mente. Lo ha capito dal momento in cui ha visto il coltello. *Roe. Roe. Roe.*

Il fiume. Suoni tenui di risacca, come una mareggiata, che diventano sempre più forti, sempre più intensi. Ho riso tra me e me e ho pensato alle ruote dentate che mi avevano squarciato la mano. Era tutto così ovvio, no? L'avevamo detto noi stessi: Lily è acqua.

Lily è Acqua.

E infine ricordo la luce della luna che cominciava ad affievolirsi e dei capelli lunghi che mi solleticavano il volto. Gocce d'acqua mi cadevano sulla fronte, gocce così calde e ferruginose che in un primo momento ho creduto che fosse il mio sangue.

«Oh, Maeve», mi diceva Lily. «Che cos'hai fatto?»

CAPITOLO 42

Quando mi sveglio in ospedale, Jo è l'unica a essere lì. Sta guardando il telefono e si sta mangiando le unghie. Ha gli occhi rossi e iniettati di sangue.

«Hai un aspetto orribile», dico.

«Oh, Gesù, Maeve. Sei sveglia! Mio Dio, fammi chiamare la mamma e il papà… Sono in mensa. No, aspetta, come ti senti? Stai bene? Hai bisogno di aiuto per tirarti su a sedere?»

«Mi sento… a posto», dico con esitazione. Mi guardo il braccio.

C'è un sentiero di punti, una sutura agile fatta con un filo marrone. In fondo al sentiero c'è una garza dove avevo cercato di infilare il coltello più a fondo. Prima che Roe me lo strappasse di mano e lo volgesse su di sé.

Chiudo gli occhi e le lacrime cominciano a scendermi lungo il viso.

«Ehi, non cominciare a piangere, adesso», dice Jo. «Se c'è qualcuno che deve piangere sono io.»

«Perché sono qui dentro? Da quanto tempo dormo? Che cos'è successo?»

«Hai sbattuto la testa, Mae. Hai picchiato la testa contro un sasso quando sei caduta.»

«Quando sono…»

«Fiona mi ha spiegato che la stavi... aiutando a provare la sua parte. Ha chiamato un'ambulanza ed è venuta qui con te. Sua mamma è passata a prenderla un'ora fa.»

Sia ringraziato Iddio per Fiona.

«E Roe come sta?»

«Chi?»

«Rory. Rory O'Callaghan.»

«Non sta... bene come te, ma a quanto pare se la caverà. Gli hanno fatto delle trasfusioni. I suoi genitori non sanno come interpretare tutta questa faccenda.»

«Quale faccenda?»

«Oh, Dio, stavo dimenticando. Ancora non lo sai. Lily, è riapparsa. È tornata barcollando ieri sera, quando i suoi genitori erano già all'ospedale, ed è crollata sulle scale davanti a casa. I vicini li hanno dovuti chiamare mentre erano qui.»

Sbatto le palpebre, lentamente e a lungo. Non ci posso credere. Roe e io siamo vivi e Lily è... tornata? Com'è possibile?

«E quindi dov'era andata?» chiedo, sbalordita. «Dov'è stata tutto questo tempo?»

«Non lo so. A quelli come noi non l'hanno ancora detto. Però aveva la pelle praticamente blu. Ipotermia. Ovunque fosse, doveva gelare.»

«Quindi è in ospedale anche lei?»

«Sì», dice Jo. E poi, dopo una pausa: «Questo ospedale».

«Io, Roe e Lily siamo nello stesso ospedale», dico incredula. «Vivi.»

«Vivi», conferma lei.

Non le cavo più una parola, perché la mamma e il papà irrompono dalla porta e io vengo ricoperta d'amore.

Restano per ore, molto più a lungo di quanto dovrebbero. La mamma mi tratta come se fossi di vetro. Non dico granché e fingo di essere molto più stanca di quanto non sia in realtà. Aspetto degli indizi per cercare di scoprire che cosa Fiona ha detto loro. Dev'essere un'attrice migliore di quanto pensassi perché la storia sembra bizzarra, eppure la mamma e il papà non hanno alcun dubbio sulla sua veridicità. A quanto pare, stavamo facendo le prove per *Otello:* era stata un'idea di Fiona. Il coltello serviva per la scena della morte di Desdemona. Jo, che ha studiato Shakespeare nell'ambito del suo dottorato, non dice niente. Mi domando se si ricorda che Desdemona è stata soffocata e che è Giulietta a essersi uccisa con un pugnale.

«Allora suppongo che il mistero sia risolto», dice infine.

«Quale mistero?»

«Su chi è il tuo fidanzato.»

«Non so se è il caso di chiamarlo così.»

Però dentro di me si accende una luce, brillante come la Stella Polare. Roe è sopravvissuto. Io sono sopravvissuta. Lily è sopravvissuta. Ora possiamo fare qualsiasi cosa.

I miei famigliari se ne vanno lentamente, riluttanti, con la promessa che Pat verrà da Dublino e che Cillian sta cercando di liberarsi dal lavoro. Io annuisco e sbadiglio in maniera melodrammatica. Muoio dalla voglia che se ne vadano. Ho bisogno di chiamare Fiona. Ho bisogno di vedere Roe. E Lily. Come sta? Come ha fatto ad arrivare a casa?

L'infermiera entra per controllare come sto e io le chiedo gentilmente in quale camera è il mio ragazzo.

«Il tuo ragazzo?»

«Mi scusi», rido dandomi grandi arie da ragazza ingenua. «Intendo Rory O'Callaghan. Siamo entrati insieme. L'incidente con il coltello?»

L'incidente.

Aspetto che tutti dormano e sgattaiolo fuori, infilandomi la vestaglia che la mamma mi ha portato da casa. Vago per i reparti affollati e interminabili, con le viscere che mi si rimescolano al pensiero di vederlo.

Quando trovo il suo reparto è mezzanotte passata. Ci sono parecchi altri uomini e mi sembra strano associarlo a loro. Mi sembra già di una categoria diversa. Quando lo trovo, emetto un gridolino eccitato. Eccolo. Ancora, da non crederci, con il mascara in faccia.

Sta sonnecchiando, il pomo d'Adamo che gli va su e giù piano mentre russa. Roe *russa.*

Trascino una sedia e mi siedo accanto a lui. È in pigiama e ha la mano appoggiata di traverso sul torace. Gli poso sopra la mia e lui apre gli occhi piano, con circospezione, con la stessa cautela con cui si aprirebbe un ombrello rotto.

«Ciao», sussurro.

«Ciao», risponde. È bianco in viso, tutto quel rossore è scomparso. Vedo le vene azzurre che gli scintillano sotto la pelle. «È stata davvero stupida quella cosa che hai fatto.»

«Lo so», rispondo con un filo di voce. «Però ha funzionato, no?»

«In un certo senso», riflette, con voce rauca. «Suppongo di sì.»

«Stai bene?»

«Non proprio.»

«Quanto ti fa male, da uno a dieci?»

«Se uno è quella scazzottata al Cypress, questo è… be', mille e quattro.»

«Oh, Roe. Roe. Mi spiace.»

«Non è colpa tua. No, anzi, aspetta, è colpa tua *al cento per cento.*»

«Sì, è colpa mia!» dico cercando di non gridare. «Tutto quanto! Da cima a fondo, tutta la faccenda!»

«Ssst. La gente qui cerca di dormire.»

«Lily è tornata.»

«Lo so. In un certo senso mi ha rubato la scena», dice sorridendo.

«Come mai… come mai tutt'e due siamo…?»

«Sopravvissuti?»

«Sì.»

«Ci ho pensato un sacco. Hai freddo?»

«Sì.»

Si sposta e scosta la coperta dell'ospedale. Io mi rannicchio accanto a lui e poso la testa sul suo petto. Mi sembra che un tizio ci stia fissando da un letto davanti a noi, ma non me ne importa niente. Abbiamo ingannato la morte. Non me ne frega niente di quello che pensano gli altri.

«Hai mai sentito la storia di Abramo?»

«Wow, adesso sei ebreo *e* protestante?»

«Chiudi il becco», dice afferrandomi una ciocca di capelli. «Abramo era un tizio della Bibbia e aveva un figlio di nome Isacco.»

«*Un tizio della Bibbia?*»

«E Dio dice ad Abramo di sacrificare suo figlio. Di ucciderlo, in pratica.»

«Scarso», dico disgustata.

«Lo so. Ma quando Abramo sta per farlo, per uccidere suo figlio, Dio gli manda un montone da sacrificare al suo posto, dicendogli "è fantastico, non devi più uccidere tuo figlio".»

«Perché?»

«Perché gli bastava il fatto che Abramo fosse disposto a farlo. La pura e semplice intenzione di sacrificarlo è sufficiente. Penso... che sia quello che è successo a noi. Penso che sia bastato che fossimo disposti a... a...»

«A morire?» dico.

«Sì», risponde tranquillamente. «Vuoi sapere una cosa buffa?»

«Spara.»

Infila la mano nella tasca della maglietta del pigiama e tira fuori una pietra nera piatta.

«Conficcando il coltello ho sentito che colpiva qualcosa.»

Guardo meravigliata la collana di giaietto che gli avevo dato solo qualche minuto prima che uscissimo di casa. «È giaietto», mormoro. «È un amuleto che mi ha regalato mio papà per proteggermi.»

«Quando la lama l'ha toccato... è stato come se non le piacesse. Ho sentito il coltello che mi parlava, se ha senso dire una cosa simile. Qualcosa tipo "bleah, che schifo, andiamocene da qui".»

«Il coltello ha detto così?»

«Il coltello ha detto così.»

Silenzio. Dall'alta parte della camera risuona il bip di un macchinario.

«Pensi», chiedo fievolmente, «pensi che forse... io mi sono sacrificata per Lily e tu ti sei sacrificato per me, ma che in realtà avevo già sacrificato la mia protezione per te e quindi...»

«Questa è matematica avanzata del sacrificio.»

«Comunque pensi che le cose si siano annullate a vicenda?»

«È una teoria che vale quanto un'altra. Qualunque cosa sia successa, non ci crederà nessuno.»

«No», dico, raggomitolandomi ancora più stretta a lui. «Allora è un bene che ognuno di noi abbia l'altro.»

«E che tu sia una sensitiva potente.»

«Harriet lo era», dico abbassando la voce. «Però immagino che non avesse degli amici a proteggerla.»

Allora restiamo a lungo in silenzio. Con la punta delle dita segue il percorso dei miei punti di sutura e fa una smorfia alla vista della grossa garza, fino a che non decide di affondare il volto nell'incavo del mio collo.

«Non voglio morire», dico infine. «Non l'ho mai voluto. La vita mi piace.»

«Anche a me», dice lui.

«Sembra abbastanza ovvio, non è vero?»

«Non sempre», dice, con un mezzo sorriso sul volto. «È meglio che te ne vada, prima che un'infermiera ti becchi qui.»

«Okay», dico alzandomi dal letto.

«Ehi, non così *in fretta*.»

Allora resto qualche altro minuto, lo bacio e lui mi mostra le bende sullo stomaco. Alza delicatamente un angolo della benda bianca e io risucchio l'aria tra i denti. Del sangue nero e denso si è seccato attorno a una ferita profonda appena sopra l'ombelico. Se avesse colpito solo un centimetro più a sinistra, aveva detto il medico, avrebbe dovuto portare una sacca da colostomia per tutta la vita.

«Al che gli ho chiesto...», tossisce, «se le facevano anche di Gucci o Prada.»

«No! Non ci credo!»

«Te lo giuro.»

«Con tua *mamma* nella stanza?»

Annuisce e si stringe lo stomaco cercando di non ridere troppo e far saltare i punti. «Davvero, Maeve, non c'è niente come arrivare a tanto così dalla morte per capire che l'opinione dei tuoi genitori non conta niente.»

«Senti senti», sorrido. «Hai già parlato con Lily?»

«No. I miei non vogliono dirmi praticamente niente. Solo che tutto sommato sta bene. Sembrano completamente storditi. Non credo si siano mai agitati tanto in vita loro.»

«Non ci posso credere che sia tornata, Roe. Ha funzionato. Ce l'abbiamo fatta.»

«Lo so. Neanch'io ci credo. Siamo stati stupefacenti, immagino.»

«Sono felice che siamo d'accordo.»

Lo saluto con un bacio e faccio per andarmene.

«Maeve?»

«Sì?»

«Non importa.»

«Cosa c'è?»

«È una sciocchezza.»

«*Eddài.*»

«No, è il momento sbagliato. Già mi odio.»

«*Roe.*»

«Vuoi essere... sei la mia ragazza?»

Decido di tenerlo sulle spine. Per divertirmi un po'.

«Oppure, sai, "ragazza" è un termine strano. È molto binario. Non dobbiamo usare un genere specifico. "Partner" è troppo strano? "Amante"? Oddio, fa' finta che non abbia detto niente. Aspetta che mi accoltelli un'altra volta, vuoi?»

Rido. «Niente battute sui coltelli, Roe, come prima regola.»

Faccio una pausa.

«E questa è una regola, insisto. Perché sono la tua ragazza.»

Lui sorride. «L'accetto.»

Vengo dimessa dall'ospedale un paio di giorni dopo. La mamma viene a prendermi e si porta dietro Pat.

«Ho rimesso insieme i pezzi del tuo walkman», dice abbracciandomi. «È questa la nuova moda dei teenager oggi? Qualche anno fa era il vinile e adesso sono le cassette?»

«No», dico ripensando a Heaven. «A dire il vero, credo che stia passando anche a me.»

Non arrivo a visitare la camera di Lily, anche se cerco di convincere la mamma a portarmici. Non mi permette neanche di salutare Roe. «Lo vedrai quando uscirà tra qualche giorno», dice. «Ora è il momento della famiglia.»

«Non vorrai mica farlo *eccitare*. Non nelle sue condizioni.»

«Pat!» dice la mamma, disgustata.

«Mamma, è quello che pensavamo tutti», protesta lui.

Ho la sensazione che ci voglia un sacco di tempo prima che la vita torni alla normalità. Cillian arriva ed è strano vederlo ciondolare in casa con il laptop da lavoro, sapendo quello che so adesso. Il fratello nato l'estate di Harriet. La gravidanza difficile. L'anno in cui il gatto è scappato. È sicuramente il più umorale di noi cinque e l'unico che ha i capelli scuri, come me. Una parte di me si chiede se ne è stato toccato in qualche modo e se ora la Governante faccia parte del suo DNA. Allo stesso modo, suppongo, in cui fa parte del mio.

La mamma non mi fa tornare a scuola fino a venerdì. In

questo modo mi resta solo un giorno prima del weekend e non sarà troppo uno «shock al sistema». Abbraccio Fiona quando la vedo. È imbarazzante. Negli ultimi giorni i suoi messaggi sono stati formali e non posso fargliene una colpa. Ci incontriamo nell'aula di arte durante la pausa pranzo.

«Ehi», dice tenendomi a distanza. «Come ti senti?»

«Eh, okay. Non troppo male, in realtà. I punti però mi prudono e fanno schifo.»

«Certo. Splendido.»

«Fiona, mi spiace.»

«Avresti potuto dirmelo, Maeve.»

«Sai che non avrei potuto farlo. E in ogni caso non sapevo nemmeno che cosa avrei fatto.»

«Saresti potuta morire, accidenti! Anzi, l'avevi *programmato.*»

«Non l'avevo *programmato*», ribatto. E siccome non mi viene in mente altro, lo ripeto e basta: «Ero solo… disposta a fare qualunque cosa fosse necessaria».

Lei non dice niente e allunga un pezzo di plastilina tra le dita.

«Mi sembrava l'unico modo per riportarla indietro e mettere fine a tutta questa… tutta questa vicenda orribile. Mia sorella e la sua ragazza sono state aggredite, le serate di Roe finivano in scazzottate, la bizzarra influenza di Aaron… era tutta acqua che scorreva dalla stessa direzione. Io dovevo fare… il tappo nella bottiglia, suppongo.»

«Non ha senso.»

«Invece sì, in qualche modo incasinato.»

«No, voglio dire, è una teoria interessante, ma non ha *fermato* niente, no?»

«Che cosa intendi?»

«Questo weekend gli Effedibì fanno una manifestazione a Dublino.»

«*Cosa?*»

«Be', non la chiamano manifestazione. È "un'iniziativa cittadina per celebrare le radici cattoliche dell'Irlanda", però ci sono tutti questi raccapriccianti oratori della nuova destra che tengono degli eventi.»

Sbianco in volto.

«Oh, mio Dio. Avrei dovuto aspettare a dirtelo, non è così?»

«Allora... non è cambiato nulla? Aaron è ancora...»

«Non direi che non è cambiato nulla. Lily è tornata.»

«Ma...» Mi stropiccio le palpebre. No. No, non è così che dovevano andare le cose. «Non era questo il patto.»

«Quale patto? Hai stretto un patto?»

«No...» dico con la voce che si smorza.

«Maeve... pensavi davvero...» Fiona si morde il labbro inferiore, facendo una pausa per trovare le parole giuste. «Pensavi che avresti potuto porre fine ai reati d'odio uccidendoti?»

«*Sai* che non era così semplice», dico con forza. «Ma Aaron è l'altro sensitivo, quello che manipola chiunque. La popolarità dei Figli di Brigida è dovuta a lui. *La città era maledetta*, Fiona.»

«Sono d'accordo con te che la città fosse maledetta», argomenta. «Ma... credi davvero che Aaron potrebbe riempire le persone di odio se non fossero già così?»

«Che cosa intendi?» chiedo.

«Maeve, quando avevo dodici anni un adulto mi ha gridato "Pollastrella in agrodolce!" dal finestrino di una macchina.»

«Cristo, mi spiace molto.»

«Già», dice. «Ed è successo molto prima che la Governante o Aaron arrivassero in città.»

Comincio a mangiarmi le unghie.

«Potrebbe avere innaffiato dei semi, organizzato un po' di gente... ma tutta questa roba. I semi erano già stati piantati, Maeve. Esistevano già.»

«Immagino che penserai che sono proprio scema.»

«Penso che... quando cerchi delle cose che sono fuori posto», dice piano, «vedi tutte quelle che già lo sono.»

Non so che cosa rispondere. Non mi sono mai sentita così stupida, o così piccola. Però guardo Fiona, l'amica ingegnosa che ha fatto un laccio emostatico con un lembo di seta impedendo al mio braccio di dissanguarsi, e il cuore mi esplode al pensiero del milione di piccole cose che le sono capitate. L'immane quantità di insignificanti interazioni in cui qualcuno ha usato la razza, la madre immigrata, la borsa di studio, la bellezza e qualsiasi altra cosa come strumenti per ferirla. Cose che non mi racconterà mai, ma che continueranno a esistere lo stesso.

«Mi spiace», dico.

«Per che cosa?»

«Per aver pensato...» Mi mancano le parole. «Per non aver visto.»

«Non c'è problema», dice e, nonostante tutto, scoppia a ridere. «Non sei la prima persona a credere che l'oppressione riguardi solo lei. E Aaron ha persino peggiorato le cose. Per fortuna abbiamo un'arma segreta.»

«Quale?»

«Tu, idiota. Tu sei l'altra sensitiva. Glenda, la strega buona.»

«Non sono potente quanto lui.»

«Ah, giusto, dev'essere stata un'*altra* ragazza che ha sconfitto uno spirito immortale e ha salvato la sua amica. Aspetta che vado a cercarla.»

Rido, ma sento la pelle che mi tira e prude. Lily sarà anche tornata, ma gli Effedibì sono più popolari che mai. Comincio a grattarmi le bende sul braccio.

"Sarà molto interessante. Se sopravvivrai."

«Va tutto bene?» chiede Fiona guardandomi il braccio. «Questa è sempre la parte peggiore. Probabilmente hai la pelle irritata perché non prende abbastanza aria.»

Armeggio con il cerotto che tiene la garza tipo pannolino attaccata al braccio. I bordi, però, sono strani. Non riesco a infilarci sotto l'unghia.

«Ecco», dice Fiona. «Lascia che ti aiuti.»

Stacca il cerotto ed esamina i punti sul braccio. «Pensi che ti dispenseranno dai compiti fino alla settimana prossima?» dice seguendo la pelle marrone corrugata.

«Non lo so», rispondo sospirando al pensiero. «Suppongo di potermi conquistare un voto di solidarietà per...»

Però non termino la frase. Il mio sguardo si posa sul braccio, che Fiona sta ancora stringendo.

I punti di sutura cominciano a sparire. Il filo chirurgico che, a quanto mi avevano detto, avrebbe impiegato settimane a sciogliersi comincia a sgretolarsi, e la pelle lacerata s'increspa e si unisce.

«Lo stai facendo tu?» sussurro. «Perché io non sto facendo niente.»

«Oh no», dice Fiona, che mi fa cadere il braccio come una patata bollente. «Oh no.»

CAPITOLO 43

Sabato Roe ha le prove con la band. Ormai è uscito dall'ospedale e ha promesso ai genitori che non proverà a lungo e resterà seduto tutto il tempo. Io vado a casa degli O'Callaghan con un sacchetto di plastica pieno di dolci e materiali artistici.

«Ciao, Maeve», mi dice la signora O'Callaghan alla porta, con tono di disapprovazione. «Rory mi ha accennato che saresti passata.»

«Sì, salve, signora O'Callaghan», dico educatamente. Lily ha sempre chiamato mia mamma Nora, mentre io ho sempre chiamato la sua signora O'Callaghan. «Mi chiedevo se Lily avesse voglia di ricevere visite.»

«Devo chiederlo a lei», dice senza tanti giri di parole, e mi abbandona sulla soglia scomparendo all'interno. Non mi fa neanche entrare dalla porta scorrevole e aspettare sotto il portico, lasciandomi in attesa nel giardino. Mi lascia lì così a lungo che penso di andarmene. Dopo un po' sono quasi sicura che si sia dimenticata di me.

La signora O'Callaghan apre la porta scorrevole. «Solo un minuto», dice. «Non sta ancora bene.»

La seguo su per le scale e, nel farlo, assisto ai progressi dell'infanzia di Roe e di Lily. Roe da piccolo con le orecchie a sventola. Lily da piccola con gli occhi sonnacchiosi e semichiusi da insetto. Alcune di queste foto sono state scattate da mia mamma in fondo al nostro giardino. Ce n'è una incorniciata che ritrae Lily e me che saltiamo su uno spruzzatore. Non sono molte quelle di Roe o di Lily in anni recenti. Credo che ai genitori interessi meno fotografare i figli quando smettono di essere dei bambini.

La signora O'Callaghan socchiude la porta della camera da letto di Lily. «Avanti», dice. «Io torno tra dieci minuti.»

La stanza di Lily comprende poco di più di un letto singolo e un comodino. Sono quasi due anni che non ci entro, ma non è cambiato molto, tranne che i disegni alle pareti sono più progrediti. Lily è seduta a letto, i lunghi capelli biondi che le arrivano alle spalle, un album da disegno in mano. Alza gli occhi di scatto quando entro, ma non posa l'album.

«Ciao», dico. «Come ti senti?»

«Ciao», dice senza rispondere alla domanda.

«Ti ho portato dei cioccolatini Heroes», dico scuotendo il sacchetto di plastica che ho in mano.

«Grazie», risponde laconicamente.

«Come ti senti?» ripeto, dato che non ha risposto.

Mette giù l'album e beve un lungo sorso d'acqua dal bicchiere accanto a lei. «Perché sei qui, Maeve Chambers?»

Trasalisco. Perché Lily si rivolge a me con nome e cognome?

«Sono qui perché volevo vedere come stavi. E volevo dirti che mi spiace.»

«Ti spiace.»

«Sì.»

«Per che cosa?»

«Per averti trattato in quel modo. Per averti mollato. Per aver fatto quella stupida lettura di tarocchi che ha dato il via a tutto questo... questo casino.»

Esito nel dire quest'ultima parte. Non ho ancora idea di quanto Lily sappia di ciò che le è successo. Ha perso i sensi nell'ultimo mese, come se fosse in coma? Oppure sa tutto?

Mi scruta un istante, annoiata come un re bambino. «Non devi scusarti.»

«Ah.»

«No, aspetta», dice piegando la testa. «Se devi scusarti per qualcosa, fallo per avermi riportata indietro.»

«Cosa?»

«Sì, chiedimi scusa per aver fatto finire tutto. Chiedimi scusa per avermi trasformato di nuovo in questa... questa *creatura* a letto.»

Ormai ha gli occhi vitrei che cominciano a riempirsi di lacrime. Se le asciuga in modo aggressivo, decisa a non farmi vedere che piange.

«Sai che cosa pensavo, quello stupido giorno durante quella scemenza di lettura dei tarocchi? Pensavo...»

Un'unica lacrima cristallina le scende lungo la guancia e cade sul blocco da disegno.

«Pensavo: "Dio, che cosa non farei per trovarmi da un'altra parte o essere qualcos'altro". Andare via da quella scuola. Via da te. Non far più parte di questo schifo di umanità.»

Nella mia testa scatta un interruttore. «Io volevo che tu scomparissi e tu volevi essere portata via.»

È stato questo ad attivare la Governante? Due desideri gemelli uniti da un mazzo di carte incantate?

Si sfrega nuovamente la faccia, man mano che le scendono altre lacrime. Sembra quasi che voglia prendersi a pugni negli occhi.

«E ce l'ho fatta, Maeve. Ha funzionato. Sono andata *via.*»

Osservo i nuovi disegni attaccati al muro con lo scotch. Vedo un trolley rovesciato che galleggia lungo la corrente. Vedo delle uova di girino che si schiudono. Vedo il riverbero viola di una trota arcobaleno.

«Eri il fiume», dico semplicemente.

«Sì», dice affranta. «Sì.»

Riprende a disegnare, perlopiù per distrarsi dalle lacrime.

«Potevo essere enorme, la cosa più grande. Chilometri e chilometri per sempre, senza fine. Oppure piccolo, un minuscolo ruscello su un pugno di rocce.»

Fa una pausa e i suoi occhi ruotano verso di me.

«Ti ho vista», dice furiosamente. «Ti ho vista, una volta.»

Sto ripercorrendo con la mente tutte le volte che ho baciato suo fratello sulla riva del fiume. «...ah?»

«Mi avevi messo dentro le mani.»

Gemo. «Le ruote dentate, le chiavi.»

«Ti ho tagliata», dice lentamente. «Il tuo sangue era nell'acqua.»

I capelli mi si rizzano sulla nuca. Ora mi spaventa. È evidente che la Governante ha lasciato un'ombra lunga, un marchio, dentro Lily. Non è la ragazza che leccava i libri e poi scoppiava a ridere.

«È guarita», rispondo e ricordo la mano di Fiona sui punti di sutura ieri. Ormai la pelle si è saldata, una cicatrice rossa che avrebbe dovuto impiegare settimane ad apparire. Se Lily e Fiona sono così cambiate dopo il rituale, allora che cosa è successo a me e a Roe? C'è qualcosa in agguato anche dentro di noi?

«Puoi andare, adesso», dice.

«Sei stanca?»

«No, voglio solo che te ne vada.»

«D'accordo. Okay.» Guardo a disagio il sacchetto di dolcetti comprati in un negozio all'angolo. «Vuoi che te li lasci?»

Lei mi rivolge un'occhiata inespressiva. «Non me ne frega un cazzo.»

Mi precipito giù per le scale, oltrepassando la mamma di Lily affinché non veda che sto piangendo.

«Maeve», mi chiama. «Maeve, è tutto a posto?»

Percorro la strada il più velocemente possibile, la testa bassa, il naso sepolto nella sciarpa. Lily è un mostro. Un mostro a cui non interessa un accidente che io sia quasi morta per salvarla e preferirebbe vivere in un corpo d'acqua piuttosto che avere sembianze umane.

Quando arrivo in fondo alla strada vedo Roe che scende dall'autobus, la chitarra a tracolla.

«Ehi», mi chiama, con un gran sorriso sul volto. «Grazie a Dio. Puoi aiutarmi a portare questa a casa. Con le mie ferite non dovrei nemmeno portare dei pesi.»

Lo guardo con gli occhi umidi. I suoi sono coperti di mascara ed eyeliner nero. Ovviamente non si trucca più solo quando deve andare in scena.

«Non posso, Roe. Non posso tornare là dentro. Non costringermi.»

«Cosa? Cos'è successo?»

«Lily è diversa, Roe.»

Lui sospira. «Lo so. Immagino che ci fosse da aspettarselo. È… praticamente impossibile sapere che cosa ha passato. È difficile provare empatia.»

«E se la Governante la stesse usando, Roe? L'ho guardata negli occhi e… quella non è Lily. È la Governante che parla.»

«Che cosa intendi? Hai sconfitto la Governante. Se n'è andata.»

«Lo pensi davvero? Lily non è più neppure una persona. È solo questo… questo guscio.»

«Perché? Perché dici una cosa simile?»

M'interrompo, ricordando lo sguardo furibondo e implacabile nei grandi occhi di Lily.

«Il modo in cui… mi ha parlato.»

«Dio santo, Maeve.»

«Tu non c'eri, Roe. Tu non lo sai.»

«Siediti, Maeve.»

Mi guardo attorno. Non c'è un posto dove sedersi, a parte il muretto attorno al giardino dei suoi vicini, allora mi appollaio lì. Roe posa la chitarra sul marciapiede, s'inginocchia e mi stampa un bacio lungo e lento sulla bocca.

«Gesù», dico quando si stacca. «E questo per che cos'era?»

«Era perché non ti arrabbi con me per quello che sto per dire.»

Fa un respiro profondo e si siede al mio fianco sul muretto. «Lily non deve perdonarti.»

«Cosa?»

«Capisco quello che hai fatto. Capisco tutto. E anche Fiona. Però Lily non è tenuta a farlo e può odiarti quanto vuole.»

«Ma...» dico, aggrappandomici come a una corda che mi brucia le mani, «quello che ho fatto per lei? Sono diventata una strega, mi sono piantata un coltello nel braccio.»

«Lei non ha visto niente.» Si stringe nelle spalle. «Per lei non significa nulla.»

«Ma lo sa! Gliel'ho detto! Tu gliel'hai detto? Gliel'hai detto, no?»

«Le ho detto tutto. A dire il vero...» Fa una pausa, riflettendo sulle sue parole. «A dire il vero, siamo più affiatati di quanto non siamo mai stati.»

«Ma non ha nessun senso», dico in tono petulante.

«Con il dovuto rispetto, non è tua sorella. Solo io e Lily sappiamo che cosa c'è tra me e Lily, ed entrambi...» La sua voce si affievolisce.

«Cosa?»

«Entrambi sappiamo cosa si prova ad avere un corpo che non è sempre il corpo che si vorrebbe. Ti prometto che non scriverò delle brutte canzoni su questo argomento, ma ora Lily farà sempre parte della mia vita. Non intendiamo commettere ancora lo stesso errore, escluderci a vicenda e dare per scontato che l'altro se la stia cavando a meraviglia. Perciò questo significa...»

«Che cosa? Che cosa significa?»

«Significa che voi due, e Fiona, dovrete accettare questo fatto.»

E mentre lo dice, un filo di luce mi serpeggia nella mente e si diffonde. Un filo circondato da una sorta di bagliore argenteo, come la notte in cui ho guardato Fiona e l'ho vista trafitta dalla luce della luna. Riconosco all'istante che da Roe promana una luce che posso afferrare e a cui posso aggrapparmi, come una scaletta che penzola giù da un elicottero. Ancor prima di avere la possibilità di parlare, mi accorgo che questa luce è un pensiero e il pensiero è di Roe.

Spero che mi ami abbastanza da provarci.

«Maeve? Hai sentito che cos'ho detto? Credo che per lei sia importante avere un gruppo in cui immergersi, sai? Un gruppo come il nostro.»

«Quindi vuoi che Lily esca con noi, ma pensi anche che sia normale che lei mi odi?»

«Dico solo che devi darle tempo. Puoi darle tempo? A lei il tempo di guarire e a voi di elaborare la cosa, ti pare? Allora potremmo diventare… non so… un quartetto.»

«Giusto», brontolo. «Terra, Aria, Fuoco, Acqua.»

«Terra, Aria, Fuoco e Acqua, sì.»

«Giusto.»

Appoggio la testa sulla sua spalla e mi chiedo quanto la vita sarebbe facile se non fossi innamorata di Roe O'Callaghan.

Ma, Dio mio, che noia sarebbe.

CAPITOLO 44

PRIMAVERA

Fiona e io ci stiamo dirigendo al fiume e lei si sta lamentando ancora.

«Vorrei avere un talento per qualcosa di *utile*, sai? Tipo essere capace di memorizzare monologhi chilometrici o creare coreografie di ballo, o qualcos'altro. Non *questo*.»

Fiona non è ancora riuscita ad accettare del tutto il suo nuovo status di guaritrice, e forse non ci riuscirà mai. Non che non abbia a cuore la gente. Anzi, probabilmente è una delle persone più compassionevoli che io conosca. Però Fiona sbatte la testa contro qualcosa che Roe e io, pur standole vicini, non capiremo mai. Non combattiamo con lo stereotipo che ti costringe a essere sempre la ragazza coi lacci emostatici.

«Vorrei soltanto quello che hai tu», mi ha detto una volta. «Il diritto di essere egoista.»

«Sì, Fi, ma in quel caso non ci avresti salvato la vita.»

«Ma *quale* giovamento ne trarrà la mia carriera professionale?»

«Vengo al tuo dannato spettacolo, no, Signorina Lamentosa?»

«Immagino di sì», dice sistemandosi a tracolla la borsa

di tela piena di sandwich. Le repliche di *Otello* sono andate bene, anche se sono state solo tre. Adesso fa la sorella minore in un dramma ambientato durante il Blitz.

«Ehi, Maeve.» Tutt'a un tratto sorride. «Sto pensando a un numero.»

«*Ancora?*»

«Dai, abbiamo detto che devi tenerti in allenamento.»

Chiudo gli occhi un istante e cerco la coda luminosa di Fiona. «Non stai pensando a un numero», dico infine. «Stai pensando se continueranno ad affibbiarti i ruoli da sorellina o se qualcuno ti prenderà sul serio.»

«Be', accidenti.»

Il dono della telepatia non è scomparso. Mi sembra persino folle chiamarlo così, soprattutto perché non è affatto come si vede nei film. Là ci sono sempre un milione di voci diverse che si affollano e colpiscono la persona come un muro del suono. Con me non ci sono mai delle voci. Ci sono delle luci. Sciami di luci colorate che afferro e seguo fino a diventare la turista nel cervello di qualcun altro. Ci vuole tempo. Ci vuole concentrazione. Ed è assolutamente sfiancante.

Nei giorni dopo il rituale Fiona e io siamo andate al Divinazione, più che altro per rassicurare Fionnuala che stavamo bene. Non è stata una conversazione facile, con lei che passava repentinamente dalla furia selvaggia perché le avevamo disobbedito al sollievo estremo perché non ci era successo quello che era successo a Heaven. Ci ha fatto una tazza di camomilla e, piano piano, le abbiamo detto dei nostri doni. Della guarigione, delle luci, della cicatrice che scompariva al contatto delle dita di Fi.

«Il rituale vi ha cambiate. Avete visto oltre il velo», ha sospirato Fionnuala, con una punta di gelosia nella voce. «E ora siete cambiate per sempre.»

Roe e Lily sono già sull'erba quando arriviamo al Beg, seduti su una coperta e impegnati in una conversazione animata. Abbiamo aspettato a lungo per vedere se anche loro avessero guadagnato qualcosa dal rituale. Alla fine ci abbiamo rinunciato. Fiona e io abbiamo parlato a lungo del fatto che siamo state le uniche a ritrovarci con dei talenti speciali e che, forse, il dono più grande per gli O'Callaghan è stato sopravvivere. Però poi è successo.

Piccole cose, all'inizio. Un lucchetto di poco conto che si è aperto quando Roe ci ha posato sopra la mano. Abbiamo pensato che fosse stato un colpo di fortuna. Poi un giorno sono rimasta chiusa fuori di casa e l'ho chiamato per tenermi compagnia mentre aspettavo che tornasse il papà. Allora abbiamo deciso di riprovare col trucco del lucchetto. La porta sul davanti è rimasta chiusa, ma quella sul retro, con la vecchia serratura e la maniglia marrone arrugginita, si è spalancata.

«Oh, mio Dio», ha detto lui.

Al che io ho risposto: «Benvenuto nel club».

Il vago talento che possedeva nell'aggiustare le cose è sbocciato in una specie di strana comprensione degli oggetti inanimati, cosa che per lui ha perfettamente senso, ma che fatica a spiegare. Sull'autobus mi ha dato la pila di un orologio e mi ha detto di nasconderla da qualche parte in casa. Due giorni dopo è entrato da me, ha dato una lunga occhiata e poi ha detto: «Dietro la libreria in camera di Pat».

«Ehi, ragazzi», dico chinandomi a baciare Roe. «Di che cosa chiacchierate?»

«È una faccenda privata», dice Lily. Con fermezza, senza rabbia. Un mese fa sarebbe stata stizzita; adesso siamo sulla *fermezza.*

«Okay», annuisco. «Fiona e io abbiamo dei chicken roll e delle lattine.»

«Angeli», dice Roe.

«Ci proviamo», concorda Fiona. «Chi vuole farsi fare i tarocchi del Trono di Spade?»

«Oooh, io», dice Lily, rannicchiandosi contro di lei.

Cerco di non prenderla troppo sul personale.

Nel complesso sembra che il recupero mentale di Lily richieda più tempo di quello fisico. Per molto tempo, dopo il rituale, il mondo la spossava. Credo che avrebbe rinunciato del tutto a vivere, se il suo talento non si fosse manifestato.

Tutti pensavamo che sarebbe stata l'acqua. Tenevamo d'occhio la pioggia e le tubature che perdevano. Non è stato così semplice. Nulla lo è mai, suppongo. Poi le cose sono cominciate a succedere. Lampadine che scoppiavano. Orologi che smettevano di funzionare. Il popcorn che prendeva fuoco nel microonde. Lily continuava a rompere per sbaglio oggetti che a Roe inevitabilmente toccava aggiustare.

«Bel talento», mugugnava lei.

Poi un giorno un tizio dei Figli di Brigida ci ha seguiti per strada pretendendo di sapere perché Roe indossasse la gonna e allo stesso tempo tenesse per mano una ragazza. Le ha messo in mano un volantino e ha lanciato subito un urlo, facendo cadere per terra il mucchio di fogli. Lily è rimasta paralizzata e noi l'abbiamo accompagnata in fretta e furia nel primo bar.

«Che cos'è stato?» le ha chiesto Roe, cingendola con un braccio.

«Le scintille», ha sussurrato. «Il mio dono è l'elettricità.»

Ci sediamo sotto gli alberi e Roe si lamenta degli esami. Ci rabbuiamo in volto al pensiero che l'anno prossimo toccherà a noi e quasi sicuramente dovrò studiare fino a notte fonda ogni giorno per raccattare il punteggio minimo per andare in un'università decente. Se poi, come continuo a ribadire ai miei amici e ai miei genitori, voglio davvero andare all'università.

Fiona dice che mi aiuterà e io mi avvicino con la testa al petto di Roe. Lo sguardo di Lily si posa tranquillo sul Beg. Ha promesso a Roe che non cercherà di tornarci, ma non so se intenda seriamente mantenere la sua promessa. Se Lily dovesse trovare il modo di ridiventare un fiume, non se lo lascerà scappare.

Però cerco di non pensarci. Cerco di non pensare alle notizie, che non fanno che peggiorare. O a mia sorella, di umore sempre più tetro. Aaron, che continua a camminare ai margini dei miei sogni nelle notti in cui gli incantesimi per proteggermi non sono abbastanza potenti da tenerlo alla larga.

Cerco di esistere adesso, qui, in primavera. Con tutto quello che c'è per cui combattere e con tutti i nostri talenti nascosti ad aiutarci.

RINGRAZIAMENTI

Questa è la parte del libro in cui si ringraziano le persone per il ruolo svolto nella storia e, nel mio caso, è difficile capire da dove iniziare. Potrei cominciare nel 2016, quando il mio amico Harry Harris e io abbiamo scritto una canzone intitolata *La carta della Governante.* Era un po' che bazzicavamo l'argomento dei tarocchi, ma alla fine ci è venuto in mente quello che a tutt'e due è sembrato un attacco formidabile: «Appare in rare letture, e solo a donne giovani, e solo in tempi di crisi». Oppure potrei cominciare da una settimana dopo, quando abbiamo mostrato la canzone a Ellie Cowan, un altro membro della nostra band, e poi l'abbiamo provata tutta l'estate – ai concerti, davanti ai nostri amici, nelle note vocali che ci scambiavamo –, cementando così la Governante come una figura mitica a cui sarei tornata in continuazione con la mente. Grazie a entrambi per avermi aiutato a creare un tormentone così efficace che alla fine sarebbe diventato un libro.

Fedele alla canzone, la Governante è riapparsa di nuovo, e in un momento di crisi, quando, dopo anni di assenza, mi sono ritrovata a trascorrere alcune settimane nella mia casa di famiglia in Irlanda mentre aspettavo brutte notizie sulla salute di mia sorella ed eravamo tutti ancora sotto lo stesso tetto. Era come avere ancora quindici anni: la più giovane in una lunga serie di grandi personalità, rintanata nella camera da letto più piccola, in attesa che succedesse qualcosa. E qualcosa è successo: sono le prime diecimila parole di questo libro. Non penso che finirò mai di provare sollievo per il fatto che la mia famiglia sia la mia famiglia, perciò, non potendo accumulare le lodi, mi limito a elencarli e ringraziarli: Peter, Noelle, Jill, Shane e Rob. Grazie.

Grazie a Ella Risbridger, che sin dall'inizio è stata la principale lettrice e supporter di questo libro. Prima che questi personaggi diventassero reali per chiunque altro, lo sono stati per te e per me. Abbiamo camminato in lungo e in largo nei quartieri meridionali di Londra parlando di Maeve, Fiona, Lily e Roe. Spero che continueremo a camminare a mano a mano che invecchieranno e diventeranno più strani. Spero che invecchieremo e diventeremo più strane anche noi.

Grazie a Tom McInnes per essere l'autore delle canzoni degli Small Private Ceremony. Grazie a Wren Dennehy, per la tua guida, la tua sensibilità e i tuoi numeri musicali. Grazie a Karen Tongson per avermi guidato e assistito nelle ricerche sulla cultura filippina. Grazie a Natasha Hodgson per le tue reazioni e i tuoi elogi. Grazie a Gavin Day, perché non si può scrivere una storia d'amore tra adolescenti se non ci sei dentro, e la sensazione che si prova è proprio questa.

Grazie a Walker Books per avere acquistato i diritti di questo libro, insistendo perché diventasse la migliore storia possibile. Grazie a Bryony Woods per avere amato questo progetto con tanta passione. E, infine, grazie a un'insegnante d'inglese che ho avuto quando avevo quattordici anni: a quei tempi si chiamava signorina Cotter, ma sono abbastanza sicura che si sia sposata e ora si chiami signora Richards. Le sono piaciute le mie storie, pensava che fossi divertente e mi ha fatto conoscere Margaret Mahy. Lei, credo, era presente quando questa storia è cominciata davvero.